U0568726

明史通俗演义

蔡东藩 · 著

上

中国书籍出版社
China Book Press

图书在版编目（CIP）数据

明史通俗演义：全 2 册/蔡东藩著 . —北京：中国书籍出版社，2015. 10

（中国历代通俗演义）

ISBN 978－7－5068－5236－4

Ⅰ. ①明… Ⅱ. ①蔡… Ⅲ. ①章回小说－中国－现代 Ⅳ. ①I246.4

中国版本图书馆 CIP 数据核字（2015）第 249861 号

明史通俗演义（上）

蔡东藩 著

图书策划	武　斌　崔付建	
责任编辑	刘　娜	
责任印制	孙马飞　马　芝	
出版发行	中国书籍出版社	
地　　址	北京市丰台区三路居路 97 号（邮编：100073）	
电　　话	(010)52257143(总编室)　(010)52257153(发行部)	
电子邮箱	chinabp@ vip. sina. com	
经　　销	全国新华书店	
印　　刷	阳谷毕升印务有限公司	
开　　本	880 毫米×1230 毫米　1/32	
字　　数	640 千字	
印　　张	26	
版　　次	2016 年 1 月第 1 版　2021 年 2 月第 2 次印刷	
书　　号	ISBN 978－7－5068－5236－4	
总 定 价	980.00 元（全十一卷）	

自　序

　　有明一代之事实，见诸官史及私乘者，以《明史》《明通鉴》及《明史纪事本末》为最详。《明史》《明通鉴》，官史也；《明史纪事本末》，私乘也。尝考《明史》凡三百三十二卷，《明通鉴纲目》凡二十卷，《明史纪事本末》凡八十卷，每部辑录，多则数千百万言。少亦不下百万言，非穷数年之目力，不能举此三书而遍阅之。况乎稗乘杂出，代有成书，就令有志稽古，亦往往因材力之未逮，不遑搜览；即搜览矣，凭一时之獭祭，能一一记忆乎？且官私史乘，互相勘照，有同而异者，有异而同者，有彼详而此略者，有此讳言而彼实叙者，是非真伪之别，尤赖阅史者之悉心鉴衡，苟徒事览观，能一一明辨乎？

　　鄙人涉猎史乘有年矣，自愧蠢愚，未敢论史，但于前数年间，戏成《清史通俗演义》百回，海内大雅，不嫌芜陋，引而进之，且属编《元明演义》，为三朝一贯之举，爰勉徇众见，于去年草成《元史演义》六十回，本年复草成《明史演义》百回。《元史》多阙漏，苦乏考证，《明史》多繁复，苦费抉择，不得已搜集成书，无论为官史，为私乘，悉行钩考，乃举一代治乱兴亡之实迹，择其大者要者，演成俚语，依次编纂。其间关于忠臣义士，及贞夫烈妇之所为，尤必表而出之，以示来许；反之，为元恶大憝、神奸巨蠹，亦旨直揭其隐，毋使遁形。为善固师，不善亦师，此鄙人历来编辑之微怡，而于此书尤三致意焉。若夫燕词郢说，不列正史，其有可旁证者，则概存之，其无可旁证而太涉荒唐者，则务从略，或下断语以辨明之。文不尚虚，语惟从俗，盖犹是元、清两演义之故例也。编既竣，爰述鄙见以为序。

中华民国九年九月

古越蔡东藩自识于临江书舍

目　录

第一回

揭史纲开宗明义　困涸辙避难为僧

　　江山无恙，大地春回，日暖花香，窗明几净，小子搁笔已一月有余了。回忆去年编述《元史演义》，曾叙到元亡明续的交界；嗣经腊鼓频催，大家免不得一番俗例：什么守岁？什么贺年？因此将元史交代清楚，便把那管城子放了一月的假。现在时序已过去了，身子已少闲了，《元史演义》的余味，尚留含脑中，《明史演义》的起头，恰好从此下笔。淡淡写来，兴味盎然。元朝的统系，是蒙族为主；明朝的统系，是汉族为主。明太祖朱元璋，应运而兴，不数年即驱逐元帝，统一华夏，政体虽犹是君主，也算是一位大革命家、大建设家。嗣后传世十二，凡一十七帝，历二百七十有六年，其间如何兴？如何盛？如何衰？如何亡？统有一段极大的原因，不是几句说得了的。先贤有言："君子道长，小人道消，国必兴盛；君子道消，小人道长，国必衰亡。"这句话虽是古今至言，但总属普通说法，不能便作一代兴衰的确证。

　　小子尝谓明代开国，与元太祖、元世祖的情形，虽然不同，但后来由兴而衰，由盛而亡，却蹈着元朝五大覆辙。看官欲问这五大弊吗？第一弊是骨肉相戕；第二弊是权阉迭起；第三弊是奸贼横行；第四弊是宫闱恃宠；第五弊是流寇殃民。这五大弊循环不息，已足斩丧元气，倾覆国祚；还有国内的党争，国外的强敌，胶胶扰扰，愈乱愈炽，勉强支持了数十百年，终弄到一败涂地，把明祖创造经营的一座锦绣江山，拱手让与满族，说将起来，也是可悲可惨的。提纲挈领，眼光直注全书。目今满主退位，汉族光复，感世变之沧桑，话前朝之兴替，国体虽是不同，理乱相关，当亦相去不远。远鉴胡元，近鉴满清，不如鉴着有明，所以元、清两史演义，既依次编成，这《明史演义》，是万不能罢手的。况乎历代正史，卷帙最多，《宋史》以外，要算《明史》。若要把《明史》三百三十二卷，从头至尾，展阅一遍，差不多要好几年工夫。现在的士子们，能有几个目不窥园、十年攻苦，就使购置了一部《明史》，也不过庋藏书室，做一个读史的模样，哪里肯悉心翻阅呢？并非挖苦士子，乃是今日实情。何况为官为商为农为工，连办事谋生，尚觉不暇，或且目不识丁，胸无点墨，怎知道去阅《明史》？怎知道明代史事的得失？小子为通俗教育起见，越见得欲罢不能，所以今日写几行，明日编几行，穷年累月，又辑成一部《明史演义》出来。宜详者详，宜略者略，所有正史未载，稗乘偶及的轶事，恰见无不搜，闻无不述，是是非非，凭诸公议，原原本本，不惮琐陈。看官不要惹厌，小子要说到正传了。说明缘起，可见此书之不能不作，尤可见此书之不能苟作。

　　却说明太祖崛起的时候，正是元朝扰乱的时间。这时盗贼四起，叛乱相寻，黄岩人方国珍起兵台温，颍州人刘福通与栾城人韩山童起兵汝颍，罗田人徐寿辉起兵蕲黄，定远人郭子兴起兵濠梁，泰州人张士诚起兵高邮，还有李二、彭大、赵均用一班草寇，攻掠徐州，弄得四海纷争，八方骚扰。各方寇盗，已见《元史演义》中，故用简笔叙过。元朝遣将调兵，频年不息，只山童被擒，李二被逐，算是元军的胜仗，其余统不能损他分毫，反且日加猖獗。那时元顺帝昏庸得很，信奉番僧，日耽淫乐，甚么演揲儿法，即大喜乐之意。甚么秘密戒，亦名双修法，均详《元史演义》。甚么天魔舞，造龙舟，制宫漏，专从玩意儿上着想，把军国大事撇在脑后；贤相脱脱，出征有功，反将他革职充军，死得不明不白；佞臣哈麻兄弟，及秃鲁帖木儿，导上作奸，反言听计从，宠荣得甚么相似。冥冥中激怒上苍，示他种种变异，如山崩地震、旱干水溢诸灾，以及雨血雨毛雨氂，陨星陨石陨火诸怪象，时有所闻，无非令顺帝恐惧修省，改过迁善。不意顺帝怙恶不悛，镇日里与淫僧妖女、媚子谐臣，讲演这欢喜禅，试行那秘密法，云雨巫山，唯日不足。于是天意亡元，群雄逐鹿，人人都挟有帝王思想。刘福通奉韩山童子林儿为帝，国号宋，据有亳州；徐寿辉也自称皇帝，国号天完；张士诚也居然僭号诚王，立国称周。一班草泽枭雄，统是得意妄行，毫无纪律，不配那肇基立极奉天承运的主子，所以上天另行择真，凑巧濠州出了一位异人，姿貌奇杰，度量弘廓，颇有人君气象，乃暗中设法保佑，竟令他拨乱反正，做了中国的大皇帝。这人非他，就是明太祖朱元璋。以匹夫为天子，不可谓无天意。近时新学家言，专属人事，抹煞天道，似亦未足全信，故此段备详人事，兼及天心。

　　朱元璋，字国瑞，父名世珍，从泗州徙居濠州的钟离县，相传系汉钟离得道成仙的区处。世珍生有四子，最幼的就是元璋。元璋母陈氏，方娠时，梦神授药一丸，置诸掌中，光芒四射，她依着神命，吞入口中，甘香异常。及醒，齿颊中尚有余芳。至怀妊足月，将要分娩，忽见红光闪闪，直烛霄汉，远近邻里，道是火警，都呼噪奔救，到了他的门外，反看不见甚么光焰，复远立回望，仍旧熊熊不灭。大众莫名其妙，只是惊异不置。后来探听着世珍家内，生了一个小孩子，越发传为奇谈，统说这个婴儿不是寻常人物，将来定然出色的。就史论史，不得目为迷信。这年乃是元文宗戊辰年，诞生的时日，乃是九月丁丑日未时。后人推测命理，说他是辰戌丑未，四库俱全，所以贵为天子，这也不在话下。惟当汲水洗儿的时候，河中忽有红罗浮至，世珍就取作儿衣，迄今名是地为红罗港，是真是假，无从详究。总之豪杰诞生的地方，定有一番发祥的传说，小子是清季人，不是元季人，自然依史申述，看官不必动疑。

且说朱世珍生了此儿，取名元璋，相貌魁梧，奇骨贯顶，颇得父母钟爱。偏偏这个宁馨儿，降生世间，不是朝啼，就是夜哭，想是不安民间。呱呱而泣，声音洪亮异常，不特做爹娘的日夕惊心，就是毗连的邻居，也被他噪得不安。世珍无法可施，不得已祷诸神明，可巧邻近有座皇觉寺，就乘便入祷，暗祝神明默佑。说也奇怪，自祷过神明后，乳儿便安安稳稳，不似从前的怪啼了。世珍以神佛有灵，很是感念，等到元璋周岁，复偕陈氏抱子入寺，设祭酬神，并令元璋为禅门弟子，另取一个禅名，叫作元龙。俗呼明太祖为朱元龙，证诸正史，并无是说，尝为之阙疑，阅此方得证据。

光阴易过，岁月如流，元璋的身躯，渐渐的长成起来，益觉得雄伟绝伦。只因世珍家内，食指渐繁，免不得费用日增，可奈时难年荒，入不敷出，单靠着世珍一人，营业糊口，哪里养得活这几口儿？今日吃两餐，明日吃一餐，忍饥耐饿，挨延过日，没奈何命伯、仲、叔三儿，向人佣工，只留着元璋在家。元璋无所事事，常至皇觉寺玩耍，寺内的长老爱他聪明伶俐，把文字约略指授，他竟过目便知、入耳即熟，到了十龄左右，居然将古今文字，通晓了一大半。若非当日习练，后来如何解识兵机，晓明政体？世珍以元璋年已成童，要他自谋生计，因令往里人家牧牛。看官！你想这出类拔萃的小英雄，怎肯低首下心，做人家的牧奴？起初不愿从命，经世珍再三训导，没奈何至里人刘大秀家，牧牛度日。所牧的牛，经元璋喂饲，日渐肥壮，颇得主人欢心。牧民之道，亦可作如是观。无如元璋素性好动，每日与村童角逐，定要自作渠帅，诸童不服，往往被他捶击，因此刘大秀怕他惹祸，仍勒令回家。

转眼间已是元顺帝至正四年了，濠、泗一带，大闹饥荒，兼行时疫。世珍夫妇相继逝世，长兄朱镇又罹疫身亡，家内一贫如洗，无从备办棺木，只好草草藁束，由元璋与仲兄朱镗，舁尸至野。甫到中途，蓦然间黑云如墨，狂飙陡起，电光闪闪，雷声隆隆，接连是大雨倾盆，仿佛银河倒泻，澎湃直下，元璋兄弟，满体淋湿，不得已将尸身委地，权避村舍，谁料雨势不绝，竟狂泼了好多时，方渐渐停止。元璋等忙去察视，但见尸身已没入土中，两旁浮土流积，竟成了一个高垅，心中好生奇异，询诸里人，那天然埋尸的地方，却是同里刘继祖的祖产。当下向继祖商议，继祖也不觉惊讶，暗思老天既如此作怪，莫非有些来历，不如顺天行事，乐得做个大大的人情，遂将这葬地慨然赠送。史中称为凤阳陵，就是此处。不忘掌故。元璋兄弟，自然感谢。谁料福无双至，祸不单行，仲、叔两兄又染着疫病，一同去世，只剩了嫂侄两三人，零丁孤苦，涕泪满襟。这时元璋年已十七，看到这样状况，顿觉形神沮丧，日夕彷徨，辗转踌躇，无路可奔，还不若投入皇觉寺中，剃度为僧，倒也免得许多苦累。计划已定，也不及与嫂侄说明，竟潜趋皇觉寺，拜长老为师，做了僧徒。未几长老圆寂，寺内众僧瞧他不起，有时饭后敲钟，有时闭门推月，可怜这少年落魄的朱元璋，昼不得食，夜不得眠，险些儿做了沟中瘠、道旁殣，转入轮回。受得苦中苦，方为人上人。

那时元璋熬受不住，想从此再混过去，死的多，活的少，不得不死里求生，便忍着气携了袄被，托了钵盂，云游四方，随处募食。途中越水登山，餐风饱露，说不尽行脚的困苦。到了合肥地界，顿觉寒热交侵，四肢沉痛，身子动弹不得，只得觅了一座凉亭，权行寄宿。昏瞆时，觉有紫衣人两名，陪着左右；口少渴，忽在身旁得着生梨；腹少饥，忽在枕畔得着蒸饼。此时无心查问，得着便吃，吃着便睡，模模糊糊的过了数日，病竟脱体。霎时间神清气爽，昂起头来，四觅紫衣人，并没有甚么形影，只剩得一椽茅舍，三径松风，见《明史·太祖本纪》，并非捏造。他也不暇思索，便起了身，收拾被囊，再去游食。经过光、固、汝、颍诸州，虽遇着几多施主，究竟仰食他人，朝不及夕。挨过了三年有余，仍旧是一个光头和尚，袄被外无行李，钵盂外无长物。乃由便道返回皇觉寺，但见尘丝蛛网，布满殿庑，香火沉沉，禅床寂寂，不禁为之惊叹。他拣了一块隙地，把袄被钵盂放下，便出门去访问邻居。据言："寇盗四起，民生凋敝，没有甚么余力，供养缁流，一班游手坐食的僧侣，不能熬清受淡，所以统同散去。"这数语，惹得元璋许多嗟叹。嗣经邻居檀越，因该寺无人，留他暂作住持，元璋也得过且过，又寄居了三四年。

至正十二年春二月，定远人郭子兴与党羽孙德崖等起兵濠州，元将彻里不花奉命进讨，惮不敢攻，反日俘良民，报功邀赏。于是人民四散，村落为墟。皇觉寺地虽僻静，免不得风声鹤唳，草木皆兵。元璋见邻近民家，除赤贫及老弱外，多半迁避，自己亦觉得慌张，捏着了一把冷汗。欲要留着，恐乱势纷纷，无处募食，不被杀死，也要饿死；欲要他去，可奈荆天棘地，无处可依，况自己是一个秃头，越觉得栖身无所。左思右想，进退两难，乃步入伽蓝殿中，焚香卜爻，先问远行，不吉；复问留住，又不吉；不由的大惊道："去既不利，留又不佳，这便怎么处？"忽忆起当年道病，似有紫衣人护卫，未免为之心动，复虔诚叩祝道："去留皆不吉，莫非令举大事不成！"随手掷筊，竟得了一个大吉的征兆。当下跃起道："神明已示我去路，我还要守这僧钵，做什么？"遂把钵盂弃掷一旁，只携了一条敝旧不堪的薄被，大踏步走出寺门，径向濠州投奔去了。小子恰有一诗咏道：

出身微贱亦何伤，未用胡行舍且藏。

赢得神明来默示，顿教真主出濠梁。

欲知元璋投依何人，且看下回续叙！

前半回叙述缘起，为全书之楔子，已将一部明史，笼罩在内；入后举元季衰乱情状，数行了之，看似太简，实则元事备见元史。此书以明史为纲，固不应喧宾夺主也。后半回叙明祖出身，极写当时狼狈情状，天降大任于是人也，必先苦其心志，劳其筋骨，饿其体肤，如明祖朱元璋，殆真如先哲之所言者，非极力演述，则后世几疑创造之匪艰，而以为无足重轻，尚谁知有如许困苦耶？至若笔力之爽健，词致之显豁，尤足动人心目，一鸣惊人，知作者之擅胜多矣。

第二回

投军伍有幸配佳人　捍孤城仗义拯主帅

却说朱元璋出寺前行，一口气跑到濠州，遥见城上兵戈森列，旗帜飘扬，似有一种严肃的气象；城外又有大营扎着，好几个赳赳武夫，守住营门。他竟不遑他顾，一直闯入，门卒忙来拦阻，只听他满口喧嚷道："要见主帅！"当下惊动了营中兵士，也联翩出来，看他是个光头和尚，已觉令人惊异。嗣问他是何姓氏？有无介绍？他也不及细说，只说是朱元璋要见主帅。大众还疑他是奸细，索性把他反缚，拥入城中，推至主帅帐前。元璋毫不畏惧，见了主帅，便道："明公不欲成事么？奈何令帐下守卒，縶缚壮士？"自命不凡。那上面坐着的主帅，见他状甚奇兀，龙形虎躯，开口时声若洪钟，不禁惊喜交集，便道："看汝气概，果非常人，汝愿来投效军前么？"元璋答声称是。便由主帅呼令左右，立刻释缚，一面问他籍贯里居。元璋说明大略，随即收入麾下，充作亲兵。看官！你道这主帅为谁？便是上回所说的郭子兴。至此始点醒主帅姓名，文不直捷。

子兴得了元璋，遇着战事，即令元璋随着。元璋感激图效，无论什么强敌，总是奋不顾身，争先冲阵。敌军畏他如虎，无不披靡，因此子兴嘉他义勇，日加信任。一日，子兴因军事已了，踱入内室，与妻张氏闲谈，讲到战事得手，很觉津津有味。张氏亦很是喜慰。嗣复述及元璋战功，张氏便进言道："妾观元璋，不是等闲人物，他的谋略如何，妾未曾晓，惟他的状貌，与众不同，将来必有一番建树，须加以厚恩，俾他知感，方肯为我出力。"张氏具有特识，也算一个智妇。子兴道："我已拔他为队长了。"张氏道："这不过是寻常报绩，据妾愚见，还是不足。"子兴道："依汝意见，将奈何?"张氏道："闻他年已二十五六，尚无家室，何不将义女马氏，配给了他? 一可使壮士效诚，二可使义女得所，倒也是一举两得呢!"子兴道："汝言很是有理，我当示知元璋便了。"次日升帐，便召过元璋，说明婚嫁的意思。元璋自然乐从，当即拜谢。子兴便命部将两人，作为媒妁，选择良辰，准备行礼。

小子叙到此处，不得不补述马氏来历。先是子兴微时，曾与宿州马公为刎颈交。马公家住新丰里，佚其名，其先世为宿州素封，富甲一乡，至马公仗义好施，家业日落，妻郑媪生下一女，未几病逝。马公杀人避仇，临行时曾以爱女托子兴，子兴领回家中，视同己女。后闻马公客死他方，益怜此女孤苦，加意抚养。子兴授以文字，张氏教以针黹，好在马氏聪慧过人，一经指导，无不立晓。与明祖朱元璋，恰是不谋而合。至年将及笄，出落得一副上好身材，模样端庄，神情秀越，秾而不艳，美而不佻; 还有一种幽婉的态度，无论如何急事，她总举止从容，并没有疾言遽色。的是国母风范。所以子兴夫妇，很是钟爱，每思与她联一佳偶，使她终身有托，不负马公遗言。凑巧元璋投军，每战辄胜，也为子兴夫妇所器重，所以张氏倡议，子兴赞成，天生了一对璧人，借他夫妇作撮合山，成为眷属，正所谓前生注定美满姻缘呢。说得斐亹可观。

吉期将届，子兴在城中设一甥馆，令元璋就馆待婚; 一面悬灯结彩，设席开筵，热闹了两三日，方才到了良辰; 当由侯相司仪，笙簧合奏，请出了两位新人，行交拜礼; 接连是洞房合卺，龙凤交辉，一宵恩爱，自不消说。和尚得此，可谓奇遇。自此以后，子兴与元璋遂以翁婿相称，大众亦另眼看待，争呼朱公子而不名。惟子兴有二子，素性褊浅，以元璋出身微贱，无端作为赘婿，与自己称兄道弟，一些儿没有客气，未免心怀不平。元璋坦白无私，哪里顾忌得许多？偏他二人乘间抵隙，到子兴面前，日夕进谗，说他如何骄恣，如何专擅，甚且谓阴蓄异图，防有变动。子兴本宠爱元璋，不肯轻信，怎奈两儿一倡一和，时来絮聒，免不得也惶惑起来。*爱婿之心，究竟不及爱子。*元璋不知就里，遇有会议事件，仍是侃侃而谈，旁若无人。某日为军事龃龉，竟触动子兴怒意，把他幽诸别室，两子喜欢得很，想从此除了元璋，遂暗中嘱咐膳夫，休与进食。事为马氏所知，密向厨下窃了蒸饼，拟送元璋。甫出厨房，可巧与张氏撞个满怀，她恐义母瞧透机关，忙将蒸饼纳入怀中，一面向张氏请安。张氏见她慌张情状，心知有异，故意与她说长论短，马氏勉强应答，已觉得言语支吾；后来柳眉频蹙，珠泪双垂，几乎说不成词，经张氏挈她入室，屏去婢媪，仔细诘问。方伏地大哭，禀明苦衷。张氏忙令解衣出饼，那饼尚热气腾腾，粘着乳头，好容易将饼除下。眼见得乳为之糜，几成焦烂了。*难为这鸡头肉。*张氏也不禁泪下，一面命她敷药，一面叫人厨子，速送膳与元璋。是夕，便进谏子兴，劝他休信儿言。子兴本是个没主意的人，一闻妻语，也觉得元璋被诬，即命将元璋释放，还居甥馆。张氏复召入二子，大加呵斥，二子自觉心虚，不能强辩，也只好俯首听训。嗣是稍稍顾忌，不敢肆恶，元璋也得少安了。*亏得有此泰水。*

越数日，接到军报，徐州被元军克复，李二败走。又越日，守卒来报，彭大、赵均用率众来降，愿谒见主帅。子兴闻知，亟令开城延入，以宾主礼相见。彼此寒暄，颇为欢洽。当下设宴款待，饮酒谈心。突由探马驰入，报称元军追赶败兵，将到城下了。统帅叫作贾鲁。子兴不禁皱眉道："元兵又来，如何对待？"*可见子兴没用。*旁座一人起言道："元军乘胜而来，势不可当，不如坚壁清野，固守勿战，令他老师旷日，锐气渐衰，方可以逸待劳，出奇制胜。"众闻言，注目视之，乃是娇客朱元璋。明写元璋献计，是破题儿第一遭。彭大、赵均用问子兴道："这位是公何人？"子兴答是小婿。彭大便道："令坦所言，未尝不是。但闻足下起义徐州，战无不胜，此刻元兵到来，何妨出城对敌，杀他一个下马威，免使小觑。某等虽败军之将，也可助公一臂，聊泄前恨。"子兴鼓掌称善。匆匆饮毕，撤了酒肴，整备与元军厮杀。看官听着！这彭大、赵均用本是著名盗魁，与李二通同一气。李二兵败窜死，彭、赵两人皆被元军杀退，立脚不住，投奔濠州。子兴闻他大名，以为可资作臂助，所以甚表欢迎，虚已以听。错了念头。元璋不便再言，勉强随着子兴，出城迎敌，彭、赵也率众后随。方才布成阵势，见元军已大刀阔斧，冲杀前来，兵卒似蚁，将士如虎，任你如何抵拒，还是支撑不住。子兴正在慌忙，忽后队纷纷移动，退入城闉，霎时间牵动前军，旗靡辙乱，子兴拨马就回，元军乘势抢城，亏得元璋带领健卒，奋斗一场，方将元军战却，收兵入城。力写元璋。一面阖城固守，登陴御敌。元军复来猛攻，由元璋昼夜捍御，还算勉力保全。

　　子兴退回城中，彭大复来密谈，把后队退兵的错处，统推到赵均用身上。子兴又信以为真，优礼彭大，薄待赵均用，又是一番衅隙。均用从此含怨。可巧子兴党羽孙德崖，募兵援濠，突围入城，子兴与议战守事宜，德崖主战，子兴主守，意见未协，免不得稍有龃龉。均用乘此机会，厚结德崖，拟除了子兴，改奉德崖为主帅。看官！你想此时的草泽英雄，哪个不想做全城的头目？当濠州起兵时，德崖与子兴本是旗鼓相当，因子兴较他年长，不得不奉让一筹，屈己从人，此次由均用从中媒蘖，自然雄心勃勃，不肯再作第二人思想。子兴尚是睡在鼓中，一些儿没有分晓，就是元璋在城，也只留意守御，无暇侦及秘谋。

　　一夕，元璋正策马梭巡，忽奉张氏密召，立命进见。当下应召入内，见张氏在座，已哭得似泪人儿一般；爱妻马氏，也在旁陪泪，不禁惊诧起来，急忙启问。张氏呜呜咽咽，连说话都不清楚；应有此状，亏他描摹。还是马氏旁答道："我的义父，被孙德崖赚去了，生死未卜，快去救他！"元璋闻言，也不及问明底细，三脚两步的跑出室外，即号召亲兵，迅赴孙家。一面遣人飞报彭大，令速至孙家救护子兴。说时迟，那时快，元璋已驰入孙门。突被门卒阻住，元璋回顾左右道："我受郭氏厚恩，忍见主帅被赚，不进去力救么？兄弟们替我出力，打退那厮！"众卒奉命上前，个个挥拳奋臂，一哄儿将门卒赶散。元璋当先冲入，跨进客堂，适德崖与均用密议，见元璋到来，料知来救子兴，恰故意问道："朱公子来此何干？"元璋厉声道："敌逼城下，连日进攻，两公不去杀敌，反赚我主帅，意欲图害，是何道理？"德崖道："我等正邀请主帅，密议军机，不劳你等费心。你且退！守城要紧，休得玩忽！"元璋道："主帅安在？"德崖怒目道："主帅自有寓处，与你何干？"元璋大忿，方欲动手，蓦闻外面有人突入道："均用小人，何故谋害郭公，彭大在此，决不与你干休！"元璋闻声，越觉气壮，雄赳赳的欲与德崖搏斗。德崖见两人手下，带有无数健卒，陆续进来，挤满一堂，不由的怕惧起来，反捏称主帅已返，不在我家。元璋愤答道："可令我一搜吗？"德崖尚未答应，彭大已从后插嘴道："有何不可？快进去！快进去！"于是元璋拥盾而入，直趋内厅，四觅无着，陡闻厅后有呻吟声，蹑迹往寻，见有矮屋一椽，扃镭甚严，当即毁门进去，屋内只有一人，铁链银铛，向隅暗泣，凝目视之，不是别人，正是濠州主帅郭子兴，主帅如此，太觉倒霉。是时不遑慰问，忙替他击断锁链，令部兵背负而出。德崖与均用，睁着眼见子兴被救，无可奈何。元璋即偕彭大趋出，临行时又回顾德崖道："君与主帅同时举义，素称莫逆，如何误听蜚言，自相戕贼？"又语赵均用道："天下方乱，群雄角逐，君既投奔至此，全靠同心协力，共图大举，方可策功立名，愿此后休作此想！"言已，拱手而别。前硬后软，妙有权术。弄得孙赵两人，神色惭沮，反彼此互怨一番，作为罢论。此事悉本《太祖本纪》。惟《本纪》叙此事，在濠未被围之前，而谷著《纪事本末》，则言此事在被围之时，且事实间有异处，本编互参两书，以便折衷。

元璋既救出子兴，仍加意守城，会元军统帅贾鲁，在营罹病，日渐加剧，以是攻击少懈。越年，贾鲁病死，元军退去。自濠城被围，迄于围解，差不多有三四月，守兵亦多半受伤。元璋禀知子兴，拟另行招募，添补伍，子兴照允，将此事委任元璋。元璋即日还乡，陆续募集，得士卒七百名，内中有二十四人，能文能武，有猷有为，端的是开国英雄，真皇辅弼。为后文埋根。这二十四人何姓何名？待小子开列如下：

徐达　汤和　吴良　吴桢　花云　陈德　顾时　费聚

耿再成　耿炳文　唐胜宗　陆仲亨　华云龙　郑遇春

郭兴　郭英　胡海　张龙　陈桓　谢成　李新材　张赫

周铨　周德兴

元璋得了许多英材，与他们谈论时事，很是投机。当下截止招募，带领七百人回濠，禀报子兴。子兴按名点卯，七百人不错一个，便算了事，惟署元璋为镇抚，令所募七百人，归他统率。元璋拜谢如仪。

隔了数日，元璋方料理簿书，有一人进来禀谒，视之乃是徐达，便问道："天德有何公干？"徐达见左右无人，便造膝密陈道："镇抚不欲成大业么？何故郁郁居此，长屈人下？"

元璋道："我亦知此地久居，终非了局，但羽毛未满，不便高飞，天德如有高见，幸即指陈!"徐达道："郭公长厚，德崖专横，彭、赵又相持不下。公处此危地，事多牵掣，万一不慎，害及于身，奈何不先几远引?"识见高人一层。元璋道："我欲去此他适，必须有个脱身的计策，否则实滋疑窦，转召危机。"徐达道："郭公籍隶定远。目今定远未平，正好借此出兵，想郭公无不允行。"元璋道："我方募兵七百名，署为镇抚，若统率南行，无论谣诼易生，即郭公亦多疑虑。"徐达道："七百人中，可用的不过二十余人，公只将二十余人率着，便足倚任，此外一概留濠，那时郭公便不致动疑了。"元璋点头道："天德此言，甚合我意，我当照行。"徐达乃趋出候命。达字天德，元璋称字不称名，便是器重徐达的意思。徐达为开国元勋，故从特笔。元璋即入禀子兴，出徇定远，并请将原有部兵，归属他将，只率二十四人同行。子兴欣然应允。不出徐达所料。于是元璋整装即行，这一行，有分教：

踏破铁笼翔彩凤，冲开潜窟奋飞龙。

欲知南徇定远情形，请看官续阅下回。

投军为明祖奋迹之始，成婚为明祖得助之始，救郭子兴为明祖报绩之始，募兵七百，得英材二十四，为明祖进贤之始，逐层写来，有声有色。他若郭子兴之庸柔，孙德崖之贪庆，彭大之粗豪，赵均用之刁狡，皆为明祖一人反射。尤妙在用笔不直，每述一事，辄用倒戟而出之法，使阅者先迷后醒，益足厭目。看似容易却艰辛，阅仅至此，已自击节不置。

第三回

攻城掠地迭遇奇材　献币释嫌全资贤妇

却说徐达、汤和等二十余人，随着元璋，南略定远。定远附近有张家堡，驻扎民兵，号驴牌寨。元璋请费聚往察情形，费聚返报寨中乏食，意欲出降。元璋大喜道："此机不可坐失。"便命费聚前导，另选数人为辅，上马急行。将到寨前，遥见寨中有二将出来，大声呼着，说是来者何为？费聚心恐，叩马谏元璋道："彼众我寡，未便深入，不如回招人马，然后前来。"元璋笑道："多人何益，反令彼疑。"有胆有识。言毕下马，即褰裳渡濠，径诣寨门，寨主倒也出见。元璋道："郭元帅与足下有旧，闻足下孤军乏食，恐遭敌噬，因遣我等相报，若能相从，请即偕往，否则移兵他避，免蹈孤危。"寨主唯唯从命，只请元璋留下信物，作一证据，元璋慨解佩囊，给与寨主，寨主邀与入营，献上牛酒，大家饱餐一顿。食毕，元璋即请寨主促装，寨主以三日为期。元璋道："既如此，我且先返，留费聚在此，与君同来便了。"寨主允诺，元璋即策马而归。徐达等接见元璋，询明情状。徐达道："恐防有变。"料事如神。元璋哂道："我亦虑此。"所见相同。徐达道："达闻寨兵约三千人，若负约来争，众寡不敌，请即募兵以备不虞。"元璋称善，即悬旗招兵。阅三日，约得壮士三百人。忽见费聚踉跄奔还，喘声道："不、句。不好了！不好了！该寨主自食前言，将有他变。"元璋投袂道："小丑可恨，我当立擒此贼。"于是拔营齐赴,且令壮士潜匿囊中,诡作军粮,载以小舆,顷刻抵寨,遣人告寨主道:"郭元帅命持军粮来,请寨主速出领取!"寨主正愁乏食,闻信大喜,飞步而出。元璋接见,即令运囊下车,一声呐喊,壮士皆破囊突出,立将寨主拿下。果然妙计。元璋又命部下纵火,攻毁营垒,吓得寨兵无处逃遁,齐呼愿降,乃将寨兵纵放,把旧垒一炬成墟,当下收检降兵,一律录用,只严责寨主负约,申行军律,喝令斩讫。该杀。嗣是远近闻风,多来归附。

独定远人缪大亨,拥众二万人,受元将张知院驱遣,屯踞横涧山。元璋与徐达商议,定下一条好计,密授花云,令他照行。花云分兵去讫。

且说缪大亨所率部众,本系民间义勇,不受元将拘束。嗣因张知院设法联结,乃受他节制。此时闻元璋已破驴牌寨,恰也隐有戒心,日夕防范。接连数日,毫无影响,防务渐渐松懈。一夕,正阖营酣寝,梦中觉得有呼噪声、蹴踏声,相率起床出视,不料外面已万炬齐明,火光烛地,把全营照得通红,顿时眼目昏花,不知所措。大亨情急欲逃,方才上马,见敌兵已毁营杀人,为首一员大将,裹着铁甲,驾着铁骊,持了一柄大刀,飞舞而来,险些儿把脑袋砍破,急忙用刀架住,启口问道:"黑将军快通名来,休得乱砍!"来将答道:"我乃濠州大将花云,特来借你的头颅。"妙语解颐。大亨道:"彼此无仇,何故相犯?"花云道:"元主无道,天怒人怨,我等仗义而来,正为吊伐起见。你既纠众起义,应具同心,为什么反受元将监督,甘心作伥?我所以特来问罪,你若悔过输诚,我亦既往不咎,倘或说一不字,我的刀下,恰不肯半点容情。"声容俱壮。大亨尚拟抗拒,怎奈部众已仓皇失措,人仰马翻,只得忍气答道:"要我投诚,也是不难,还请将军息怒!"花云道:"你既听我良言,尚有何说。你令部众弃械投诚,我亦当禁军屠

戮。"大亨应允，便两下传令，一边释械，一边停刀。复经花
云婉转晓谕，说得大亨非常佩服，连降众都是倾心。于是横涧
山二万义兵，统随着花云，来归元璋。元璋好言抚慰，正在按
名录簿，又得军士喜报，横涧山旁寨目秦把头，也率众来降
了。随即传令入见，免不得温词奖勉，一面检阅秦把头部众，
约共得八百人。人多势旺，威声大震。

　　定远人冯国用，与弟国胜，也挈众来归。元璋见他儒冠儒
服，温文尔雅，不觉起敬道："贤昆仲冠服雍容，想总是读书
有年，具有特识，现在天下未定，何术荡平？愿有以教我！"
国用道："大江以南，金陵为最，龙蟠虎踞，向属帝王都会。
公既率师南略，请先拔金陵定鼎，然后命将四出，救民水火，
倡行仁义，勿贪子女玉帛，天下归心，何难平定？"后来元璋行
事，悉本是言，故录述独详。元璋大悦，令国用兄弟入居帷幄，
参赞戎机。一面下令拔营，向滁阳进发。途次有一人迎谒，举
止不凡，由元璋问他姓名，答称："李姓名善长，字百室，是
本地人氏，籍隶定远。"元璋又欲考核才识，叩问方略，善长
从容答道："从前暴秦不道，海内纷争，汉高崛起布衣，豁达
大度，知人善任，不嗜杀人，五载即成帝业。今元纲既紊，天
下崩裂，与秦末相同。公系濠产，距沛不远，山川王气，钟毓
公身，若能效汉高所为，亦当手定中原，难道古今人必不相及
么？"又一个王佐之言。元璋又欢慰非常，留居幕下，掌任书记，
筹备粮运。居然作萧相国。复饬花云为先锋，带着前队，飞速
进行。

　　花云当先开道，孑身前驱，途遇土匪数千人，毫不畏怯，
提剑跃马，横冲而过。各军陆续随上，如入无人之境。群盗自
相惊顾道："黑将军来了，勇不可当，休与争锋！"言毕，各
分道散去。花云直至滁阳，竟薄城下。城内守吏，闻风早遁，
只有流寇往来，入城抢掠，一闻花云军至，连忙逃出城外。可

巧被花云截住，乱斫乱杀，信手扫荡，滚去头颅无数，眼见得滁城内外，一鼓肃清了。真是容易。元璋率军入城，安民已毕，忽来了一个少年，两个童儿，少年呼元璋为叔，一童儿呼元璋为母舅，一童儿呼元璋为义父，俱由元璋接见。欣喜之中，恰带着几分酸楚。

看官道是何人？待小子说个明白：少年系元璋的侄儿，名叫文正，自从元璋为僧，彼此不通闻问，差不多有八九年。一童系元璋姊子，盱眙人，姓李名文忠，其母已死，随父避难，流离转徙，又与父相失，九死一生，方得到滁。一童系元璋的寄子，姓沐名英，定远人，幼时父母双亡，沿途乞食，元璋在濠州时，出城巡察，见他面貌雄伟，无寒乞相，特命他随归，令妻马氏抚养，视同己子。此时结伴同来，重行聚首，悲喜交集，自在意中。文忠年最幼，只十四岁，走近元璋身前，依依不舍，元璋戏摩其顶，文忠亦牵着元璋衣襟，捉弄不已。元璋笑道："外甥见舅，仿佛见母，所以如此亲昵，我看你母早亡，你父想亦殉难，不如随我姓朱罢！"文忠道："愿从舅命。"元璋又顾沐英道："你既为我寄子，也可改姓为朱。"沐英亦惟命是从。李、沐两人，后皆立功封王，故并笔详叙。三人俱留住滁阳。

元璋复遣将四出，取铁佛岗，攻三汊河口，收全椒、大柳诸寨。正在战胜攻取的时候，突有泗州差官到来，说是奉郭元帅命令，饬镇抚移守盱眙。元璋惊讶道："郭公何时到泗州？"来使道："这是彭、赵两公的计划，郭元帅择善而从。"元璋又问道："濠州何人把守？"来使道："孙公德崖，留守濠州。"元璋沉吟半晌道："我知道了。彭、赵两人挟主往泗，且令我移军盱眙，以便就近节制，这正是一网打尽的好计。但我只知有郭公命，不知有彭、赵命，你去回复了他，教他休逞刁谋，我元璋不是好惹呢！"彭、赵情迹，从元璋口中叙出，既省笔墨，且写元璋之智。来使语塞，告别而去。嗣是元璋格外注意，常遣侦骑至泗州，探听消息。约越两旬，侦骑回报，彭、赵两人争权内哄，彭大中矢身亡，部曲为赵所并，气焰益张。*结果彭大。*元璋叹道："均用得势，郭公更危了。"当下与李善长商议，令善长写就一书，遣人赍递均用，其书道：

> 公昔困彭城，南趋濠，使郭公闭门不纳，死矣。得濠而踞其上，更欲害之，毋乃所谓背德不祥乎？郭公即易与，旧部俱在，幸毋轻视，免贻后悔！

均用得书，心中虽是愤恨，恰也顾忌三分，不敢遽害子兴。惟元璋在滁，尚恐均用为逆，一时不及往救，左思右想，定了一条贿赂计，立遣人赍送金帛，贿通均用左右，令他设法脱免子兴。果然钱神有灵，青蚨一去，泰岳飞来，*大雅不群。*元璋忙开城迎接，见子兴挈着妻孥，及义女马氏，接踵而至。当即迎入城中，推子兴为滁阳王，令所有部众，悉归子兴节制。*可谓长厚。*子兴甚是欢悦。谁知过了一月，子兴又变过了脸，渐渐的疏淡元璋，*性情反覆，实是可杀。*凡元璋亲信的将士，多被召用，连元璋记室李善长，也欲收置麾下。善长涕泣自诉，誓不肯行，子兴不能相强，方才罢休。

嗣是元璋格外韬晦，遇有战事，辄不与闻，子兴也不愿与议。偏是猜忌越深，谗言越盛，有说元璋不肯出战，有说元璋出战不肯效力，子兴统记入脑中。适值寇兵到滁，子兴立召元璋入帐，令他往剿。元璋应声愿往，子兴又另遣一将，与元璋并辔出城。*此将何用？分明是监督元璋。*甫与寇兵相接，该将已身中流矢，拍马走还，*真是饭桶。*阵势几乱。寇兵俱乘间杀来，幸元璋搴旗而前，麾众直上，搏斗了好多时，方将寇兵击退，元璋驰回报功，子兴仍不加礼貌，只淡淡的敷衍了数语。元璋未免懊丧，返入内室，长吁短叹，闷闷不已。马氏在旁慰问道："闻夫君出战得胜，妾正欣慰非常，何故夫君尚有愠色？"元璋叹息道："卿一妇人，安知我事？"马氏道："妾知道了，莫非因妾义父，薄待夫君么？"元璋道："卿既知悉，何劳再说！"马氏道："君亦察知义父的隐情么？"元璋道："前此忌我专擅，我愿撤销兵权；今此疑我推诿，我却争先杀敌，偏他仍是未惬，今我无从揣测，想总是与我有仇罢了。"马氏道："并非与夫君有仇，敢问夫君屡次出征，有无金帛归献？"元璋愕然道："这却没有。"马氏道："他将出战，还兵时必有所献，君何故与别人不同！"元璋道："他们是虏掠得来的，我出兵时秋毫无犯，那里来的金帛？就使从敌兵处夺了些儿，也应分给部下，奈何献与主帅？"马氏道："轸恤民生，慰劳将士，应该作此办法；但义父未察君情，反疑君为干没，是以不快于心。今妾幸有薄蓄，当出献义母，俾向义父前说情，可保后来释怨。"好马氏，好贤妇，我愿范金事之。元璋道："依卿所言便了。"是夕无话。

越日，马氏即检出金帛，亲呈义母张氏。张氏果喜，即与子兴说明。子兴怡然道："元璋颇有孝心，我前此错疑了他。"所争仅此，令人愤叹。自此疑衅渐释，遇有军事，仍与元璋熟商。元璋感念内助，伉俪益敦。又越数日，子兴二子，邀元璋出城宴饮，马氏闻知，即密语元璋道："君宜小心！从前义父挟嫌，多由两人播弄，今乃设宴款君，恐是不怀好意。可辞则辞，休堕他计！"元璋笑道："区区二竖，何能害我？我当设法免难，愿卿勿忧！"言毕趋出，即与王子二人，乘马赴饮。甫至中途，元璋忽从马上跃下，对天喃喃，若有所见。既而复腾身上马，揽辔驰还。王子忙惊呼道，"同约赴饮，何为半途奔回？"元璋回叱道："我不负你，你何故设计害我？幸空中神明指示，说你两人置毒酒中，令我中道驰归，免得中毒！"

言已，纵马自去。两人汗流浃背，俟元璋走远，方密语道："酒中下毒，是我两人的秘谋，此外无人得知，他如何瞧透机关？莫非果有神明不成？"呆鸟。当下快快同归，收拾了一片歹心，就使至乃父前，也决口不谈元璋功过。于是翁婿协好，郎舅无尤，好好一座滁阳城，从此巩固，元璋亦称快不置。应谢贤妻。

会元军进围六合，六合主将，至滁求救，子兴素与六合有隙，拒不发兵。元璋进谏道："六合与滁，唇齿相依，六合若破，滁不独存，应即赴援为是。"子兴踌躇良久，问来使道："元兵约有若干？"来使道："号称百万。"子兴不禁伸舌道："这、句。这般大兵，何人敢去一行？"帐下都面面相觑，不发一言。鼯鼠技穷，越显出蛟龙厉害。元璋道："某虽不材，愿当此任。"如闻其声。子兴道："且先问卜，何如？"元璋道："卜以决疑，不疑何卜。"子兴乃允，即令来使先返，随拨兵万人，归元璋统领，克日前往。元璋去后，子兴专望捷音，越数日得了军报，说是六合解围，自然快慰。又越一日，探马来报，元兵大举攻滁，子兴大惊道："元璋何往？"探马报称未知，吓得人人丧胆，个个惊心，小子有诗咏道：

> 军事由来变幻多，猝逢大敌急如何？
> 若非阃外英雄在，日暮何人得返戈。

毕竟滁阳何故被兵，元璋何故未归，小子暂一搁笔，姑至下回交代。

昔周武有十乱而得天下，邑姜与焉。先圣叹为才难，才固难矣，愚意则更有进者，自古帝王崛起，有外辅，尤须有内助。邑姜之功，不亚周召，故武王宣誓，独厕邑姜于十乱之列，非十乱以外，必无才彦，不过德有大小，功有巨细，举十乱，可以概余子耳。若明祖朱元璋之南略定、滁，外得徐、汤诸人以为之佐，犹之周召也；而内则全资马氏，马氏亦一邑姜欤？本回内外兼叙，注重得人，阅之可以知明祖开国之由来，非仅工叙述已也。

第四回

登雉堞语惊张天佑　探虎穴约会孙德崖

　　却说郭子兴接着军报，惊悉元兵来攻，连忙问及元璋，又未见率兵回来，究竟是何原因？待小子申说明白。原来泰州人张士诚，占据高邮，由元丞相脱脱督诸军进讨，大败士诚部众，乘胜分兵围六合。六合主将向滁阳求救，元璋率耿再成等往援，与元兵对仗，互有胜负。寻以元兵势大，未便久持，故意敛兵，潜入民舍，另遣妇女倚门，戟手痛骂，元兵恐他诱敌，相率惊愕，不敢逼入，渐渐引去。那时元相脱脱，早闻知滁阳出授，想出了一条釜底抽薪的计策，竟分兵来攻滁阳。这边元璋未归，那边元兵将到，探马遇警即报，未尝面面顾到，所以把元璋一边，答称未知。子兴旧部，统是酒囊饭袋，一些儿不中用，闻得这般警报，怎得不惊？怎得不慌？*说明底细，足令阅者一快。*

　　正是危急仓皇的时候，又一探马来报："朱将军回来了。"*是一位大救星。*子兴得此一信，方将出窍的魂灵，收转身中，方欲出城亲迓，*缓则堕渊，急则加膝，是庸主待人常态。*元璋已率众进城，彼此晤叙，不及细谈，只与商量防敌的计策。元璋道："火来水掩，兵来将挡，怕他甚么？"子兴稍稍放心，随命元璋出战。元璋自然奉命，不及休息，又复麾众出城。探听元兵行踪，距城已不过十里，连忙设伏涧旁，令耿再成带着数百人渡涧诱敌，自己在城下立营，专待元兵到来。是谓好谋而

·23·

成。元兵似风驰电掣一般，直指滁阳，途中遇着耿再成，看他手下的兵士很是有限，全然不放在眼里，一声呼噪，争先驱杀。再成的兵好似风卷残云，顷刻逃散。分明诱敌。元兵奋力追赶，走近涧边，见败兵凫水逸去，也纷纷下马，褰裳涉流；猛听得鼓角齐鸣，两岸林间，杀出无数人马，前队都列着弓箭手，个个拈弓搭矢，向元兵射来。元兵躲避不及，忙即渡回，已是一半中箭，倒毙涧中。元璋见元兵中计，复率大队赶来。在城将吏，闻元璋得手，也不待子兴命令，一拥而出，踊跃争功。此是若辈惯技，幸元兵别无秘计，否则全城休矣。大众追了一程，还是元璋勒马停住，声言穷寇勿追，方才收兵。途中拾得元兵弃械，不计其数，统是欢喜得很，返入城中，向子兴前报捷去了。元璋尚恐元兵再至，密嘱部曲戒严，旋闻元相脱脱已削职充戍，方喜慰道："元朝大将，只靠脱脱一人，他已贬谪，余人不必虑了。"嗣闻脱脱接连被谗，远窜赐死，禁不住一喜一叹，含蓄不尽，令阅者自思！脱脱之贬死，关系元朝存亡，故特笔提明。这是后话不提。

且说元璋在滁无事，复有一位长身铁面的英雄，自称从虹县来投，姓名叫作胡大海，特来求见朱公。又复一番叙法。元璋闻报，亟命延入，瞧将过去，觉得相貌堂堂，威风凛凛，便起身相迎，令他旁坐，一问一答，无非是说行兵要略，两下里很是投机，元璋即命他为先锋。转眼间已是至正十五年，城中兵食日渐缺乏，子兴召诸将筹划军糈，元璋进言道："困守孤城，何处得粮？邻近惟和阳城，未经骚乱，想必储有积粟，何妨遣将往取。"诸将笑道："朱公子谈何容易，和阳虽小，城高池深，又有重兵守着，如何取得？"元璋道："我亦非不知此，但不能力胜，还当智取，难道就坐困不成？"是极。子兴忙问计将安出。元璋道："从前攻民寨时，曾得庐州兵三千，颇称勇敢，今可令他椎结左衽，穿着青衣，扮作北军模样，带着橐驼四头，驾运货物，只说是庐州兵护送北使，至和阳赏赉将士，一面用绛衣兵潜随后面，俟青衣兵赚开城门，举火为号，便可掩他不备，鼓行直入。城池到手，还怕粮饷不为我有么？"子兴喜道："此计甚善。"诸将亦齐声赞成。毛遂所谓公等碌碌，因人成事者也。当下令张天佑率青衣兵先行，耿再成率绛衣兵后随，先后相隔数里，陆续向和阳进发。

天佑至和阳关，和阳父老闻北使过境，携着牛酒，出关迎献。当由天佑接受，拣了一个僻静地方，欢呼畅饮，几忘朝暮。得鱼忘筌。煞是可笑。至再成兵将近和阳，眼睁睁的望着前面，并不见有烟火动静，停住了好一歇，仍是杳然。再成还道自己来迟，火已举过，忙率众趋至城下，守将也先帖木儿急令闭城，用飞桥缒兵出战。再成不见天佑，已是心乱，勉强招架元兵，战了数合，突来了一支硬箭，慌忙躲闪，已中左肩，险些儿跌下马来，仓皇失措，只好拨马返奔。元兵追至千秋坝，日暮收兵，从容归去。不期行到半途，斜刺里杀到一支青衣兵，横冲直撞，任意蹂躏，想是靠着酒力。元兵措手不及，被他一鼓冲散。看官不必细猜，便可知是张天佑所领的兵马。至此才到。天佑既冲散元兵，一口气跑到城边，但见西门上面，立着一位长身阔面的大将，盔甲耀光，似曾相识，写出昏黄景象。正疑讶间，只听得大将呼道："张将军来迟了。"这是何人？令我无从捉摸。这一语传到耳中，方觉闻声知名。看官道是何人？乃是朱元璋部下的汤和。点出姓名，尚不知从何而来？笔法奇变，可推绝顶。天佑又喜又惊，待汤和开城放入，忙即问明底细。汤和道："我是奉朱元帅密令，从间道到此，接应诸公，乃到了城下，并没有诸公踪迹，只有飞桥架着城上，我就乘便登城，想去拿也先帖木儿，谁料他却刁猾得很，竟一溜烟走了。我看夜色已昏，不便穷追，因在城上恭候诸公。"说毕大笑，天佑未免怀惭。就汤和口中，叙出原因，真是计中有计，极写元璋智虑。一笑一惭，尤是好看。汤和再问耿再成下落，天佑茫无头绪，反还问汤和，汤和铿然道："与君偕行，君尚未知，我本绕道而来，如何得晓？想是两下失约，他见机回去了。目今已得此城，遣使报捷，自见分晓。"当下写就捷书，遣人赴滁去讫。

且说耿再成败归，禀报军情，子兴问及天佑。再成道："末将薄城，并不见他形影，想他必先行入城，被敌察觉，一律加害。"子兴道："如此奈何？"元璋在旁道："恐尚未然。"特有汤和之遣。正说着，又闻元使叩城，赍书招降。子兴道："招降书又到，想天佑必陷没了。"元璋道："且先接来书，后见来使。"子兴点头，即令门卒索交来书，递进察阅。书中只说"大兵将到，速宜投诚，毋自贻悔"等语。元璋道："咄！何物胡虏，敢出此言？为今计，应整兵示威，休使轻觑！"子兴道："兵多调出，城守空虚，如何示威？"元璋道："某自有计，王见来使，幸勿自馁！"随即趋出，令三门守卒，总集南门，两旁森列，填塞街衢，方开南门呼来使入。既至帐前，叱来使膝行进见。来使倔强不允，经元璋喝令左右，揪翻地上，才匍匐入帐。子兴语来使道："汝主昏庸，海内大乱，我为保民起见，特起义师，濠、滁一带，以次枚平。汝主反妄怒逞兵，要约招降，难道我果偷生怕死么？"来使道："降与不降，任凭裁酌，我系奉命而来，应该以礼相见，为何这般威虐？"子兴道："威虐甚么？"来使道："小小一座滁州城，靠着几千名乌合之众，竟敢背叛天朝，屈辱天使，还说不是威虐么？"口硬如此，真是个倔强汉。诸将在旁，听着此语，不由的气愤填胸，彼此拔剑出鞘，欲杀来使。元璋忙摇手阻住，只大声道："来使无礼，应即驱逐！"子兴遂喝令左右，撵出来使。过了一日，并不见有元兵到来，元璋方语诸将道："诸公欲杀来使，不知杀了一人，于我何益？且彼将谓我杀使灭口，竟奋而来，转滋大患。何如恫喝示威，纵之使去，令他传闻大众，有所忌惮，自不敢进。"虚者实之，即此之谓。诸将方才无言。

元璋又以张汤诸将，各无音耗，复禀准子兴，亲率镇抚徐达，参谋李善长，及健卒千人，往略和阳。途次始接和阳捷报，大众欢欢喜喜的驰入和阳。既入城，查闻天佑部下，横行杀掠，乃邀天佑至前，与语道："诸军自滁来，多劫人财帛，掠人妇女，此等行为，窃所不取，应申明军纪，方能安众。"天佑道："前事不必提起，此后当禁止劫掠便了。"元璋不便再言，心下很是不悦。未几，得子兴来檄，令元璋总领和阳军事。元璋以天佑等人，多系子兴部曲，虑不相下，乃将来檄留存，暂不发布；只令开军事会议，在厅上设着两席，左右分列。俗例向是尚右，诸将先入，各占右席，元璋后至趋左，提议军事，诸将皆瞠目相顾，独元璋剖决如流，屈服众人，诸将方稍稍敬服。元璋遂创议辟城，分工增筑，诸将任其半，自己任其半，约三日竣工。届期，元璋工竣，诸将尚未就，于是元璋宣召诸将，出檄宣读。读毕，就南面坐，正色道："奉滁阳王檄，统诸公兵，并非由我专擅，今只一筑城小事，乃皆愆期，试问他事曷济？自今以后，违令当斩，愿诸公莫怪！"示之以才，临之以庄，方可压倒一切。诸将始惶恐听命。元璋即传令将士，所得财帛妇女，一应归还原主，于是人民大悦，有口皆碑。明祖之所以得民者在此。

是时元世子秃坚，枢密副使绊任马，及民军元帅陈埜先，分屯新塘青山鸡笼山等处，阻绝和阳饷道。元璋留李善长居守，自率兵分道往攻，秃坚等俱败退。独陈埜先乘元璋出兵，竟绕道来袭和阳，亏得善长预先防备，俟埜先薄城，率锐出战，一番搏击，俘获无算，埜先落荒遁去。至元璋归来，得悉此事，极称善长智勇，自不必说。

一日，有门卒进报，濠州帅孙德崖到了。元璋不识来因，坦然出迎，彼此接见，并马入城。既登堂，元璋问明来意，德崖道：“濠州乏食，特来乞粮。”元璋允诺，留宴数日，一面禀报子兴。不意子兴与德崖有隙，竟亲领大兵，自滁赴和，来执德崖。度量太窄，何能成事？迨元璋闻知，默料子兴此来，定与德崖寻衅，顿时左右为难，不得已先与德崖说明，德崖即起身告别。元璋恐他中道遇仇，复亲送至二十里外。可谓仁至义尽。及归，与子兴接着。子兴勃然道：“你为何放走德崖？”元璋道：“德崖虽得罪吾王，然究竟患难初交，不应遽绝；且前此构衅，都由赵均用谗诬所致。现在居守濠州，保我梓桑，尚无大过，还望吾王矜宥！”言之有理。子兴听说，无可奈何，勉强住了一宿，仍率兵回滁，郁怒之下，得了一个肝逆症，水米不进，不到数日，一命呜呼。不死胡为。其子天叙，忙遣人飞报元璋，元璋得讣，星夜驰至滁州，发丧开吊，悲恸不已。子兴旧部见元璋如此忠义，各自感愧，议奉元璋为王。元璋不从，经大众再三怂恿，方权为统帅，兼领子兴部曲。一面驰檄各处，一面挈领妻孥，仍返和阳。

那时孙德崖已返濠州，接到滁州檄文，不禁愤愤道：“元璋那厮，煞是可恨！我前去问他借粮，他佯为允诺，暗中恰通知子兴，与我寻仇，幸我早走一着，方得免害。此次子兴去世，他未尝与我函商，擅为统帅，藐我太甚，我当兴兵前去，与他赌个雌雄。”部将吴通献计道：“元璋并有滁和，气焰方盛，若出兵与争，恐难取胜，不如借开会庆贺为名，诱他来濠抚众，就席间刺杀了他，借泄余恨。”德崖连称好计，计固甚善，如皇天不佑何。遂令部下缮就一书，只说是“公为统帅，舆情欢忭，兹于濠城开会庆贺，取名兴隆，愿即日速驾惠临，俾资瞻仰，无任翘企”等语。当由德崖缄印，遣人赍投和阳。元璋得书，欣然愿往。徐达道：“德崖桀骜，恐有诈谋，元帅不宜前行。”元璋道：“鸿门与宴，汉高未尝罹害，但教得人保护，便可无虞。”隐然以汉高自居。言未已，旁闪出一人道：

"末将不才，愿随元帅同往。"元璋视之，系是吴桢，乃笑道："樊哙重生，尚有何虑？"元璋非不知冒险，亦好奇之意尔。胡大海亦挺身道："某亦愿往。"元璋道："你与徐天德等，率军后随，遇有急变，速即杀出为要。"徐胡二人，俱唯唯听命。当下检选壮士千名，令徐达、胡大海等率着，自与吴桢纵辔前行，即日至濠。

孙德崖已得使人还报，急命吴通等布置妥当，然后离城十里，来迎元璋。遥见元璋当先而来，后面护卫的兵马，也不过千人，暗中大喜道："那厮中吾计了。"慢着！遂下马相见，挽手入城。寒暄已毕，即令开宴，并将元璋所带将士，一齐调开帐外，尽令畅饮。只吴桢一人，紧紧的随着元璋，寸步不离。仿佛《黄鹤楼》中之赵子龙。当下分席坐定，酒过数巡，德崖语元璋道："日前进谒，蒙足下惠爱，脱我陷阱，甚是感激。今郭帅已亡，兵权无统，以辈次论，应属不才掌管，乃前得来檄，知足下已为统帅，难道不分长幼么？"元璋道："这是郭帅旧部，共同推戴，我不过权时统辖，他日再当另议。"德崖道："今日便可让我，何待他日。"元璋起座道："这却不能。"德崖便大呼道："众将何在？"一声喝令，万众齐入，霎时间刀械并举，都上前来杀元璋。正是：

　　萧墙隐有干戈伏，豪杰都从险难来。

未知元璋性命如何，且看下回分解。

　　智取和阳，俱本正史，一经叙述，便写得奇崛突兀，曲折回环，此由用笔之妙，故神变乃尔。至若孙德崖邀宴事，未见正史，而稗乘相传，以及乡曲妇孺，俱知有兴隆会一事，或者史官失载，亦未可知。

且德崖与子兴并起，子兴生卒，及其子天叙之存亡，史笔俱详，而德崖不见下落，其有阙文也无疑。作者援引稗官，补入此事，有文征文，无文征献，宁得以虚诬目之？

第五回

郭家女入侍濠城　常将军力拔采石

却说孙德崖喝令左右，来杀元璋，元璋身旁只一吴桢，双手不敌四拳，任你力大无穷，怎能敌得住众人？他却情急智生，仗着剑来奔德崖，德崖不是吴桢敌手，猛被抓住，充作护盾，抵挡众兵，惊得德崖魂飞天外，魄散九霄，忙道"不、勾.不要如此！"吴通等恐伤及德崖，缩手不迭，但闻吴桢厉声道："你从前到了和阳，我主帅如何待你，今乃借名宴会，诱我主帅到此，伏兵求逞，试想我主帅践信而来，大众闻知，你乃设计陷害，无论有我保护，不令主帅遭你毒手，就使不然，你的狡诈手段，难道可得人信服么？"这数语理直气壮，说得大众都是咋舌。比樊哙尤为智勇。德崖喘急道："依将军言，应该如何？"吴桢道："要你送我主帅出城，万事全休。"德崖不待说毕，满口答应。吴桢仍扭着德崖，不肯放松，出了厅，招呼徐达、胡大海等，保着元璋先行，自与德崖后随。吴通等不敢动手，只好任他出去。

既出城阃，吴桢把德崖一推，道声"去罢"。德崖方眼花缭乱，站立不住，谁料胡大海持斧奔还，手起斧落，把德崖劈作两段。该杀！该杀！吴通等见德崖被害，愤怒的了不得，便号令众兵，倾城出战。吴桢见大海闯祸，忙令徐达卫着元璋，急行而去，自与大海领着壮士，截住厮杀，两下死斗，赌个你死我活，约半时，胜负未分。吴桢恐寡不敌众，传令且战且行，未及里许，见元璋带着大队人马，回来援应，顿时欢喜万分，精神陡长，又返身来夺濠城。吴通知不可敌，飞马奔还，不防吴桢紧紧随着，吴通入城，吴桢也跃马疾上，掷剑过去，适中吴通脑后，倒撞马下。此时城不及闭，由元璋驱军拥入，如削瓜切菜一般，杀死了许多濠将，濠兵走投无路，元璋乃下令降者免死，于是大众投械，匍匐乞降。

　　看官阅至此处，恐未免动起疑来，濠州与和阳相隔，虽是不远，究竟非一时三刻，可能往还，元璋才得脱身，如何即能率兵来援呢？我亦要问。原来李善长恐元璋有失，复命郭兴、郭英等带着万人，前来接应，将到濠城，适与元璋相值，遂由元璋亲自统辖，返身来救吴桢等人，得获大胜。当下抚兵息民，全城立定。元璋触起乡情，复命椎牛酾酒，号召故乡父老，入城宴饮。这真所谓兴隆会。席间来了郭山甫，就是郭兴、郭英的父亲，元璋格外优待，并命兴英兄弟，侍父劝餐。山甫善相人术，尝相元璋状貌，称为大贵，复语兴、英道："我观汝侪，亦可封侯。"以此元璋在濠募兵，应第二回。山甫即令二子相从，至此饮毕入谢，并愿令爱女入侍，想该女状相亦应封妃。元璋欣然允诺。次日，即令兴、英兄弟，去迎妹子，约阅半日，即挈妹进见。元璋瞧着，淡妆浅抹，冲雅宜人，是一个闲静妃子。心中很是喜慰，婉问芳龄，答称二九，便命为簉室，即夕设宴称觞，合欢并枕。脂香满满，人面田田，从教凤夜在公，允合衾裯长抱。后来元璋登基，封为宁妃，姑且搁下慢题。

　　且说元璋住濠数日，留兵戍守，自率郭兴兄妹，及徐达、吴桢等一班人众，径回和阳。入城后，接到亳州来檄，上书大宋龙凤元年，不禁奇异起来，瞧将下去，乃是封郭天叙为都元帅，张天佑为右副元帅，自己的名下，有左副元帅字样。便召天佑问道："这檄何来？"天佑道："刘福通现据亳州，迎立韩林儿为主，自称小明王，国号宋，建元龙凤，传檄至此，想是令我归附的意思。"元璋道："大丈夫岂甘为人下么？"志大言大。天佑道："韩林儿自称宋裔，又有刘福通为辅，占踞中原，势力方张，元帅亦不可轻视。"元璋笑道："君愿往归，不妨做他的右副元帅，我恰不受。"快人快语。天佑道："元帅不愿受职，确是高见，难道不材便贪职不成？但刘福通既然势大，不妨权时联络，免他与我作对，这也是将计就计的法子。"未免畏葸。元璋沉吟半响，方道："这也有理。"遂遣谢来使，一面号令军中，称是年为龙凤元年。此举未免失当。是年为元至正十五年。

转瞬旬余，忽由胡大海引入一人，年方弱冠，威武逼人。元璋问他姓名？当由胡大海代述："姓邓名友德，与大海同籍虹县，现自盱眙来归。"元璋又问道："他从前充过何役？"大海道："他父名顺兴，曾起义临濠，与元兵战死；兄友隆，又病没，经他代任军事，每战得胜。今闻元帅威名，愿由末将介绍，来投麾下。"元璋道："据你说来，他的勇略，过于乃父乃兄，我当替他改名，易一愈字，可好吗？"事见《邓愈列传》。那人即拜谢赐名。元璋甚喜，立命为管军总管。复简阅军士，日夕操练，拟乘此击楫渡江，规划金陵。

会有怀远人常遇春，禀性刚毅，膂力过人，出常遇春。年二十三，为盗魁刘聚所得。遇春见他四出抄掠，毫无远图，便弃了刘聚，来投元璋。行至半途，忽觉疲倦起来，遂假寐田间，恍惚间遇一金甲神，拥盾呼道："起，起！你的主君来了。"当下惊悟，才觉是南柯一梦。忙把双目一擦，四面探望，正值元璋带着数骑，巡弋而来。他即迎谒马前，自报姓氏，并陈述过去的事实，愿投效戎行。元璋微笑道："想你为饥饿乏食，所以到此，况你本有故主，我如何夺他？"遇春顿首泣道："刘聚只是一盗，不足有为，闻公智勇深沉，礼贤下士，是以不嫌道远，特来拜投，得承知遇，虽死犹生。"下文死事，隐伏于此。元璋道："你愿从我渡江么？"遇春道："公如有命，愿作先锋！"元璋道："先锋么？且俟取太平后，授你此职。"遇春拜谢，遂与元璋同归。

元璋以渡江不可无舟，正在忧虑，忽报巢湖帅廖永安兄弟，及俞廷玉父子，遣人纳款，愿率千艘来附。元璋大喜道："这是天赐成功，机不可失。"便谕来使先归，一面召集众将，亲往收军。原来巢湖帅廖、俞诸人，尝结连水砦，防御水寇，庐州盗魁左君弼招降，廖、俞不从，君弼遂遣众扼住湖口，不令出入，乃从间道贻书，输款元璋，无非是乞援的意思。至元璋已到巢湖，廖永安与弟永忠，俞廷玉率子通海、通渊、通源，及余将桑世杰、张德胜、华高、赵庸、赵玉戈等，均上前迎接，由元璋慰劳一番，即令调集各船，扬帆出湖，直至铜城闸，已越湖口，寰宇澄清，一碧如洗，并没有敌舟拦阻。永安方入贺元璋道："明公到此，先声夺人，寇众不战自溃，从此可安心渡江了。"言未已，忽报前面有大舰驶至，元璋即与永安出舱遥望，但见楼船数艘，逐浪而来，上载兵士无数，并悬着一幅大旗，写着"元中丞"等字样，奇笔不测。永安惊讶道："莫非是元将蛮子海牙么？他现为中丞，屯兵百里外，如何闻报至此，与我作梗？"元璋道："不是左君弼勾结，定是贵部下与君未协，泄漏军机，现不如暂避敌锋，改觅间道出去，方为得计。"永安道："此间只有两路可出，除此地外，只有马肠河了。"元璋即命回走马肠河，迅驶而去，元兵恰也不来追赶。转入马肠河中，凝神远眺，也隐隐有重兵驻扎。元璋大疑，亟令永安检查各舟，有无缺乏。寻查得众人俱在，只少一小舟，掌舟的叫作赵普胜。元璋便语永安道："照此看来，马肠河口，亦有元兵阻住，我等不便越险，且择要屯泊，再作计较。"永安乃令各舟退屯黄墩。元璋复与永安约，拟从陆路归和阳，取舟同攻。实则元璋无舟，恐永安亦有异图，意欲借着兵力，镇服永安等人，所以匆匆登岸，取道竟归。*窥透元璋心事。*

既返和阳，急募集商船，载着精兵猛士，复至黄墩督众往攻元兵。时值仲夏，气候靡常，江上忽刮起一阵怪风，黑云随卷，如走马一般，霎时间大雨滂沱，河水陡涨。元璋乘机奋勇，令各舟鱼贯而前，一齐从小港中，杀出峪溪口，奔向大船而来。蛮子海牙忙跃上船头，迎风抵敌，不意巢湖各舰，轻捷便利，忽东忽西，忽左忽右，忽环攻，忽飏去，凭你蛮子海牙如何威猛，怎奈船高身重，进退不灵，顾了这边，不及那边，顾了那边，不及这边；相持数时，料知杀他不过，一声呼啸，竟回船自去。*倒是三十六计中的上计。*元璋督兵追赶，夺了许多器械。至元兵去远，方从浔阳桥通舟，直入江中。天雨已霁，两岸波平，红日当空，青山欲滴。*绝妙一幅大江图。*元璋正临流四眺，忽见永安入舱，禀问所向。元璋道："此去有采石镇，素称险要，兵备必固；惟牛渚矶前临大江，不易扼守，我且攻下牛渚，再图采石未迟。"于是乘风举帆，舳舻齐发，不多时，前军已达牛渚矶，矶上不过数百元兵，被常遇春等一阵击射，逃得一个不留。元璋复传令各军，趁着锐利，转攻采石矶。这采石矶陡绝江滨，高出江面约丈许，元兵屯积如蚁，守矶统领，便是蛮子海牙。他在峪溪拒战不利，预料元璋必乘胜渡江，因此踞矶坐守，专待元璋到来。元璋督领舟师，正要近岸，猛听得一声鼓号，矶上的矢石，如骤雨一般飞洒过来。元璋料难轻敌，命将战船一字儿排住，下令军中道："有先登此矶者受上赏，当为正先锋！"郭英应声而出，领着一班长枪手，冒险前进。将及上矶，不意前面的士卒，多中箭倒毙，郭英也几乎被射，幸亏退避得快，矢力未及，才得脱险。胡大海见郭英败退，气冲牛斗，奋勇继上，那矶上的炮箭注射愈密，竟似无缝可钻，随你力大无穷，一些儿不中用，也只好渐渐退回。连写郭英、胡大海之败退，以衬常遇春之勇。

元璋到此，亦无法可施。突见常遇春率着藤牌军飞舸疾至，忙高呼道："常将军欲夺头功，正在此日！"说时迟，那时快，遇春已左手执盾，右手挺戈，鼓勇而前，看看距矶不远，竟不管什么死活，奋身一跃，直上矶头。元将老星卜喇先急用长矛刺来，遇春将戈盾挟住矛杆，大喝一声，把老星卜喇先推仆，顺手刺死。郭英、胡大海等复一拥登矶，刀劈枪刺，把元兵杀死无数。蛮子海牙已立足不住，只好收拾残兵，一哄儿走了。采石已拔，元璋大喜，遂授常遇春为先锋。赏足副功。自是沿江诸垒，多望风迎降。

元璋闻将士聚议，多欲收取粮械，为班师计，因语徐达道："此次渡江，幸而克捷，若引兵归去，元兵复至，功败垂成，江东终非我有了。"徐达奋然道："何不进取太平？"正要你说此语。元璋称善，当即下令，将各船斩断缆索，放急流中，顺水东下，一面谕诸将道："太平离此甚近，愿与诸将偕行，取了再说。"诸将见无可归，只得随着元璋，直薄太平城下，架梯悬索，四面齐登。元平章完者不花，万户万钧，达鲁花赤，亦元官名。普鲁罕忽里等，抵敌不住，弃城遁去，惟太平路总管靳义，赴水自尽。元璋入城安民，严申军律，一卒违令，立斩以徇，全城肃然。一面具棺葬靳义尸，碣书义士；一面延访耆硕，优礼相待。

耆儒陶安、李习等，率父老入见，元璋与陶安语时事，安乃进言道："方今四方鼎沸，豪杰并争，攻城屠邑，互相雄长，窥他志趣，惟在子女玉帛，毫无拨乱安民的思想。明公率众渡江，神武不杀，以此顺天应人，何患不成大业？"元璋道："我欲取金陵，何如？"安复答道："金陵帝王都，形胜称最，乘此占领，作为根踞，然后分兵四出，所向必克。古语有云：'天与不取，反受其咎。'明公何不速图？"与冯国用之言暗合。元璋甚喜，遂改太平路为太平府，置太平兴国翼元帅府，自领元帅事。授李习为知府，用李善长为帅府都事，汪广洋为帅府令史，陶安参赞幕府，仍沿用宋龙凤年号，旗帜战衣，皆尚红色。小子有诗咏道：

> 炎汉由来火德王，赭袍赤帜亦何妨。
> 只因年号称龙凤，犹愧男儿当自强。

太平已定，哨马来报，元将蛮子海牙，又遣兵来了。那时又有一场厮杀，且至下回说明。

自朱元璋投营起义，所有举动，未免以智术服人，然犹不失为王者气象。惟用韩林儿年号，为一生之大误。林儿姓韩不姓赵，何得诡称宋裔，且宋亡久矣，豪杰应运而兴，当迈迹自身，何用凭借？厥后有瓜步之沉，近于弑主，始基不慎，贻玷终身，可胜慨欤！至若常遇春之力拔采石矶，为渡江时第一大功，元璋即授任先锋，既足报功，尤得践信，于此可见其能用人，于此可见其能立业。且入太平后，严军纪，卹义士，延耆儒，种种作用，无非王道。而龙凤年号，仍然沿袭，意者由徐、李诸人，为霸佐而非王佐乎？瑕瑜并录，褒贬寓之。体会入微，是在阅者。

第六回

取集庆朱公开府　陷常州徐帅立功

　　却说元璋得了太平，城中原是安静，惟城外一带，尚统属元兵势力。元中丞蛮子海牙，调集巨舰，截住采石姑孰口，并檄令义兵元帅陈埜先，及裨将康茂才，率水陆兵二万人，进逼太平。元璋乘他初至，立率诸将出战，一面命徐达、邓愈，别出奇兵，绕道至敌后，潜伏襄城桥。埜先到了城下，磨拳擦掌，专待厮杀。未几城门大开，守兵一齐杀出，后面有许多健卒，拥着一位大元帅，龙姿凤表，器宇不凡；正暗暗惊异间，忽见空中起了一道霞光，结成黄云，护住元璋麾盖，益觉惊疑不已。各兵亦相率观望，不意元璋已麾兵杀来，横厉无前，人人披靡。埜先料不可敌，率众退走。奔至襄城桥，炮声骤发，徐达、邓愈两路兵马，左右杀出，急得埜先无路可奔，没奈何挺着长枪，来战邓愈。约数合，被邓愈用矛格枪，舒开猿臂，把埜先活擒过去。<small>写邓愈。</small>余军见主帅被擒，纷纷溃散。有一半逃得慢的，都做了刀头之鬼。<small>康茂才潜遁。</small>徐达、邓愈得胜回城，即将埜先推入帐前，元璋命左右将他释缚，好言抚慰。埜先道："要杀便杀，生我何为？"元璋道："天下大乱，豪杰蜂起，胜得人附，败即附人，你既自称豪杰，正当通时达变，何苦轻生？"埜先迟疑半晌，方称愿降。<small>迟疑二字，已伏下文。</small>元璋复令招降旧部，埜先即发书去讫。

　　至埜先出帐，冯国用进谏道："此人獐头鼠目，不可轻信。"写冯国用。元璋默然。越宿，埜先入帐，报称部曲多来投降。元璋令他召入，一一记名，仍命归埜先统辖。埜先称谢而出。元璋又饬徐达等，分道略地，溧水、溧阳、句容、芜湖等处，接连攻下，拟进取集庆路。埜先忽入禀道："某蒙主帅不杀之恩，愿率旧部自效，往取集庆。"元璋许诺。冯国用又暗中谏阻，元璋道："人各有志，从元从我，听他自便罢了。"元璋此言，令人不解。埜先既去，阅数日，遣人赍书报闻，由元璋启阅，略云：

集庆城右环大江，左枕崇岗，三面据水，以山为郭，以江为池，地势险阻，不利步战。昔王浑、王浚造战船，谋之累年，而苏峻、王敦，皆非陆战以取胜，隋取江东，贺若弼自扬州，韩擒虎自庐州，杨素自安陆，三道战舰，同时并进。今环城三面阻水，元师与苗军联络其中，建寨三十余里，攻城则虑其断后，莫若南据溧阳，东捣镇江，据险阻，绝粮道，示以持久，集庆可不战而下也。

元璋览至此，辍然一笑，含有深意。即以书示李善长。善长道："埜先狡诈，欲令我老师旷日么？"一语道破，然不若元璋之尤为深沉。元璋道："不烦多言，只劳你与我作覆。"善长应命，即提笔写道：

历代之克江南者，皆以长江天堑，限隔南北，故须会集舟师，方克成功。今吾渡江据其上游，彼之咽喉，我已扼之，舍舟而进，足以克捷，自与晋隋形同势异，足下奈何舍全胜之策，而为此迂回之计耶？此复。

写毕，呈上察阅，元璋鼓掌称善，遂发还来使，并命张天佑至滁阳，邀同郭天叙部兵，助攻集庆。此举又有深意。郭天叙接着天佑，怀疑未决，天佑道："得了集庆，便可南面称帝，北图中原，足下何惮。乃不敢进。"天叙大喜，立刻发兵，也不及会同元璋，竟与天佑率军东下。甫抵秦淮河，元南台御史大夫福寿，督师阻住，两下对垒，福寿执着大刀，左旋右舞，势甚凶猛，不特天叙当他不住，就是天佑上前，战了数合，也杀得浑身是汗，拨马逃回。正在退走，忽前面遇着一枝人马，为首一员统领，挺枪而来，视之乃是陈埜先。天佑喜甚，只道他前来救应，忙上前招呼，谁知两马甫交，竟被埜先一枪，刺中咽喉，倒毙马下。天叙见天佑被杀，急欲从旁逃遁，巧值福寿赶到，手起刀落，挥作两段。想做皇帝的趣味。埜先遂与福寿合兵，任意扫荡。有几个命不该死，逃向元璋处通报去了。阅至此，始知元璋之计。

埜先追赶败兵，道过葛仙乡，肆行劫掠。乡中有民兵数百人，头目叫作卢德茂，颇有侠气，至是闻报，密遣壮士五十人，各着青衣，持牛酒出迎。埜先不知是计，遂与十余骑先行。约里许，青衣兵自后突起，攒槊竞刺，把埜先等十余人，杀得片甲不回。袭人者亦被人袭，可见狡诈无益。及埜先从子兆先，得知凶信，来乡报复，卢德茂已潜自引去，乡民亦大半远飏，只剩了空屋数百间，无可杀掠，方挈着部曲，还屯方山。元璋闻知各种消息，一面收集天叙败卒，一面拟进攻方山，为天叙复仇。借名兴师，计中有计。

忽又接得军报，蛮子海牙复带领舟师数万，袭踞采石矶，将进窥太平了。元璋大愤，便欲亲去一战。常遇春挺身道："不劳元帅亲征，只教末将前行，便可杀退那厮。"元璋道："将军此去，须要小心。若有挫失，太平即尚可保，和州必遭陷没。大众家眷，都从此休了。"遇春领命，率着廖永忠、耿炳文等驾舟而去。将至采石矶，海牙已联樯来迎，遇春先授诸将密计，令各舟散布江心，四面攻击，自率健卒驾一舸，奋勇冲突。海牙恰也不惧，仗着舰大兵多，麾旗酣斗，是时已为至正十六年仲春，江上轻飚，荡漾不定，百忙中叙入此文，看似闲笔，实是要语。初战时，海牙尚据着顺风，颇便击射，不意相持半日，风竟随帆而转，遇春一方面的将士，竟顺风纵起火来，风助火烈，火仗风威，一霎时把海牙船缆，尽行烧断，分作数截，那船上亦被烧着，连扑救都是不及，还有何心恋战？遇春左右指挥，各舟四集，都乘势跃上敌船，乱砍乱剁，可怜一班元兵，不是赴水，便是饮刀。海牙忙改乘小舟，抱头窜去，所有兵舰，尽被遇春等夺住，奏凯而回。采石矶两次得胜。

自是江上无一元兵，高掌远跖的朱元帅，无西顾忧，遂亲督诸将，进取集庆路，真个是水陆并行，兵威浩荡。陈兆先不知死活，还率众来争。一场角逐，生擒了陈兆先，收降了三万六千人，兆先亦情愿投诚。释兆先而不杀，可知为天叙复仇之说，尽是虚言。诸将恐降众过多，防有他变，元璋叹道："去逆效顺，还有何求？"当下挑选降众，得勇士五百人，令备宿卫，环榻而寝。帐中除元璋自己外，只留冯国用一人。想他当亦谏阻，故特留侍以试之。元璋独解甲登床，酣眠达旦，一夕无事，众心乃安。全是权术。

越数日，元璋复令冯国用带着五百降卒，作为冲锋，五百人感激思奋，驰至蒋山，先登陷阵，击退元兵，长驱至金陵城下。元将福寿筑栅为垒，屯兵固守，冯国用率队攻栅，前仆后继，徐达、常遇春等次第踵至，你推我扳，竟将各栅毁去。元兵四溃，元将福寿督兵出战，众寡不敌，又被杀退。徐、常等猛力围攻，一连数日，伺隙齐登，福寿尚巷战竟夕，至筋尽力疲，方大呼道："城存与存，城亡与亡。"言讫，举剑向颈上一横，鲜血直喷，顿时毙命。旌扬忠臣。

金陵已破，诸将奉元璋入城，揭榜安民，一面召集官吏父老，温言慰谕道："元朝失政，生民涂炭，我率众至此，无非为百姓除害，汝等各守旧业，勿生疑惧！贤人君子，能相从立功，我当重用。旧政不善，汝等可一一直陈，我当立除。官吏毋得贪暴，虐我良民！"大众闻言，拜谢而出，互相庆慰。各处义兵次第来降，康茂才等亦闻风钦服，共得士卒五十万人，乃改集庆路为应天府，置天兴建康翼元帅府，以廖永安为统军元帅，礼聘儒士夏煜、孙炎、杨宪等十余人，一律录用。复以福寿为元殉节，敛尸礼葬，阖城大定。乃命徐达为大将，率诸将浮江东下，攻克镇江，又分兵下金坛、丹阳等县，以汤和为统军元帅，驻守镇江，再命邓愈、邵成、华高、华云龙等，率兵攻克广德路，改名为广兴府，即以邓愈为统军元帅，驻守广兴。

诸将以元璋威名日著，劝进爵为王，元璋不允，只自称吴国公，置江南等处行中书省，亲督省事，授李善长、宋思贤为参议，陶安、李梦庚等为左右司郎中、员外郎、都事等官；复置江南行枢密院，以徐达、汤和同佥枢密院事，置帐前亲军，以冯国用为总制都指挥使；设前、后、左、右、中五翼元帅府，及五部都先锋，设官分职，井井有条。一面遣将至和州，迎接眷属，护送至府，即就元御史台居住。骨肉欢聚，喜气重重，大明二百数十年的基业，便自此创始了。点清本旨，暂作一束。

先是徐达、汤和等下镇江，收降盗目陈保二，及徐达兵归，汤和复入佥枢密院事，保二心变，竟诱执詹、李二守将，奔投张士诚。士诚此时，正迭陷平江、松江、湖州、常州等处，又收得蛮子海牙的遗众，声势甚盛，至保二归降，自然收留，并将詹、李二将拘住。警报达应天府，元璋以二将被拘，恐遭毒手，只得先与通好，以便索还二将。遂修书一缄，命杨宪赍送士诚。杨宪驰至平江，入见士诚，士诚遂展阅道：

昔隗嚣据天水以称雄，今足下据姑苏以自王，吾深为足下喜。吾与足下，东西境也，睦邻守围，保境息民，古人所贵，吾甚慕焉。自今以后，通使往来，毋惑于交构之言，以生边衅。

士诚阅至此，即把书掷下道："元璋欲比我为隗嚣么？"恐你且不若隗嚣。喝令左右将杨宪拘禁，立发水师攻镇江。元璋即遣徐达往御，到了龙潭，把士诚兵一鼓击退，总道士诚气沮，不敢再来，遂收兵驻镇江城。谁料士诚不得镇江，却移兵潜袭宜兴，守将耿君用不及防备，城陷身亡。元璋闻报大惊，忙遣使驰谕徐达道："士诚起自盐枭，诡计多端，今来寇镇江，已与我为敌；且袭据宜兴，志不在小，将军宜速出毗陵，先机进取，毋堕狡谋。"此亦一袭魏救赵之计。徐达得令，即向常州进发。

常州即古毗陵地，徐达军至常州，筑垒围攻，士诚遣张、汤二将来援，达即退军十八里，设伏以待，自率老弱残兵，前去诱敌。张、汤二将，出营交战，望见徐达部下，器械不整，七长八短，不禁大笑起来，互相告语道："人说朱元璋用兵如神，为什么这般赢弱，看来是不值一扫呢！"你既闻他威名，如何不加疑虑。当下麾兵出战，直前相搏。徐达不及遮拦，且战且行；一走一追，忽达十余里，突然间闪出铁骑数千，横冲而来。当先一员大将，铁盔铁甲，好生威武，手提方天画戟，直刺张、汤二将。看官道是何人？乃是徐达部下，行军总管赵均用。张、汤二将见均用杀至，料是遇伏，慌忙用枪招架。两人敌住一人，还觉得有些费力，怎禁得徐达翻身杀来，与均用双战二将。二将见不是路，拨马返奔，走不多远，又听得一声呼哨，伏兵复起，吓得张、汤二将魂飞九霄，连坐骑都不由驾驭，沿路四窜。想也被吓慌了。"豁喇"一响，二将都马失前蹄，身随马蹶。巧值均用杀到，喝令擒缚，两个中捉住一双。此段从《士诚本传》，不从《纪事本末》。余众溃走，还报士诚。

士诚惶恐，乃奉书求和，遣裨将孙君寿，赍至应天，愿岁输军粮二十万石，黄金五百两，白金三百斤。元璋复书，责他开衅召兵，罪有所归，既愿乞和，应释归使人将校，每岁输粮应增至五十万石。当令孙君寿持书去讫。转瞬旬余，士诚并无复音。又越数日，得徐达军报，略称："镇江新附军，被士诚所诱，谋变牛塘，达几为所困，幸常遇春、廖永安、胡大海等来援，方得脱险。并擒住士诚部将张德"云云。元璋勃然大愤，复命耿炳文率兵万人，进攻长兴，俞通海、张德胜等率舟师略太湖，张鉴、何文正，募淮军攻泰兴，赵继祖、郭天禄、吴良等合师攻江阴。先后并举，环击士诚。一面促徐达速下常州，不得迟误。接连叙下，如火如荼。士诚闻常州围急，遣吕珍赴援，别命赵打虎驰救长兴，炳文驰至长兴城下，守将李福安、答失蛮等登陴守御。两下正相持未决，适值赵打虎到来，喘息未定，被炳文兜头痛击，立营不住，只好退走，奔至城西门。不意城门紧闭，屡呼不开，后面追兵又到，只得向湖州遁去。名曰打虎，实是没用。原来赵打虎系著名悍目，自投士诚部下，屡立奇功，此次来援宜兴，城守李福安等总料他唾手却敌，不想一到便败，方知耿军难敌，有意献城，待打虎被拒而去，遂出城投降。

炳文收了两人，并得战船三百余艘，立即报捷。元璋命置永兴翼元帅府，以耿炳文任元帅职，统兵居守。士诚又遣左丞潘原明、元帅严再兴，来寇长兴。距城数里，猝遇炳文偏将费聚，从旁突击，杀获数百人，原明等遁去。只常州尚相持未下，常遇春分兵四出，断他饷道，城中兵士乏食，免不得惶急起来。吕珍屡出城相争，统被徐达击退。俄而城中食尽，只有数千饿卒，哪里还支持得住？那时吕珍也顾不得城池，黄夜开门，冲围自走。城中无主，当然失陷，徐达遂引兵入城。自至正十六年九月，围攻常州，至十七年三月乃下，也算是一番劲敌。小子有诗赞徐达道：

> 辍耕陇上喜从龙，迭战江东挫敌锋。
> 不是濠梁应募去，谁知乡曲有奇农。迭世业农。

常州告捷，徐达又奉元璋命令，移师宁国。欲知宁国战事，容待下回续详。

本回前半截以攻集庆为主，后半截以攻常州为主，集庆下则踞江而守，可进可退，常州下则屏蔽有资，可东可西，此朱氏王业之所由创，抑徐达首功之所由建也。若纵贽先，遣天叙、天佑，饬诸将麾士诚，无在非元璋之智谋，一经作者揭出，便如燃犀烛渚，无处不显。而全神贯注，则总在集庆与常州。元璋之注意在此，作者之注目亦在此。即如后之阅者，可借此以知当日之军事，并可以知是书之文法。否则势如散沙，毫无纪律，便不成妙事妙文矣。

第七回

朱亮祖战败遭擒　张士德絷归绝粒

却说徐达奉元璋命，率常遇春等往攻宁国，宁国城守甚坚，与常州不相上下，守将杨仲英、张文贵等，尚没有甚么能耐，惟有一将勇悍异常，姓名叫作朱亮祖。点笔不弱。亮祖六安人，称雄乡曲，号召民兵，元廷授为义兵元帅。元璋取太平时，亮祖曾率众投诚，嗣因性急难容，与诸将未协，复叛归元军。至是闻徐、常等进围宁国，遂联络守将，悉心协御。徐达将到城下，立营未定，亮祖即出搦战，一枝长枪，直前挑拨，飘飘如梨花飞舞，闪闪如电影吐光，任你徐元帅麾下，个个似虎似罴，也一时敌他不住，逐渐倒退。极写亮祖。当下恼了常遇春，抖擞精神，上前迎敌。彼此交锋，大战五十余合，不分胜负。亮祖虚晃一枪，佯败退走，遇春拍马赶去，不防亮祖挺枪回刺，竟戳中遇春左腿，遇春忍痛返奔，亮祖又回马追来，亏得赵德胜、郭英二将，并出敌住，两下里鼓声震天，重行鏖战。城中又来了张文贵，接应亮祖，亮祖枪法愈紧，连赵德胜、郭英等，也觉心慌，同时退下。徐达恐诸将有失，忙鸣金收军，被亮祖追杀一阵，丧亡了千余人。次日又与亮祖接战，仍一些儿不占便宜。接连数日，未得胜仗，反又失了许多人马。徐达情急得很，不得已据实禀报。

元璋闻亮祖如此骁勇，即亲率大军，兼程而至。徐达接着，申述交战情形，元璋道："擒他不难，明日临阵便了。"

翌晨升帐，召吴桢、周德兴、华云龙、耿炳文四将至前，授他密计，令随驾出征；一面命唐胜宗、陆仲亨等，率步兵数千，亦授以密计，令他先去。吴良、吴桢等，只待元璋出营，便好厮杀，偏偏元璋并不动身，朱亮祖反率众挑战，元璋又延了数刻，方从容上马，率军而出。两阵对圆，吴桢跃马而前，与亮祖交战数十合，返骑而走。亮祖来追，周德兴又提刀接战，大约亦数十合，又纵马回阵。华云龙复出去接着，又是依样葫芦。待至耿炳文出战后，杀得亮祖性起，竟挺枪驰入元璋阵内，来杀元璋。中他计了。元璋麾众倒退，诱他追了数里，复回身杀搏，命四将并力围攻。前轮战，后合围，不怕亮祖不入彀中。亮祖身敌四将，尚不觉怯，左挡右架，又战了一时许，渐觉气力不加，方伺隙杀出圈子，驰回原路。吴桢等紧紧随着，一些儿不肯放松，亮祖且战且走，将要返城，忽突出唐、陆诸将，拦住马首，他亦不与争锋，只执着短刀，乱砍马足。亮祖猝不及防，被他剁着马蹄，马力已乏，禁不起痛楚，顿蹶倒地上。那时亮祖还一跃而下，不随马蹶，可奈吴桢、耿炳文两将，已追至背后，双枪并举，来刺亮祖。亮祖急忙转身，奋斗两将，陆仲亨乘他酣战，竟取出绊马索，潜套亮祖的双足。亮祖不及顾着，右足一蹯，误入套中，仲亨尽力一扯，亮祖站立不稳，方似玉山颓倒，吴、耿二人急下马揪住，才得将他捆缚，饬军扛抬而去。缚亮祖用着全力，文笔亦不放松。守将杨仲英、张文贵亟来相救，已是不及，反被掩击一阵，杀得七零八落，踉跄逃回。

时已天暮，元璋收兵还营，令将亮祖推入。元璋笑语道："你降而复叛，今将如何？"踌躇满志之言。亮祖朗声道："公若生我，当为公尽力；否则就死，何必多言！"元璋道："好壮士！"便下座亲为解缚，亮祖乃叩谢。

越宿，元璋饬造飞车，编竹为重蔽，一夕即就，数道并进。守将杨仲英度不能支，开城迎降。张文贵守志不屈，先杀妻孥，然后自刎。元璋既入宁国，拟往攻宣城，亮祖愿率兵自行，经元璋特许，去后才数日，捷报已到。宣城由亮祖攻下了。*此从《纪事本末》及《通鉴辑览》，与《朱亮祖传》小异。*元璋乃留徐达、常遇春等驻守宁国，静俟后命，自率军返金陵。未几接得赵继祖、俞通海军报，太湖大捷，降士诚将王贵，击走吕珍，元璋欣慰。嗣闻通海接战时，矢中右目，仍奋勇击退敌军，当下赞不绝口，并遣使慰问去讫。*无非激励他将。*接连复得张鉴、何文正捷音，说是泰兴已克，擒住援将杨文德，元璋道："两路得胜，士诚应丧胆了。但未知赵继祖、吴良等，进兵江阴，胜负如何？"吴桢闻言入禀道："兄长在外，尚无确实消息，愿主公增兵协助为是！"*好兄弟。*元璋道："将军骨肉情深，何妨竟往！我拨兵五千人，令你带去便了。"吴桢拜谢，次日即领兵出发。未到江阴，已有捷报赍入金陵，略称先据秦望山，后入城西门，全城平定。元璋嘉吴良功，擢为分院判官，令督兵防守江阴，并传谕吴桢，不必班师，令他与兄协守，严备士诚。原来江阴地扼大江，实为东南要冲，又与平江接壤，相距仅百余里，因此令他协防。吴良、吴桢奉命后，戮力设备，军容甚盛，士诚屡遣将往攻，都被击走，江阴方安。*归结前回三路人马，笔不渗漏。*

元璋又命邓愈、胡大海进攻徽州，檄徐达、常遇春等进兵常熟，又是两路兵马。小子只有一枝笔，不能并叙，只好先叙徽州事。邓、胡两将，率兵至绩溪，守将不战而降。转入休宁，一鼓登城，遂长驱抵徽州。元守将八尔思不花，及万户吴纳等，开门拒敌。怎禁得邓、胡二将的锐气，战不多时，便即败回。邓愈便督兵猛攻，八尔思不花等乘夜潜遁，愈入城，忙遣胡大海分兵穷追，至白鹤岭，击死吴纳，余将遁去。元璋闻捷，改徽州路为兴安府，命邓愈镇守，饬胡大海攻婺源。

　　既而元苗帅杨完者，自杭州率众数万，来攻徽州。徽州甫经攻克，守备未完，又分军与胡大海，只剩数千人在城，如何敌得住数万苗兵？邓愈飞檄胡大海，回军援城，一面鼓励将士，潜伏门右，令将城门大开，静待苗兵。苗兵掩至，忽见此状，相率惊愕，不敢遽入。仿佛是空城计。正在踌躇，突闻西北角上，有一彪人马杀至，当先的不是别人，就是胡大海。苗将吕才，忙提刀接战，不及三合，被大海大喝一声，劈死马下。邓愈见大海驰还，亦率兵出应，杀得苗兵七颠八倒，四分五裂，苗帅杨完者拨马先逃，偏将吴辛、董旺、吕升等，走得稍慢，都被邓愈军擒住，入城斩讫。嗣恐完者复至，留住胡大海，别命裨将王弼、孙虎攻婺源，亦应手而下。于是驰报金陵，再行请令。

　　这边方得胜仗，那边又获渠魁。接入徐达一路。徐达、常遇春等出师常熟，行至半途，由探马来报："张士德率兵来援了。"徐达道："士德么？他小字叫作九六，系士诚亲弟。士诚作乱，统是他一人主谋，浙西一带，亦是他略定，闻他素得士心，智勇兼备，此次到来，定有一番恶斗，恐怕是不易轻敌呢！"士德出身，借此叙过。言未已，忽有一将上前道："偌大一个盐贩，怕他甚么？末将愿充头阵，若叨元帅洪福，定能把他擒住。"达视之，乃是领军先锋赵德胜，便道："将军愿去，不患不胜，但总须慎重小心，千万不要轻战，我便当前来接应哩。"是谓临时而惧。德胜领命，带着万人，踊跃前去。

　　将到常熟，恰遇士德军到，两军不及答话，就兵对兵，将对将，鏖斗起来。德胜善用槊，士德善使刀，刀槊对舞，端的是棋逢敌手，将遇良材，自午至申，差不多有百余合，士德刀法，毫不散乱，德胜暗暗喝采，意欲设计擒他，便用槊将刀一格，回马就走。偏是士德刁狡，见德胜未败而奔，料知有诈，竟勒马停住，鸣金收军。确是有些智识。德胜见士德去远，亦据险下寨。次日复率众迎战，士德也毫不畏避，复提刀对仗，又战了几十回合。德胜正在设计，突闻有弓弦响声，忙留神顾着，可巧一箭飞来，距德胜咽喉，不过咫尺，德胜用槊一劈，这飞来的箭杆，方的溜溜般抛向别处去了。德胜大呼道："张九六！你想用暗箭伤人么？大丈夫当明战明胜，如何用这诡计？"士德闻言，拨马回阵，两下里复各收军。不是写士德，是写德胜。德胜返营，闷坐帐中，适由大营赍书投到，当即延入，展书阅毕，发还来使，便密令手下亲兵，照书行事，亲兵应令而去。德胜复吩咐军士，一鼓造饭，二鼓披挂，三鼓往劫士德营，不得有误。军士纷纷议论，统说士德足智多谋，难道不虑及此？只因将令难违，不得已如命而行。反衬下文。

　　是夕天气晦暗，斜月无光，时交三鼓，德胜上马先行，令军士后随，静悄悄的驰去。及至士德营前，只准军士呐喊，不准入营，自己恰从斜刺里去讫。军士莫名其妙，惟有遵令呼噪，突见营门大开，士德跃马提刀，率众杀出，惊得军士不知所措，正思退走，适值德胜转来，麾众旁行，士德紧紧追着，约有半里，突遇一山，见德胜引兵进去，也赶入谷口，转了数弯，德胜兵恰不见了。是时已知中计，急命部众退还，行未数武，不期一脚落空，连人带马，跌入陷坑。他却奋身一跃，跳出坑外，谁知坑外又有一将，持着槊，向他背后一捺，复坠入坑中。奇事奇笔。两边的挠钩手，一齐奋勇，将他钩起，捆绑去了。看官！你道持槊是谁？便是赵先锋德胜。德胜见士德成擒，好生欢喜，复呼令军士，把士德部众杀散，驰回营中。这次计划，都是徐达密书指授，经德胜运用入神，益觉先后迷离，令人无从揣测。原来徐达书中，只令德胜乘夜袭营，赚士德出营追赶，用陷坑计活擒士德。德胜尚恐士德乖刁，瞧破机谋，恰好亲兵队里，有一人面貌与德胜相似，德胜密付衣甲，令与掘堑兵同行，约以夜间三鼓，潜至士德营旁，易了装，与自己参换，于是有真德胜，复有假德胜，假德胜驰至军前，麾军旁趋，真德胜却伏在陷坑左右，专待士德。果然士德中计，迭坠陷坑，乃得成擒。士德受擒后，尚疑德胜有分身法，就是德胜部下的军士，也待至战毕回营，方才分晓。若非有此详释，我亦含惑不解。这且休提。

且说士德成擒，常熟守将，闻风逃去，德胜入城安民，一面遣人押解士德，至徐达营。达讯明属实，复转解至应天，元璋不去杀他，软禁别室，待以酒食，令通书士诚，归使修好。士德恰重贿馆人，另易一函，从间道驰送士诚，教他拜表降元，连兵攻金陵。士诚尚是未决，嗣闻士德绝粒身亡，由悲生惧，乃决计归顺元朝，致书江浙平章达什帖睦尔，请他代奏。达什为言于朝，授士诚太尉，连士诚弟士信亦授官有差。这消息传到应天，诸将多生疑虑，元璋道："士诚狡悍，怎肯倾心归元？不过现当新败，假此吓人，我哪里就被他吓呢？"料敌如见。

正说着，有探子来报，青衣军元帅张明鉴袭据扬州，逐元镇南王孛罗普化，日肆屠戮，满城居民，多被杀死了。元璋奋然道："我有志救民，怎忍看他糜烂？部下诸将，何人敢往讨罪？"缪大亨应声道："末将愿往。"李文忠亦闪出道："甥儿愿往。"元璋见二人相争，便语文忠道："你年未弱冠，便期破敌，我心甚慰。依我所见，往攻扬州，着缪将军去，你去策应池州兵便了。"文忠道："池州有何人先往？"元璋道："我已檄调常、廖诸将，自铜陵进取池州，你快去策应为是！"文忠年少，未曾领兵冲锋，故军事或未与闻，而叙笔即借此纳入，是文中之善于销纳者。文忠乃喜，与缪大亨各率偏师，分投去讫。

才阅旬余，大亨已攻破扬州，收降青衣军数万，自押降帅张明鉴、马世熊等，前来缴令。元璋命即延入，大亨道："张明鉴日屠居民，残害太甚，现查得城内遗黎，只有十八家，末将虽收降明鉴，不敢擅为安置，所以亲押而来，请主帅自行发落！"元璋道："将军有劳了。"当下命将明鉴传入，责他无故殃民，罪无可赦，喝令枭首，惟赦他妻孥死罪。次及马世熊，世熊道："屠害居民，俱出张明鉴一人，某不敢为非，现有义女孙氏为证，某部下得了孙氏，某且收为义女呢。"元璋命领孙氏进来，世熊即出挈孙氏入厅，弓鞋细碎，冉冉而前，面如出水芙蓉，腰似迎风杨柳，美固美矣，然未必永年。一道神采，映入众目，都不禁为之暗羡。既至案下，敛神屈膝，低声称是难女孙氏禀见。元璋亦温颜问道：温颜二字，已写出元璋心思。"你是何方人氏？"孙氏道："难女籍隶陈州，因父兄双亡，从仲兄蕃避兵扬州，又被马世熊部众所掠，世熊悯氏孤苦，育为义女，因此得保余生。"元璋不待说毕，便道："你年龄几何？曾字人未？"问她字人与否？亦有微意。孙氏答称"十八岁"，及说得"尚未字人"一语，顿觉红云上颊，弱不胜娇。元璋道："说也可怜，你不如在此居住罢！"孙氏嘿然不答。元璋即令起身，饬屏后仆媪，导入后宫，一面发落马世熊，令他食禄终身。阅一日，便纳孙氏为妾，命她侍寝。孙氏含羞俯首，任所欲为。弱女及笄，已是帐中解舞，将军尚武，何妨枕上弄兵。柔情似水，艳笔难描，至元璋即真后，封为贵妃，位众妃上，与马氏仅隔一肩，宠遇有加。天恩浩荡，大约是格外怜悯的意思。语中有刺。小子有诗咏道：

> 不经患难不谐缘，得宠都因态度妍。
> 自古英雄多好色，恤孤原属口头禅。

元璋正在欢娱，忽池州有急报到来，当即传入问话。欲知详细军情，待小子再续下回。

　　朱亮祖，骁将也，非极力叙写战谋，不足以见元璋之智。张士德，劲敌也，非极力叙写战事，不足以见德胜之勇。亮祖受擒，宁国自破，士德被执，常熟自下，此犹为表面文字。再进一解，则元璋之不杀亮祖，益以见操纵之神，而他将自心服矣。德胜之得获士德，益以孤强敌之势，而士诚亦夺魄矣。关系颇大，故演述从详。余事皆依次带入，无非一文中销纳法也。

第八回

入太湖廖永安陷没　略东浙胡大海荐贤

却说常遇春、廖永忠二将，率水陆兵攻下池州，擒杀天完将洪元帅等，当即遣人告捷。元璋问明来人，便令传谕常、廖二将，说是："天完将士，多不足虑，惟他部下有陈友谅，方在猖獗，不可不防！"言毕，即命来人驰回。

小子前演元史，曾将天完僭国的详情，及陈友谅出身，一一表白，独此书未曾叙过，不得不约略说明。"天完"两字，便是第一回中，所说罗田人徐寿辉的国号。友谅乃渔家子，起自沔阳，往攻寿辉，寿辉暗弱，为部帅倪文俊所制，友谅即诣奉文俊，愿受指挥。文俊谋杀寿辉，未克而去，友谅尚佯与委蛇，从至黄州，暗中恰嗾使文俊部众，说他背主不祥，宜为寿辉除害。部众信为真言，仓猝起变，击死文俊。当下并有文俊部众，自称平章政事，不过通信寿辉，阳为报告，寿辉制不住文俊，哪里制得住友谅？数语了了。自是友谅顺江东下，破安庆，陷龙兴、瑞州，分兵取邵武、吉安，自入抚州。寻又取建昌、赣汀、信衢等地，直捣池州。池州被陷，遂与太平为邻。元璋乃遣常、廖诸将，攻取池州，并因池州已下，传谕严防友谅。友谅果遣战舰百余艘，猛将十数员，来争池州，幸常遇春等先已筹备，一俟友谅兵到，四面冲击，杀退各船。

元璋闻池州退敌，调李文忠南下，会同邓愈、胡大海等，徇建德路。文忠奉令南趋，略定青阳、石埭、旌德诸县，至徽州昱岭关，会同邓愈、胡大海军，出遂安，抵建德。沿途屡破敌众，进逼城下，一鼓齐登。元守将不花等，弃城遁去。文忠得擢为帐前统制亲兵指挥使，入城镇守，改建德路为严州府。嗣邓愈往徇江西，胡大海往略浙东，只李文忠扼守孤城，不防张士诚遣将来袭，水陆掩至。文忠在城外设伏，先把他陆军杀退，复将所斩俘馘，载巨筏中，乘流而下，连他的水军，也一哄儿吓走了。统是没用的家伙。士诚心总未死，西边失势，又到东边，屡发兵进窥常州。亏得汤和驰援，连败敌众。未几又转寇常熟，复为廖永安击走。元璋以宜兴密迩常州，此时为士诚所据，常州总未免被兵，遂命大将军徐达率领将士，往攻宜兴。兵方发，忽闻友谅遣党赵普胜，攻陷池州，守将赵忠战死。太平守将刘力仁往援，亦败没。元璋惊悼不已，奈因各路兵将，统去截击张士诚，一时无可调拨，只好令赵德胜固守太平一带，防他深入。一面促徐达速下宜兴，以便移攻池州。此时元璋亦觉受困。偏徐达等到了宜兴，一攻数月，还是未下，急得元璋满腹焦烦，出濠以来，无此忧劳。日夕筹划，定下一计，忙写就密书，遣使驰至徐达营中，令他察阅。达展读道：

> 宜兴城小而坚，未易猝拔。闻其城西通太湖，张士诚饷道所由，若断其饷道，军食内乏，破之必矣。

达览书大喜，发使还报，遵令即行。遂遣总兵丁德兴，分兵遏太湖口，自与平章邵荣等，并力攻城。果然粮尽兵溃，宜兴随下。廖永安趁着胜仗，竟率兵深入太湖，舟至半途，却值士诚麾下的吕珍，鼓舟而至。冤家遇着对头，就在湖滨大战起来。向来太湖两岸，水势深浅不一，芦苇纵横，烟波浩渺，吕珍乖巧得很，令各舟忽出忽没，忽进忽退，害得永安跋来赴往，使不出甚么勇劲，顿时焦躁异常，命掌篙的人，尽力赶去。哪知吕珍轻舟诱敌，实是一条诡计。永安的坐船，先时很是活泼，撑了里许，忽被浅滩搁住，休想再动分毫，正在着急，蓦见芦苇中荡出几只小舟，舟子统是渔人打扮，永安不辨谁何，命将小舟撑近大船，一舟甫至，永安即一跃而下，尚未立稳，那舟子竟拔出短刀，把永安砍伤右臂。永安动弹不得，竟被舟子一声鼓噪，将永安掀翻缚住。看官不必细问，便可知这种舟子，统是吕珍手下的将士了。不解之解。永安被擒，当由吕珍押献士诚，士诚颇爱永安才勇，劝他归顺。永安怒目视道："我岂肯降你这枭目么？"写永安之忠。士诚遂把他拘住狱中。至元璋闻耗，立即遗书士诚，愿归所获三千人，易一永安。士诚记着亡弟遗恨，拒绝去使，永安卒死于平江。寻元璋封为楚国公，迎丧郊祭，很是尽礼。暂且按下不表。

且说永安败陷，另授杨国兴统带舟师。国兴复出太湖口，收集各舰，迭破张士信兵，平宜堰口二十六寨，一面赶修宜兴城，城完守固。士诚复遣水陆军夹击，统由国兴杀退，宜兴无恙。元璋方调徐达兵规复池州，达率俞通海、赵德胜等，到池州城下，那时友谅党赵普胜，尚驻扎池州，一闻徐达兵到，即执着双刀，出来对阵。俞通海望见普胜，大喝道："你是我的旧部，为什么叛归友谅？"回应第五回。普胜道："人各有志，你休来管我！"通海大愤，遂挺矛与战。矛去刀迎，刀来矛抵，恶狠狠的战了多时，通海几败。德胜见通海战他不下，忙拨马往助，双战普胜，尚只杀得一个平手。嗣经徐达麾兵杀上，方将普胜击退。徐达回营，语通海道："普胜那厮，骁勇绝伦，怪不得他叫作双刀，若明日再战，我当用计胜他。"次日，先令侦骑哨探，回报赵普胜濒江立营，四面竖栅，倚以自固。徐达道："有了。俞将军可带领舟师，袭他后面，我与赵将军领着陆军，攻他前面，明攻暗袭，不忧不胜。"俞通海领命前去。徐达密语赵德胜，令他率兵先出，杀至普胜营前。普胜即开营抵敌，由赵德胜奋起精神，与他酣斗数十合，普胜越战越勇，德胜虚晃一刀，勒马就走。普胜乘势赶来，约四五里，适值徐达引军驰至，接应德胜，德胜又回马奋斗，两下夹攻，普胜倒也不惧。忽闻后面隐隐有号炮声，恐是江营有失，不敢恋战，晓得迟了。遂舍德胜，驰回原营，将到营前，叫苦不迭。看官道是何故？乃是营栅上面，已悬着"俞字"旗号。原来俞通海乘普胜远追，已袭入江营，夺了巨舰数艘，把普胜营兵逐去。普胜见了，懊悔不及，尚欲拼命夺营，怎奈徐达、赵德胜军赶至，通海军又复杀出，腹背受敌，势不能支，没奈何大吼一声，向西遁去。

徐达、赵德胜即移军攻城，池州守将洪钧不知厉害，尚麾兵出城，与德胜交锋。战未数合，被德胜卖个破绽，把洪钧活擒过来。守兵见主帅被擒，都弃城逃走，池州立下。徐达一面报捷，一面檄调俞廷玉、张德胜等，联兵进攻安庆。俞廷玉率舟师先进，不期与赵普胜相遇。普胜自池州败走，到了安庆，料知徐达等必乘胜进攻，他便伏兵港中，专待截击，遥见廷玉到来，便顺风吹起胡哨，各舟闻声竞至，围攻廷玉坐船。廷玉挺立船头，督兵猛战，约有一两个时辰，兀自支持得住。谁知普胜觑住廷玉，猝发标箭，适中廷玉左腮，廷玉忍不住痛，晕仆舱中。将军难免阵中亡。顿时舟中大乱，亏得通海前来接应，才将全舟救出，余舟多被普胜夺去。廷玉竟痛极身亡。通海大恸，忙奔回徐达营中，报明败状。徐达也不禁叹息，即令通海送柩还乡，并遣人驰报应天。

是时元璋以胡大海出师浙东，屡攻婺州未下，正思督兵亲往，得着此耗，倒也沉吟起来。诸将以普胜如此强悍，恐再出池州，为长江患。元璋道："普胜勇而寡谋，友谅贪而忮功，若用计离间，一夫已足，何庸过忧？"随遣一员牙将，潜至安庆，与普胜门客赵盟，叙起乡谊，格外交欢。嗣复投书赵盟，恰故意误送普胜。普胜私下展阅，语多隐约难详，心中大疑，遂疏赵盟。赵盟不能自安，竟与牙将同至应天，来附元璋。不特普胜中计，连赵盟亦中计。元璋格外优待，给他重金，令往友谅军中，散布谣言，无非是"普胜恃功，谋叛友谅"等语。友谅果然动疑，也中计了。遣使觇普胜虚实。普胜哪里得知，见了使人，尚满口侈述战功，骄矜不已。使人返报友谅，友谅即带着重兵，自至安庆，只说与普胜会师，进攻池州。普胜忙至雁汉口迎迓，才登舟，即被拿下，一语未完，已经身首异处了。可报廷玉之仇。赵盟回禀元璋，元璋大喜，厚赏赵盟。是衾之也。遂调回徐达，令与李善长留守应天，自率兵十万，用常遇春为先锋，由宁国出徽州，转向婺州进发。

至兰溪，有士人王宗显进谒，并呈上胡大海荐书。元璋接见，问他籍贯，答称原籍和州，寄寓严州。元璋道："君寓此有年，能识婺州内容么？"宗显道："某有故人吴世杰，居近婺城，可以探问。"元璋即令他去讫。不数日，宗显驰还，报称："守将离心，不难攻入。"元璋喜道："我得婺州，当令汝作知府。"宗显拜谢。又启行至婺州，会着胡大海。大海进谒，行过了礼，便禀道："婺州与处州为犄角，元参政石抹宜孙，为处州守将，常发兵来援，所以屡攻未下。现因主公将到，他探知消息，又遣参谋胡深，运着狮子车数百辆，前来抵御。目下闻已到松溪了。"元璋道："石抹宜孙，用车师来援此城，未免失计。松溪山多路狭，车不可行，若遏以精兵，便可破他。援兵一破，此城自不劳而下了。"应该嘲笑。大海答声称是。元璋又道："闻你义子德济，很是骁勇，何不拨与健卒数千，令他去截援师？"大海应令出去，即遣子德济，领锐卒数千，竟往松溪。至梅花门，已遇胡深运车驰到，德济鼓噪而前，惊得胡深迎战不及，意欲将车退后，以便厮杀。可奈梅花门依着龙门山，林箐丛杂，岭路崎岖，就是未遇敌时，已觉七高八低，难以行车，此时大敌当前，进退失据，没奈何弃了车辆，引军逃去。不出元璋所料。

德济返营报功，元璋即督兵攻城。城中守将帖木烈思与石抹厚孙，即石抹宜孙之弟。两不相下，无心防御，裨将宁安庆，知不可守，夜遣都事李相缒城请降，约开东门纳兵。元璋许诺，李相返城，即将东门大启，常遇春、胡大海等一拥而入，竟把帖木烈思、石抹厚孙等擒住。全城已破，当由元璋入城，下令禁止侵暴，并改婺州路为宁越府，即用王宗显知府事。算是践言。开郡学，聘硕儒，延叶仪、宋濂为五经师，戴良为学正，吴沈为训导。时丧乱日久，学校湮废，至此始闻有弦诵声。

未几又有乐平儒士许瑗进谒。瑗有才智，放浪吴、越间。及入见，语元璋道：“方今元祚垂尽，四方鼎沸，窃闻有雄略乃可驭雄才，有奇识乃能知奇士，明公欲扫除僭乱，非收揽英雄，难于成功。”元璋道：“诚如君言。我今求贤若渴，方广揽群材，共图康济。”许瑗道：“果如此，天下不难定了。”元璋大喜，即授为博士，留居帷幄。既而元璋欲还归应天，乃召胡大海与语道：“宁越为浙东重地，我因你才勇，特命你居守。现闻衢州守将宋伯颜不花多智术，处州守将石抹宜孙善用士，绍兴为士诚将吕珍所据，数郡与宁越相近，我留常遇春在此与你协力，乘间往取三郡。但此三郡守将，俱系劲敌，千万小心为要！”大海顿首拜受。元璋又嘱咐常遇春数语，令与胡大海协同行事，乃即日起程，率军返应天。

元璋去后，常遇春即进攻衢州，用吕公车、仙人桥、长木梯、懒龙爪等攻具，拥至城下，高与城齐。又于大西门城下潜穴地道，高下并攻。守将宋伯颜不花，煞是厉害，束苇灌油，烧吕公车，用长斧砍木梯，架千斤秤钩懒龙爪，并筑夹城防穴道，井井有条，毫不慌忙。遇春屡攻不克，乃用声东击西的法子，明攻北门，潜袭南门。宋伯颜不花未及防备，竟被突入南门瓮城中，毁坏守具，合城惊惶。院判张斌度不能支，遣使约降，夜出小西门迎大军入城，守兵尽溃。宋伯颜不花逃避不及，被常遇春活擒而归。遇春还宁越，胡大海留遇春驻守，自约耿再成攻处州。想因遇春得衢，故亦不甘坐守。再成曾出兵缙云，倚黄龙山为根据，立栅屯兵，借遏敌冲。元参政石抹宜孙，自驻处州，另遣将分守要塞，备御再成。诸将皆怠玩无斗志。胡深时守龙泉，闻胡、耿合兵来攻，料知守地难保，竟弃军来降。无非为德济吓慌。大海问他处州详情，深言兵弱易攻，遂出师樊岭，与再成会，夹击桃花岭、葛渡等寨，应手而下，进薄处州城。宜孙出战败绩，走闽中。大海入城抚民。再成又出兵西略，建宁七邑皆降。既而宜孙复收集散卒，欲复处州，至庆元，为再成击毙。

捷书迭达应天，元璋喜甚，命耿再成驻守处州，胡大海还镇宁越。寻复改宁越府为金华府。大海雅意揽贤，查得金处有四大儒，遂一一登诸荐牍，请元璋立刻征用。元璋即遣使赍币，礼聘四贤，有三人应征而往，一个就是浦江人宋濂，一个是龙泉人章溢，一个是丽水人叶琛，还有一位青田名士，位置自高，经元璋再三征求，方出山来辅真主。仿佛刘备之遇诸葛。正是：

得逢雷雨经纶日，才识风云际会时。

欲知此人是谁，且至下回再详。

此回为过渡文字。元璋得金陵后，除附近元军外，只有张士诚一路，与他为难。元军涣惰不足道，士诚尚以战为守，无甚大志，元璋处之，犹易与耳。

至友谅猖獗，顺江而下，于是元璋左右受敌，几不胜防。廖永安陷没太湖，俞廷玉战死长江，皆足为金陵夺气。非敌将被间，浙军获胜，元璋其危矣乎！作者双管齐下，东西夹叙，虽曰按时述事，而不为分段表清，忽说与士诚兵战，忽说与友谅兵争，盖隐隐绘一忙乱情形，俾阅者知当日大势，若是其亟。至青田定计，熟权缓急，而战事次序，乃可得而分矣。故曰本回为过渡文字。

第九回

刘伯温定计破敌　陈友谅挈眷逃生

却说青田名士，迭征乃至。这人为谁？系姓刘名基，字伯温，就是翊赞朱氏，创成明室的第一位谋臣。郑重出之。先是元至顺间，基举进士，博通经史，兼精象纬学，时人论江左人物，推基为首，以为诸葛孔明，不过尔尔。江浙大吏，屡征不出，至石抹宜孙守处州，经略使李国凤屡称基才，请他重用。宜孙仅召为府判，不与兵事，基仍弃官归青田。时黄岩人方国珍，据温、台、庆元等路，骚扰浙边，大吏犹专事羁縻，不加讨伐，基屡请严剿，不见从，乃归募同志，部勒成军，借避寇患。及胡大海下处州，闻名往聘，基仍谢绝。大海乃请命元璋，赍币往聘，犹不肯起。及元璋命总制孙炎，致书固请，乃慨然道："我昔游西湖，见西北有异云，曾谓是天子气，十年后当应在金陵。今朱氏创兴，礼贤下士，应天顺人，我不妨前往，助他一臂，得能有成，也不负我生平志愿了。"于是束装就道，径诣应天。

元璋闻他来见，忙下阶恭迎，赐以上坐，从容与论经史，及咨以时事，基应对如流，畅谈要策，共得十八条。元璋喜甚，便道："我为天下屈先生，先生幸毋弃我！如有指陈，愿安受教。"可谓虚己以听。基乃语元璋道："明公据有金陵，甚得地势，但东南有张士诚，西北有陈友谅，屡为公患。为明公计，必须扫除二寇，方可北定中原。"元璋蹙额道："这两人势颇不弱，如何可以剿灭？"基答道："御敌当权缓急，用兵贵有次序，张士诚一自守虏，尚不足虑；陈友谅劫主称兵，地据上游，无日忘金陵，应先用全力，除了此害。陈氏灭，张氏势孤，一举可定。然后北向中原，造成王业，明公曾亦设此想么？"确是坐言起行之计，不比前文进谒之士，专务泛论，无裨军谋。元璋道："先生妙计，很是佩服，此后行军，全仗先生指导！"基始应声而出。元璋即命有司筑礼贤馆，使基入居，宋濂、章溢、叶琛三人，亦住馆内。嗣命濂任江西等处儒学提举，并遣世子受经。授章、叶为营田司金事。惟留基入主军务，事无大小，一律咨询。基颇感知遇，遂一意参赞，知无不言。元璋尝呼为先生而不名，语人时，每比基为张子房，不愧留侯。真所谓君臣相遇，如鱼得水了。

元璋方简阅军马，准备出师，忽闻陈友谅挟了徐寿辉，舣舟东下，进攻太平。正拟遣将往援，忽由太平逃来溃兵，禀称太平失陷，花将军阖门死事，连知府许瑗，院判王鼎，统已殉节了。叙太平被陷事，恰先述禀报，后及详情，是倒载而出之法，与上文各节不同。元璋不禁失惊道："有这般事么？我的义儿文逊，怎么样了？"来兵答道："想亦尽忠了。"元璋失声大恸，经诸将从旁劝解，尚是流涕不止。原来黑将军花云与元璋养子朱文逊，同守太平。及友谅来攻，两人率兵三千名，鏖战三日，友谅不能入。会大雨水涨，友谅引巨舟薄城西南，令士卒夜登舟尾，缘梯登堞，遂入城。花云、文逊，巷战一夜，力屈遭擒。文逊被杀，云忽奋臂大呼，激断绳索，夺了守兵的短刀，左右乱砍，杀死五六人。众兵一齐杀上，伤他右臂，复被絷住，云大骂道："贼奴敢伤害我，我主且至，必砍尔等为肉泥！"有声有色，虽死不朽。众兵闻言大怒，竟把他缚住船樯，一阵射死。云妻郜氏，亦赴水殉节。子炜，方三岁，侍女孙氏，抱炜远窜，被乱兵掠至九江。

　　元璋常求花氏后裔，苦无所得，至友谅败殁，才见一皓首庞眉的老人，带着孙氏，负儿而来。当下接儿在手，置着膝上，抚顶叹道："虎头燕颔，不愧将种，黑将军算不虚死了。"言毕，即命赐老人衣。谁知老人倏忽不见，四处找寻，仍无下落，弄得元璋也惊疑起来，依史而陈，并非虚谰。随即问明孙氏，孙氏泣拜道："奴自逃出太平，为乱军所掳，军中恨儿夜啼，由奴拔质簪珥，寄养渔家。嗣奴复潜窃儿出，脱身东走，登舟渡江，江中复遇乱军，将奴与儿推入江心，幸得断木附着，飘入芦渚。七日无食，只取莲实充饥。巧逢老人到来，救奴及儿同行至此。奴万死一生，得将此儿保存，伏乞推恩收育，不负小主人一番忠诚。"孙氏可谓义婢。元璋亦流泪道："主忠仆义，万古流芳，我不惟保养此儿，连你亦应矜恤。只与你同来的老人，究竟何姓何名？为何不知去向？"孙氏道："他只自称雷老，不说实名。"元璋迟疑半晌，方说了"忠孝格天"四字，应有此理。仍命孙氏抚养花炜，岁给禄糈。至炜年长成，累官指挥佥事，孙氏亦受旌封，这是后话，暂且不表。

　　且说陈友谅既得太平，急谋僭号，遣壮士椎杀寿辉，便假采石五通庙为行宫，自称皇帝，国号汉，改元大义。命邹普胜为太师，张必先为丞相，张定边为太尉，一面遣使约张士诚，同攻应天。士诚不敢遽允，遣还来使。此刘基所谓自守虏也。不然，东西相应，应天宁不危乎？友谅怒道："盐侩不来，我岂不能下金陵么？"大言不惭。遂大集舟师，自江州直指应天。舳舻蔽空，旌旗掩日，自头至尾，差不多有数十里。仿佛曹操八十万大兵。警报飞达应天，元璋即召众将会议，众将纷纷献计，有说友谅兵盛，宜出城迎降的，有说应走据钟山，徐图规复的，独刘基瞑目无言。胸有成竹。元璋退入，召基问话，基答道："说降说走，都可斩首，斩了他方可破贼。"我亦云然。元璋道："依先生高见，计将安出？"基答道："天道后举者胜，我以逸待劳，何患不克？"元璋称善。基复密语良久，下文统暗括在内。元璋益喜，复出厅升座。众将又上来献议，或请遣兵先复太平，或请主帅亲自出征，又换了一派议论，想是斩首之言，已被闻知。统被元璋驳去，只命参谋范常赍书胡大海，命他出捣信州，牵制友谅后路。范常应声而出，自去照行。元璋又召康茂才入内，与语道："闻汝与友谅相知，能否通诈降书么？"茂才道："愿如尊命！且家有老阍，曾事友谅，遣使赍书，必信无疑。"元璋喜道："既如此，快修书出发！"茂才应令，立写就诈降书，并密嘱司阍数语，令乘一小舟，径投友谅军前。友谅得书，便问道："康公何在？"司阍答道："现守江东木桥。"友谅即待以酒食，令他还报道："归语康公，我到江东桥，三呼老康，即当倒戈内应，不可误事！"利令智昏。司阍唯唯连声。返报茂才，茂才即入禀元璋，元璋笑道："友谅，友谅！已入我彀中了。"急令李善长带了工役，乘着月夜，把江东木桥，改为铁石，一夕而成，大书"江东桥"三字，令人一望便知。善长还报，元璋即命常遇春、冯国胜、此时冯国用已殁，弟胜承袭兄职。华高等，率帐前五翼军，伏石灰山侧，徐达伏兵南门外，并各嘱道："我当统兵至卢龙山，你等可遥望山上，竖着赤帜，便知寇至；改竖黄帜，乃可麾兵杀出，休得有误！"诸将领命去讫。此两路是防陆。又命杨璟驻兵大胜港，张德胜、朱虎等，领舟师出龙江关外。此两路是防江。分拨已定，乃亲自督兵出城，至卢龙山驻扎，专待友谅兵来。

不一日，友谅果联舟东下，至大胜港，口甚狭，仅容三舟，濒岸又见有重兵驻着，杨璟兵出现。恐被出击，不敢停留，遂退出大江，径来觅江东桥。距桥约半里，已有"江东桥"三字，映射眼波，只桥是大石砌成，并非木质，未免心中怀疑，至此尚不知中计，确是笨伯。复驶近桥边，连呼"老康老康"，凭他叫破喉咙，并没有人出应，只有空中声浪，回了转来，也答他是"老康"两字。妙甚。趣甚。友谅才知中计，但因船多人众，恰还没有慌忙，复下令向龙江进发。既抵龙江，即遣万人登岸立栅，声势锐甚。

时方酷暑，烈日炎炎，元璋服紫茸甲，在山上张盖督兵，嗣见将士挥汗如雨，立命去盖，与将士同曝日中。驭兵之道在此。将士欲下山夺栅，元璋道："天将下雨，汝等且就食，俟乘雨往击未迟。"想是刘军师教他。诸将昂头四顾，并没见有云翳，大都莫名其妙，只好遵令就食。食方毕，西北风骤起，黑云四至，大雨倾盆而下，元璋即命将士下山拔栅，一面竖起赤帜。友谅见立栅被拔，亦麾众力争。两下相杀，雨忽停止。元璋复改竖黄帜，并发鼓声。于是常遇春等自左杀到，徐达自右杀到，把登岸的敌兵，统驱入水中。友谅忙麾舟渡军，舟甫离岸，张德胜、朱虎又领舟师杀来，吓得友谅不知所为，偏偏潮神又与他为仇，来时潮涨，去时潮落，把数百号兵船，一概胶住浅滩，不能移动。友谅无法可施，忙改乘小舟，飞桨逃出，其余军士，亦多投水逃生，有一半不善泅水的，统沉没江心，至河伯处当差去了。元璋复命诸将追袭，自率亲兵，收夺败舰，共得巨舰百余艘，战舸数百，连友谅所乘的大船，亦一律获住，船中尚留着康茂才书，元璋不觉失笑道："呆鸟，呆鸟！"言已，复检点俘虏，共得七千余人，押领而归。

且说友谅易舟西遁，又见敌舟远远追来，忙下令加桨飞逃，至慈湖，距敌舟不过数丈，正在着急，又遇火箭射至，烈焰飞腾，那时急不暇择，只好驶舟近岸，一跃登陆，鼠窜而去。这边的张德胜、朱虎及廖永忠、华云龙等，哪里肯舍，毁了友谅的舟，复上岸力追，直抵采石。不防友谅得了援兵，回马来战，张德胜首先陷阵，致受重伤，死于军中。廖永忠、华云龙等，见德胜陷没，勃生义愤，舍命冲锋，一场死斗，仍将友谅杀败，友谅方弃甲曳兵，逃回江州去了。友谅一败。嗣是徐达复太平，胡大海取信州，冯国胜等取安庆，露布飞驰，欢声腾跃。偏友谅不肯干休，遣张定边攻安庆，李明道攻信州，安庆竟被夺去，信州由李文忠往援，擒住明道，献至应天。明道愿降，并言友谅可取状，于是元璋复造了龙骧巨舰，亲率舟师，再攻安庆。廖永忠、张志雄等，奋勇当先，拔了水寨，进兵攻城，自旦至暮不能下。刘基献议道："安庆城高而固，急切不能攻下，何若移师江州，破他巢穴。"的是胜着。元璋不待说毕，即下令撤围，鼓舟西上。聪明人不消细说。舟过小孤山，遇有数舟来降，舟中有两员大将，一个叫作傅友德，一个叫作丁普郎。元璋召入，问明来历，知系友谅部将，弃暗投明，自然心喜。且见友德较为英武，便命他仍率原舟，作为前导。沿途遇着江州巡兵，一概招降，稍有不服，立刻扫净。片帆风顺，径达江州城下。友谅闻报，尚疑是士卒误传，待至城外鼓角喧天，方知敌兵果到，慌忙整兵守御。仿佛做梦。惟江州抱水依山，也是一座坚城，友谅倚作巢穴，简直是不易攻的。当下一攻一守，相持两日，城完如故。友谅稍稍放心，不想到了夜间，敌兵竟登城杀入，急得友谅手足无措，忙挈妻逃出城门，乘舟西奔，逃至武昌去了。友谅二败。原来元璋用刘基计，密测城堞高度，令工兵在各舰尾，搭造天桥，乘着暗夜，一列将船倒行，直逼城下，天桥与城堞，巧巧衔接，将士援桥登城，不费甚么气力，竟得杀入城中，友谅还道神兵自天而下，哪得不仓猝逃去？原来如此。

江州已下，南昌守帅胡廷瑞，也遣使郑仁杰输诚，唯请勿散他旧部。元璋颇有难色，刘基在后，潜踢元璋所坐胡床，元璋大悟，又似张子房之蹑沛公。乃遣仁杰还，并赐书慰谕，准如所请。廷瑞即遣甥康泰赍书请降，自是余干、建昌、吉安、南康诸郡县，相继投诚。元璋又命赵德胜、廖永忠、邓愈等，分兵四出，略瑞州、临江，拔浮梁、乐平，并攻克安庆、赣、皖一带，十得七八。元璋乃率军东还，道出南昌，胡廷瑞率甥康泰及部将祝宗等，出城迎谒。元璋慰劳有加，并令廷瑞等同归应天，留邓愈驻守南昌，叶琛任知府事。临行时，廷瑞密白元璋，以祝宗、康泰二人不甚可恃，元璋乃令二人归徐达节制，从征武昌，不意元璋才归，祝宗、康泰果谋叛返兵，袭入南昌。叶琛战死，邓愈单身逃免。幸徐达旋师平乱，诛祝宗，赦康泰，南昌复定。元璋闻报，方转忧为喜道："南昌控引荆、越，系西南藩屏，今为我有，是陈氏一臂断了，但非骨肉重臣，恐不可守。"乃改南昌为洪都府，命侄儿朱文正为大都督，统率赵德胜、薛显等，与参政邓愈，一同往守。各将方去，忽由浙东迭来警耗，报称胡大海、耿再成两将，被刺身亡，元璋又出了一大惊，小子走笔至此，又有一诗咏道：

大功未就已身捐，百战沙场总枉然。
只有遗名垂竹帛，忠魂犹得慰重泉。

毕竟胡、耿两将如何被刺，且看下回分解。

本回所叙，纯系朱、陈两方战事，而朱氏之得胜，又全属刘基之功。陈友谅既得太平，即乘胜东下，声势锐甚，金陵诸将，议降议避，莫衷一是，元璋虽智不出此，然非刘基之密为定计，则未必全胜。史传多归美元璋，此系善则称君之常例，演史者所当推陈出新，不得仍如史官云云也。至若江州之役，南昌之降，则刘基本传中，亦历述其匡赞之功。天生一朱元璋，复生一刘伯温，正所以成君臣相济之美，非揭而出之，曷由显刘青田之名乎？惟近世小说家，有以神奇称基者，则未免附会，转失其真，是固本书所不取也。

第十回

救安丰护归小明王　援南昌大战伪汉主

　　却说胡大海留守金华，耿再成留守处州，本是犄角相应，固若金汤。惟金、处本多苗军，胡、耿两将，多雅意招揽，不分畛域。苗将蒋英、刘震、李福等，归降胡大海，李佑之、贺仁德等，归降耿再成。胡、耿皆留置麾下，一例优待，怎奈狼子野心，终不可恃。为滥收降将者，作一棒喝。蒋英、李福等先谋作乱，商诸刘震，震颇不忍，李福谓举行大事，不能顾及私恩，于是震亦相从，先以书勾通处州苗将，令同时举兵，一面禀请大海，至八咏楼下观弩。大海不知是诈，挺身而出，将上马，忽有苗将钟矮子跪马前，诡禀蒋英罪状。大海未及答，回顾蒋英，不料被英突出铁锤，击中头脑，顿时脑浆迸出，死于非命。英即断大海首，胁从大海部兵。大海子关住及郎中王恺，俱被英等杀死。惟典史李斌，怀着省印，缒城至严州告急。李文忠亟遣何世明、郭彦仁等往讨，张德济亦自信州奔赴。这边方闹个不了，那边又响应起来。此所谓铜山西崩，洛钟东应。李佑之、贺仁德等，先接蒋英等书，尚未敢动，至大海被杀，即放胆作乱。耿再成方与客饮，闻变调军，兵卒未满二十人，佑之等已经杀入，再成叱道："贼奴！何负尔等，乃敢造反？"言未已，佑之等已攒槊环刺，再成挥剑，连断数槊，卒因贼众槊多，不胜防备，身中数创，大骂而死。分省部事孙炎及知府王道同，均遇害。再成子天璧，方奉命往处州，征发苗兵，中途闻变，亟遣人至李文忠处乞援，一面纠集再成旧部，急赴父难。

这时候的警报，早达应天，元璋未免痛悼，并语刘基道："金、处有失，衢州恐亦被兵，如何是好？"刘基道："贼众乌合，尚不足虑，且严州有李将军，就近赴援，制贼有余，若虑及衢州，不才愿往镇抚。且前因兵事倥偬，以至丧母未葬，此时正可乘便回籍，为公及私了。"元璋喜道："先生愿行，尚有何说！"遂拨了得力将士，令基带去，以便调遣。基星夜前进，到了衢州，守将夏毅，忙迎基入城，并语衢州亦多讹言，基云无妨，当下派兵四驻，并揭榜安民，一夕即定。确是大材。嗣发书至各处属县，谕以"镇静无恐，休得自扰。"各县亦相安无事。一瞬旬余，闻金华叛将蒋英等已败投张士诚，处州叛将李佑之等，亦由李文忠部将与耿天璧等击死，不出先生所料。遂遣使驰报应天，自回原籍葬母去了。元璋得刘基使报，又接李文忠捷书，自然欣慰，遂命李文忠为浙江行中书省左丞，总制严、衢、信、处诸郡军马。以耿天璧袭父职，留守处州。后由李文忠出攻杭州，得获蒋英等，刺血祭大海，寻复追封大海为越国公，再成为高阳郡公，事且慢表。归结胡大海、耿再成二人。

且说刘基回籍葬母，在家丁忧，方国珍亦驰书慰唁，基答书称谢，并宣示元璋威德，劝他归附。国珍乃遣使至应天，进贡方物。元璋甚喜，贻书刘基，慰劳备至。又常遥咨军事，并约期促赴应天，基于至正二十二年春还籍，至二十三年春复出。适元璋拟亲援安丰，基即进谏道："友谅、士诚，耽耽思逞。为主公计，不如勿行为是。"元璋道："小明王被围甚急，我向奉他龙凤年号，不忍袖手旁观，因此不得不往。"基嘿然。原来基初至应天，见中书省曾设御座，奉小明王韩林儿虚位，每当春秋佳节，自元璋以下，皆向座前行庆贺礼，基独不往，且愤愤道："一个牧竖，奉他何为？"独具只眼。至是韩林儿居亳州，为元统帅察罕帖木儿所败，偕刘福通遁至安丰。张士诚又乘隙往攻，率众十万，围住安丰城。刘福通不能敌，飞使从间道至应天，哀乞援师。基不欲往援，所以谏阻，偏偏元璋不从，竟率徐达、常遇春等兼程而往。及至安丰，城已失守，福通被杀，林儿在逃。士诚将吕珍，据城列栅，水陆连营，徐达等拔他中垒，乘胜进击，不想前面阻着大濠，一时不能逾越，后面偏遇吕珍杀至，分着左右两翼，围裹拢来，竟把徐达等困住垓心。亏得常遇春率军横击，三战三胜，才得击走吕珍，追了一程，吕珍复得庐州左君弼援军，翻身再战，复被徐达、常遇春等杀退。元璋乃命徐达等攻庐州，自率兵往觅林儿，得诸途中，送居滁州，自回应天。为此一行，险些儿把龙蟠虎踞的都城，被人暗袭。亏陈友谅见近忘远，只把五六十万的大兵，专攻南昌，不袭应天，令这位暗叨天佑的元璋公，还好从容布置，与友谅鏖战鄱阳湖，决最后的胜负。说来话长，由小子从头至尾，演述出来，以便看官详阅。欲叙鄱阳战事，先用如椽之笔，承上起下，见得此战关系甚大，非寻常战事可比。

这友谅因疆宇日蹙，愧愤交集，意欲破釜沉舟，与元璋决一死战，于是大作战舰，每舟分三级，高约数丈，上下人语不相闻，房室俱备，中可走马，行军之道，全在灵活，况江中之战，不比海中，造此大舰何为者？当下载着百官家属，及所有士卒六十万，悉数东来。孤注一掷，越是呆鸟。到了南昌，便把各舰停住，准备攻城。何不直捣金陵。守帅朱文正，闻友谅倾国而来，急命邓愈守抚州门，赵德胜守官步、士步、桥步三门，薛显守章江、新城二门，牛海龙等守琉璃、澹台二门，自率精锐二千人，居中节制，往来策应。那友谅亲自督兵，猛扑抚州门，兵士各持笠帽大的盾牌，上御矢石，下凿城垣。不多时，但听得一声怪响，城竟坍坏二十多丈。各兵方拟拥入，忽见里面铳声迭发，射出许多火星，熊熊炎炎。闪铄如电，稍被触着，不是焦头，就是烂额，此时欲用盾牌遮蔽，哪知盾系竹制，遇着火尤易燃烧，大众多是畏死，自然逐步倒退。邓愈即饬兵竖栅，栅未竖成，外兵又进，两下接仗，不得不血肉相搏。正危急间，文正督诸将来援，且战且筑。外兵怎肯歇手，连番杀入，连番退出，等到城墙修毕，内外尸骸，好似山积。文正麾下的猛将，如李继先、牛海龙、赵国旺、许珪、朱潜等，统已战死了。友谅休兵数日，复攻新城门，忽城内突出一支人马，似龙似虎，锐不可当，首将便是薛显，提刀突阵，尤为凶猛。友谅将刘震，不顾好歹，上前拦住，被薛显横腰一刀，挥作两段，余众披靡。薛显杀了一阵，收兵而回。入城后，检点将士，只不见百户徐明，探问下落，才知穷追被擒，怅惜不已。友谅愤攻城不下，自己没用，愤亦何益？增修战具，移攻水关。水关有栅，文正集壮士防守，见友谅兵至，从栅缝中迭出长槊，迎头刺击。友谅兵也是厉害，夺槊更进，不防里面换用铁戟刺出，奋手去夺，都一声惨号，七颠八倒。看官道这铁戟上有何物？乃是用火淬过，一经着手，立即灼烂。自是无人近前，水关又无恙了。友谅乃分兵攻陷吉安、临江，招降李明道，杀死曾万中，复擒住刘齐、朱叔华、道天麟三人，至南昌城下开刀，并呼城上守兵道："如再不降，以此为例。"守兵不为动。友谅复攻官步、士步两门，赵德胜日夕巡城，指麾士卒，忽来了一支硬箭射中腰眼，深入六寸，顿时忍痛不住，拔剑叹道："我自壮岁从军，屡受创伤，未有如此厉害，今日命该当绝，只恨不能从我主公，扫清中原。"言至此，猝然晕仆，竟尔逝世。出师未捷身先死，长使英雄泪满襟。德胜殁后，军士越奋，友谅亦越攻不下，但总不肯舍去，镇日里围住这城。真是呆鸟。文正佯遣兵纳款，令他缓攻，阴令千户张子明，偷越水关，赴应天告急。

　　子明扮做渔夫模样，摇着渔舟，唱着渔歌，混出石头城，昼行夜止，半月始达应天，易服见元璋。元璋始悉南昌被困状，且问友谅兵势如何，子明道："友谅倾国而来，兵势虽盛，战死恰也不少。现在江水日涸，巨舰转驶不灵，且师久粮匮，蹙以大兵，不难立破。"元璋道："你先归报文正，再坚守一月，吾当亲自来援。"子明领诺，仍改作渔翁装，摇舟疾返，不意到了湖口，竟被友谅逻卒拘住。去时得脱，归时始被执，暗中也有天意。友谅道："你是何人？敢如此大胆。"子明道："我是张子明，至应天乞援的。"直言得妙。友谅复道："元璋曾来援否？"子明道："即日便至。"尤妙。友谅道："你若有志富贵，不如出语文正，说是应天无暇来援，令他速降。"子明瞪目道："公休欺我！"反诘尤妙。友谅道："决不欺你。"子明道："果不相欺，我便去说。"友谅便命人押至城下，命与文正答话。子明高声呼道："朱统帅听着！子明使应天已回，主上令我传谕，坚守此城，援军不日就到了。"仿佛春秋时之晋解扬，但楚庄不杀解扬，而友谅杀子明，安能成霸？友谅闻言大怒，立将子明杀死，这且按下。

　　且说元璋因南昌围急，飞调徐达等回军，集师二十万，祃纛龙江，克期出发。至湖口，先遣指挥戴德，率着两军，分屯泾江口、南湖嘴，遏友谅归路。又檄信州兵马，守武阳渡，防友谅逃逸。安排已就，然后驶舟再进。友谅自围攻南昌，已阅八十五日，至是闻元璋来援，遂撤围东下，至鄱阳湖迎战。元璋率着舟师，从松门入鄱阳湖，抵康郎山，遥见前面樯如林立，舰若云连，料是联舟逆战的友谅军，便语诸将道："我观敌舟首尾连接，气势虽盛，进退欠利，欲要破他，并非难事。"徐达在旁道："莫如火攻。"元璋道："我意亦然。"乃分舟师为二十队，每舟载着火器弓弩，令各将士驶进敌船，先发火器，次放硬箭。众将士依计而行，果然一战获胜，杀敌军一千五百余人。徐达身先诸将，夺住巨舟一艘。俞通海复乘风纵火，焚敌舟二十余只，余将宋贵、陈兆先等，亦相率死战。

这时候，前后左右的敌船，多半被火，连徐达所坐的大船，也被延烧，达忙令兵士扑灭火势，奋力再战。元璋恐达有失，遣舟往援，达得了援舟，越觉耀武扬威，争先驱杀。不意敌兵避去徐达，却争来围攻元璋。元璋见敌兵趋集，急欲鼓船督战，船行未几，忽被胶住。友谅骁将张定边乘隙入犯，一声号召，四面的汉兵，摇橹云集，把元璋困住垓心。指挥程国胜与宋贵、陈兆先等，忙率兵抵住，一当十，十当百，拼个你死我活，真杀得天昏地暗，日色无光。那张定边煞是勇悍，只管四面指麾，重重围裹。宋贵、陈兆先舍命抗拒，身中数十创，竟毙舟中。元璋至此，也不觉失色。死是人人所怕。裨将韩成进禀道：“杀身成仁，人臣大义，臣愿代死纾敌，敢请主公袍服，与臣易装，总教主公脱难，臣死何妨！”纪信又复出现。元璋沉吟不答。韩成方欲再言，只听得敌舟兵士，呼噪愈急，声势汹汹中，约略有“速杀速降”等字样，益令朱公急杀。急得韩成不遑再待，只呼道：“主公快听臣言，否则同归于尽，有何益处？”元璋乃卸下衣冠，递与韩成。韩成更衣毕，复把冠戴在头上，顾道元璋道：“主公自重！韩成去了。”比易水歌尤为悲壮。元璋好生不忍，奈事在眉急，不得不由他自去。韩成登着船头，高叫道：“陈友谅听着！为了你我两人，劳师动众，糜烂生灵，实属何苦？我今且让你威风，你休得再行杀戮！你看，你看。”说至看字，“扑咚”一声，竟投入水中去了。小子有诗赞韩成道：

> 荥阳诳楚愿焚身，谁意明初又有人。
> 水火不情忠骨灭，空留史笔纪贞臣。

韩成既死，敌攻少缓，只张定边尚不肯退，忽觉"飕"的一声，一支雕翎箭，正向张定边右额射至。定边失声道："罢了！罢了！"小子不知此箭何来，待查明底细，再行详述。

　　是回本旨，系欲承接上文，叙入南昌被围，鄱阳大战事。因中间有胡、耿被害，及安丰一段情节，不能不叙，故随手插入。胡、耿为有功之臣，叙其始，纪其末。安丰之行，关系尤大，南昌几乎失守，金陵几乎被袭，揭而出之，非特事实之不漏，抑以见军国事之不能稍失也。陈友谅不袭应天，专攻南昌，着手之误，不待细说。且以六十万众，攻一孤城，相持至八十余日，犹不能下，是殆所谓强弩之末，鲁缟难穿，奚待鄱阳之战，始见胜负耶？惟朱、陈二氏之兴亡，实以鄱阳一战为关键，故是回下笔，不敢苟且，亦不敢简率，阅者于此得行文之法焉。

第十一回

鄱阳湖友谅亡身　应天府吴王即位

却说陈友谅骁将张定边，正围攻元璋，突被一箭射来，正中右额，这箭不是别人所射，乃是元璋部下的参政常遇春。当下射中定边，驶舟进援，俞通海亦奋勇杀到。定边身已负创，又见遇春诸将，陆续到来，没奈何麾舟倒退。这江中水势，却也骤涨，把元璋的坐船，涌起水面，乘流鼓荡，自在游行。想是韩成应死此地，不然，大江之水，何骤浅骤涨耶？元璋趁势杀出，复令俞通海、廖永忠等，飞舸追张定边。定边身受数十箭，幸尚不至殒命，轻舟走脱。时已日暮，元璋乃鸣金收军，严申约束，并叹道："刘先生未至，因罹此险，且丧我良将韩成，可悲可痛！"当下召徐达入舱，并与语道："我恐张士诚袭我都城，所以留刘先生守着，目下强寇未退，势应再战，你快去掉换刘先生，请他星夜前来，为我决策，方免再误！"刘基未至，从元璋口中叙出，以省笔墨。徐达黄夜去讫。

阅数日，基尚未至，友谅复联舟迎战，旌旗楼橹，遥望如山。元璋督兵接仗，约半时，多半败退。恼得元璋性起，立斩队长十数人，尚是倒退不止。郭兴进禀道："敌舟高大，我舟卑下，敌可俯击，我须仰攻，劳逸不同，胜负自异。愚见以为欲破敌军，仍非火攻不可。"元璋道："前日亦用火攻，未见大胜，奈何？"正说着，只见扁舟一叶，鼓浪前来，舟中坐着三人，除参谋刘基外，一个服着道装，一个服着僧装，道装的戴着铁冠，尚与元璋会过一面，姓名叫作张中，别字景和，自号铁冠道人。元璋在滁时，铁冠道人曾去进谒，说元璋龙瞳凤目，有帝王相，贵不可言。元璋尚似信未信，后来步步得手，才知有验。补叙铁冠道人，免致遗珠。此时与刘基同来，想是有意臂助。只有一个僧装的释子，形容古峭，服色离奇，素与元璋未识。至是与元璋晤着，方由刘基替他报名，叫作周颠，系建昌人氏，向在西山古佛寺栖身，博通术数，能识未来事，刘基尝奉若师友，因亦邀他偕行。不没周颠。元璋大喜，忙问破敌的法儿。刘基道："主公且暂收兵，自有良策。"元璋依言，便招兵返斾，退走十里，方才停泊，于是复议战事。刘基也主张火攻，元璋道："徐达、郭兴等，统有是说，奈敌船有数百号，哪里烧得净尽？况纵火全仗风势，江上风又不定，未必即能顺手，前次已试验过了。"说至此，铁冠道人忽大笑起来，元璋惊问何因？铁冠答道："真人出世，神鬼效灵，怕不有顺风相助么？"元璋道："何时有风？"周颠插入道："今日黄昏便有东北风。"此系测算所知，莫视他能呼风唤雨。元璋道："高人既知天象，究竟陈氏兴亡如何？"周颠仰天凝视，约半晌，把手摇着道："上面没他的坐位。"元璋复道："我军有无灾祸。"周颠道："紫微垣中，亦有黑气相犯，但旁有解星，当可无虑。"都为下文伏线。元璋道："既如此，即劳诸君定计，以便明日破敌。"周颠与铁冠道人齐声道："刘先生应变如神，尽足了事，某等云游四方，倏来倏往，只能观贺大捷，不便参赞戎机。"不愧高人。元璋知不可强，令他自由住宿，复顾刘基道："明日请先生代为调遣，准备杀敌。"刘基道："主公提兵亲征，应亲自发令为是，基当随侍便了。"元璋允诺。基复密语元璋道："如此如此。"元璋益喜。遂令常遇春等进舱，嘱授密计，教他一律预备，俟风出发，常遇春领命而去。

转瞬天晚，江面上忽刮起一阵大风，从震坎两方作势，阵阵吹向西南。友谅正率兵巡逻，遥见江中来了小舟七艘，满载兵士，顺风直进，料是敌军入犯，忙令兵众弯弓搭箭，接连射去，哪知船上的来兵，都是得了避箭诀，一个都射不倒，趣语。反且愈驶愈近。此时知射箭无用，改令用槊遥刺，群槊过去，都刺入敌兵心胸，不意敌兵仍然不动，待至抽槊转锋，那敌兵竟随槊过来，仔细一看，乃是戴盔环甲的草人。大众方在惊疑，忽敌船上抛过铁钩，搭住大船，舱板里面的敢死军，各蘸着油渍的芦苇，并硫磺、火药等物，纷纷向大船抛掷，霎时间烈焰腾空，大船上多被燃着。友谅急令兵士扑灭，怎奈风急火烈，四面燃烧，几乎扑不胜扑。常遇春等又复杀到，弄得友谅心慌意乱，叫苦不迭。所授密计，一概发现。恼动了友谅两弟，一名友仁，一名友贵，带领平章陈普略等，冒火迎战。友仁眇一目，素称枭悍，普略绰号新开陈，也是一条胆壮力大的好汉。偏偏祝融肆虐，凭你甚么大力，但教几阵黑烟，已薰得人事不知，所以友仁、友贵等，接战未久，已陆续倒毙水中。友谅知不能敌，麾兵西遁，无如大船连锁，转掉不灵，等到断缆分逃，焚死溺死杀死的，已不计其数。只元璋部将张志雄等，舟樯忽折，为敌所乘，竟被围住。志雄窘迫自刭，他将余昶、陈弼、徐公辅皆战死。还有丁普郎一人，身受十余创，头已脱落，尚植立舟中，持刀作战状。及援兵四至，救出那舟，将士大半伤亡，只夺得尸骸，令他归葬罢了。战虽获胜，尚伤亡多人，是之谓危事。

友谅逃了一程，见敌舟已远，顿时咬牙切齿，与诸将计议道：“元璋狡狯，用火攻计，折我大军无数，此仇如何得报？我见元璋坐船，樯是白色，明日出战，但望见白樯，并力围攻，杀了他方泄我恨。”恐无此好日。部众领命。到了翌晨，又鼓勇东来，只望白樯进攻，谁意前面列着的船樯，统成白色，辨不出甚么分别，不叙元璋这边，含蓄得妙。顿时相顾惊愕；但已奉出战命令，不好退回，只得上前奋斗。元璋自然麾众接战，自辰至巳，相持不下。忽刘基跃起大呼道："主公快易坐船!"元璋亦不遑细问，急依了基言，改乘他舟。基亦随至，并用双手虚挥，面作喜色道："难星过了，难星过了。"言未已，但闻一声炮响，已将原舟弹裂。元璋且惊且喜，复语刘基道："此后有无难星?"基答道："难星已过，尽可放心。"既写刘基，亦回应周颠语。于是元璋麾舟更进，时友谅高坐舵楼，正辨出元璋坐船，用炮击碎，满疑元璋必死，不想元璋又督兵杀来，很是惊骇，没精打采的下舵楼去了。

且说元璋部将廖永忠、俞通海等，驾着六舟，深入敌中，舟为大舰所蔽，无从望见，好似陷没一样。俄顷见六舟将士，攀登敌舟，逢人便杀，见物即烧，那时元璋所有的将士，益觉勇气百倍，呼声震天，波涛立起，日为之暗。敌船大乱，怎禁得元璋部下，杀一阵，烧一阵，刀兵水火，一齐俱到，害得进退无路，只好与鬼商量，随他同去。最可笑的，舟高且长，操橹的人不识前面好歹，兀自载了同舟敌国，呐喊狂摇，到了火炽，已是不及逃命。大舟之害，如是如是。友谅到此，狼狈已极，亏得张定边拼命救护，才得冲出重围，退保鞋山。元璋率诸将追至罂子口，因水面甚狭，不好轻进，便在口外寄泊，友谅亦不敢出战。相持一日，元璋部将欲退师少休，请诸元璋，未得邀允。俞通海复入禀道："湖水渐浅，不如移师湖口，扼江上流。"元璋因问诸刘基。基答道："俞将军言之有理，主公且暂时移师，待至金木相犯的日时，方可再战。"乃下令移师，至左蠡驻扎。友谅亦出泊渚矶，两下又相持三日，各无动静。元璋乃遣使遗书友谅道：

　　公乘尾大不掉之舟，顿兵敝甲，与吾相持。以公平日之强暴，正当亲决一死战，何徐徐随后，若听吾指挥者，无乃非丈夫乎？唯公决之！尽情奚落，令人难堪。

使方发，忽报友谅左右二金吾将军，率所部来降。元璋甚喜，接见后，慰劳备至，问明情由，乃是左金吾主战，右金吾主退，俱不见从，两人料友谅不能成事，因此来降。元璋道："友谅益孤危了。"既而复有人来报，说是去使被拘，并将所获将士，一律杀死，元璋道："他杀我将士，我偏归他将士，看他如何？"遂命悉出俘虏，尽行纵还，受伤的并给药物，替他治疗；此等处全是权术。并下令道："此后如获友谅军，切勿杀他。"一面又致书友谅道：

> 昨吾舟对泊渚矶，尝遣使赍书，未见使回，公度量何浅浅哉？江淮英雄，惟吾与公耳。何乃自相吞并？公今战亡弟侄首将，又何怒焉？公之土地，吾已得之，纵力驱残兵，来死城下，不可再得也。设使公侥幸逃还，亦宜却帝名，待真主。不然，丧家灭姓，悔之晚矣！丈夫谋天下，何有深仇？故不惮再告。嘲讽愈妙。

友谅得书忿恚，仍不作答，只分兵往南昌，劫粮待食。偏又被朱文正焚杀一阵，连船都被他毁去，嗣是进退两穷。元璋复命水陆结营，陆营结栅甚固，水营置火舟火筏，戒严以待。一连数日，突见友谅冒死出来，急忙迎头痛击，军火并施。友谅逃命要紧，不能顾着兵士，连家眷都无心挈领，只带着张定边，乘着别舸，潜渡湖口，所有余众，且战且逃。由元璋追奔数十里，自辰至酉，尚不肯舍。蓦见张铁冠自棹扁舟，唱歌而来，元璋呼道："张道人！你何闲暇至此？"铁冠笑道："友谅死了，怎么不闲？怎么不暇？"元璋道："友谅并没有死，你休妄言！"铁冠大笑道："你是皇帝，我是道人，我同你赌个头颅。"趣甚。元璋亦笑道："且把你缚住水滨，慢慢儿的待着。"彼此正在调侃，忽有降卒奔来，报称友谅奔至泾江，复被泾江兵袭击，为流矢所中，贯睛及颅，已毙命了。张铁冠道："何如?"言毕，划桨自去。身如闲鸥，真好自在。

元璋又追擒败众，共获得数千人，及一一查核，恰有一个美姝，及一个少年，问明姓氏，美姝系友谅妃阇氏，少年系友谅长子善儿。越日，复得降将陈荣及降卒五万余名，查询友谅死耗，果系确实。已由张定边载着尸身，及友谅次子理，奔归武昌去了。友谅称帝仅四年，年才四十四。初起时，父普才曾戒他道："你一捕鱼儿，如何谋为大事?"友谅不听。及僭号称帝，遣使迎父，父语使人道："儿不守故业，恐祸及所生。"终不肯往，至是果败。

元璋方奏凯班师，至应天，语刘基道："我原不应有安丰之行，使友谅袭我建康，大事去了；今幸友谅已死，才可无虞。"回应前回，且明友谅之失计。于是告庙饮至，欢宴数日。元璋亦高兴得很，乘着酒意，返入内寝，偶忆着阇氏美色，比众不同，遂密令内侍召阇氏入室，另备酒肴，迫她侍饮。阇氏初不肯从，寻思身怀六甲，后日生男，或得复仇，没奈何耐着性子，移步近前。元璋令她旁坐，欢饮三觥，但见阇氏两颊生红，双眉舒黛，波瞳含水，云鬟生光，不由的越瞧越爱，越爱越贪，吾未见好德如好色者也。蓦然离座，把阇氏轻轻搂住，拥入龙床。阇氏也身不由己，半推半就，成就了一段风流佳话。每纳一姝，必另备一种笔墨，此为个人描写身分，故前后不同。后来生子名梓，恰有一番特别情事，容至后文交代。次日复论功行赏，赐常遇春、廖永忠、俞通海等采田，余赐金帛有差。只张中、周颠二人不知去向，未能悬空加赏，只好留待他日。

大众休养月余，再率诸将亲征陈理，到了武昌，分兵立栅，围住四门；又于江中联舟为寨，断绝城中出入；又分兵下汉阳、德安州郡。未几已值残年，元璋还应天，留常遇春等围攻武昌，次年即为元至正二十四年，正月元日，因李善长、徐达等屡表劝进，乃即吴王位，建百司官属，行庆贺礼。以李善长为左相国，徐达为右相国，刘基为太史令，常遇春、俞通海为平章政事，汪广洋为右司郎中，张昶为左司都事，并谕文武百僚道："卿等为生民计，推我为王，现当立国初基，应先正纪纲，严明法律。元氏昏乱，威福下移，以致天下骚动，还望将相大臣，慎鉴覆辙，协力图治，毋误因循！"李善长等顿首受命。转瞬兼旬，武昌尚未闻报捷，乃复亲往视师，这一次出征，有分教：

江汉肃清澄半壁，荆杨混一下中原。

欲知武昌战胜情形，且俟下回再表。

周颠仰天，铁冠大笑，刘基之手挥难星，王者所至，诸神效灵，似乎战胜攻取，皆属天事，无与人谋。吾谓友谅亦有自败之道，江州失守，根本之重地已去，及奔至武昌，正宜敛兵蓄锐，徐图再举，乃迫不及待，孤注一掷，丧子弟，失爱妃，甚至身死人手，为天下笑，是可见国之兴亡，实关人谋，不得如项羽之刎首乌江，自诿为非战之罪也。阇氏一节，正史未载，而秘史独有此事，谅非虚诬。冶容诲淫，何怪元璋？失道丧身，遑问妻孥？惟后文有潭王梓之叛，乃知色为祸根，大倾人国，小倾人城，如元璋之智，犹不免此，其他无论已。表而出之，以为后世戒云。

第十二回

取武昌移师东下　失平江阖室自焚

却说吴王元璋，因武昌围久未下，遂亲往视师。既至武昌，即相度形势，探得城东有高冠山，耸出城表，汉兵就此屯驻，倚为屏蔽。吴王审视毕，<u>此后叙述元璋俱称吴王。</u>便语诸将道："欲破此城，必夺此山，哪个敢率兵上去？"诸将面面相觑，独傅友德奋然道："臣愿往！"元璋大喜，便问需兵若干名，友德道："何用多人！只得数百锐卒，便可登山。"元璋令他自行简选，友德拣得壮士五百人，乘夜至山下，一鼓齐登。山上守兵，矢石叠下，友德面中一矢，镞出脑后，胁下复中一矢，仍然当先杀上。郭兴等见他奋勇，也麾兵驰应，立将守兵杀退，占住此山，自是俯瞰城中，了如指掌。城中守将陈英杰，素称骁桀，见高冠山被占，气愤的了不得。越日，挨至二鼓，竟缒城出来，混入吴营，径至中军帐下。吴王方坐胡床，突然瞧着，便大呼道："郭四快为我杀贼！"郭四即郭英小字，是夕正轮着值帐，闻着呼声，忙持枪奔入，适与刺客照面，手起枪落，将他刺死。吴王即解所服红锦袍，披在郭英身上，并拍肩奖谕道："卿系我的尉迟敬德，贼谋虽狡，难逃我虎将手中，不怕他不为我灭了。"<u>元璋以汉高祖自比，复以唐太宗自居，是谓有志竟成。</u>郭英拜受而出。

又越日，探马来报，汉岳州守将张必先率潭岳兵来援，已到夜婆山了，吴王道："泼张到来，宜用计胜他。"遂召常遇春入帐，授以密计，令他速去，遇春领命，率兵径往。过了五日，遇春已擒住张必先，即来缴令。元璋复命将必先推至城下，使谕守将道："你等只靠一泼张，今已为我擒，还有何人可靠？速即投诚！免致糜烂。"张定边立在城上，呼必先道："你如何被他擒住？"必先道："不必说了，汉数已终，兄亦应速降为是。"定边至此，也瞠目不能答，自下城楼去了。原来必先善槊，以骁捷闻，绰号叫作泼张，此次被遇春用了埋伏计，把他擒住，因此守城诸将，为之夺气，连胆力兼全的张定边，也不觉恼丧异常。吴王知城中胆落，乃遣降将罗复仁入城谕降，且语复仁道："你去传谕陈理，教他即日来降，不失富贵。"复仁顿首道："主上仁德，使陈氏遗孤，得保首领，尚有何言？臣前事陈氏，旧主气谊，不敢竟忘，今得主上推恩，使臣不致食言，臣死亦无恨了。"吴王道："我决不欺你。"复仁乃去。越半日，返报陈理愿降，吴王乃大开军门，行受降礼。陈理衔璧肉袒，率张定边等趋入，俯伏座前。理尚年幼，战栗不敢仰视，吴王不禁怜惜，亲自扶起，并婉谕道："我不尔罪，休要惊慌！"言已，又命理入城，劝慰其母，所有府中储蓄，令他自取；一切官僚，俱命挈眷自行；城中百姓饥荒，运米给赈，阖城大悦。只纳了一个阇氏，未免失德。汉、沔、荆、岳诸郡，皆望风归降。遂立湖广行中书省，令参政杨璟居守。带了陈理，还归应天，封他为归德侯。陈理还算造化。会江西行省，赍献友谅镂金床，吴王道："这便是蜀孟昶的七宝溺器，留他何用？"仍隐以唐太宗自比。立命毁讫。为阇氏计，恐有遗憾。一面命在鄱阳湖康郎山，及南昌府两处，各建阵亡诸将士祠，算是褒忠报功的至意。一将功成万骨枯。

陈氏既平，乃改图张氏。张士诚闻吴王西征，乘间略地，南至绍兴，北至通泰、高邮、淮安、濠、泗，又东北至济宁，幅员渐广，日益骄恣，令群下歌颂功德，并向元廷邀封王爵。

元廷不许，士诚遂自称吴王，同时有两个吴王，恰也奇异。治府第，置官属，以弟士信为左丞相，女夫潘元绍为参谋，一切政事，俱由他二人作主。士信荒淫无状，镇日里戏逐樗蒱，奸掠妇女，谐客歌妓，充满左右。有王敬夫、叶德新、蔡彦夫三人，充做篾片，最邀信任。军中有十七字歌谣道："丞相做事业，专用王、蔡、叶，一朝西风起，干瘪！"好歌谣。吴王元璋乘这机会，遣徐达、常遇春等略取淮东，大军所至，势如破竹，下泰州，围高邮，士诚恰也刁猾，潜遣舟师数百艘，溯流侵江阴。守将吴良、吴桢，严阵待着，正拟与士诚兵接仗，却值吴王元璋亲自来援，一番夹击，大败士诚舟师，获士卒二千人。徐达等闻江阴得胜，努力攻城，守兵溃去，即将高邮占住，转攻淮安。士诚将徐义，率舟师援应，被徐达夜出奇兵，掩杀一阵，夺了战船百余艘，徐义连忙逃走，还算保全性命。淮安守将梅思祖，见机出降，并献所部四州。统是一班饭桶。徐达复还攻兴化，也是一鼓而下，淮东悉平。

　　先是士诚曾遣将李济，袭据濠州，想是从元璋处学来。元璋攻他高邮，他也遣据濠州。至是吴王元璋，命韩政、顾时等进攻，城中拒守甚坚，经政等鼓励士卒，用着云梯炮石，四面并攻，毁坏无数城堞。李济知不可支，开城迎降。吴王元璋闻濠州已下，乃率濠籍属将，还乡省墓，置守塚二十家，赐故人汪文、刘英粟帛，并招集父老，置酒欢宴。兴半酣，语父老道："我去乡日久，艰难百战，乃得归省坟墓，与父老子弟重复相见，今苦不得久留，与父老畅饮尽欢，所愿我父老勤率子弟，孝弟力田，蔚成善俗，一乡安，我也得安了。"父老皆欢声称谢。吴王临行，复令有司除免濠州租赋。力效汉高。

　　还至应天，又命徐达为大将军，常遇春为副将军，率师二十万讨张士诚，并下令军中道："此行毋妄杀！毋乱掠！毋发邱垄！毋毁庐舍！毋毁损士诚母墓！违令有刑。"军律固应如此，然亦无非笼络人心。一面召徐达、常遇春入内，密问道："尔等此行，先攻何处？"遇春道："逐枭必毁巢，去鼠必薰穴，此行当直捣平江。平江得破，余郡可不劳而下。"吴王道："你错想了。士诚起自盐贩，与张天麒、潘原明等，强梗相同，倚为手足。士诚穷蹙，天麒等恐与俱死，必并力相救，天麒出湖州，原明出杭州，援兵四合，如何取胜？今宜先攻湖州，剪他羽翼，然后移兵平江，不患不胜。"又密语徐达道："前日士诚部将熊天瑞来降，看他来意，非出本心，将军勿泄吾谋，只令天瑞从行，但云直捣平江，他必叛归张氏，先去通知。如此，便堕我计中了。"达与遇春，俱受命去讫。吴王又檄李文忠趋杭州，华云龙向嘉兴，同时发兵，牵掣敌势，文忠、云龙等自然依令而行。分兵三路。

且说徐达、常遇春率二十万众，自太湖趋湖州，沿途遇着敌将，无战不胜，擒住尹义、陈旺、石清、汪海等人。张士信驻守昆山，闻风遁去。徐达查阅将士，不折一人，只少了一个熊天瑞，想是叛归士诚去了，果如元璋所言。当下乘机前进，直至湖州三里桥。张天麒受士诚封职，官右丞，驻兵湖州，闻徐达来攻，忙率偏将黄宝、陶子宝等，分道迎战。黄宝出南路，适与常遇春相值，一战便走，真不耐战。遇春追至城下，黄宝不及入城，回马再战，被遇春手到擒来。天麒、子宝得黄宝被擒消息，顿时气馁，不战自退。天麒也是如此，吴王所言，未免太看重他了。

徐达进兵围城，守兵各无斗志，相率惊惶。会得援将李伯昇，由荻港潜入城中，人心稍定。探马报知徐达，达乃分派将士，环布四面，严截援军。忽又闻士诚将吕珍、朱暹及五太子等，率兵六万，已到城东了。达语遇春道："吕珍、朱暹都称骁悍，还有甚么五太子，闻系士诚养儿，短小精悍，能平地跃起丈余，今率重兵来援，须小心防战方好哩。"遇春道："公围城，某截援师，相机进战，定可无虞。"达许诺，遂分兵十万，给遇春调遣。遇春率兵至姑嫂桥，连筑十垒，分守要隘。吕珍等不敢近城，只在城东旧馆，设立五寨，与遇春相持，遇春也不与交锋，唯留意截他饷道。会探得士诚女夫潘元绍，运粮至乌镇，遂发兵夜袭，一阵击退。寻复闻士诚遣将徐志坚，领舟师来袭姑嫂桥屯兵，复令男士埋伏桥边，乘他初至，突出邀击；老天也有意相助，风狂雨骤，日暗天昏，害得徐志坚进退无路，竟被诸勇士生生擒去。还有冒失鬼徐义，奉士诚命，前来探听旧馆战事，也遭截住，亏得士诚遣了赤龙船亲兵，前来援义，义始得脱。遇春急遣王铭等，载着火具，往毁赤龙船，船中不及防备，受着烈火，霎时俱尽，徐义等遁去。那时五太子屯兵旧馆，因各军败溃，忿不可遏，竟收集舟师，来击遇春营。遇春出营接仗，见五太子麾下，齐唱军歌，哗噪而至，真是人人奋勇，个个争先，两下里厮杀起来，似乎遇春一边，稍逊一筹，险些儿被他击却。巧值薛显鼓舟而至，顺风纵火，把五太子的兵船，又烧得乌焦巴弓，于是五太子也有力难施，只好逃还旧馆，与吕珍、朱暹等商议一个善全的法儿。吕珍、朱暹彼此相觑，支吾了好一歇，只想了一条纳款输诚的计策。确是好计。五太子也顾不得甚么，便与吕珍、朱暹，出降遇春军前。跳不出圈子去了。遇春即驰报徐达，达令吕珍等至城下，招呼李伯昇、张天麒等出降。伯昇、天麒没奈何赍送降书，迎徐达入城，湖州遂下。

　　士诚闻湖州被陷，甚是惊慌，不料杭州、嘉兴，又迭来警信，平章潘原明，以杭州降李文忠，同金宋兴，以嘉兴降华云龙，两路用虚写。不由的魂飞天外，连身子都发颤起来。嗣闻吴江又复失陷，参政李福，知州杨彝，统已降敌，乃亟遣部将窦义等，出城扼守。谁知窦义等毫不中用，到了城南鲇鱼口，战不数合，就败了回来，丧失战船千余艘。士诚满怀忧惧，又越二日，城外炮声隆隆，鼓声渊渊，知是敌军杀到，忙调兵登陴，饬令固守。翌晨，恰自己巡城，一登城楼，俯视四面八方，统竖着敌军旗帜，葑门驻着徐达军，虎邱驻着常遇春军，娄门驻着郭兴军，胥门驻着华云龙军，阊门驻着汤和军，盘门驻着王弼军，西门驻着张温军，北门驻着康茂才军，东北驻着耿炳文军，西南驻着仇成军，西北驻着何文辉军，杀气腾腾，几无余隙。阅者至此，亦为胆落。弄得这位张大王，心烦意乱，不知所为，下城后，只命一班勇胜军，加意防守。勇胜军统是剧盗出身，每遇战斗，慓悍异常，士诚格外宠遇，统赏他银铠锦衣，并赐他美号，叫作"十条龙"。这十条龙恰是不弱，受命御敌，无不效死，因此徐达等昼夜环攻，不能得手。另遣俞通海带了偏师，往略太仓、昆山、崇明、嘉定诸州县，次第平定，还军缴令，见平江仍屹峙如故，不觉怒气填膺，当先扑城。谁知城上矢石，煞是厉害，攻了一时，身中数矢，痛甚乃还。徐达看他病剧，送回应天，数日而亡。吴王元璋，未免悲恸。且因平江围久未下，贻书士诚，许以窦融、钱俶故事，士诚不报。

光阴易过，又是数月，士诚焦灼得很，竟遣徐义、潘元绍等，率勇胜军潜出西门，绕至虎邱，往袭常遇春营。遇春先已侦知，驰至盘门，与王弼联军截住。两军相会，你冲我突，良久未决。士诚复亲督锐师出援，来势甚猛，遇春麾下杨国兴战死，余众稍却。遇春拊王弼背道："君系著名猛将，能为我奋勇杀敌否？"王弼应声出马，挥着双刀，大呼入敌阵，敌众不觉辟易。遇春复乘势掩杀，竟将士诚部众，逼至沙盆潭，士诚连人带马，堕入潭中，几乎溺死。十条龙统下水相救，及士诚登岸，十条龙已死了九条。想是龙王之使，故一律招去。士诚肩舆还城，检点残兵，伤亡无数，竟捶胸痛哭起来。有何益处？忽有一客求见，愿陈至计。士诚召入道："你有何言？"客答道："公可知天数么？从前项羽暗呜叱咤，百战百胜，终为汉高所败，自刎乌江，天数难逃，可为前鉴。公以十八人入高邮，击退元兵百万，东据三吴，有地千里，南面称孤，不亚项羽，若能爱民恤士，信赏必罚，天下不难平定，何至穷困若此？"士诚道："足下前日不言，今日已不及了。"客复道："前日公门如海，子弟亲戚，壅蔽聪明，败一军不知，失一地不闻，内外将帅，美衣玉食，歌儿舞女，日夕酣饮，哪里防有今日？就使叩门入谏，公亦不愿与闻。"侃侃而谈，确中隐害。士诚喟然道："事成既往，尚有何说？"客复道："鄙见却有一策，未知公肯从否？"士诚道："除死无大难，果有良策，亦不妨相告。"客又道："公试自思，比陈友谅何如？友谅且兵败身丧，可知天命所在，人力难争。今公恃湖州，湖州失了；恃嘉兴，嘉兴失了；恃杭州，杭州又失了；今独守此地，誓以死拒，徒死何益？不如早从天命，自求多福。况应天已有书至，曾许公以窦融、钱俶故事，公即去王号，尚不失为万户侯，何得何失，愿公早自为计！"虽为说客，语亦甚是。士诚沉吟良久道："足下且退，容我熟图！"客乃退去。

　　看官道此客为谁？乃是李伯昇遣来的说士。士诚踌躇达旦，决计不降，乃复率兵突出胥门，复被常遇春杀退。张士信督兵守城，又被飞炮击中头颅，立时身死。独熊天瑞死力抵御，因城中木石俱尽，甚至拆毁祠宇民居，作为炮料，连番击射。徐达令军中架木如屋，伏兵攻城，矢石不得伤。接连又是数日，方才攻破葑门。常遇春亦攻破阊门新寨，蚁附而进，守将唐杰、周仁、徐义、潘元绍等，抵敌不住，先后迎降。士诚尚收集余兵二三万，至万寿寺东街督战。那时大势已去，不到片时，已是纷纷溃散，士诚忙逃归内城。徐达等复乘势杀入，但见士诚宫中，猛腾烈焰，仿佛似雨后长虹，红光四映。小子有诗叹道：

群雄逐鹿肇兵争，坐失机谋国自倾。
成败相差惟一著，阃宫自毁可怜生。

究竟士诚宫内如何被火，且待下回说明。

陈理降而士诚不降，士诚似尚为硬汉。顾吾谓士诚之智，且出陈理下，陈理幼弱无能，且经乃父之败没，兀守危城，自知不支，虽衔璧乞降，犹得受封为归德侯，保全其母，不失富贵，友谅有知，应亦自慰。若张士诚以泰州盐侩，据有浙东，拓及吴江，设能礼贤爱民，明刑敕法，则江南虽小，固可坐而王也。况乎朱、陈相竞，连岁交兵，彼为蚌鹬，我为渔人，宁不足以制胜？乃优柔寡断，内外相蒙，卒予朱氏以可乘之隙。至于兵败地削，孤城被围，齐云一炬，阃室自焚，妻孥且不保，亦何若长为盐侩之为愈乎？读本回，胜读《张士诚列传》，而笔势蓬勃，亦庄亦谐，尤足令人餍目。

第十三回

檄北方徐元帅进兵　下南闽陈平章死节

却说张士诚宫中，有一座齐云楼，系士诚妻刘氏所居。士诚兵败，尝语刘氏道："我败且死，尔等奈何？"刘氏道："君勿过忧，妾决不负君。"至城陷，即命乳媪金氏，抱二幼子出室，驱群妾侍女登楼，令养子辰保，置薪楼下，放起火来。霎时间烈焰冲霄，把一座高楼，尽成灰烬；所有群妾侍女，统被祝融氏收去，刘氏即投环毕命。自死便了，何必将群妾侍女，尽付一炬。士诚独坐室中，左右皆散走，徐达命降将李伯昇，往劝士诚出降。伯昇径诣士诚室门，屡叩不应，至坏门而入，但见士诚冠冕龙裳，两脚悬空，也做了悬梁客。伯昇忙令降将赵世雄，解绳救下，士诚竟苏醒转来。何必复活。适值潘元绍亦至，再三开导士诚，士诚终瞑目无言。乃用旧盾载了士诚，异出葑门，登舟送应天。士诚仍不食不语，奄奄待毙。到了龙江，仍然坚卧不起。众兵将士诚异至中书省，由李善长晓譬百端，劝他归顺。士诚竟出言不逊，倔强何用？恼动了李善长，禀报吴王元璋，拟置诸死。吴王尚欲保全，哪知士诚乘人不备，竟自缢死。士诚起兵，在元至正十三年，至二十四年，自称吴王，二十七年，缢死金陵，由吴王元璋，给棺殓葬。降将多赦罪不问，惟叛将熊天瑞被执，枭首示众。吴会皆平，改平江为苏州府，吴王又论功行赏，封李善长为宣国公，徐达为信国公，常遇春为鄂国公，余皆进爵有差。

惟平江未下时，吴王曾遣廖永忠至滁州，迎韩林儿归应天，诸将以林儿到来，拟仍奉为帝，独刘基不可。嗣闻林儿至瓜步，竟尔暴卒，或说刘基密禀吴王，令廖永忠覆林儿舟，致遭溺毙，是真是假，也无从证实，但林儿本不足为帝，乘此死了，还算得时。吴王元璋，替他丧葬，然后除去龙凤年号，改为吴元年，立宗庙社稷，建宫室，订正乐律，规定科举。至平江已下，江东大定，乃分道出师，用正兵略中原，遣偏师徇南方。又是双管齐下。

先是元相脱脱，谪死云南。从脱脱贬死事，接入元廷略史，既回应第四回文字，且使阅者便于接洽。河北一带，多半沦没，幸察罕帖木儿起兵关陕，转战大河南北，平晋冀，复汴梁，定山东，灭贼几尽。吴王元璋，曾遣使致书察罕，与他通好，察罕留使不遣，只赍书作答。嗣察罕为降将田丰所杀，元廷以察罕养子王保保，代理军务。王保保即扩廓帖木儿，率兵复仇，擒杀田丰，乃归还吴王使人，并致书劝吴王归元。元廷亦遣尚书张昶，航海至庆元，授吴王元璋为江西平章，吴王不受。扩廓智勇不让乃父，惟与河南平章孛罗帖木儿，屡次构兵，牵动宫掖。元太子爱猷识理达腊，与扩廓善，令调兵讨孛罗。孛罗即举兵犯阙，逐太子，幽二皇后奇氏。亏得威顺王和尚，阴结勇士，刺死孛罗，元廷少安。扩廓送太子还都，受封为河南王，总制诸道军马，代太子出师江南。不意关中四将军，抗命不服，四将军为谁？一名李思齐，一名张良弼，一名孔兴，一名脱列伯，彼此联盟，推李思齐为盟主，拒绝扩廓。扩廓怒不可遏，竟转旆西趋，与李思齐等力争，两下相持经年，元廷屡遣使和解，各不奉诏。授人以隙，大都由此。寻顺帝复特别赐谕，令扩廓专事江淮，扩廓必欲略定关中，然后南下，于是顺帝不悦。太子还都时，密谋内禅，与扩廓商议未协，亦怀隐恨。父子同忌扩廓，乃削他官职，夺他兵权，并由太子总统诸军，专备扩廓。看官！你想扩廓英年好胜，哪里肯受此屈辱，卸甲归田呢？当下占据太原，抗命不臣。顺帝正拟调兵进讨，哪知应天一方面，已命徐达为征虏大将军，常遇春为副将军，率师二十五万，北向进行；追溯前事，简而不陋。并驰檄齐、鲁、河、洛、燕、蓟、秦、晋间，其文道：

　　自宋祚倾移，元主中国，此岂人力？实乃天授。自是以后，元之臣子，不遵祖训，废坏纲常，有如大德废长立幼，泰定以臣弑君，天历以弟鸩兄，至于弟收兄妻，子烝父妾，上下相习，恬不为怪。夫君人者斯民之主，朝廷者天下之本，礼义者御世之防，其所为如彼，岂可为训于天下？及其后世，荒淫失道，加以宰相擅权，宪台报怨，有司毒虐，于是人心离叛，天下兵起。使我中国之民，死者肝脑涂地，生者骨肉不保，虽因人事所致，实天厌其德而弃之也。当此之时，天运循环。亿兆之中，当降生圣人，立纲陈纪，救济斯民，今一纪于兹，未闻有济世安民者，徒使尔等战战兢兢，处于朝秦暮楚之地，诚可矜悯！方今河、洛、关、陕，虽有数雄，阻兵据险，互相吞噬，皆非人民之主也。

　　予本淮右布衣，因天下乱，为众所推，率师渡江，居金陵形势之地，得长江天堑之险，今十有三年。西抵巴蜀，东连沧海，南控闽、越，湖、湘、汉、沔、两淮、徐、邳，皆入版图，奄及南方，尽为我有，民稍安，食稍足，兵稍精，控弦执矢，日视我中原之民，久无所主，深用疚心。予恭承天命，罔敢自安，方欲遣兵北伐，拯生民于涂炭，复汉官之威仪，虑人民未知，反为我仇，挈家北走，陷溺尤深。故先谕告，兵至民人勿避！予号令严肃，无秋毫之犯，尔民其听之！

先是吴王元璋，与诸将筹议北伐事宜，常遇春谓当直捣元都，吴王不以为然，谓宜先取山东，继入河南，进拔潼关，然后往攻元都，令他势孤援绝，自然易下。再西向云中、太原，进及关、陇，以期统一。戕其手足，方及元首，的是胜算。下文进兵次序，俱括在内。于是诸将称善，即由徐达、常遇春统着重兵，由淮入河，向山东进发。达等去讫，又命汤和为征南将军，吴桢为副，率常州、长兴、宜兴、江淮诸军，讨方国珍，胡廷美亦为征南将军，廷美即廷瑞，见第九回。因避元璋字，故改瑞为美。何文辉为副，率师攻闽，平章杨璟，左丞周德兴、张彬，率武昌、荆州、潭、岳等卫军，由湖广进取广西，从两路中分出四路。小子不能并叙，只好依着战胜的次序，陆续写来。

方国珍自通好应天，尝遣使贡献方物，及吴王元璋与陈友谅、张士诚相角逐，他复乘隙略地，据有濒海诸郡县，吴王遣博士夏煜、杨宪往谕国珍，国珍答语，多半支吾。吴王恨他反复，进兵温州，国珍又使人谢过，且诡称俟克杭州，便当纳土。至杭州已平，国珍据土如故，吴王乃致书责问，并征贡粮二十万石，国珍置之不理。已而汤和、吴桢奉命南征，用舟师出绍兴，乘潮夜入曹娥江，夷坝通道，直至余姚，守吏李枢降，分兵攻上虞，亦不战而服，遂进围庆元。国珍方治兵守城，谁意院判徐善，已率父老，开城纳款，害得国珍孤掌难鸣，不得已带领余众，浮海而去。如此无用，何必倔强。汤和遂分徇定海、慈溪等县，得军士三千人，战船六十艘，银六千九百余锭，粮三十五万四千六百石，正拟航海追讨，闻吴王又遣廖永忠，自海道南来，遂出师与会，夹攻国珍。国珍遁匿海岛，尚望台、温二路，未尽沦陷，借为后援，乃迭接警耗，台、温诸地，也被吴王麾下朱亮祖，次第夺去。弟国瑛，子明完，俱赤着双手，遁入海来。至是穷蹙无策，怎禁得汤和、廖永忠的人马，又复两路杀到，仿佛搅海龙一般，气势甚锐，那时欲守无险，欲战无兵，惶急得甚么相似。幸汤将军网开一面，遣人赍书招降，乃令郎中承广，员外郎陈永，偕至军前，献上铜印银印二十六方，银一万两，钱二千缗，又令子明完奉表称臣。其词云：

臣闻天无不覆，地无不载，王者体天法地，于人亦无所不容。臣荷主上覆载之德旧矣，不敢自绝于天地，故一陈愚衷。臣本庸才，遭时多故，起身海岛，非有父兄相借之力，又非有帝制自为之心。方主上霆击电掣，至于婺州，臣愚即遣子入侍，固已知主上有今日矣。将以依日月之末光，望雨露之余润，而主上推诚布公，俾守乡郡，如故吴越事。臣遵奉条约，不敢妄生节目，子姓不戒，潜构衅端，猥劳问罪之师，私心战兢，用是令守者出迎，然而未免浮海，何也？孝子之于亲，小杖则受，大杖则走，臣之情事，正与此类。即欲面缚，待罪阙廷，复恐婴斧钺之诛，使天下后世，不知臣得罪之深，将谓主上不能容臣，岂不累天地大德哉？迫切陈词，伏惟矜鉴！

吴王元璋，本怒国珍狡诈，意欲声罪加戮，及览表，见他词旨凄惋，情绪哀切，录表之意在此，然亦无非喜谀耳。不觉转怒为怜道："方氏未尝无人，我亦何必苛求？"随即赐复书道："我当以投诚为诚，不以前过为过，汝勿自疑，幸即来见！"国珍得书，乃率部属谒汤和营，和送国珍等至应天。吴王御殿升座，由国珍行礼毕，即面责道："汝何为反复，劳我戎师？今日来谒，毋乃太迟！"国珍顿首谢罪。亏他忍耐。吴王又问前日呈表，出自何人手笔？国珍答系幕下士詹鼎所草。吴王点首，遂命詹鼎为词臣，其余尽徙濠州，浙东悉平。后来吴王即真，厚遇国珍，赐第京师，又官他二子，国珍竟得善终。这是后话不题。国珍了。

且说汤和等既克国珍，遂由海道赴闽，接应胡廷美军。闽地为陈友定所据，友定福清人，起自驿卒，事元平寇，屡著功绩，元授为福建行省平章政事，尝遣兵侵处州，为参军胡深所败。深进拔松溪，获守将陈子玉，入攻建宁，为友定将阮德柔所袭，马蹶被擒。友定颇加优礼，嗣为元使所迫，遂杀深。深有文武才，守处州五年，威惠甚著，及被执，天象告变，日中现黑子，刘基谓东南当失大将，已而果验。吴王闻报震悼，饬使赐祭，追封缙云郡伯。不没胡深，所以叙入。及胡廷美、何文辉等率兵南下，由江西趋杉关，先遣使赴延平，招降友定。友定怒杀使人，沥血酒中，与众酣饮，誓死不降。廷美闻知，督众猛进，陷光泽，克邵武，下建阳，直逼建宁。友定简选精锐，往守延平，留平章曲出，同金赖正孙，副枢谢英辅，院判邓益等，以众二万守福州。汤和、吴桢、廖永忠等，扬帆出海，不数日，掩至福州五虎门，驻师南台。守将曲出等，领众出南门拒战，为汤和部将谢得成等击败，退入城中。汤和遂率兵围城，攻至黄昏，接着守将袁仁降书，愿开门纳师，以翌晨为约。待至黎明，果然南门大启，乘机拥入，曲出、赖正孙、谢英辅等皆遁去，邓益战死，参军尹克仁，赴水自尽，金院伯铁木儿，杀妻妾及两女，纵火焚尸，复拔剑自刎。和入城后，抚辑军民，获马六百余匹，海船一百五艘，粮十九万余石。分兵略兴化及莆田等十三县，一律平定，遂鼓行而西。

适胡廷美、何文辉等，已克建宁，降守将达里麻及翟也先不花等，亦鼓行而南。两军相距，不过百里，延平大震，陈友定督师出城，遇汤和等驰至，一阵厮杀，友定军败退，汤和进薄城下，城中守将，复请出战。友定道："彼军远来，锐气方张，我若与战，徒伤吏士，不如以山为埔，以壑为堑，蓄利器，饱士马，与他久持，看他如何胜我？"计非不善，但如公太祸急何？诸将乃唯唯听命。友定率诸将登城，日夜勒吏士击刁斗，披甲兀立，不得更番休息，亦不得交头接耳，违令立斩。于是兵吏多有怨声，部将萧院判、刘守仁，偶有违言，友定大怒，杀萧院判，夺守仁兵，守仁缒城出降，士卒亦多遁去。会军器局被火，城中炮声震地，汤和等知有内变，蚁附上城，城遂破。友定呼谢英辅等，入与永诀道："公等自为计，我当为大元死，誓不降敌。"英辅含涕而出，与鲁达花赤官名见上。白哈麻，着了朝服，自经而死。友定坐省堂，仰药自尽。赖正孙等出降。汤和等既入城，抚视友定，尚有微温，遂令人将他舁出，至水东门外，天大雷雨，友定复苏。其子名海，自将乐驰谒军门，愿与父共死，遂由汤和遣使，把他父子并解应天。吴王面诘道："元室将亡，你为谁守？你害我胡将军，又杀我使人，凶暴太甚，今被擒至此，尚有何说？"友定厉声道："要杀便杀，何必多言？"吴王乃命卫士，将他父子牵出，枭首市曹。小子有诗赞友定道：

王师南下奋貔貅，大将成擒八闽休。

父既捐躯儿亦死，忠臣孝子足千秋。

友定既死，汀、泉、漳、潮诸郡，相继归降，闽地悉平。

闽事亦了。还有杨璟一路偏师，俟至下回交代。张士诚之死，与陈友定之死，死等耳，而士诚不能为义士，友定恰可为忠臣。士诚始叛元，继复降元，又继复叛元，反复无常，一盗窃所为，被虏不食，自经而死，何足道乎？友定则始终事元，至于兵败身虏，誓死不降，应天入对之言，尚凛凛有生气，谓非忠臣不得也。若方国珍之来手归降，乞怜金陵，以视士诚

且不若，遑论友定？篇中依事叙述，各具身分，至插
入北伐一段，叙及元朝诸将，寥寥数语，亦寓抑扬。
阅者于词旨中窥之，皮里阳秋，昭然若揭矣。

第十四回

四海归心诞登帝位　三军效命直捣元都

　　却说杨璟、周德兴、张彬等，自湖广出师，南达永州，守将邓祖胜拒战，当即败退，元全州平章阿思兰赴援，亦被击走。祖胜敛兵固守，璟分营筑垒，就西江造了浮桥，渡兵攻城。计历数旬，城中食尽，祖胜仰药死，永州遂下。复由周德兴、张彬移攻全州，平章阿思兰遁去，全州亦陷。时廖永忠等已平闽地，奉吴王命，会同赣州指挥使陆仲亨，进掠广东，元左丞何真，遣都事刘克佐，缴上印章，并籍所部郡县户口，甲兵钱谷，奉表归附。吴王闻报，称他保境息民，令永忠好生看待，视作汉窦融、唐李勣一般，且特令乘传入朝。永忠至东莞，何真出迎，永忠即传着主命，待以殊礼，遣使与偕，同赴应天，自率兵进广州。元参政邵宗愚诈献降书，被永忠察觉，乘夜往袭，擒住宗愚，立命斩讫。嗣复会集朱亮祖军，径入梧州，击死元吏部尚书普颜帖木儿，进次藤州，守将吴镛出降。亮祖复分兵西进，所向皆捷，连破浔桂郁林。元海南海北道元帅罗福等，及海南分府元帅陈乾富等，均望风纳款，情愿输诚。

　　只杨璟、周德兴、张彬等，自永州进攻靖江，数旬不下。朱亮祖亦领兵往会，各驻象鼻山下，四面围攻，仍然未克。杨璟愤极，令将西江濠水，一律放干，从濠中筑起土堤，通城北门，然后誓师猛扑，一鼓登城。惟内城兀守如故，元平章也儿吉尼，驱兵出战，大败而回。万户皮彦高、杨天寿，被杨璟部将胡海擒住，璟优待彦高，命至城下招降。城中总制张荣，与彦高善，遂用书系矢，射入璟营，约以是夜出降。俟至二鼓，荣又遣使裴观，缒城出见，杨璟即给白皮帽百余，俾作标识，以免误杀。裴观还城，即于四鼓后启宾贤门，纳杨璟军。元平章也儿吉尼，走投无路，奔至伏波门，适遇朱亮祖等杀入，略一交手，便被擒去。先是张彬攻城，为守将所诟，彬大愤，至是入城，欲将兵民一概屠戮，亏得杨璟下令，不准妄杀一人，彬无可如何，只得罢手，归美杨璟，意在尚仁。众心乃安。嗣是移师郴州，降两江土官黄英、岑巴延等，廖永忠亦遣指挥耿天璧，攻破宾州、象州，元平章阿思兰，偕子僧保，赍印归诚。两广大定，杨璟等振旅而还，是年为元顺帝至正二十八年，即明太祖洪武元年。特别点醒，画分朝代。

自方国珍降顺后，李善长等复奉表劝进，吴王不允，表至三上，乃命具仪以闻。李善长等便参酌成制，定了一篇宜古宜今的大礼，呈上吴王察阅。吴王略加损益，乃由太史令刘基，择定吉日，准于戊申年正月四日即皇帝位，国号明，改元洪武。先期三日，筑坛南郊，一应礼仪俱备。吴王复命群臣，斋戒沐浴，至期同赴南郊，先祭天地，次及日月星辰、风云雨雷、五岳四渎、名山大川诸神。坛下鼓乐齐奏，坛上香烟缭绕，当由吴王亲自登坛，行祭告礼。旁立太史令刘基，代读祝文道：

　　洪武元年岁次戊申，正月壬申朔越四日乙亥，天下大元帅皇帝臣朱元璋，敢昭告于皇天后土，日月星辰，风云雷雨，天神地祇之灵曰：

　　天地之威，加于四海，日月之明，昭于八方，云雷之势，万物咸生，雨露之恩，万民咸仰。伏以上天生民，俾以司牧，是以圣贤相承，继天立极，抚临亿兆。尧舜相禅，汤武吊伐，行虽不同，受命则一。今胡元乱世，宇宙昏濛，四海有蜂虿之忧，八方有蛇蝎之祸。群雄并起，使山河瓜分，寇盗齐生，致乾坤弃灭。臣生于淮河，起自濠梁，提三尺以聚英雄，统万民而救困苦。托天之德，驱一队以破肆毒之东吴；仗天之威，连千艘以诛枭雄之北汉。因苍生无主，为群臣所推，臣承天之基，即帝之位，恭为天吏，以治万民。今改元洪武，国号大明，仰仗明威，扫尽中原，肃清华夏，使乾坤一统，万姓咸宁。沐浴虔诚，齐心仰告，专祈协赞，永荷洪庥。尚飨！

祝毕，吴王率群臣拜跪如仪。是日天宇澄清，风和景霁，氤氲香雾，缥缈祥辉，与连朝雨雪阴霾的气象，迥不相同。人人说是景运休征，昇平豫兆。冠冕堂皇。祭毕下坛，李善长率文武百官，都城父老，扬尘舞蹈，山呼万岁。五拜三叩首毕，吴王引世子及诸王子，文武群臣，祭告宗庙。追尊高祖考曰玄皇帝，庙号德祖。尊祖考曰恒皇帝，庙号懿祖。祖考曰裕皇帝，庙号熙祖。皇考曰淳皇帝，庙号仁祖。妣皆皇后。礼成返跸，升殿受群臣朝贺，并命刘基奉册宝，立妃马氏为皇后，世子标为皇太子，仍以李善长、徐达为左右丞相，刘基为御史中丞兼太史令。诸功臣皆进爵有差。自是明室肇基，帝位已定，史家称他为明太祖，小子也要改称了。

太祖罢朝还宫，语马后道："朕起自布衣，得登帝位，外恃功臣，内恃贤后，每忆从前与郭氏同居，备尝艰苦，若非皇后从中调停，日贮糇糒脯修等物，济朕匮乏，朕亦安有今日？芜蒌豆粥，滹沱麦饭，时记于心，永久不忘。他如为朕司书，为朕随军，为朕亲缉甲士衣鞋，种种劳苦，不胜枚举。古称家有良妇，犹国有良相，今得贤惠如后，朕益信古语不虚了。"

不忘贤后，固所宜然。较诸唐明皇之长生殿，情景不同。马后道："妾闻夫妇相保易，君臣相保难，陛下不忘妾同贫贱，愿无忘群臣同艰难。"后来明太祖薄待功臣，已为马后瞧破。太祖道："唐有长孙皇后，尝谏太宗不忘魏徵，卿亦可谓媲美古人呢。"马后道："妾何敢上比古人。"太祖道："卿无父母，尚有宗族，朕当访召入朝，悉加爵秩，何如？"马后叩谢道："爵禄所以待贤，不应私给外家，妾愿陛下慎惜名器，勿徇私恩！"至理名言。太祖点首。

是夕无事，越宿视朝，颁即位诏于天下，追封皇伯考以下皆为王，又封后父马公为徐王，后母郑媪为王夫人，修墓置庙，四时致祭。越月丁祭，祀先师孔子于国学，用太牢。又越数日，诏衣冠悉如唐制，令群臣修女诫，戒后妃毋预政，征天下贤才为守令，命四方毋得妄献。所有兴利除弊诸事宜，次第增损，笔难尽述。

且说徐达、常遇春等，引兵入山东，至沂州，致书义兵都元帅王宣，谕令速降。王宣扬州人，曾为司农掾，治河有功，命为招讨使。寻从元平章也速复徐州，授为都元帅。宣子名信，亦随察罕帖木儿破田丰，以功叙官，令与乃父同镇沂州。信得达书，一面遣使犒军，一面奉表应天。太祖即命徐唐臣至沂州，授信江淮平章政事，令从大将军徐达北征。哪知王信意在缓兵，并不是真心降顺。他却密往莒、密募兵，拟来袭击明师。至唐臣到后，信尚未返，宣乃佯为迎入，使居客馆，夜间调兵兴甲，为劫使计。幸亏唐臣预先防备，易装走脱，潜入达军，达即命都督冯胜，即冯国胜。率师急攻，胜开坝放水，灌入城中，宣料不能支，乃开门迎降。达令宣作书招信，遣镇抚孙惟德驰往，反为所杀。于是达责宣反复，将他枭首，王信走山西。峄州赵蛮子，莒州周黼，海州马骊，及沭阳、日照、赣榆诸县，俱相率来降。转攻益都路，元宣慰使普颜不花，力战不支，与母妻诀别，出城鏖斗，卒为明军所擒，不屈被杀。元总管胡潚，知院张俊，皆自尽。普颜不花妻阿鲁真，亦抱了子女，同入井中。夫死忠，妻死节，元季人物，应首屈一指了。**阐扬忠义。** 由是下东平，降东阿，拔济南，陷济宁，取莱阳，各路守将，不是闻风遁去，便是解甲投降。太祖又遣汤和修造海舟，接济北征军饷，并命康茂才再率万人，援应北征军，兵多粮足，威焰尤盛。常遇春分兵克东昌，元平章申荣自缢；徐达引兵徇乐安，元郎中张仲毅投诚。山东全境，尽为明有。

达乃移军入河南，与遇春会师并进。湖广行省平章邓愈，亦受命为征戍将军，率襄、汉军略南阳，遥应达军。达克永城、归德、许州，直入陈桥，元汴梁守将李克彝，联络左君弼、竹昌等，互为犄角，力抗明师。左君弼本庐州盗魁，**应第五回。** 受元廷招抚，驻兵河南，李克彝令守陈州，声势颇也不弱。太祖闻知，拘住君弼母妻。一面遣使致书道：

　　曩者兵连祸结，非一人之失，予劳师暑月，与足下从事，足下乃舍其亲而奔异国，是皆轻信群下之言，以至于此。今足下奉异国之命，与予接壤，若欲兴师侵境，其中轻重，自可量也。且予之国乃足下父母之国，合肥乃足下邱陇之乡，天下兵兴，豪杰并起，岂惟乘时以就功名，亦欲保全父母妻子于乱世。足下以身为质，而求安于人，既已失策，复使垂白之母，糟糠之妻，天各一方，以日为岁，足下纵不以妻子为念，何忍忘情于父母哉？功名富贵，可以再图，生身之亲，不可复得。足下能留意，盍幡然而来？予当弃前非，待以至诚，决不食言！

君弼得书未报，太祖又特遣使臣，送君弼母归陈州，母子相见，免不得有一番谈话。况明太祖虽拘他母妻，仍旧以礼相待，他母到了陈州，自然据实晓谕，就使君弼素性骁骜，至是也感激流涕，便邀同竹昌，率所部诣徐达营，情愿归降。这是太祖权术动人。李克彝失了犄角，孤立无助，顿时弃城西走，徐达遂安安稳稳的收了汴梁城，留金事陈德居守，自率步骑入虎牢关。至河南塔儿湾，元将脱目帖木儿，领兵五万，在洛水北岸列阵，旗帜整齐，刀矛森峙。常遇春怒马当先，左手执弓矢，右手执长枪，突入敌阵。敌军二十余骑，各执长戟，来刺遇春，遇春弯弓射箭，喝一声着，将他前锋射毙，余骑倒退。遇春麾动大军，奋力掩击，杀得敌军七零八落，东倒西歪。脱目帖木儿窜去，达遂进薄河南城下。元河南行省平章梁王阿鲁温，顾命要紧，也不管什么气节，只好送款军门，开城迎降。蒙族臣子，理应与城存亡，乃望风崩角，无乃非忠。笔诛之以声其罪。嵩、陕、陈、汝诸州，次第平定。

明太祖闻河南已平，乃亲至汴梁，会大将军徐达，谋取元都。达与遇春等，俱至行在谒见，由太祖慰劳毕，便议进取元都的计划。徐达道："臣自平齐、鲁，下河、洛，王保保即扩廓帖木儿，详见上，后仿此。逡巡太原，观望不进，张良弼、李思齐等，局促西陲，毫无远略，元都声援已绝，就此进兵，必克无疑。"太祖携图指示道："卿言固是，惟北土平旷，骑战为先，今宜先选骁将，作为先锋，将军率水陆两军，作为后应，发山东粟米，充给馈饷，由秦趋赵，转临清而北，直捣元都，那时绝他外援，自然内溃，都城可不战即下了。"又语冯胜道："卿可发兵往取潼关，潼关得手，勿遽西进，且选将守关，阻他出来，尔即回汴梁，声应大将军，毋得有误！"达与胜受命而出。胜即日出师，往攻潼关，元将李思齐、张良弼已率师分遁关外，胜未至关，先遣健卒夜携火具，潜至良弼营前，放起一把火来，烧得营帐通红。良弼自梦中惊起，总道敌兵潜来劫营，立饬各兵披甲上马，出营迎战，谁知杀了一场，统是自家人马，连忙收兵，已伤亡了数百名，自知立营不住，退入关内。李思齐闻这消息，也惊慌起来，即移军葫芦滩。此之谓勇于私斗，怯于公战。两军迁移未定，那冯胜已率兵掩去，杀进潼关。思齐弃辎重，走凤翔，良弼也遁入鄜城去了。冯胜入关，引兵西至华州，守将多遁去。胜因奉太祖命，不得不中道辍回，调指挥于光、金兴旺等留守，自率军还汴梁。

太祖闻潼关得手，北伐军已无后虑，乃自回应天，命徐达等进取元都，以毋妄杀人为约。达遂檄都督同知张兴祖，平章韩政，都督副使孙兴祖，指挥高显等，调集益都、济宁、徐州诸军，会集东昌，规定计划，分道徇河北地，连下卫辉、彰德、广平，进次临清，获元将李宝臣，都事张处仁，用为向导。使傅友德带着轻兵，开陆路，通步骑，顾时浚河通舟师，水陆并进，直抵长芦，元守将左金院遁去。达分兵下德州、青州，复会师进达直沽，得海舟七艘，用架浮桥，借通人马。常遇春、张兴祖等各率舟师沿河而进，步骑遵陆而前，元丞相也速防御海口，未曾交战，部众先奔，也速也只好遁去。达又进兵通州，立营河东岸，遇春立营河西岸，诸将欲乘锐攻城，指挥郭英进言道："我师远来，敌军居守，劳逸相殊，不宜急攻。何若乘其不意，掩击为是。"翌晨，天忽大雾，四面阴霾，英用千人伏道旁，自率精骑三千，直抵城下。元知枢密院事卜颜帖木儿，率敢死士万余名，张两翼而出。英与战数合，佯作败走状，卜颜帖木儿率兵来追，中途遇伏，被他截作两橛。郭英又转身杀来，卜颜帖木儿猝不及防，由英挺手中枪，刺坠马下，当经英军缚住，牵了过去。元军没了主帅，哪个还敢争锋，顿时大溃。英乘胜追杀，斩首数千级。及收兵回来，统帅徐达，已引兵入城，擒住的卜颜帖木儿，已枭首悬竿，号令军前。休息三日，复出师进捣元都，不意元顺帝已先出走，只有淮王帖木儿不花，及左丞相庆童等，尚是留着。小子有诗叹元顺帝道：

> 彼昏日甚太无知，都下沦胥悔已迟。
> 争说蒙儿好身手，昔何强盛后何衰。

未知元都如何被陷，容至下回续详。

南方戡定，而明祖称帝，天道后起者胜，诚非虚言。且有史以来，得国之正，首汉高，次明祖，汉高时尚有吕后，不无遗憾；明祖则得耦马氏，聿著徽音。终明之世，无宫壶浊乱事，殆较汉代而上之矣。本回插入马后一段，所以表扬妇德，不敢没美也。至如徐达之北征，皆由庙算所定，告捷成功，事事不出明祖之所料。有明祖之雄才大略，始能拨乱世，反之正，且始终以不嗜杀人为本，其卒成大业，传世永久也宜哉！若元顺帝之致亡，吾无讥焉。

第十五回

袭太原元扩廓中计　略临洮李思齐出降

却说元顺帝闻通州被陷，惶急异常，亟御清宁殿，集三宫后妃，及太子爱猷识理达腊，准备北行。左丞相失烈门，及知枢密院事黑厮，宦官伯颜不花进谏道："陛下宜固守京都，臣等愿募集兵民，出城拒战。"顺帝道："孛罗扩廓，屡次构乱，京中守备，空虚已久，如何可守？"伯颜不花大恸道："天下是世祖的天下，陛下当以死守，奈何轻去？"顺帝道："今日岂可复作徽、钦？朕志已决，毋庸多言！"伯颜不花再三泣谏，顺帝拂袖还宫。到了黄昏，召淮王帖木儿不花，及丞相庆童入内，嘱令淮王监国，庆童为辅。两人受命趋出，遂于夜半三鼓，开建德门，挈后妃太子北去。徐达率着明师，进薄齐化门，将士填濠登城而入，达亦上齐化门楼，擒住元淮王帖木儿不花及左丞相庆童、平章迭儿必失朴赛不花、右丞相张康伯、御史中丞满川等，劝令归降，皆不从，一律处斩，宦官伯颜不花，先已自尽，元宣府镇南威顺诸王子六人，亦为明军所擒。达遂封府库图籍宝物，用兵守故宫殿门，不准侵入。宫人妃主，令原有宦侍护视。号令士卒，秋毫无犯，人民安堵，市肆不移。于是遣将赴应天告捷，一面命薛显、傅友德、曹良臣、顾时等，率兵分巡古北诸隘口，一面令华云龙经理故元都，增筑城垣，专待太祖巡幸。是段为元亡之结束。

太祖闻报，下诏褒奖北征军，且以应天为南京，开封为北京，并订定六部官制，各设尚书侍郎等官。先是明初官制，略仿元代，立中书省，总天下吏治。置大都督府，统天下兵政。设御史台，肃朝廷纲纪。至是改立六部，定为吏、户、礼、兵、刑、工等名目。后来胡惟庸伏法，复罢中书省，废丞相等官，以尚书任天下事，侍郎为副。复分大都督府，为五军都督府，统属兵部节制，权力远不如前。并增设都察院，统辖台官，这是后话慢表。叙述明初官制，以便阅者考核。

且说太祖以元都既定，启跸北巡，留李善长与刘基居守，自率文武百官，渡江北行。雨师洒道，风伯清尘，遥望六龙，相率额手。沿途所经，蠲免逋赋。既至北京，御奉天门，召元室故臣，询问元政得失。故臣中有一文吏，姓马名昱，顿首道：“元得国以宽，失国亦以宽。”太祖道：“朕闻以宽得国，不闻以宽失国。元季君臣，日就淫佚，驯至沦亡，是所失在纵弛，并非由过宽所致。圣王行政，宽亦有制，不以废事为宽；简亦有节，不以慢易为简。总教施行适当，自可无弊。”马昱之言，不能无失，明祖之言，恐亦未能实践。马昱惭谢而退。太祖又令放元宫人，免致怨旷。此外一切布置，概如徐达所定。当下命徐达、常遇春出师取山西，副将军冯胜、偏将军汤和、平章杨璟，随军调遣，太祖自还南京。

达受命西征，分道并进。常遇春攻下保定、中山、真定等处，冯胜、汤和、杨璟等，下怀庆，越太行，取泽潞，将逼太原。元将扩廓帖木儿，遣麾下杨札儿，来攻泽州，与杨璟、张彬等相遇于韩家店。两阵对圆，刀枪并举。杨璟、张彬等藐视元军，只道他没甚能力，一鼓便可击退，哪知杨札儿很是骁悍，部下又统经百战，个个拚命争先，战了多时，非但击不退元军，反被他冲动阵势，禁遏不住，只好一同败下，一骄便败。连忙禀报大将军。大将军徐达，调都督副使孙兴祖，金事华云龙，出守北平，自率大军趋太原。途次闻元顺帝赦扩廓罪，还他原官，令出雁门关，由保安州经居庸关，来攻北平。当下集诸将会议，诸将或禀请回援，徐达道："北平重地，有孙都督等扼守，定能抵敌得住，此次王保保全师远出，太原必虚，我军如乘他不备，直抵太原，倾他巢穴，他进无可战，退无可依，在兵法上，所谓批亢捣虚的计策，就使他还救太原，已是不及，那时进退失利，必为我所擒了。"计议已定，遂引兵径进。果然扩廓还兵自救，前锋万骑突至，差不多有排山倒海的声势。这边傅友德、薛显两骑并出，指麾健卒，与他酣斗一场，方才把他击退。扩廓扎营城西，兵约数万，郭英登高遥望，返报遇春道："敌兵虽多，不甚整齐，立营虽大，不甚谨饬，请乘夜踹营，当可决胜。"遇春入语徐达，达亦以为然。正筹划间，忽报扩廓营中，有密使赍书至此。

当由达开缄览毕，退入帐后，写好复书；遣使去讫。随即升帐调兵，陆续出发。是夜天气阴晴，薄云四布，将及三鼓，郭英率精骑三百人，蹑至敌营附近，一声炮响，四面纵火，红光炎炎，不殊晓日。遇春也统着大队，鼓噪前进。敌营里面，也有一队人马，呐喊出来。两边相见，并不厮杀，反传了一声暗号，引着明军，扑向主营而去。故作疑降。扩廓帖木儿方燃烛坐帐中，使两童子捧书侍立，正拟接书展阅，忽闻营外喊杀连天，料知内外有变，急忙推案而起，连靴子都不及穿齐，赤着一脚，跑出帐外，跨上一匹劣马，举鞭乱敲，觅路北遁，手下只有十八骑随去。遇春等杀入营帐，营中已纷纷溃乱，经遇春下令，降者免死，于是相率弃械，跪降马前。共得兵四万人，马四万匹。看官听着！这扩廓也是有名大将，难道强敌在前，全不防备？况他至三鼓以后，尚燃烛看书，明明不是个糊涂人物，为何明军劫营，慌急到这般情形呢？原来扩廓部下，有一将名豁鼻马，默睹元运已终，明祚方盛，早有率众归降的意思；且闻徐达虚心下士，不杀降人，越觉投诚心亟，因此背了扩廓，暗中递书徐达，愿为内应。达即复书相约，互通暗号，所以得手如此容易。叙明原因。扩廓既遁，太原自下，徐达又乘势收大同，分遣冯胜等徇猗氏、平阳诸县，擒元右丞贾成、李茂等，榆次、平遥、介休，以次攻克，山西悉平。

太祖接着捷报，心中愉快，自不消说。倏忽间已是洪武二年，太祖亲定功臣位次，命在江宁西北鸡笼山下，建立功臣庙，已死的功臣，设像崇祀，未死的虚着坐位，共得二十一人，以大将军徐达为首。小子依史录述如下：

> 徐达字天德，濠州人。
> 常遇春字伯仁，怀远人。
> 李文忠字思本，盱眙人，太祖甥。
> 邓愈虹人，初名友德。
> 汤和字鼎臣，濠人。
> 沐英字文英，定远人，太祖养子。
> 胡大海字通甫，虹人。
> 冯国用胜之兄，定远人。
> 赵德胜濠人。
> 耿再成字德甫，五河人。
> 华高含山人。
> 丁德兴定远人。
> 俞通海字碧泉，濠人，徙于巢。
> 张德胜字仁甫，合肥人。
> 吴良定远人，初名国兴。
> 吴桢良之弟，初名国宝。
> 曹良臣安丰人。
> 康茂才字寿卿，蕲人。
> 吴复字伯起，合肥人。

茅成定远人。孙兴祖濠人。

未几，又以廖永安、俞通海、张德胜、桑世杰、耿再成、胡大海、赵德胜七人，配享太庙，并因徐达攻破元都，得元十三朝实录，乃诏修《元史》，命李善长为监修，宋濂、王祎为总裁，并征隐士汪克宽、胡翰、陶凯、曾鲁、高启、赵汸等十六人为纂修，阅六月书成。惟顺帝未有实录，又遣使往访遗事，于次年续修，不到几月，也即告竣。后人谓史多简率，不足征信，这也不在话下。

且说徐达等既平山西，复奉命进图关陕，关中诸将，已推李思齐为统帅，驻兵凤翔。太祖尝遣使谕降，思齐不报，至是因大军将发，复贻书诏谕道：

前者遣使通问，至今未还，岂所使非人，忤足下而留之与？抑元使适至，不能隐而杀之？若然，亦事势之常，大丈夫当磊磊落落，岂以小嫌介意哉？夫坚甲利兵，深沟高垒，必欲竭力抗我军，不知竟欲何为？昔足下在秦中，兵众地险，虽有张思道即张良弼。专尚诈力，孔兴等自为保守，扩廓以兵出没其间，然皆非劲敌。足下不以此时图秦自王，已失其机，今中原全为我有，向与足下为犄角者，皆披靡窜伏，足下以孤军相持，徒伤物命，终无所益，厚德者岂为是哉？朕知足下凤翔不守，则必深入沙漠以图后举，然非我族类，其心必异。倘中原之众，以塞地荒凉，一旦变生肘腋，妻孥不能相保矣。且足下本汝南之英，祖宗坟墓所在，深思远虑，独不及此乎？诚能以信相许，幡然来归，当以汉窦融之礼相报，否则非朕所知也。

思齐得书，颇有降意，独思齐养子赵琦，不愿降明，劝思齐西入吐蕃，思齐乃迟疑未决。明大将军徐达，遂统兵入关，直捣奉元。张良弼正与孔兴、脱列伯等，分驻鹿台，为奉元援，忽闻明将郭兴，卷甲而来，不禁大惧，立即遁去。奉元守将哈麻图，弃城走盩屋，为民兵所杀。元西台御史桑哥失里，郎中王可，检讨阿失不花，三原尹朱春，俱抗节自尽。时关中苦饥，达奉太祖命，每户赈米二三石，民心大悦。遇春遂进攻凤翔，李思齐从赵琦言，径奔临洮。遇春遂入凤翔，徐达亦至，复会议进兵事宜。众将献议道："李思齐现走临洮，本应乘胜追杀，但张良弼尚据庆阳，良弼才智，不如思齐，庆阳地势，不如临洮，且先将庆阳夺来，再攻临洮未迟。"徐达道："诸君但知其一，不知其二。庆阳城险兵悍，未易猝拔，临洮西通番戎，北界河湟，倘被思齐久踞，联外固内，将来根深蒂结，为患非浅。今乘他初往，蹙以重兵，思齐不西走，只束手就缚罢了。临洮既克，旁郡自不劳而下。"*此谓避实击虚。*于是众将称善，即留汤和守营垒，指挥金兴旺等守凤翔，自率兵度陇克秦州，下宁远，入巩昌。遣冯胜攻临洮，顾时、戴德攻兰州。兰州一攻即下，惟冯胜至临洮，李思齐尚欲固守，不意赵琦起了歹心，私窃宝货妇女，逃匿山谷间，思齐长叹数声，没奈何举城乞降。*思齐尚如此，良弼更不足道，可见关中四将，俱不足恃。*冯胜将思齐送至达营，达又命人送至南京，太祖却也优礼相待，并命为江西行省左丞。思齐不之官，留居京师。

　　太祖又传谕军前，除饬常遇春还备北平外，余军令尽随大将军往攻庆阳。且谓"张良弼兄弟多诈，即或来降，亦宜小心处置，勿堕狡计！"徐达受命即行，出萧关，拔平凉。张良弼大惧，令弟良臣守庆阳，自奔宁夏。途次遇着扩廓军，被他活捉而去。良臣闻警，遂以庆阳降明军。徐达遣薛显入城，慰谕军民，良臣出迎道左，匍匐马前，非常恭顺。显入城慰谕毕，出屯城外。*亏有此着，然亦未始非徐达所授。*良臣骁捷善战，军中号为小平章，他本欲诱显入城，等到夜间，闭城劫杀，至显屯兵城外，计不得逞，乃于夜间潜开城门，领兵杀出。显率骑兵五千人，拼命抵拒，夜间昏黑莫辨，被良臣四面攒射，中了流矢，负创急奔，驰至达营。检阅兵士，已伤亡了一半，又失去了指挥张焕。达语诸将道："主上明见万里，今日事出意外，果如所言。但良臣困守一隅，终取败亡，我当与诸君共灭此獠！"诸将齐称得令。于是俞通源出略西路，顾时出略北路，傅友德出略东路，陈德出略南路，达率诸将出中路，直趋庆阳，四面围住。良臣出兵挑战，被徐达麾军奋击，败入城中，一面遣人至扩廓处求援。扩廓时在宁夏，遣将韩札儿攻陷原州，为庆阳声援，达即遣冯胜出驿马关，御韩札儿。驿马关距庆阳三十里，冯胜驰至，闻韩札儿又陷泾州，忙星夜前进，途遇韩札儿军，一鼓击退，进至邠州，因札儿去远，方还屯驿马关。是时常遇春早至北平，偕偏将李文忠，驱兵北进，至锦州，击败元将江文清，入全宁，又败元丞相也速，进攻大兴州，守将又遁。一路马不停蹄，径达开平。元顺帝自燕京出走，正在开平驻扎，闻明军复至，又仓皇遁去。遇春追奔数十里，擒斩元宗王庆生及平章鼎珠等，降将士万人，得车万辆，马三千匹，牛五万头，蓟北悉平，乃还军。

　　遇春拟驰回庆阳，协攻张良臣，不防到了柳河州，竟遇暴疾，霎时间全体疼痛，连从前医愈的箭创，也无端溃裂起来。那时自知不起，亟召李文忠入帐，嘱托军事，与他永诀。

　　正是：

　　　　北虏已熸臣力竭，西征未捷将星沉。

　　未知遇春性命如何，且至下回分解。

　　本回总旨，在叙扩廓、李思齐事。扩廓、李思齐，皆元室大将，一则驻兵太原，遇敌劫营，仓猝惊溃；一则称长关中，闻敌即退，穷蹙乞降。始何其悍？终何其衰？得毋所谓强弩之末，不能穿鲁缟者耶？张良弼辈，更出思齐下，良臣虽悍，困守庆阳，已同瓮鳖。晋、冀下而秦、陇去，虽有鲁阳，不克返戈。然原其祸始，莫非自离心离德之所致也。观元室之所以亡，益知涣群之获咎；观明祖之所以兴，益信师克之在和。

第十六回

纳降诛叛西徼扬威　逐枭擒雏南京献俘

却说常遇春偶罹暴疾，将军事嘱托李文忠，复与诸将诀别，令听文忠指挥，言讫即逝。寿仅四十岁。遇春沉鸷果敢，善抚士卒，陷阵摧锋，未尝少怯，虽未习书史，用兵却暗与古合。自言能将十万众，横行天下，所以军中称他为常十万。大将军徐达，年齿比遇春尚轻二岁，遇春为副，受命惟谨，尤为难得。太祖闻报，不胜悲悼，丧至龙江，用宋太宗丧赵普故事亲往祭奠，赐葬钟山原，赠太保中书右丞相，追封开平王，谥"忠武"，配享太庙。明室功臣，首推徐、常，故于死事后，叙述较详。诏命李文忠代遇春职，趋会徐达师，助攻庆阳。

文忠行至太原，由巡卒走报，元将脱列伯等，围攻大同。文忠语左丞赵惟庸等道："将在外，君命有所不受，总教有利于国，专擅何妨？目今大同被攻，正宜急救，若必禀命后行，岂不失机？"惟庸等皆以为然，遂由代郡出雁门，至马邑，猝遇元平章刘帖木儿，率游骑数千掩至，当即迎头痛击，杀败敌众，并将刘帖木儿，亦擒了过来。再进至白杨门，拿住黠寇四天王。因天色将晚，雨雪纷飞，乃拟择地安营。营既下，下雪愈大，漫山皆白，文忠却未敢休息，引着数骑，入山巡察。走了一转，觉山前山后，雪地上似有行人踪迹，便策马回军，麾众前行五里，才阻水立寨。诸将莫名其妙，未免私议。文忠召诸将入帐道："我看山上雪径分明，定有伏兵出没，前地立营，定多危险，今移驻此地，稍觉安稳。但亦须严装待着，静候号令，如有妄动等情，军法具在，莫怪无情！"初任统帅，不得不先行晓谕。诸将唯唯听命。果然到了夜半，敌兵大至，文忠下令营中，只准守，不准战。至敌兵近前，见营门紧闭，呐喊了好几次，并不见有接战的兵马，再拟上前冲突，哪知梆声一发，炮矢如飞蝗般射来，敌兵队里的主帅，就是脱列伯，料知营中有备，麾兵渐退。

　　未几鸡声报晓，晨光熹微，文忠令将士蓐食秣马，先发两营挑战。饬令奋斗，不得少却，自在营中静待消息。脱列伯军，正在晨炊，突见明军到来，不遑朝餐，即上马迎敌，自寅至辰，两下相搏，未分胜负。探马因元军甚盛，恐众寡不敌，屡来报知文忠，意欲请他援应，文忠仍夷然自若，并不发兵。胸有成竹。未几日过巳牌，雪已初霁，澹澹的露着阳光，景色如绘。文忠陡然出帐，上马先驱，引着两翼大兵，驰入敌阵。至此才知妙计。元军已有饥色，正在勉强支持，怎禁得一支生力军，如泰山压顶一般，包抄过来，此时欲战无力，欲走无路，个个惊惶失措，就是这位脱列伯，也似哑子吃黄连，说不出的苦楚。方拟杀条血路，向北遁走，哪知文忠跃马上前，一枪刺来，正中脱列伯马首，顿时马蹶前蹄，脱列伯随马仆地，明军一拥而上，把脱列伯擒捉而去。余众见主将被擒，自然无心恋战，纷纷下马乞降。

　　文忠命即停刃，收集降卒，约得万余，马匹辎重，不计其数。当下返营，召入脱列伯，亲为解缚，与他共食，脱列伯感激不置。后来被解至京，太祖亦命释缚，赐他冠带衣服，且语群臣道："桀犬吠尧，各为其主，况朕不逮尧舜，何必复念前嫌？"自是脱列伯安居南京，以禄寿终。还有孔兴一人，本与脱列伯偕攻大同，及脱列伯被擒，孔兴走绥德，为部将所戕，携首降明。元顺帝时走和林，得此消息，不禁叹息道："天命已去，无可为矣。"不怨己而怨天，是为亡国之君。原来脱列伯等攻大同，本受元主命令，经此挫折，乃不敢再行南向，忧忧闷闷的过了一年，竟尔病逝，事见下文。

且说李文忠既定大同，拟驰赴庆阳，途中接到捷音，得知庆阳已下，乃禀请行止，静待后命。这庆阳攻克的情形，小子也不能不表白一番。张良臣悍鸷绝伦，且有养子七人，各善用枪，人呼为七条枪。当时张良弼麾下，有一骁将绰号金牌张，为军中冠，自有良臣七个养子，军中又相语道："不怕金牌张，只怕七条枪。"良臣恃此七人，所以不肯屈服。且因庆阳城高险，上有井泉，可以据守，又倚扩廓为声援，贺宗哲、韩札儿为羽翼，姚晖、葛八为爪牙，满望就此胜敌，徐图恢复。徐达围攻数月，恰也一时难下，惟每日鼓励将士，严行攻守。良臣屡出突围，东门被顾时击却，西门被冯胜杀退，遣人赴宁夏求援，又被明军缉获，弄到粮汲俱穷，兵民俱困，不得已登城乞降。徐达以他反复无常，不肯应允。可怜良臣计穷力竭，援绝食空，甚至杀人煮汁，和泥为食，勉强充腹救死。姚晖等知事不济，私下开门纳降。达勒兵自北门进去，良臣与养子七人，已是饿惫不堪，无力再战，没奈何投入井中。达军倒戟而出，缚至达前，由达数责罪状，立命推出斩首。良臣父子八人，只好伸颈就戮。七条枪变作七条鬼了。

先是元将贺宗哲阴援良臣，入寇凤翔，金兴旺死力抵御，宗哲不能入，及庆阳已下，宗哲引退，徐达遣顾时、薛显、傅友德等，往追不及，乃引军还。谁意宗哲转掠兰州，警报送至达营，又由达遣冯胜往击，宗哲遁去，于是奏凯班师，留冯胜总制军事。达南还后，扩廓乘虚袭兰州，明指挥张温，为兰州守将，整兵迎战，扩廓兵少却，温敛兵入城，扩廓复进兵合围，绕城数匝。巩昌守将于光，率兵往援，至马兰滩，遇伏马蹶被擒，至兰州城下，令呼张温出降。光大呼道："我不幸被执，大兵即至，公等但坚守好了。"敌兵怒披光颊，遂遇害。城中守御益固，冯胜亦发兵往援，扩廓知不能下，卷旆引去。太祖闻知，赠恤于光，擢张温为都督佥事，一面下令北征，仍命徐达为大将军，李文忠、邓愈为左副将军，冯胜、汤和为右副将军，于洪武三年正月，祃纛出发。

临行时，太祖问诸将道："元主迟留塞外，王保保犯我兰州，日夕图逞，不灭不已。卿等出师，何处为先？"诸将道："保保屡寇边疆，无非因元主犹在，有心翊助，若我军直取元主，保保自然失势，可以不战而降。"太祖道："王保保方率兵寇边，正应出师往讨，若舍了保保，直取元主，是忽近图远，不能算作善策。朕意拟分兵两道：一令大将军自潼关出西安，直取王保保，一令左副将军出居庸关，入沙漠，追袭元主，使他自救不暇，方可得胜。这就所谓一举两得呢！"诸将共称妙计，遂各分道而行。

太祖又爱扩廓才，意欲招他来降，又遣李思齐持书往谕。思齐与扩廓有仇，太祖宁不知之？此时令往谕降，亦有借刀杀人之意。思齐不敢违命，硬着头，出使宁夏。扩廓却以礼相待，惟说及"招降"二字，独毅然不答，寻遣骑士送思齐还，至塞下，语思齐道："主帅有命，请留一物为别。"思齐道："我远来无所赍送，奈何？"骑士道："珍玩财宝，我主帅并无所爱，但爱公一臂，幸乞相赠！"欲取思齐之臂，是嫉他不以臂助，扩廓之意如见。思齐知不可免，遂拔出佩剑，自砍左臂，臂断血流，竟致晕倒。痛哉痛哉！骑士替他裹创，并敷以药，至思齐苏醒，即拾起左臂，作别上马去了。思齐负创归来，见过太祖，不数日即报毙命。最不值得。

徐达闻扩廓不肯受诏，兼程疾进，直抵安定。扩廓退屯车道岘，达遣左副将军邓愈，步步进逼，步步立栅。扩廓复退驻沈儿峪，两军隔沟立垒，一日数战，彼此戒严。明左丞胡德

济，即大海子。扎营东南，时至夜半，突闻营外火起，仓猝不
知所为，一营大乱，元军乘势杀入，亏得徐达自督亲兵，前来
相救，才将元军杀退。原来扩廓夜遣千余人，从间道逾沟，潜
劫德济营，德济未及防备，几致陷没。至徐达出援后，立传德
济入帐，责他怠弛，喝令左右将他绑下，并语诸将道："德济
违律当斩，念他是功臣后裔，权寄头颅，械送京师，请皇上自
行发落便了。"言毕，又饬拿德济部将，自赵指挥以下将校数
人，统行推出营外，一律正法。真是军令如山。诸将不敢请恕，
大家瞠目伸舌，震悚异常。次日整众出战，全军争奋，片刻逾
沟，扩廓尚未成阵，明军早已杀到，亮晃晃的大刀，威棱棱的
长枪，泼剌剌的硬箭，一齐都至，仿佛似电掣雷轰，无人敢
当。元郯王、济王及国公阎思孝、平章韩札儿、虎林赤、严奉
先、李景昌、察罕不花等，都纷纷落马，被明军生擒活捉，扛
抬而去。扩廓知不能支，忙挈妻子数人，落荒遁去，慌忙中不
及辨路，狂奔了一日夜，但闻流水声潺潺不绝，立足细看，原
来已是黄河沿岸，待要过河，恨无船只，正踌躇间，只听后面
喊声又起，不禁叹道："前阻大河，后有追兵，真天绝我了。"
言未已，忽见上流有一段浮木，随水漂来，长约数丈，大可十
围，不觉转悲为喜，忙率妻子跨上浮木，将手中所持的方天
戟，当了篙桨，飞摇而去。后面追赶的兵将，正是明都督郭
英，望着河边，寂无一人，只道他奔入宁夏，还是觅路穷追，
及到宁夏相近，仍然杳无踪迹，方才回军。哪知扩廓帖木儿，
已奔投和林去了。

　　这场大战，明军获得元将千余人，士卒八万余人，马万余
匹，骆驼驴畜，亦差不多有二万余只，遂进克泚州，入连云
栈，攻下兴元。邓愈亦自临洮进克河州。可见兵贵有律，亦贵作
气。惟都督孙兴祖，率孤军出五郎口，猝遇敌军，力战身死。
奏报南京，由太祖追封为燕山侯。胡德济械送至京，太祖念大

海功劳，不忍加罪，立命释放，只传谕徐达道："将军欲效卫青不杀苏建故事，难道不闻穰苴立诛庄贾么？且将军在军中，执法如山，不妨立诛；今械送来京，朕且念他前功，不忍正法。自今以后，将军休得姑息，轻纵法度！"太祖此言，仍以权术待人。达将此谕传示军中，将士益遵约束，不敢怠慢，这也不在话下。

且说李文忠出居庸关，降服兴和，进兵察罕诺尔，擒元平章祝真，入骆驼山，击走元太尉蛮子、平章沙不丁、朵儿只八剌等，乘胜捣开平。元平章上都罕等，惊得甚么相似，无可设法，只得把开平图籍，双手捧献，乞降军前，会闻元顺帝病殁应昌，太子爱猷识理达腊嗣位，秩序未定，遂乘隙进兵，倍道往赴。元嗣主爱猷识理达腊迭接警报，哪里还敢抵挡？忙带同嫡子买的里八剌，及后妃宫娥，诸王将相官属数百人，开城出走，不防明军前锋已到，竟将他一班人众，截作两段。元将百家奴、胡天雄等，保着爱猷识理达腊拼命北走，剩下买的里八剌等，生生被明军擒去。应昌没有主子，自然被陷，李文忠率军径入，搜得宋、元玉玺、金宝玉册、镇圭、大圭、玉斧等物，并驼马牛羊无算。又麾兵追元嗣主，直至北庆州，未及乃还。道出兴州，遇元国公江文清，战不数合，即将他擒住，降兵卒三万多人，至红罗山，又降杨思祖部众万余人，当下遣使告捷，并押解买的里八剌等至南京。

太祖临朝，群臣称贺，中书省臣杨宪，且请献俘太庙，太祖道："古时虽有献俘的礼仪，但周武王代殷时，曾否有此制度？"杨宪道："武王事已不可知，唐太宗时曾行此制。"太祖道："唐太宗待王世充，原有此举，若遇隋朝子孙，自不出此。况元主中国百年，朕与卿等父母，统赖他生养，后王不肖，乃致灭亡，何忍将他子孙，作为俘虏？"言毕，即令买的里八剌，以本服朝见。见毕，太祖温言慰谕，赐他冠带，封为崇礼侯，所虏妃嫔人等，只令入朝中宫，马后也好生待遇。退出后，又由太祖赐第龙光山，畀他居住。元代子孙，得此优待，总算天幸。还有宝册等物，令贮府库，不必进呈。先是诸将克元都，得所有宝物，一律上献。马后语太祖道："元有是宝，乃不能守，大约帝王自有宝呢。"太祖笑道："后意谓得贤为宝么？"马后拜谢道："诚如陛下言！"好皇后。太祖记着，因命宝册悉贮库内，一面颁平朔漠诏于天下。

　　阅数月，徐达、李文忠等，振旅入朝，至龙江，太祖亲出郊劳，还都欢宴，不消细说。越二日，以武成告郊庙，令大都督府暨兵部，叙诸将功绩。太祖自定次第，妥为处置，乃于洪武三年十一月丙申日，亲御奉天殿，大封功臣，王公以下文武百官，分列两阶，只见御炉香袅，集万道之祥光；旭日晨升，启九天之阊阖。重睹汉官仪制，束带峨冠，备聆盛世元音，敲金戛玉。赞扬语原不可少。群臣拜舞毕，即由丹陛传下纶音，进封李善长为韩国公，徐达为魏国公，常茂即遇春子。为郑国公，李文忠为曹国公，邓愈为卫国公，冯胜为宋国公，汤和以下皆封侯，共得二十八人，所有分封诸臣，悉赐诰命铁券。善长、徐达等顿首拜谢，太祖即退朝。越数日，又封中书右丞汪广洋为忠勤伯，御史中丞刘基为诚意伯，史称太祖屡欲相基，且累拟进爵，基再三辞谢，所以基功不亚善长，善长封公，基只封伯，这是基所自愿，并非太祖薄待。表明刘基谦德。小子有诗咏明初功臣道：

> 入朝拜爵作公侯，功到成时应重酬。
> 不是沙场经百战，旗常安得姓名留。

　　太祖既封功臣，尚有一篇议论，表明开国情由，容小子下回再述。

关中四将，毫无智略，一经大敌，非降即死，此所谓乱事有余，成事不足者也。张良臣降而复叛，力竭被杀，事虽未成，心尚可恕。王保保为将门子，乃前败于太原，后败于沈儿峪，屡蹶不振，子身远遁，明祖称为奇男子，得毋为不虞之誉耶？元太子爱猷识理达腊，昔在燕都，好预军事，以致瓦裂；嗣入应昌，未经迎敌，即已狂奔，嫡子被俘，母妻不保，是殆所谓景升之子豚犬耳？然尚得苟延残喘，幸存宗祀者，得毋由元世祖之待遇宋裔，犹为尽礼，天特留之以示报欤？然明祖之封侯赐第，禁令献俘，亦不可谓其非仁，宜乎其遗祚之长，不亚唐、宋也。

第十七回

降夏主荡平巴蜀　击元将转战朔方

却说太祖封功臣后，又赐宴三日，宴毕，群臣入谢，太祖赐坐华盖殿，与论开国原因，怡然道："朕起乡里，本图自全。及渡江后，遍览群雄，徒为民害，张士诚、陈友谅，尤为巨蠹，士诚恃富，以昏庸败。友谅恃强，以卤莽败。朕独无所恃，惟不嗜杀人，布信义，行节俭，与卿等同心共济。初与二寇相持，士诚尤逼近，或谓宜先击士诚，朕以友谅志骄，士诚器小，志骄必喜事，器小无远图，所以先攻友谅。鄱阳一役，士诚不能出姑苏一步，为他援应。若使先攻士诚，姑苏坚守，友谅必空国而来，那时恐腹背受敌了。至北定中原，先山东，次河、洛，兵及潼关，尚缓图秦、陇，无非因王保保与关中四将，统是百战余生，未能遽下；且彼知情急，并力一隅，更不易定，所以突然返旆，北捣燕都。燕都既举，然后西征张、李，使他望绝势穷，不战自克。惟王保保犹力抗不屈，确是枭悍，假使燕都未下，与他角力，恐至今尚未必决胜呢。"言毕大笑。*踌躇满志之言，但未尝归功诸臣，只自夸张智略，为功臣计，应早告退，宁必待兔死狗烹耶？* 群臣交口称颂，毋庸细表。

惟大封功臣以前，尚有分封诸王一事，小子因前文顺叙战功，不便夹入，只好在此处补叙出来。*标明次序，一笔不苟。* 原来太祖深意，拟惩宋、元孤立的弊端，欲仿行封建制度，*元初亦分封诸王，太祖宁未闻之？* 乃审择名城大都，预王诸子，待他年长，一律遣就藩封，作为屏蔽。当时曾封子九人，从孙一人，俱为王爵，列表如下：

> 第二皇子樉为秦王，封西安。第三皇子棡为晋王，封太原。第四皇子棣即成祖。为燕王，封北平。第五皇子橚为吴王，后改周王。封开封。第六皇子桢为楚王，封武昌。第七皇子榑为齐王，封青州。第八皇子梓为潭王，封长沙。第九子早殇。第十皇子檀为鲁王，封兖州。从孙守谦太祖兄子，文正子。为靖江王，封桂林。

所有制禄，亲王岁万石，置相傅官属，护卫甲士，多至万九千人，最少三千人。冕服车旗邸第，仅下天子一等，公侯不得抗礼，体制甚是隆重。后来尾大不掉，遂成燕王靖难的祸祟，这也是立法防弊，弊反愈多了。后文再表。列入此段，原为后文埋根。

且说洪武四年正月，点醒年月。下诏伐蜀，令中山侯汤和，为征西将军，江夏侯周德兴，德庆侯廖永忠为副，率舟师自瞿塘进。颍川侯傅友德为征虏前将军，济宁侯顾时为副，率步骑自秦、陇进。浩浩荡荡，往讨明昇。这明昇是何等人物？前文未曾提及，此处不得不急为表明。先是徐寿辉部下，有随州人明玉珍，身长八尺余，目重瞳子，受寿辉命，屯守沔阳。嗣与元兵相搏，飞矢中右目，遂成独只眼。项羽重瞳，尚难成事，况一目已眇耶？后来入据重庆，奄有蜀地，至寿辉被弑，遂自称陇蜀王。元至正二十二年事。未几复称帝，国号夏。僭号四年，未尝远略。既而病逝，子昇袭位。明军克元都，昇亦致书称贺。太祖遣使求大木，昇亦应命。寻复遣平章杨璟，往谕归降，昇独不从。璟归，复贻昇书，晓谕祸福。其书云：

古之为国者，同力度德，同德度义，故能身家两全，流誉无穷，反是者辄败。足下幼冲，席先人业，据有巴、蜀，不咨至计，而听群下之议，以瞿塘、剑阁之险，一夫负戈，万人无如之何，此皆不达时变，以误足下之言也。昔据蜀最盛者，莫如汉昭烈，且以诸葛武侯助之，综核官守，训练士卒，财用不足，皆取之南诏，然犹朝不谋夕，仅能自保。今足下疆场，南不过播州，北不过汉中，以此准彼，相去万万。而欲借一隅之地，延命顷刻，可谓智乎？我主上仁圣威武，神明响应，顺附者无不加恩，负固者然后致讨，以足下年幼，未忍加师，数使使谕意，复遣璟面谕祸福，所以待明氏者不浅，足下可不深念乎？且向者如陈、张之属，窃据吴、楚，造舟塞江河，积粮过山岳，强将劲兵，自谓无敌，然鄱阳一战，友谅授首，旋师东讨，张氏面缚。此非人力，实天命也。足下视此何如？友谅子窜归江夏，王师致伐，势穷衔璧，主上宥其罪愆，剖符锡爵，恩荣之盛，天下所知。足下无彼之过，而能幡然觉悟，自求多福，则必享茅土之封，保先人之祀，世世不绝，岂不贤智矣哉？若必欲倔强一隅，假息顷刻，鱼游沸鼎，燕巢危幕，祸害将至，恬不自知，璟恐天兵一临，凡今为足下谋者，他日或各自为身计，以取富贵，当此之时，老母弱子，将安所归？祸福利害，了然可睹，惟足下图之！

明昇得书，仍是不答。及明军水陆进攻，蜀丞相戴寿，及平章吴友仁，定计设防，用铁索为链，横断瞿塘峡口。又于峡内羊角山旁，亦凿穿石壁，系以铁链，架着飞桥，上载炮石，抵御敌军。此吴人故智耳，何足抵御敌军？汤和等率舟至峡，竟不得进。独傅友德疾趋至峡，潜渡陈仓，即韩信暗渡陈仓之计。

扳援山谷，昼夜行抵阶州。守将丁世珍，猝不及防，弃城遁去。友德得了阶州，又进拔文州、绵州，将渡汉江。适水涨不得渡，乃削木为牌，约数千张，书克阶、文、绵日月，投汉水中，顺流而下。蜀中拾牌视书，相率惊骇。戴寿闻报，忙与吴友仁还援，会同司寇向大亨，出御汉州。友德驱军进攻，连战皆捷。戴寿、向大亨败走成都，吴友仁走保宁。

时瞿塘守御渐疏，明副将军廖永忠，密遣健卒数百人，穿着青蓑衣，持糇粮水筒，并舁小舟，逾山度关。蜀山多草木，明军蹑迹潜行，多为草木所蔽；又因服色皆青，更不能辨，因此无人知晓。永忠料健卒已越关西，遂率舟师猛攻，各舟用铁裹头，中载火器，逆流而进。守将邹兴，尽锐来拒，永忠令军士奋力上前，一面接战，一面纵火，霎时间江上通红，铁索尽断。果然不中用。邹兴正不能支，忽后面有数十小舟，驾着青衣兵，鼓噪而下，那时前后夹攻，就使邹兴浑身是胆，到此也脚忙手乱，不知所为；突然间一箭飞至，穿透脑袋，眼见得一个蜀帅，倒入舟中，魂灵儿往见阎王去了。邹兴既死，蜀兵大溃，永忠遂进趋夔州。只见城门大开，城中已无一兵，任他自由进去。越日，汤和亦至，与永忠会晤，议捣重庆。永忠即挺身登舟，麾军复进，入次铜罗峡，重庆大震。明昇年尚幼稚，越吓得魂不附体，当下集群臣会议。左丞刘仁，劝昇出奔成都，昇母彭氏涕泣道："成都可到，也不过苟延旦夕，不如早降，尚得保全民命。"彭氏此言，还算明白。昇闻言，乃遣使赍表乞降。汤和与廖永忠偕至重庆，昇面缚衔璧，率官属迎降马前。和下马受璧，永忠亦替他解缚，好言抚慰，并下令诸将不得侵扰，随即入城安民，并遣使押送明昇，并昇母彭氏，同赴南京。

惟成都、保宁，尚坚守不下，傅友德进围成都。戴寿、向大亨并马跃出，带领一班弓弩手，飞箭射来，明军前队，多被射倒，连友德也身中流矢。友德裹创复战，部兵亦拚死杀上，戴、向二人，方抵敌不住，回马入城。越数日，城门复启，友德忙麾军入城，不防城中突出象阵，踊跃前来，势不可当。幸友德已预备炮石，接连击射，把象阵裂作数截，象返奔入城，门卒多被践踏，不及闭门，明军便一拥而入。戴寿、向大亨不能再战，只得束手请降。友德复移军保宁，巧值周德兴等，亦领兵到来，两下夹攻，顿时城垣击破，一齐杀进。吴友仁无路可逃，被明军擒住，保宁遂下。只丁世珍自阶州遁去，复集余众来袭文州，杀明将朱显忠。友德亲自赴援，世珍复遁。嗣复进寇秦州，又被友德击败，走宿梓潼庙，为其下所杀，于是蜀地悉平。

　　明昇至南京，待罪午门外，群臣又请太祖御殿受俘，如孟昶降宋故事。无非贡谀。太祖道："昇年幼稚，事由臣下，与孟昶不同。可令他进来朝见，不必伏地待罪。"言毕，即宣昇入见。昇战栗异常，太祖复和颜婉谕，立授爵归义侯，赐第京师。又是一个陈理。及汤和等自蜀班师，带着戴寿、向大亨、吴友仁等，道出夔峡，戴寿、向大亨凿舟自沉，吴友仁曾导昇抗明，被缚舟中，无从觅死，所以解至南京，太祖命斩首市曹。其余降将，发戍徐州。越年，有人告陈理、明昇，俱有怨言。太祖道："童稚无知，不应苛求，但恐被小人蛊惑，将不能保全始终，不若迁处远分，免生衅隙。"乃将陈理、明昇，转徙高丽国去了。降王终觉没趣。

　　且说元扩廓败奔和林，元嗣主爱猷识理达腊，仍以兵事相委，扩廓乃发兵扰边。太祖复命徐达为征北大将军，出雁门，趋和林。李文忠为左副将军，出居庸，趋应昌。冯胜为右副将军，出金兰，趋甘肃。达用都督蓝玉为先锋，至野马川，遇扩廓部下的游骑，临川饮马，遂掩杀过去。敌骑惊遁，弃马数百匹。追入图拉河，与扩廓接仗，战约数时，扩廓败走，蓝玉长驱直进，各军都仗着威力，争先追敌。扩廓恰窜入山谷，越岭北窜。蓝玉防有伏兵，拟饬军士少停，军士不肯驻足，定欲灭敌方休。太轻觑扩廓了。一逃一追，统已越过岭北，猛闻一声胡哨，元兵四出，统将就是贺宗哲，来战蓝玉。扩廓又复杀回，把明军冲为数截。首尾不能相顾，腹背统是受敌。更兼岭路崎岖，进退两难，大众到此，才晓得扩廓厉害，叫苦不迭。迟了迟了。蓝玉忙令择路回军，亲自断后，哪知喊声四起，草木皆兵。各军急不择路，不是坠崖，就是填壑。元军又紧紧追逼，杀一阵，伤亡数百人，杀两阵，又伤亡数百人。正在危急难分的时候，幸徐达督师来援，方得杀退敌兵，救出孤军。达回营，检查军士，共死万余人，不禁叹息道："刘诚意伯曾与上言，扩廓不可轻视，我此番略一轻意，便中他计，这是我的过失，不能专责将校呢。"躬自厚而薄责于人，确是大将器度。遂上表自劾。表方发，接到左右两路捷音，方转闷为喜道："两军告捷，主上也可宽心了。"真心为主，全无妒忌，令人可敬可爱。

原来冯胜从兰州进兵，由傅友德先行，直趋西凉，连败元兵，射死元平章卜花，降元太尉锁纳儿加等。进至亦集乃路，次别驾山，击退元岐王朵耳只班，擒住元平章长加奴等二十七人。又分兵至瓜沙州，斩获甚众，方才折回。右路的李文忠，率都督何文辉等，至胪朐河，留部将韩政守住辎重，自率轻兵持二十日粮，倍道急进。元太师合剌章蛮子，悉众来拒，列阵阿鲁浑河岸，军容甚盛。文忠督兵与战，他却麾众直上，围裹拢来。自午至申，战他不退，反且越来越众。明将曹良臣、周显、常荣、张耀等，陆续战死。文忠也马中流矢，下骑督战。偏将刘义，亟以身蔽文忠，直前奋击。指挥李荣，复将自己乘马，授与文忠，自夺敌骑乘着，拚命冲杀。文忠得马，又据鞍横槊，当先突围。士卒也鼓勇死战，一当十，十当百，顿将元兵击退。追至青海，敌又大集，文忠据险自固，多张疑兵。敌疑有伏，皆引去。文忠亦椎牛犒士而还。顾时与文忠分道入沙漠，持粮且尽，陡遇元兵，部众疲乏不能战，时独引锐卒数百人，跃马前趋，大呼杀敌。元兵惊走，弃掉的辎重牛马，都被明军搬归。叙左右两路战事，与中路稍分详略，以别轻重。

　　太祖迭接军报，慰劳三军，所有徐达败仗，亦宽宥不问，只命徐达、李文忠回镇山西、北平，练兵防边。自是边疆虽稍有战事，亦不过彼来我拒，无复远出。扩廓亦不敢深入，随元嗣主远徙金山。到了洪武七年，诏遣崇礼侯买的里八剌北还，令故元宦官二人护行，并遗书谕元嗣君，令他撤除帝号，待若虞宾。元主不答。太祖又招降扩廓，前后七致书，终不见报。扩廓于洪武八年八月，病殁哈拉那海的衙庭。哈拉那海系一大湖，在和林北，妻毛氏，亦自经死。太祖尝宴集群臣，问天下奇男子为谁？群臣皆以常国公对。太祖拊髀叹道："卿等以常遇春为奇男子么？遇春虽是人杰，我尚得他为臣，惟元将王保保，终不肯臣我，这正是奇男子呢！"群臣愧服。先是明军入元都，曾掳得扩廓妹子，充入宫庭，至是竟册为秦王樉妃。兄不屑臣明，妹甘为明妇，究竟须眉气胜于巾帼。小子有诗赞扩廓道：

　　　　抗命称兵似逆伦，谁知板荡识忠臣。
　　　　疾风劲草由来说，毕竟奇男自有真。

　　扩廓既殁，后来残元能否保存，且俟下回说明。

　　　元末群雄，以明玉珍僭号为最晚，即以明玉珍据地为最僻。本书叙至十六回，未曾提及，非漏也。玉珍僻处偏隅，无关大局，前文不遑叙述，故置诸后文，以便总叙，且俾阅者易于览观。盖此书与编年史不同，布局下笔，总以头绪分明为主。且书中于追溯补叙等事，必有另笔表明，于总叙之中，仍寓事实次序，可分可合，诚良笔也。至若北征扩廓一段，三路分写，亦觉条分缕析，眉目分明，是殆集史家小说家之长，兼而有之，故能头头是道，一览了然。若夫明昇之致亡，扩廓之不屈，事迹已著，无俟赘述云。

第十八回

下征书高人抗志　泄逆谋奸相伏诛

却说元扩廓病殁后，尚有元太尉纳哈出，屡侵辽东。太祖饬都指挥马云、叶旺等，严行戒备。至纳哈出来攻，设伏袭击，大败元兵，纳哈出仓皇遁去，嗣是北塞粗安。惟太祖自得国以后，有心偃武，常欲将百战功臣，解除兵柄；只因北方未靖，南服亦尚有余孽，一时不便撤兵，只好因循过去，但心中总不免怀忌，所以草创初定，即拟修明文治，有投戈讲学的意思。洪武二年，诏天下郡县皆立学。三年复设科取士，有乡会试等名目。乡试以八月，会试以二月，每三年一试，每试分三场。第一场试四书经义，第二场试论判章表等文，第三场试经史策。看官听着！我中国桎梏人才的方法，莫甚于科举一道，凡磊落英奇的少年，欲求上达，不得不向故纸堆中，竭力研钻，到了皓首残年，仍旧功名未就，那大好光阴，统已掷诸虚牝了。尝闻太祖说过："科举一行，天下英雄，尽入彀中。"可见太祖本心，并不是振兴文化，无非借科举名目，笼络人心。科举亦有好处，不过以经义取士，太不合用。到了后来，又将四书经义，改为八股文，规例愈严，范围愈狭，士子们揣摩迎合，莫不专从八股文用功，之乎者也，满口不绝，弄得迂腐腾腾，毫无实学经济。这种流毒，相沿日久，直至五六百年，方才改革，岂不可叹惜痛恨么？后人归咎明祖作俑，并非冤屈。论断谨严。

· 131 ·

太祖又征求贤才，遣使分行天下，采访高人逸士，并及元室遗臣。是时山东有一侠士，姓田名兴，尝往来江淮，以商为隐。太祖微时，与兴相遇，兴识为英雄，出资赒恤，并与太祖结为异姓兄弟。至太祖得志，兴恰远引，遇有军士不法情状，乃致书报闻，书中不写己名，但云某当惩治。太祖知系兴所为，按书照办，惟无从访他住址。洪武三年，江北六合、来安间，有猛虎害人，官吏悬赏捕虎，无人敢应。兴乃奋身出来，与虎相搏，十日间格杀七虎，居民都欢呼不已，争迎兴至家，设宴款待，官吏亦赏金为谢，兴独不受。不愧侠名。这事奏达京师，太祖料是田兴，立即遣使往征，兴不赴召。嗣又由太祖手书，赍递与兴，书云：

> 元璋见弃于兄长，不下十年，地角天涯，无从晤觌。近闻兄在江北，为除虎患，不禁大喜。遣使敦请，不我肯顾。未知何开罪至此？人之相知，莫如兄弟。我二人虽非同胞，情逾骨肉。昔之忧患，与今之安乐，所处各当其时。元璋固不为忧乐易交也。世未有兄因弟贵，而闭门逾垣，以为得计者，皇帝自皇帝，元璋自元璋，元璋不过偶然作皇帝，并非一作皇帝，便改头换面，不是朱元璋也。本来我有兄长，并非作皇帝便视兄长如臣民也。国家事业，兄长能助则助之，否则听兄自便，只叙兄弟之情，不谈国家之事。美不美，江中水，清者自清，浊者自浊，再不过江，不是脚色。兄其听之！

兴得此书，乃野服诣阙，太祖出城亲迎，入城欢宴，格外亲昵，比自家骨肉，还要加上一层。一过月余，太祖敬礼未衰，席间偶谈及国事，兴正色道："天子无戏言。"于是太祖不敢再谈。兴又屡次告别，经太祖苦留，方羁居京师，未几即殁。不亚严光，事见《田北湖田兴传》。

还有元行省参政蔡子英，自元亡后，从扩廓走定西，扩廓败遁，子英单骑走关中，亡入南山。太祖闻他姓名，遣人绘形往求，得诸山中。传诣京师，至江滨，又潜遁去。未几复被获，械过洛阳，见汤和，长揖不拜。和呼令下跪，仍抗颜不从。和命爇火焚须，复不为动。乃遣送至京，太祖亲为脱械，待以客礼。嗣命列职授官，终不肯受，因沥诚上书道：

> 陛下乘时应运，削平群雄，薄海内外，莫不宾贡。臣鼎鱼漏网，假息南山，曩者见获，复得脱亡，重烦有司追迹。而陛下以万乘之尊，全匹夫之节，不降天诛，反疗其疾，易冠裳，赐酒馔，授以名爵，陛下之恩，包乎天地矣。
>
> 臣非不欲自竭犬马，但名义所存，不敢辄渝初志。自惟身本韦布，知识浅陋，过蒙主将知荐，仕元十有五年，愧无尺寸功以报国士之遇。及国家破亡，又复失节，何面目见天下士？管子曰："礼义廉耻，国之四维。"今陛下创业垂统，正当挈持大经大法，垂示子孙臣民，奈何欲以无礼义寡廉耻之俘囚，而厕诸新朝贤士大夫之列哉？臣日夜思维，咎往昔之不死，至于今日，分宜自裁。陛下待臣以恩礼，臣固不敢卖死立名，亦不敢偷生苟禄。若察臣之愚，全臣之志，禁锢海南，毕其生命，则虽死之日，犹生之年。昔王蠋闭户以自缢，李芾阖门以自屠，彼非恶荣利而乐死亡，顾义之所在，虽汤镬有不得避也。眇焉之躯，上愧古人，死有余恨，惟陛下裁察！

太祖览书，更加敬重，留馆仪曹。一夕，子英忽大哭不止，旁人问为何事？子英说是记念旧君，因此流涕。太祖知不可夺，乃命有司送出塞外，令从故主。足愧贰臣。

子英以外，又有元行省都事伯颜子中，曾守赣州。陈友谅破赣，子中仓猝募吏民，与战不胜，脱走闽中。陈友定辟为员外郎，计复建昌，浮海至元都报捷，累迁吏部侍郎，持节发广东何真兵救闽。适何真降明，子中跳堕马下，跌损一足，为明军所得，执送廖永忠军前。永忠胁令投降，誓死不屈，乃释缚令去。子中变姓名，戴黄冠，游行江湖间，太祖求之不得，簿录子中妻子，子中仍不往。寻复由明布政使沈立本密荐，遣使币聘，子中太息道："今日死已迟了。"作歌七章，遍哭祖父师友，饮鸩而死。死有重于泰山者。子中得之。

太祖又恐廷臣蒙蔽，尝与侍从数人，易服微行，一面采访才能，一面侦察吏治，一面调查民情，所以江淮一带，恒有太祖君臣踪迹。相传太祖微幸多宝寺，步入大殿，见幢幡上尽写多宝如来佛号，因语侍从道："寺名多宝，有许多多宝如来？"学士江怀素闻言，知太祖意在属对，便脱口答道："国号大明，无更大大明皇帝。"恰是绝对。太祖大喜，而擢为吏部侍郎。追入游方丈，见有纸条粘贴门首，上书"维扬陈君佐寓此"。君佐少有才，脱略不羁，曾与太祖有一面交，太祖立呼相见。君佐出谒毕，太祖笑问道："你当初极善滑稽，别来已久，犹谑浪如昔么？"君佐默然。太祖又问道："朕今已得天下，似前代何君？"君佐道："臣见陛下龙潜时候，饭糗茹草，及奋飞淮、泗，与士卒同甘苦，犹食菜羹粝饭，臣以为陛下酷肖神农，否则何以尝得百草？"妙语解颐。太祖鼓掌大笑，令他随行。偶过酒肆，太祖即带同入饮，酒肆甚小，除酒豆外，没甚菜蔬。太祖又出对道："小村店三杯五盏，没有东西。"君佐随声应道："大明君一统万方，不分南北。"属对亦工。太祖又大笑，并语君佐道："你随朕入朝，做一词臣，何如？"君佐道："陛下比德唐虞，臣愿希踪巢许，各行其志，想陛下应亦许臣。"是田兴第二，兴且不入正史，遑问君佐？此史笔之疏忽处。太祖乃不加强迫，与他告别自归。

越数日，又出外微行，偶遇一士人，见他文采风流，便与坐谈。士人自称重庆府监生，太祖又命属对，出联道："千里为重，重水重山重庆府。"士人也不假思索，便对道："一人为大，大邦大国大明君。"太祖大喜。无非喜谀。问明寓址，方与作别。次日，即遣使赍赏千金，士人才知是遇着太祖，欣幸不已。大约有些财运。太祖又尝于元夕出游，市上张灯庆赏，并列灯谜。谜底系画一妇人，手怀西瓜，安坐马上，马蹄甚巨。太祖见了，不禁大怒，还朝后，即命刑官查缉，将做灯谜的士民，拿到杖死。刑部莫名其妙，奏请恩宥。太祖怒道："亵渎皇后，犯大不敬罪，还说可宽宥么？"刑官仍然不解，只好遵旨用刑。后来研究起来，才知马后系淮西妇人，向是大脚，灯谜寓意，便指马后，所以触怒太祖，竟罹重辟。做了一个灯谜，便罹大辟，可见人贵慎微。

太祖尝自作诗云："百僚已睡朕未睡，百僚未起朕先起。不如江南富足翁，日高一丈犹拥被。"先是江南富家，无过沈秀，别号叫作沈万三。太祖入金陵，欲修筑城垣，苦乏资财，商诸沈秀。秀愿与太祖分半筑城，太祖以同时筑就为约，秀允诺。两下里募集工役，日夜赶造，及彼此完工，沈秀所筑这边，比太祖赶先三日。豪固豪矣，奈已遭主忌何？太祖阳为抚慰，阴实刻忌。嗣沈秀筑苏州街，用茅山石为心，太祖说他擅掘山脉，拘置狱中，拟加死罪。还是马后闻知，替他求宥。太祖道："民富侔国，实是不祥。"马后道："国家立法，所以诛不法，非以诛不祥。民富侔国，民自不祥，于国法何与？"太祖不得已释秀，杖戍云南。秀竟道死，家财入官。太祖原是忮刻，然亦可为聚财者鉴。至太祖作诗自怨，为苏州某富翁所闻，独叹息道："皇上积怨已深，祸至恐无日了。"遂力行善举，家产荡然。既而太祖又吹毛求疵，诛求富人，富家荡产丧身，不计其数，独某富翁已经破产，得免罪名，这也说不胜说。

且说太祖得国，武臣立功，要推徐达、常遇春，文臣立功，要推李善长、刘基。刘基知太祖性质，所以封官拜爵，屡辞不受。善长官至右丞相，爵韩国公，免不得有些骄态。太祖有意易相，刘基谓："善长勋旧，能调和诸将，不宜骤易。"太祖道："善长屡言卿短，卿乃替他说情么？朕将令卿为右相。"基顿首道："譬如易柱，必得大木，若用小木作柱，不折必仆，臣实小材，何能任相？"太祖道："杨宪何如？"基答道："宪有相材，无相器。"太祖复问道："汪广洋如何？"基又道："器量褊浅，比宪不如。"太祖又问及胡惟庸，基摇首道："不可，不可。区区小犊，一经重用，偾辕破犁，祸且不浅了。"太祖默然无言。已而杨宪坐诬人罪，竟伏法。善长又罢相，太祖竟用汪广洋为右丞相，胡惟庸为左丞。广洋在相位二年，浮沉禄位，无所建白，独惟庸狡黠善谀，渐得太祖宠任。太祖遂罢广洋职，令惟庸升任右相。刘基大戚道："惟庸得志，必为民害，若使我言不验，还是百姓的幸福呢。"惟庸闻言，怀恨不置。会因瓯闽间有隙地，名叫谈洋，向为盐枭巢穴。基因奏设巡检司，盐枭不服管辖，反纠众作乱。基子琏据实奏闻，不先白中书省，惟庸方掌省事，视为蔑己，越加愤怒，遂嗾使刑部尚书吴云劾基，诬称谈洋有王气，基欲据以为墓，应加重辟。太祖似信非信，只把基夺俸，算作了案。基忧愤成疾，延医服药，反觉有物瘤积胸中，以致饮食不进，遂致疾笃。太祖遣使护归青田，月余逝世。后来惟庸得罪，彻底查究，方知毒基致死，计出惟庸，太祖很是惋惜。怎奈木已成舟，悔亦无及了。刘基非无智术，惟如后人所传，称为能知未来，不无过誉，使基能预算，何致为惟庸谋毙？

惟庸既谋毙刘基，益无忌惮，生杀黜陟，为所欲为。魏国公徐达，密奏惟庸奸邪，未见听从，反被惟庸闻知，引为深恨，遂阴结徐达阍人，嗾使讦主。不料阍人竟直告徐达，弄巧转成拙，险些儿禄位不保，惊慌了好几日，幸没有甚么风声，才觉少安。患得患失，是谓鄙夫。继思与达有隙，究竟不妙，遂想了一计，嘱人与善长从子作伐，把侄女嫁给了他，好与善长结为亲戚，做个靠山。善长虽已罢相，究尚得宠，有时出入禁中，免不得代为回护。善长之取死在此。惟庸得此护符，又渐觉骄恣起来。会惟庸原籍定远，旧宅井中忽生竹笋，高至数尺，一班趋附的门客，都说是瑞应非凡。又有人传说，胡家祖父三世坟上，每夜红光烛天，远照数里。看似瑞应，实是咎征。惟庸闻知消息，益觉自负。是时德庆侯廖永忠，僭用龙凤，太祖责他悖逆，赐令自尽。平遥训导叶伯巨，上书言分封太侈，用刑太繁，求治太速，又触太祖盛怒，下狱瘐死。此二事插入，是宾中宾。内外官吏，岌岌自危。寻又因安吉侯陆仲亨，擅乘驿传，平凉侯费聚，招降蒙古，无功而还，皆奉诏严责。此二事是主中宾。二人心不自安，惟庸乘机勾结，联为羽翼。令在外收辑兵马。又阴结御史中丞陈宁，私阅天下兵籍，招勇夫为卫士，纳亡命为心腹。一面又托亲家李存义，即李善长弟。往说善长，伺间谋逆。善长初颇惊悸，以为罪当灭族。嗣经存义再三劝告，也觉依违两可，不能自决。为此一误，已伏死征。惟庸以善长并未峻拒，以为大事可就，即遣明州卫指挥林贤，下海招约倭寇，又遣元故臣封绩，致书元嗣君，请为外应。丧心病狂，一至于此。正在日夜谋变，又闻汪广洋赐死事，益加急迫。原来广洋罢相数年，又由惟庸荐引，入居相位，惟庸所为不法，广洋虽知不言。会御史中丞涂节，上陈刘基遇毒，广洋应亦与闻，太祖遂责广洋欺罔，贬戍云南，寻又下诏赐死。于是惟庸益惧，一面贿通涂节臂助，一面密结日本贡使，作为退步。

洪武十三年正月，惟庸入奏，诡言京宅中井出醴泉，邀太祖临幸。太祖信以为真，还是梦梦。驾出西华门，内使云奇，突冲跸道，勒马言状，气逆言结，几不成声。太祖以为不敬，叱令左右，挝棰乱下。云奇右臂将折，势且垂毙，尚手指惟庸宅第。太祖乃悟，忙返驾登城，遥望惟庸宅中，饶有兵气，知系谋逆，立发羽林军掩捕。涂节得知此信，也觉祸事临头，意图脱罪，急奔告太祖，说是惟庸妄谋劫主。道言未绝，羽林军已将惟庸缚至，由太祖亲自讯究。惟庸尚不肯承，经涂节质证，不能图赖，乃将惟庸牵出，寸磔市曹。小子有诗咏道：

> 怪底人君好信谀，怕闻吁咈喜都俞。
> 佞臣多是苍生蠹，磔死吴门未蔽辜。

惟庸磔死，还有惟庸党羽，究属如何办法，待下回赓续叙明。

田兴抗节不臣，蔡子英上书不屈，伯颜子中作歌自尽，此皆所谓仁人义士，本书极力表彰，所以扬潜德，显幽光，寓意固甚深也。惟太祖一书，子英一书，犹有可考，而伯颜子中之歌词七章，无从搜录，为可惜耳。太祖微行，未见正史，而稗乘备传其事，益见太祖之忮刻。忮刻者必喜阿谀，故杨宪、汪广洋、胡惟庸诸人，陆续登庸，虽依次黜戮，而误国已不少矣。刘基有先见之明，犹遭毒毙，悭人之不可与共事，固如此哉！然亦未始非太祖好谀之过也。

第十九回

定云南沐英留镇　征漠北蓝玉报功

　　却说太祖既磔死惟庸，复将陈宁等一律正法，涂节虽自首，究属与谋，亦加以死刑，僚属党羽，连坐甚众，诛戮至万余人。惟李善长、陆仲亨、费聚三人，因患难初交，不忍加罪，特置勿问。嗣闻云奇伤重身亡，大为悼惜，追封右少监，赐葬钟山。翰林学士承旨宋濂，时已致仕，仲子璲与长孙慎，俱坐惟庸党被刑，并饬有司械濂至京，下狱论死。马后亟进谏道："民家为子弟延师，尚始终相敬，况宋濂亲授皇子，独不可为他保全么？"太祖道："既为逆党，何能保全？"马后又道："濂早家居，必不知情。"太祖愤然道："此等事非妇人所知。"后乃嘿然。会后侍食，不御酒肉，太祖问故，后流涕道："妾闻宋先生将要被刑，不胜痛惜，愿为诸儿服心丧呢。"太祖投管而起，即命赦濂，安置茂州。屡叙马后谏事，实为贤后留芳。濂行至夔州，得病而殁。通计濂傅太子十余年，言动必以礼，一生为文，未尝苟作。日本使尝奉敕请文，以百金为献，却不受。海外诸国，朝贡使至，必问濂安否。卒时年已七十二，朝野中外，无不痛惜。述濂之贤，以形太祖之刻。这且按下不提。

　　且说洪武十四年秋季，诏命傅友德为征南将军，蓝玉为左副将军，沐英为右副将军，率步骑三十万，往征云南。云南，古滇地，素称蛮服。汉武帝时，彩云现南方，遣使往察，起自洱河，因置云南郡，谕滇酋入朝。唐以后为段氏所据，国号大理。元世祖南下，擒段兴智，以第五子忽哥赤为云南王，仍录段氏子孙，协守封疆。忽哥赤死，子松山嗣，受封梁王。至元顺帝时，把匝剌瓦尔密袭位，为明玉珍所攻，走营金马山，寻得大理援军，击退玉珍。元主北去，云南如故。太祖以地甚僻远，不欲用兵，特命翰林院待制王祎，持节招谕，颇得优待。嗣因元嗣主遣使征饷，胁令降祎，祎不屈遇害。寻复遣湖广行省参政吴云往谕，又被杀。于是命傅友德等南征，旌旗蔽江而下。既至湖广，友德调都督郭英、胡海、陈桓等，领兵五万，由四川永宁趋乌撒，自督大军由辰沅趋贵州，克普定，下普安。元梁王把匝剌瓦尔密，遣司徒平章达里麻，将兵十余万，出驻曲靖，抵御明军。沐英献议道："元兵料我远来，一时不能深入，我若倍道急趋，出其不意，定可破敌。"友德点首称善，遂黉夜进师，将至曲靖，忽大雾四塞，茫不见人。明军冒雾疾进，直抵白石江。江在曲靖东北，距城不过数里，达里麻才得闻知，急率锐卒万人，濒江截阻。友德又用沐英计，整师临流，佯作欲渡状，暗中却别遣奇兵，从下流潜渡，出敌阵后，树帜鸣鼓。达里麻大惊，忙分军抵敌。沐英见敌阵已动，料知敌已中计，急麾军渡江，长刀蒙盾，破他前队。元军气索，倒退数里。明军乘势进逼，矢石雨发，呼声动天地。英复亲麾铁骑，横冲而入，直至达里麻纛下，大喝一声，挺枪直刺。达里麻被他一吓，竟颠仆马下，那时明军伸手过来，自然把他擒去。当下俘众二万余，横尸十余里。友德慰谕俘囚，纵使归业，蛮人大喜，到处欢迎。

友德复分遣蓝玉、沐英等趋云南，自率众趋乌撒，为郭英等声援。元梁王把匝剌瓦尔密，闻知达里麻败耗，无心守城，遁入罗佐山。适右丞驴儿自曲靖遁归，至梁王前，极陈明军强盛状，梁王慨然道："生为元裔，死作元臣。"言毕，遂将龙

衣卸下，用火焚去，复驱妻子投溺滇池，自与左丞达的、右丞
驴儿，向北遥拜，刎颈而死。元室亲藩，死事最烈，莫若梁王。故
《明史·梁王列传》，亦特别雄扬。蓝玉、沐英，军至板桥，右丞
观音保出降。玉等整军入城，戒辑军士，安定人民。又分兵进
取临安诸路，迎刃皆下。是时郭英、胡海、陈桓等，早入赤水
河，斩木造筏，夜半齐渡。元右丞实卜引军拒战，相持未决。
至傅友德大军赴援，实卜顾视惊惶，立即遁去。友德遂得乌撒
地。因乌撒无城，饬军筑造，尚未竣工，实卜复招集蛮众，鼓
噪而来。友德倚山为营，戒兵士不得妄动，俟至敌气已懈，才
开营出战，自高临下，势如瀑布喷涌，无人敢当。是即彼竭我
盈之计。实卜回马就走，途遇芒部土酋，率众来援，又翻身接
仗。恼动了十万明军，左驰右突，前进后随，杀死了许多蛮
官，蛮众大溃，实卜又落荒窜去，好称逃将军。乌撒遂得完城。
又进克七星关，直通毕节，远近蛮部，如东川、乌蒙、芒部
等，统望风降附。

　　自是云南境内，大半平定，只有大理未下。蓝玉、沐英自
云南进攻，土酋段世，聚众扼下关，守御甚固。沐英审度形
势，料不易拔，遂别出奇兵，令王弼、胡海两将，各授密计，
分道去讫。原来大理城倚点苍山，西临洱河，并有上下二关，
势甚险固。沐英遣王弼密趋上关，胡海潜登点苍山，都从间道
绕越，攀援而上。段世是个蛮牛，只晓得防着下关，谁意王
弼、胡海两军，已绕出背后，从内杀出，沐英又从外杀入，两
路夹攻，就使段世三头六臂，也是不能脱逃，一阵哗乱，被明
军击翻地上，活捉去了。段世就擒，城即陷入。沐英又分兵取
鹤庆，略丽江，破石门关，下金齿，诸蛮部一律降服，云南悉
平。沐英偕蓝玉回军云南，与傅友德等会集滇地，联名报捷，
并筹办善后事。嗣接太祖诏谕，令傅友德、蓝玉等班师，留沐
英镇守云南。英设官立卫，垦田屯兵，均力役，定贡额，民赖

以安。太祖念沐英功，遂命沐氏世守云南，这且待后文再表。

唯当时云南边境，有平缅部，与金齿接壤，前代未通中国，至元朝始遣使招降，授土酋为宣慰司。元末的宣慰司，叫作思伦发，因闻金齿降明，恐遭讨伐，亦遣使朝贡。诏仍授他为宣慰使，寻又命兼统麓川地。思伦发渐渐桀骜，居然造起反来，有众十余万，入寇景东。沐英檄都督冯诚往御，战败引还，千户王昇死难。英拟亲督军往讨，会接诏敕，只令他屯兵要害，以逸待劳，乃遵旨筹防，自楚雄至景东，每百里置一营，率兵屯种，观衅动。思伦发见无隙可击，也退伏了一两年。后谋诱集群蛮，入寇摩沙勒寨，都指挥宁正，受沐英命，迎头痛击，大破群蛮，斩首千五百级，思伦发引为深耻，竟倾寨前来，众号三十万，入寇定边。沐英闻报，急选骁骑三万，昼夜兼行，及抵敌营，压垒而阵，令都督冯诚挑战。敌营内忽跃出万人，驱象三十余只，舞蹈而前。冯诚欲返奔，指挥张因，时为前锋，独不慌不忙，弯弓搭矢，叫一声着，中象左膝，象即仆地，复一矢射中敌帅。冯诚见张因得手，亦命兵士接连注射，死敌数百人，获一象而还。沐英喜道："贼无他技，容易破灭了。"知彼知己，百战百胜。乃下令军中，置火铳神机箭为三行，先后列着，更迭击射。复分军为三队，命冯诚居前，宁正居左，都指挥汤昭居右，鼓勇前进。敌复驱象出营，象皆披甲，两旁置槊，以备击刺。阵既交，群象突出，明军铳箭俱发，声震山谷。象返走，敌遂四溃。蛮目昔剌，独麾健卒来斗明军，势甚凶猛。沐英登高遥望，见左军少却，即取下佩刀，命左右取帅首来。左帅见一人握刀驰下，料知不佳，遂拚着性命，奋呼突阵，各军随上，无不以一当百，蛮众大败，斩首三千级，俘获万余人，得生象三十七头，敌渠各身受巨创，伏毙象背。有几个侥幸逃生的，都不知去向，思伦发亦单身遁走。沐英回军，休养数月，拟集众深入，思伦发得报大惧，遣使谢罪，并愿岁贡象马白金等物，乃仍令为宣慰使。麓川、平缅俱平。结束滇事。

话分两头，且说元嗣主爱猷识理达腊，于洪武十一年夏季谢世，子脱古思帖木儿嗣位，免不得又来侵边。大将军徐达，及副将军汤和等，奉命驰御，擒住元平章别里不花，元兵败退。既而徐达、李文忠先后病殁，太祖很是悲悼，追封达为中山王，文忠为岐阳王，立碑赐祭，备极荣哀。太祖尝语诸将道："受命即出，成功即归，不矜不伐，妇女无所爱，财帛无所取，中正无疵，光同日月，只有大将军徐达一人。达为功首，故备录太祖赞语。今不幸溘逝，丧一良弼了。"言下很是唏嘘。嗣是饬边固守，好几年不出塞。

至洪武二十年，元太尉纳哈出，拥众金山，屡侵辽东，乃命冯胜为大将军，傅友德、蓝玉为左右副将军，率师二十万北征。胜至通州，遣哨马出松亭关，探悉元兵多屯驻庆州，遂令蓝玉轻兵往袭。时适大雪，元兵未曾防备，不意明军突至，连逃走都是不及。元平章果来被杀，果来子不兰奚受擒，明军得胜回营，胜遂会集大军，齐出松亭关，进逼金山，并遣降将乃刺吾，往谕纳哈出，速即归降。纳哈出未免心动，令左丞刘探马赤等，至胜营献马。胜遣人送赴京师，一面驱军急进，径薄纳哈出营。纳哈出惊惶失措，由乃刺吾再与劝导，乃率数百骑诣蓝玉军前。玉大喜，设宴款待。纳哈出酌酒酬玉，玉解衣给纳哈出，令他穿着，然后饮酒。纳哈出不允，彼此争让许久。纳哈出竟取酒浇地，且操着蒙语，戒饬从骑。适郑国公常茂，系冯胜女夫，随胜出征，亦在座中。茂部下或解蒙语，密告常茂，说是纳哈出谋遁。茂即上前搏击，刺伤纳哈出右臂。常茂此举，殊太卤莽。纳哈出大愤，亏得都督耿忠，代为排解，引他见大将军。大将军冯胜，好言抚慰，并令耿忠与同寝食，纳哈出方才无语。胜以纳哈出既降，即将他所有妻孥将校，一律招集，相偕同归。临行时命都督濮英，率兵三千人断后。濮英迟行一程，突被溃卒邀击，马蹶被擒，英剖腹自尽。冯胜失了濮英，无从报命，不得已诿罪常茂，说他无端激变，把他械系入京。茂与胜名虽翁婿，事辄龃龉，抵关后，大为不服，亦讦奏胜罪状。翁婿相残，常茂固非，冯胜亦误。太祖密令侦查，有言胜私匿名马，强纳敌女，并使阉人至纳哈出妻前，行酒求珠宝。恐未尽实。于是太祖忿怒，将冯胜、常茂一并惩治，谪茂至龙州安置，收胜大将军印绶，勒令归第凤阳。再命蓝玉为大将军，唐胜宗、郭英为副，仍出军北征，进至庆州。

时元嗣主脱古思，屯捕鱼儿海，距庆州约数百里，玉谍知消息，从间道驰入，直抵百眼井，已近捕鱼儿海，四望寂寥，杳不见敌。玉勒马欲归，定远侯王弼道：“我等提十万众，深入沙漠，未见敌人，遽行班师，如何复命？”玉沉吟未决。弼请令军士穴地为炊，毋使敌望见烟火，至夜乃可发兵。玉依计而行。是晚大风扬沙，漫天昏黑，玉用弼为前锋，径趋捕鱼儿海。见元主果营海岸，呐喊而入，吓得元主心惊胆落，挈同家眷，骤马奔逃。元太尉蛮子，仓猝拒战，约略交锋，头已落地。弼率大军追赶，擒住元主次子地保奴，及故太子必里秃妃，并公主以下百余人，还有官属三千，男女七万，马牛驼羊十五万，一并籍录，驰报京师。太祖大悦，遣使劳军，谕中比玉为卫青、李靖，总算是纶音优渥了，及还师，晋封玉为凉国公。玉身长面赤，有大将才，屡次立功，渐膺宠眷，且娶常遇春妻弟，遇春女为太子标元妃，与太子为转弯亲戚，因此恃功挟势，浸成骄蹇。自地保奴及妃主入京，太祖赐与居第，月给廪饩，元妃颇有姿色，玉日夕过从，免不得有勾搭情事。都中人言啧啧，为太祖所闻，召玉切责。元妃因此怀惭，自经而死。死得不清白。太祖命将所赐蓝玉铁券，镌入玉罪，令他鉴戒。玉仍不改，多蓄庄奴假子，霸占东昌民田，种种不法，遂以速死。是时马后早崩，太子随逝，鲁王檀嗜药亡身，潭王梓谋变自焚，秦王樉召还被锢，周王橚弃国被迁，酿成太祖懊恨，迭兴党狱。韩国公李善长，尚且赐死，那跋扈专恣的蓝玉，还有甚么生望？小子有诗叹道：

功狗由来未易全，况兼骄恣挟兵权。
朱公泛棹留侯隐，毕竟聪明足免愆。

以上所叙各种情迹，俟小子逐段交代，看官欲知详细，请阅下回。

本回叙云南事，传梁王，亦传沐英也。梁王之忠，已见细评，若明得云南，全出沐英力，而云南人民，亦戴德不忘，终明世二百七十余年，沐氏子孙守云南，罕闻乱事，黔宁之功，固不在中山开平下也。蓝玉与沐英，同事疆场，为明立勋，不一而足。捕鱼儿海一役，谋虽出于王弼，而从善如流，不为无功。自是残元余孽，陵夷衰微，数十年无边患，谁谓玉不足道者？乃身邀宠眷，志满气溢，既不能急流勇退，复不能恭让自全，遂致兔死狗烹，引颈就戮。明虽负德，蓝亦辜恩。藉非然者，玉氏子孙，亦何至不沐氏若乎？前后相照，一则食报身后，一则族灭生前，后之君子，可以知所处矣。

第二十回

凤微德杳再丧储君　鸟尽弓藏迭兴党狱

却说马皇后翊赞内治，所有补阙匡过等事，屡见前文，恰是古今以来一位贤后，洪武十五年八月崩逝，不但太祖恸哭终身，不复立后，就使宫廷内外，也歌思不忘。小子读马后遗传，时常景仰，所以前文叙述，于马后有关系事，必援笔写人。还有数条轶闻，也须一一补出，作为后来的女范。*可谓有心人。*先是太祖起兵，战无虚日，后随军中，辄语太祖以不嗜杀人。至册后以后，俭约如故，身御浣濯，虽敝不即易，尝谓此系弋绨遗法。宫嫔敬服，拟为东汉时的明德马后。后生五子，周王橚最幼，放诞不羁，至就藩开封，后遣慈母江贵妃随往，给以常御敝衣一袭，及杖一支，语贵妃道：“王如有过，请披衣加杖，倘再倔强，驰驿报闻，毋得轻恕！”橚闻言悚惧，就藩后不敢为非。后崩，橚始少纵，弃国游凤阳。太祖愤怒，命徙至云南，寻因怀念后德，仍勒令归藩。*随笔说明周王橚事。*后遇岁灾，辄率宫人蔬食，太祖谓已发仓赈恤，不必怀忧，后谓赈恤不如预备，太祖甚以为然。平时又累问百姓安否？且云：“帝为天下父，自己为天下母，赤子不安，父母如何可安？”*名论不刊。*及太祖幸太学还，后问及生徒，知有数千人，便慨然道：“诸生皆有廪食，可以无饥，但他的妻子，从何取给？”太祖亦为动容。乃立红板仓储粮，岁给诸生家属，生徒颂德不置。

后虽贵，犹亲自主馈，早晚御膳，格外注视。妃嫔等劝她自重，后语妃嫔道："事夫须亲自馈食，从古到今，礼所宜然。且主上性厉，偶一失饪，何人敢当？不如我去当冲，还可禁受。"既而进羹微寒，太祖举碗掷后，后急忙躲闪，耳畔已被擦着，受了微伤，更泼了一身羹污。后热羹重进，从容易服，颜色自若。妃嫔才深信后言，并服后德。宫人或被幸得孕，后倍加体恤，妃嫔等或忤上意，后必设法调停。有言郭景祥子不孝，尝持槊犯景祥，太祖欲将他正法，后奏道："妾闻景祥止一子，独子易骄，但亦未必尽如人言，须查明属实，方可加刑。否则杀了一人，遽绝人后，转似有伤仁惠了。"的是仁人之言，不得视为妇人之仁。嗣太祖察知被诬，方叹道："若非后言，险些儿将郭家宗祀，把他斩断呢。"李文忠守严州时，杨宪上书诬劾。后谓宪言不宜轻信，文忠乃得免罪。春坊庶子李希贤，授诸王经训，用笔管击伤王额，太祖大怒，后劝解道："譬如使人制锦，只可任他剪裁，不应为子责师。"太祖乃罢。此外隐护功臣，事多失传，就在宫禁里面，也不能尽详。至病亟时，群臣请祷祀求良医，后语太祖道："生死有命，祷祀何益？世有良医，亦不能起死回生。倘服药不效，罪及医生，转增妾过。"明淑如此，我愿终身崇拜之。太祖叹息不已。继问后有无遗言。后呜咽道："妾与陛下起布衣，赖陛下神圣，得为国母，志愿已足，尚有何言？不过妾死以后，只愿陛下亲贤纳谏，慎终如始罢了。"亲贤纳谏四字，括尽古今君道。言讫而逝。寿五十一岁。宫人恸哭失声，即外廷百官，亦一律衔哀。宫中尝作追忆歌道：

> 我后圣慈，化行家邦，抚我育我，怀德难忘。怀德难忘，于万斯年，瞻彼下泉，悠悠苍天。

九月葬孝陵，临葬遇风雨雷电，太祖愀然不乐，召僧宗泐入，与语道："后将就窆，令汝宣偈。"泐随口说偈道：

> 雨落天垂泪，雷鸣地举哀。西方诸佛子，同送马如来。

宣偈毕，天忽开霁，乃启辀往葬，太祖甚是心慰，赐泐百金。后来尊谥马后为"孝慈皇后"。马后以下，位置要算孙贵妃。奈孙贵妃已早去世，乃令李淑妃摄六宫事。淑妃，寿州人，父名杰，洪武初曾任广武卫指挥，北征战死。太祖闻杰女慧美，遂纳为妃嫔，倍加宠遇。未几淑妃又殁，乃以郭宁妃充摄六宫。结述李郭二妃，回应第五回及第七回。终太祖身世，不复立后，总算是不忘伉俪的遗意。

太子标系马后长子，太祖与陈友谅交战时，马后尝负标从军，及标得立储，绘成负子图，藏怀中。会李善长等赐死，太子进谏道："皇父诛夷太滥，恐伤和气。"太祖默然。次日，以棘杖遗地，令太子拾起，持在手中。太子有难色，太祖笑道："朕令汝执杖，汝以为杖上有刺，怕伤汝手，若得棘刺除去，就可无虞。朕今所戮诸臣，便是为汝除刺，汝难道不明朕意么？"棘刺原属宜防，但有害过棘刺者，何不防之？太子顿首道："上有尧舜之君，下有尧舜之民。"言未毕，太祖面忽改色，突然离座，持榻欲投。太子起身急走，一面探怀中所绘图，弃掷地上。太祖拾视，顿时大恸，方免追责。

适鲁王檀好饵金石，毒发致死，太祖谥他为荒，隐寓恨意。潭王梓有心谋变，弄到夫妇俱焚，太子益不自安，日怀危惧。忮刻之私，危及骨肉，可见人主不宜好刻。原来潭王梓的来历，小子于十一回中，曾叙他母妃阇氏，系陈友谅妃子，遗腹生梓。梓年渐长，就封长沙。临行辞母，母问道："汝将何往？"

梓答称："至国。"母问："汝国何在？"答言："在长沙。"母又问："何人封汝？"答言："受父所封。"母又道："汝父何在，尚能封汝？"梓知有异，跪询母意。母乃流涕与语，详述前事，并言前日屈身事仇，实为汝一点骨血，汝今年长，毋忘前恨。梓饮泣受命而去。到了长沙，终日闷闷不乐，惟日与府僚设醴赋诗，聊作消遣。既而妻父于显，及妻弟琥，坐胡惟庸党被诛，遂潜谋作乱。太祖遣使召见，梓惧谋泄，因愤愤道："宁见阎王，不见贼王。"言已，纵火焚宫。与妃于氏并投火中，霎时间骨肉焦灼，同归于尽。其母阇氏，亦忧悔成疾，数日遂亡。与子妇同归冥途，恰也可喜，惟见陈友谅恐不能无愧耳。史传谓梓由达定妃所出，达定妃又不著姓氏，想因明代档案，讳莫如深，无从参考，所以含糊过去。

至若李善长赐死一案，仍是被胡惟庸牵连。善长弟存义，与惟庸结儿女亲，惟庸得罪，存义本须连坐，太祖因顾念勋戚，赦他死罪，贬置崇明。善长未尝入谢，遂致太祖怀恨。善长又营建大厦，向信国公汤和，假用卫卒三百名，汤和虽是应允，暗中恰封章入告。已而京中吏民，为党狱诛累，坐罪徙边，共约数百人，内有丁斌等系善长私亲，善长替他求免，益触主怒，竟命将丁斌逮问。斌本给事胡惟庸家，一经讯鞫，反将李存义当日，如何交通惟庸情事，和盘说出。丁斌不至如此没良，总由狱吏承旨诱供之故。刑官不好怠慢，复逮李存义父子严讯。存义父子，熬刑不住。又把通逆情由，诿与善长。恃彼为韩国公耶？那时一班朝臣，希承意旨，联章交劾善长，统说是大逆应诛。落阱下石，令人悲叹。太祖还欲议亲议功，格外宽宥，猫拖老鼠，装甚么假慈悲。偏偏太史又奏言星变，只说此次占象，应在大臣身上，须加罚殛，于是太祖遂下了严旨，赐善长自尽。可怜善长已七十七岁，活活的投缳毕命。所有家属七十余人，尽行被戮。只有一子李琪，曾尚临安公主，得蒙免死，流徙江浦。既说占象应在大臣，则善长一死足矣，何必戮及家属多至七十余人。外如吉安侯陆仲亨，延安侯唐胜宗，平凉侯费聚，南雄侯赵庸，江南侯陆聚，宜春侯黄彬，豫章侯胡美，即胡定瑞。荥阳侯郑遇春等，一并坐狱论死。总算杀得爽快。太祖且条列诸臣罪状，作《奸党录》，布告天下。

当时只有虞部郎中王国用，痛善长被诬，浼御史解缙起草，替他讼冤。拜本上去，好似石沉大海，毫无复音。国用还是运气，否则又将下狱矣。太子标仁恕性成，心中很过不下去，颇肖马后。至进谏被责，越觉怏怏。会太祖以关中险要，竟欲迁都，秦王樉恐失去封地，颇有怨言。太祖又召还拘禁，命太子亲往关中，卜都相宅，并调查秦王过失。太子还都，代陈秦王无罪，涕泣请免。太祖尚未深信，太子遂忧悒成疾，于洪武二十五年夏月，瞑目归天。丧葬礼毕，谥为懿文太子。前回结末数语，至此方一律叙清。

是时太祖已迭纳数妃，连生十数子，椿为蜀王，皇十一子。柏为湘王，皇十二子。桂为代王，皇十三子。楧为肃王，皇十四子。植为辽王，皇十五子。栴为庆王，皇十六子。权为宁王，皇十七子。楩为岷王，皇十八子。橞为谷王，皇十九子。松为韩王，皇二十子。模为潘王，皇二十一子。楹为安王，皇二十二子。桱为唐王，皇二十三子。栋为郢王，皇二十四子。㰘为伊王，皇二十五子。连从前所封九王，共得二十四子。这二十四子中，惟燕王棣最为沉鸷，太祖谓棣酷肖自己，特别钟爱。至太子薨逝，意欲立棣为储君，只因太子已生五子，嫡长早殇。次子叫作允炆，即建文帝。年亦渐长，倘或舍孙立子，未免于礼未合，乃亲御东角门，召群臣会议。太祖先下谕道："国家不幸，太子竟亡。古称国有长君，方足福民，朕意欲立燕王，卿等以为何如？"学士刘三吾抗奏道："皇孙年富，且系嫡出，孙承嫡统，是古今的通礼。若立燕王，将置秦王、晋王于何地？弟不可先兄，臣意谓不如立皇孙。"援经立议，不得以靖难兵变，咎及三吾。太祖闻言，为之泪下，乃决立允炆为皇太孙。

先是太子在日，凉国公蓝玉与太子有闻接戚谊，尝相往来。接入前回蓝玉事，以使承上起下。自北征还军，语太子道："臣观燕王在国，举动行止，与皇帝无异。又闻望气者言，燕有天子气，愿殿下先事预防，审慎一二！"太子道："燕王事我甚恭，决无是事。"蓝玉道："臣蒙殿下优待，所以密陈利害，但愿臣言不验，不愿臣言幸中。"太子默然。及蓝玉趋退后，未免有人闻知，传报燕王，燕王衔恨不已。及太子薨逝，燕王入朝，即奏称"在朝公侯，纵恣不法，将来恐尾大不掉，应妥为处置"云云。这句话，虽是冠冕堂皇，暗地里却指着蓝玉，请太祖按罪严惩。蓝玉桀骜如故，一些儿不加检点，寻又出捕西番逃寇祁者孙，并擒建昌卫叛帅月鲁帖木儿，威焰愈盛，意图升爵。哪知太祖反冷眼相待，并不升赏。至皇太孙册立，乃命他兼太子太傅，别召冯胜、傅友德归朝，令兼太子太师。玉攘袂大言道："难道我不配做太师么？"嗣是怏怏不乐。遇有入朝侍宴，所有言动，一味骄蹇，太祖越加疑忌。从此玉有奏白，无一见从。玉尝私语僚友，指斥乘舆道："他已疑我了。"既知见疑，何不速退。此语一传，便有锦衣卫蒋瓛，密告蓝玉谋逆，与鹤庆侯张翼，普定侯陈垣，景川侯曹震，舳舻侯朱寿，东莞伯何荣，及吏都尚书詹徽，户部侍郎傅友文等，设计起事，将伺皇上出耕藉田，乘机劫驾等情。太祖得了此信，立命锦衣卫发兵掩捕，自蓝玉以下，没一个不拿到殿前，先由太祖亲讯，继由刑部锻炼成狱，无论是真是假，一古脑儿当作实事，遂将他一并正法，并把罪犯族属，尽行杀死。甚至捕风捉影，凡与蓝玉偶通讯问的朝臣，也难免刀头上的痛苦，因此列侯通籍，坐党夷灭，共万五千人，所有元功宿将，几乎一网打尽。比汉高待功臣，还要加惨。太祖意尚未足，过了年余，颍国公傅友德，奏请给怀远田千亩，非但不准，反将他赐死。定远侯王弼，居家叹道："皇上春秋日高，喜怒不测，我辈恐无噍类了。"为这一语，又奉诏赐死。宋国公冯胜，在府第外筑稻场，埋甓地下，架板为廊，加以碌碡，取有鞺鞳声，走马为乐。有怨家入告太祖，讦胜家居不法，稻场下密藏兵器，意图谋变云云。太祖遂召胜入，赐酒食慰谕道："卿可安心！悠悠众口，朕何至无端轻信？"言下，甚是欢颜。胜以为无虞，尽量宴饮，谁知饮毕还第，即于是夜暴病，害得七孔流血，数刻即亡。可痛可恨！

总计开国功臣，只有徐达、常遇春、李文忠、汤和、邓愈、沐英六人，保全身名，死皆封王。但徐、常、李、邓四公，都死在胡蓝党狱以前，沐英留镇云南，在外无事，得以考终。汤和自死最迟，他是绝顶聪明，见太祖疑忌功臣，便告老还乡，绝口不谈国事，所以享年七十，寿考终身。叙明六王生卒，是用笔绵密处。这也不必细表。

且说太祖既迭诛功臣，所有守边事宜，改令皇子专任。燕王棣最称英武，凡朔漠一带，统归镇守，他遂招兵养马，屡出巡边。洪武二十三年，率师出古北口，收降元太尉乃儿不花。二十九年，复出师至撒撒儿山，擒斩元将孛林帖木儿等数十人，太祖闻报大喜，尝谓肃清沙漠，须赖燕王。至三十一年，秦王樉、晋王棡俱薨，乃命燕王棣总率诸王，得专征伐。其时太祖已经老病，尚传谕燕王道：

> 朕观成周之时，天下治矣。周公告成王曰："诘尔戎兵，安不忘危之道也。"朕之诸子，汝独才智，秦、晋已薨，汝实为长。攘外安内，非汝而谁？尔其总率诸王，相机度势，用防边患，莫安黎庶，以答上天之心，以副吾付托之意！其敬慎之，毋怠！

自是燕王权力愈盛，兵马益强，又兼燕京为故元遗都，得此根据，越觉雄心勃勃了。统为下文伏线。洪武三十一年闰五月，太祖崩，年七十有一，遗诏命太孙允炆嗣位。且言诸王镇守国中，不必来京。允炆依着遗诏，登了御座，一面奉着梓宫，往葬孝陵，追谥为高皇帝，庙号太祖，以明年为建文元年。允炆后遭国难，没有庙谥，明代沿称为建文帝。清乾隆元年，始追谥为恭闵惠皇帝。小子编述至此，也援明朝故例，称他做建文帝便了。本回就此结束，只有一诗咏明太祖道：

濠梁崛起见真人，神武天生自绝伦。
独有晚年偏好杀，保邦从此少能臣。

欲知建文帝即位后事，且至下回续叙。

是回叙事，看似拉杂写来，头绪纷繁，实则一线到底。太祖性本雄猜，赖有马后之贤，从容补救，故洪武十五年以前，虽有胡惟庸一狱，而李善长、宋濂、陆仲亨、费聚等，尚得保全，党祸固未剧也，至马后崩而杀机迫矣。父子尚怀猜忌，遑问功臣？善长赐死，株连多人，甚至秦、周诸王，亦拟加罪。懿文太子，虽不能保全元功，犹能保全骨肉，不可谓非仁且恕者。然卒以是忧郁成疾，至不永年，是太子之薨，亦未始非太祖促之也。太子殁而蓝狱即兴，连坐至万余人，元功宿将，相继俱尽，何其残忍至此？燕王之酷肖乃父，亦无非天性忮刻，相感而孚耳。故是回总旨，在叙太祖之好猜，隐为燕王靖难张本，自翦羽翼，反害子孙，忮求果奚为乎？

第二十一回

削藩封诸王得罪　戕使臣靖难兴师

却说建文帝嗣位，诏令各地藩王，毋须来京，于是诸王皆遣使朝贺，不复入觐。独燕王棣星夜南下，将至淮安，被兵部尚书齐泰闻知，禀白帝前，遣使出阻，促令还国，燕王怏怏北还。自是启嫌。先是太祖在日，因建文帝头颅少偏，性又过柔，恐不能担负重器，时以为忧。一日，令他咏月，收束两句："虽然隐落江湖里，也有清光照九州。"隐伏诗谶。太祖见了，颇为不悦。后复令他属对，出语云："风吹马尾千条线。"建文帝答道："雨打羊毛一片膻。"太祖闻言，面色顿变。是时燕王在侧，独上前奏对，乃是"日照龙鳞万点金"七字，太祖不禁叫绝道："好对语！"恰是冠冕堂皇。自是太祖愈爱燕王，不欲立建文为储。偏学士刘三吾，请立太孙，乃勉徇所请。俗语说得好，棋无一著错，为这一著，遂酿成骨月相戕的祸祟，以致兵戈迭起，杀运侵寻。回应首回第一弊，且隐为下文作引。

建文帝本是个仁柔寡断的人物，但他对各地藩王，恰也有些疑忌。即位以后，亲信的侍臣，第一个便是齐泰，第二个乃是侍读黄子澄。齐、黄二人，实为首祸，故特笔提出。一夕，忽召子澄入内，与语道："先生可记得东角门谈话么？"子澄应声道："臣不敢忘。"建文帝遂令子澄为太常侍卿，参领国事。原来建文帝为太孙时，尝坐东角门，语子澄道："诸叔各就藩封，拥兵自固，设有变端，如何对付？"子澄答称无妨，且举汉平七国的故例，作为证据，建文帝方才欢慰。建文不及景帝，子澄宁欲作晁错耶？至此回忆前言，乃复与子澄语及，无非是令他辅翼，监制外藩的意思。既而户部侍郎卓敬，密书上奏，略称："燕王智虑过人，酷类先帝，现在镇抚北平，地势形胜，士马精强，万一有变，不易控制，应徙封南昌为是。"建文帝览毕，于次日召敬入殿，语敬道："燕王骨月至亲，应无他变。"敬叩首道："陛下岂不闻隋文杨广的故事么？父子至亲，尚具逆谋。"不导建文以亲亲之谊，反促其疑忌诸王，未免悖谬。建文帝不待说毕，便道："卿且休言！容朕细思。"这语传出外廷，顿时流言四起，都说新主有意削藩。那时燕王先侦知消息，上书称疾。他如周、齐、湘、代、岷诸王，多不自安，互相勾结。周王橚次子有爌，曾封汝南王，竟密告橚不法事，以子证父不得为直。辞连燕、齐、湘三王。建文帝忙召齐泰、黄子澄，入内密议。齐泰道："诸王中惟燕最强，除了燕王，余人可不讨而服。"黄子澄插口道："齐尚书说错了，欲要图燕，先须翦他手足。周王系燕王母弟，今既密谋不轨，何妨将他拿来，先行处罪。一足除周，二足惩燕。"建文帝道："周、燕相连，岂肯就捕？"子澄道："陛下不必过忧，臣自有计。"建文帝大喜道："朕得先生，可无他忧了。凡事当尽委先生。"太过信了。子澄顿首谢命，偕齐泰出来，当下召曹国公李景隆，即李文忠子。授他密计，令即前往。景隆依计而行，出都时，率兵千人，扬言奉命防边，道出汴梁，周王橚闻着此信，毫不防备，那知景隆到了开封，竟率兵袭入王宫，把周王橚及妃嫔人等，统行拿下，押解至京。建文帝见了周王，恰又怜悯起来，意欲放他回国。是谓妇人之仁。泰与子澄坚持不可，乃废橚为庶人，流窜蒙化。橚子皆别徙。未几又召橚还京，锢禁狱中。

越月余，天象告警，荧惑守心。四川岳池教授程济，夙通术数，上书言星应兵象，并在北方，来年必有战祸。这书到京，建文帝未免动疑，只面子上恰不便相信，只说是程济妄言，饬四川长官拿解进京。济入都，由帝亲讯，济大呼道："陛下囚臣，明岁无兵，杀臣未迟。"乃将济下狱。都督府断事高巍，痛心时政，独剀切上书道：

> 昔我高皇帝上法三代之公，下洗嬴秦之陋，封建诸王，凡以护中国，屏四裔，为圣子神孙计，至远也。然地大兵强，易致生乱。诸王又多骄逸不法，违犯朝制，不削则废法，削之则伤恩。贾谊曰："欲天下之治安，莫若众建诸侯而少其力。力少则易使以义，国小则无邪心。"今盍师其意，勿施晁错削夺之谋，而效主父偃推恩之策，令西北之子弟诸王，分封于东南，东南诸王子弟，分封于西北，小其地，大其城，以分其力，如此则藩王之权，不削而自削矣。臣又愿陛下益隆亲亲之礼，岁时伏腊，使问不绝，贤如河间东平者，下诏褒赏；不法如淮南、济北者，始犯则容，再犯则赦，三犯而不改，则告庙削地而废处之，宁有不顺服者哉？谨奏！

疏入不报。齐泰、黄子澄等，承建文帝密旨，日思削燕，只因燕王棣地广兵强，一时不便下手。燕王虽在北平，所有京中消息，无不闻知，一面佯称疾笃，一面谋诸僧人道衍。这道衍系是何人？他本姚姓，名广孝，籍隶苏州，出家为僧，法名道衍，自称得异人传授，预知休咎。从前太祖封藩，多择名僧为诸王师傅，此举实令人不解。道衍得派入燕邸，一见燕王，便说他当为天子。燕王大悦，待若上宾，所有谋议，均与道衍熟商。道衍又荐引两人，一个姓袁名珙，善相术；一个姓金名忠，善卜易。珙入见燕王时，即趋前拜贺。燕王惊问何意？珙对道："殿下龙行虎步，日角插天，怕不是个太平天子么？"燕王道："近日廷臣屡议削藩，区区北平，尚恐难保，还有甚么奢望？"珙对道："殿下已年近四十了，一过四十，须必过脐，便登大宝。若有虚言，愿挖双目。"燕王益喜，复令金忠卜筮，得爻大吉。因此有意发难，与三人朝夕聚谋。

道衍首倡练兵，为整备计，但恐有人泄漏消息，暗地里穴通后苑，筑室地下，围绕重墙，密砌瓴甓瓦缶。室内督造兵械，室外养了无数鹅鸭，令他鸨鸡齐鸣，扰乱声浪。这种行动，除燕王左右外，没人与闻，还道是神不知，鬼不觉。可奈天下事，若要不知，除非莫为。这燕邸日夕储兵，免不得有人发泄，一传十，十传百，闹得南京城内，也统说燕王不臣，指日图变。齐泰、黄子澄两人，本是留心燕事，得有音闻，便去报知建文帝。建文帝忙问良策。黄子澄谓先发制人，不如讨燕。齐泰独以为未可，只请遣将戍开平，调燕藩护卫兵出塞，密翦羽党，然后观衅讨罪。两人计议，先后矛盾，已是不能成事。建文帝从齐泰言，命工部侍郎张昺为北平布政使，都指挥谢贵、张信，掌北平都司事。一面令都督宋忠，出屯开平，调燕邸卫兵，隶忠麾下，但称是防御北寇。掩耳盗铃。并遣都督耿瓛，练兵山海关，徐凯练兵临清，严行戒备。又飞召燕番骑指挥关童等，驰还京师。布置已定，乃命修太祖实录，追尊懿文太子为孝康帝，庙号兴宗，母吕氏为皇太后，册妃马氏为皇后，子文奎为皇太子，封弟允熥为吴王，允熞为衡王，允熙为徐王，免不得有一番忙碌。又用侍讲方孝孺议，更定官制，内外官品勋阶，悉仿周礼更定，且条订礼制，颁行天下。方氏虽一代正人，然未免迂腐，看他下手，便是急其所缓。

正在整修内政的时候，忽报湘王柏、齐王榑、代王桂等，统蓄异图。当由建文帝分道遣使，发兵收印。柏自焚宫室，弯弓跃马，投火身亡。榑逮锢京师，桂幽禁大同，均废为庶人。

一波才平，一波又起，西平侯沐晟，又奏称岷王楩行事不法，得旨照齐、代例，亦削职为民，流徙漳州。连削诸藩，无怪燕王速反。随饬刑部侍郎暴昭，户部侍郎夏原吉，充采访使，分巡天下。暴昭到了北平，侦悉燕王阴谋，飞使告密，请即预防。建文帝方在踌躇，忽报燕世子高炽、高煦、高燧，因太祖小祥，来京与祭，当饬令传入，与帝相见。彼此问答，除高煦有矜色外，两世子执礼甚恭，建文帝稍觉心安。至小祥祭毕，齐泰拟留住三人，作为质信，因此一时未行。燕王正防这一着，急遣人驰奏，只说病危且死，速遣三子北归。明明是假。建文帝复召齐、黄二人，示以奏牍。齐泰仍主持原议，不欲遣回。黄子澄独启奏道："不若遣归，令他勿疑。"乃传旨令三子归国。旨方下，忽有魏国公徐辉祖入见。辉祖系徐达子，达女为燕王妃，燕王三世子，皆达女所出，与辉祖有甥舅谊。至是辉祖入奏道："臣三甥中，惟高煦勇悍无赖，非但不忠，且将叛父，他日必为后患，不如留住京中，免得胡行。"建文帝默然不答。建文之病，便在于此。辉祖退出，帝复召问辉祖弟增寿，及驸马王宁，都祖护高煦，保他无事。且云王言不宜反汗，乃悉听北去。高煦临行，潜入辉祖厩中，盗了一匹名马，加鞭疾驰。至辉祖察觉，遣人往追，已是不及。

煦渡江而北，沿途乱杀吏民，至涿州，又杀驿丞，返见燕王。燕王也不及细问，惟满脸堆着笑容，并语三子道："我父子重得相聚，真是天助我了。"过了数日，忽有朝旨下来，严责高煦擅杀罪状，燕王置诸不问。又越数日，燕官校于谅、周铎等，被张昺、谢贵赚去，执送南京，燕王忙遣人探问，已而返报，两人都被戮京师，害得燕王懊丧异常，嗟叹不已。未几又奉旨切责，燕王遂佯狂披发，走呼街头，夺取市人酒食，语言颠倒，有时奄卧沟渠，竟日不起。亏他装作。张昺、谢贵，闻王病状，入邸问视。时方盛夏，红日炎炎，燕邸内独设着一炉，炽炭甚烈，燕王身披羔裘，兀坐炉旁，还是瑟瑟乱抖，连呼天冷。张、谢二人，与他谈话，他却东撷西扯，满口荒唐。孙膑假疯，不是过也。张、谢信为真疾，辞别后，暗报朝廷。独燕长史葛诚，与张、谢莫逆，密语张、谢道：“燕王诈疾，公等慎勿为欺。”张、谢尚似信非信。嗣燕王使百户邓庸，诣阙奏事，齐泰将邓庸拿住，请帝亲讯，具言燕王谋逆状。乃发符遣使，往逮燕府官属，并密令谢贵、张昺，设法图燕，使约长史葛诚及指挥卢振为内应。又以北平都指挥张信，旧为燕王信任，命他掩执燕王。

　　信受命不知所措，入内白母。母大惊道：“不可不可。吾闻燕王当有天下，王者不死，岂汝一人所能擒他么？”张信之母，岂亦知术数诸相卜耶？言未毕，京中密旨又到，催信赶紧行事。信艴然道：“为甚么性急至此？”乃往燕邸请见。燕王托疾固辞，三造三却。信却想了一计，易了微服，乘着妇人车，径入燕府，说有要事密禀。燕王乃召入，信见燕王卧着，拜倒床下。燕王仍戟指张口，作疯癫状。信顿首道：“殿下不必如此，有事尽可告臣。”燕王尚瞪目道：“你说甚么？”信又道：“臣有心归服殿下，殿下恰故意瞒臣，令臣不解。实告殿下，朝旨令臣擒王，王果有疾，臣当执王解京，否则应早为计，无庸深讳。”张信未免负主。言至此，猛见燕王起床下拜道：“恩张，恩张！生我一家，全仗足下。”信答拜不迭，彼此扶掖而起。信遂将京中密旨，和盘说出。燕王立召僧道衍等，入内密议。适天大风雨，檐瓦飞堕，燕王有不悦色。道衍进言道：“这是上天示瑞，殿下何故不怿？”燕王谩骂道：“秃奴纯是瞎说，疾风暴雨，还说是祥瑞么？”道衍笑道：“飞龙在天，哪得不有风雨？檐瓦交堕，就是将易黄屋的预兆，为什么说是不祥？”燕王乃转忧为喜，徐问道衍，如何措置？道衍道：“殿下左右，惟张玉、朱能两人，最为可恃，请速召入，令他募集壮士，守卫府中，再图良策未迟。"燕王称善，遂命张玉、朱能，依计行事。寻又与道衍等商定良策，方才散会。

越数日，朝使至北平，来逮燕府官属，张昺、谢贵等，遂亲督卫士，围住燕府，迫令将官属交出。朱能入报，燕王道："外兵甚众，我兵甚寡，奈何？"又是假话。朱能道："擒杀张昺、谢贵，余何能为？"燕王方道："教你募集壮士，共得若干人？"朱能道："已有八百人到此。"燕王道："已够用了。你与张玉分率四百人，潜伏两庑，待我诱入贵、昺，掷瓜为号，你等一齐杀出，便可除此二奸。"朱能领命而去。

燕王遂称疾愈，亲御东殿，受官僚谒贺。退殿后，即遣使往语贵、昺道："朝廷遣使来收官属，可悉依所坐姓名，一一收逮，请两公速来带去！"贵、昺闻言，尚迟疑未至。燕王复遣中官往催，只说所逮官属，已经缚住，请即收验，迟恐有误。贵、昺乃带着卫士，径诣府门，司阍阻住卫士，但令贵、昺入内。贵、昺不便回身，只好令卫士在门外候着，自随中官径入。既到殿上，见燕王曳杖出来，笑脸相迎。两人谒见毕，便由燕王赐宴，酒过数巡，忽出瓜数盘，置于席上。燕王语两人道："适有新瓜进献，愿与卿等共尝时味。"贵、昺称谢。燕王自进片瓜，忽怒詈道："今编户齐民，对着兄弟宗族，尚相购恤，乃身为天子亲属，性命偏危在旦夕，天下何事可为，亦何事不可为。"越是帝王家，越不能顾恤宗族，燕王乃犹未知耶？言毕，掷瓜于地。瓜方坠下，蓦见两庑杀出伏兵，鼓噪而入，捽住贵、昺，并葛诚、卢振下殿。燕王掷杖起立道："我生什么病！我为奸臣所迫，以致于此。今已擒获奸臣，不杀何待！"遂命将贵、昺等四人，一律枭首。贵、昺被杀，门外关着的卫兵，尽行散逸。连围城将士也闻报溃散。

北平都指挥彭二闻变，急跨马入市，集兵千余人，欲入端礼门。燕王遣壮士庞来兴、丁胜等，麾众出斗，格杀数人，便即逃散。彭二见不可支，亦仓皇遁去。燕王遂收逮葛诚、卢振家族，尽行处斩。一面下令安民，城中大定。都督宋忠，得着此耗，自开平率兵三万，至居庸关，因胆怯不敢进攻，退保怀来。于是燕王誓师抗命，削去建文年号，仍称洪武三十二年，自署官属，以张玉、朱能、邱福为都指挥佥事，擢李友直为布政司参议，拜金忠为燕纪善，秣马厉兵，扬旗击鼓，居然造起反来。他恰自称为靖难军，小子有诗咏道：

　　北平兴甲似无名，发难偏称靖难兵。
　　如此强藩真跋扈，晋阳书叛岂从轻？

毕竟燕王能否成功，且看下回分解。

　　封建制度，莫盛于周，而东周之弱，实自此致之。厥后汉七国，晋八王，唐藩镇，元海都笃哇诸汗，皆尾大不掉，酿成祸乱。明祖不察，复循是辙，未几而即有靖难之师。论者谓建文嗣祚，道贵睦亲，乃听齐泰、黄子澄之言，削夺诸藩，激成燕王之变，是其咎应属建文。说固似矣，但大都稠国，终为后患。削亦反，不削亦反，误在案验未明，屡兴大狱。周、齐、湘、代、岷诸王，连日芟除，豆煎釜泣，兔死狐悲，宁有智虑过人之燕王，甘心就废，束手归罪耶？且所倚以谋燕者，惟责之张昺、谢贵、张信诸人，信既反复不忠，贵、昺又未能定变，为燕所缚，如豚犬然。内乏庙谟，外无良弼，坐使靖难军起，一发难收，是不能不为建文咎也。本回所叙，即为建文启衅之源，福为祸倚，由来渐矣。

第二十二回

耿炳文败绩滹沱河　燕王棣诈入大宁府

却说燕王棣誓师抗命，下谕将士，大旨以入清君侧为名，招降参政郭资，副使墨麟，佥事吕震，及同知李浚、陈恭等，一面遣使驰驿，赍奏朝廷。其辞云：

　　皇考太祖高皇帝，艰难百战，定天下，成帝业，传至万世，封建诸子，巩固宗社，为磐石计。奸臣齐泰、黄子澄，包藏祸心，橚、榑、柏、桂、楩五弟，不数年间，并见削夺，柏尤可悯，阖室自焚。圣仁在上，胡宁忍此？盖非陛下之心，实奸臣所为也。心尚未足，又以加臣。臣守藩于燕，二十余年，寅畏小心，奉法循分。诚以君臣大义，骨肉至亲，恒思加慎，为诸王先。言重言重，恐怕未必。而奸臣跋扈，加祸无辜，执臣奏事人，箠楚交下，备极苦毒，迫言臣谋不轨，遂分派宋忠、谢贵、张昺等于北平城内外，甲马驰突于街衢，钲鼓喧阗于远迩，围守城府，视臣如寇仇，迫护卫人执贵、昺，始知奸臣欺诈之谋。窃念臣于孝康皇帝，同父母兄弟也，今事陛下如事天也，譬伐大树，先翦附枝，亲藩既灭，朝廷孤立，奸臣得志，社稷危矣。臣伏睹祖训有云："朝无正臣，内有奸恶，则亲王训兵待命，天子密诏诸王统领镇兵讨平之。"臣谨俯伏俟命。

书入，建文帝尚迟疑未决，总是因循致误。那燕王已出师通州，降指挥房胜，进陷蓟州，擒杀都督指挥马宣，乘夜趋遵化。指挥蒋云、郑亨等，又皆开城迎降，复遣锐卒击夺居庸关。守将余瑱，败走怀来。时都督宋忠，正在怀来驻扎，闻居庸关失守，忙率兵来援，并下令军中道："尔等家属，统在北平，现闻被燕兵屠戮，积尸盈途，快随我前行，报仇泄恨。"激怒之计，未始不善，但惜系诈言耳。军士闻了此言，个个怒目切齿，摩拳奋掌，争向居庸关杀去。一到关前，遥见燕军前队的旗帜，统系熟识，旗下列着士卒，不是父兄，就是子弟，彼此慰问，都称无恙。当下恼动军心，大呼宋都督欺我，一声哗噪，相率倒戈。宋忠列阵未定，不防这前军哗变，自相残杀，正在脚忙手乱，那燕军复乘势杀来，眼见得人仰马翻，不可收拾，当下全军大溃。都指挥孙泰，本是一员骁将，也被流矢所中，战死阵中。宋忠逃奔入城，门不及闭，被燕军一拥而入，四处搜杀，至厕间觅获宋忠，并擒住余瑱，一律杀死。诸将校先后受缚，共一百余人，统因主将已亡，情愿捐生，或自刎，或被杀，怀来遂陷。山后诸州皆震动。开平、龙门、上谷、云中诸守将，望风降附。谷王橞镇守宣府，也因地近怀来，恐遭兵祸，竟弃了国土，逃奔南京去了。

京中迭闻警耗，建文帝乃祭告太庙，削棣属籍，废为庶人，诏示天下，特命宿将耿炳文，为征虏大将军，驸马都尉李坚，都尉宁忠为副，率师讨燕。子澄又请命安陆侯吴杰，江阴侯吴高，都督都指挥盛庸、潘忠、杨松、顾成、徐凯、李文、陈晖、平安等，分道并进。且从狱中放出程济，擢为翰林院编修，充作军师，护诸将北行。一面传檄山东、河南、山西三省，合给军饷。临行时，建文帝谕令将士道："昔萧绎举兵入京，常号令军中，谓一门以内，自逞兵威，实属不祥。今尔等将士，与燕王对垒，亦须善体此意，毋使朕有杀叔父名。"湘东故事，何足取法。况湘东因此失国，建文宁未之闻乎？耿炳文等领命出师，共计三十万人，陆续至真定，当命徐凯率兵驻河间，潘忠率兵驻莫州，杨松率先锋九千人驻雄县，约忠为应。

燕王使张玉往探虚实，玉返报道："炳文年老，潘、杨有勇无谋，行军安营，统乏纪律，看来俱不足为。惟我军欲南下，宜先取潘、杨，方可通道。"宿将凋零久矣，只一炳文亦老羸不胜任，谁为为之？以至于此。燕王称善，即命移军涿州，进屯桑娄。时值中秋，天高月朗，燕军统渡过白沟河，直薄雄县城下。杨松毫不防备，乘着中秋佳节，大家宰牛饮酒，醉饱酣眠，不料时至夜半，燕军缘城而上，大刀阔斧，砍入城中，等到杨松惊起，慌忙迎敌，已是不及措手，霎时间九千兵士，悉数战殁，杨松亦死于乱军之中。一班酒鬼，尽入冥途。燕王既得雄县，便谕诸将道："潘忠近在莫州，未知城破，必引众来援，我便好生擒他了。"妙算在胸。当下命千户谭渊，领兵千余，渡月漾桥，埋伏水中，俟潘忠兵过，据住桥梁，断他归路。谭渊受计去讫。燕王即麾兵出城，列阵待着。果然潘忠引兵前来，越过月漾桥，直趋雄县。将到城下，望见前面统是燕军，不禁心慌，一经交绥，燕军如生龙活虎，锐不可当，潘忠料不可支，只好且战且行。回至桥边，忽由水中跳出一人，大喝道："谭渊在此！何不受缚？"潘忠尚未看清，已被谭渊手起枪落，刺倒马下。谭渊手下诸兵士，抢步出水，把潘忠擒去。潘军腹背受敌，纷纷投水溺死。潘、杨了了。

燕王遂趋入莫州，休息三日，复会议进兵所向。张玉道："何不径趋真定？彼众新集，我军乘胜进攻，一鼓可下。"燕王依言，即向真定进发。途次获得耿部下张保，由燕王好言抚慰，保自称愿降。燕王遂问耿军情形。保答道："耿军共三十万人，先到的有十三万，分营滹沱河南北岸。"燕王道："你既诚心归降，我纵你归去，只说是兵败被执，窃马逃归，所有雄、莫战状，及我兵直趋真定，统可直告炳文便了。"张保唯唯而去。诸将上前禀道："大王直趋真定，本欲掩他不备，奈何遣保返告？"我亦欲问。燕王笑道："诸将有所不知。前未知耿军虚实，因欲袭他不备，今知他半营河南，半营河北，南北互援，不易取胜，何若令他知我行踪，使他并南归北，才可一举尽歼。且使闻雄、莫败状，挫损锐气，这是兵法上所谓先声后实呢。"诸将方齐称妙计。燕王即带着数骑，径趋真定东门，擒住耿军二人，讯问耿军情状，果将南兵尽移北岸，随即遣张玉、谭渊、马云、朱能等，绕出城西南，连破耿军二营。炳文出城迎战，张玉等率军奋击，两下里喊杀连天，争个你死我活。不防燕王复亲率铁骑，沿城夹攻，横贯南阵，耿军大乱。炳文支持不住，慌忙逃回。朱能率敢死士后追，至滹沱河，炳文众尚数万，复列阵向能。能奋勇大呼，冲入炳文阵中，炳文军士，已经重创，无心恋战，相率披靡。一时践踏死的，不计其数。弃甲投降的，又有三千余人。副将李坚、宁忠，都督顾成，都指挥刘燧等，统被擒去。炳文逃入真定，闭门固守。燕军攻城，三日不能下，引还北平去了。

　　建文帝闻炳文战败，很是懊恼，便召问齐泰、黄子澄道："炳文老将，尚且摧锋，为之奈何？"子澄道："胜败兵家常事，不足深虑，臣思曹国公李景隆，材堪大用，不如命代炳文。"齐泰道："景隆能文不能武，断不可用。"建文不听，即拜景隆为大将军，赐通天犀带，亲饯江浒，行推毂礼。景隆赴军，耿炳文卸任自归，监察御史韩郁，以出师无功，独愤然上疏道：

　　　　臣闻人主亲其亲，然后不独亲其亲。今诸王亲则太祖之遗体也，贵则孝康帝之手足也，尊则陛下之叔父也，乃竖儒偏见，病藩封太重，疑虑太深，于是周王既废，湘王自焚，齐、代相继被摧，为计者必曰兵不加则祸必稔，实则朝廷激之变也。今燕举兵两月矣，前后调兵不下五十万，而一矢无获，将不效谋，士不效力，徒使中原赤子，困于转输，民不聊生，日甚一日，臣恐陛下之忧方深也。谚曰，"亲者隔之不断，疏者属之不坚"，此言深有至理。伏愿陛下鉴察，兴灭继绝，释齐、代之囚，封湘王之墓，还周王于京师，迎楚、蜀为周公，俾各命世子持书，劝燕罢兵守藩，慰宗庙之灵，笃亲亲之谊，不胜幸甚。是亦迂腐之谈。

建文帝得了此奏，置诸高阁。只催命景隆进兵。景隆至德州，收集炳文将卒，并调诸路兵五十万，进营河间。燕王闻报，喜谕诸将道："从前汉高祖用兵如神，还只能将兵十万，景隆竖子，有甚么才能，乃给他五十万众？这正是自取败亡呢。"言未已，有探马报说："明将吴高、耿瓛、杨文等，进军永平。"燕王投袂遽起，即欲麾军往援，诸将入请道："大王出援永平，倘景隆乘虚来袭，如何是好？"燕王道："景隆不足畏，我出援永平，正欲诱他前来，先破吴高，后破景隆，统在此举。"当下令世子高炽居守，并戒他坚守勿战，自率军径诣永平。吴高本来胆小，忽闻燕军大至，竟弃了辎重，退保山海关，燕军从后追去，斩首数千级。景隆闻燕王出援永平，果引兵薄北平城下，筑垒九门，燕世子高炽，督城固守，连妇女也令登陴，乱掷瓦砾。景隆军令不严，竟尔骤退。瓦砾犹能退军，况矢石乎？景隆竖子，固不足畏。高炽又夜遣勇士，缒城劫营，营中自相惊扰，竟退到十里以外，方敢驻足。独有都督瞿能，愤怒交迫，自率二子及精骑千余，直攻张掖门，势且登城，偏景隆因他擅出，满怀猜忌，勒令缓攻。既不知兵，又怀私意，不败何待？守兵连夜用水沃城，翌晨结水成冰，很是光滑，不能再登。两军相持不下，这时候，燕王已移师东北，潜袭大宁。

原来大宁属宁王权镇守，东控辽左，西接宣府，所属朵颜三卫骑兵，都骁勇善战。燕军发难，明廷恐宁王与合，召还京师，宁王抗不受命，坐削护卫。燕王乘隙贻书，并潜师随后。诸将以大宁无患，北平垂危，请燕王熟权缓急，还救北平。燕王道："今从刘家口径趋大宁，数日可达，闻大宁城内，只有老弱居守，所有将士，均派往松亭关，我能袭取大宁，抚绥将士家属，松亭关自不战而降。若北平深沟高垒，纵有雄师百万，一时也难攻取，待我取了大宁，还援北平，尚是未迟。"陆续叙来，统见燕王妙算。遂从间道登山，驰抵大宁城下，暗令健卒四伏，自己单骑入城，一见宁王，握手大恸，只说"建文负我，现在北平被围，旦夕且下，求吾弟设法救我，替我表谢请赦。"真做得象，更兼宁王此时亦有狐兔之悲，能不堕其彀中耶？宁王也相对欷歔，备加慰藉。一面代草表章，情词娓娓，请贷燕王一死。表发后，设宴相待，笑语殷勤。接连数日，城外的伏兵，多混迹入城，与三卫部长，互相联络。燕王方托故告辞，宁王送出郊外，置酒饯行。第一杯递与燕王，一饮而尽；第二杯复递到燕王手中，燕王忽将杯掷地道："伏兵何在？"人情反覆，一至于此，煞是可叹。言甫毕，一声呼噪，燕军尽至，竟拥了宁王南行，三卫骁骑，袖手旁观，大宁都指挥朱鉴，上前争夺，竟被燕军杀死。燕王又麾兵入城，揭示安民，只把宁府妃姜世子，及所有宝货，一拥而出，驰至松亭关。关上将士，已接家属通报，有心归燕，统在马首迎降。燕王派兵分守要害，随驱着大宁降众，还向北平。至会州，简阅将士，设立五军，命都指挥张玉将中军，朱能将左军，李彬将右军，徐忠将前军，房忠将后军，每军各置左右副将，以大宁降众，分隶各军，浩浩荡荡，驰援北平。

是时天气严冷，雨雪纷飞，燕王兵至孤山，暂驻北河西，河水汪洋，无舟可渡。燕王望空默祝道："天若助我，今夜河水结冰。"这一语也是燕王希冀非分，不意上天竟似有耳，河伯也是效灵，一夕严风，将河冰结得甚固。天神果助逆乎？抑助顺乎？燕军凌晨探视，诧为奇异，反报燕王。燕王大喜，即麾兵渡河。适值李景隆移营河滨，先锋都督陈晖渡河截击，被燕军一阵驱杀，大败奔回。燕军渡河上岸，回视河冰复解，大家喜得神助，遂抖擞精神，直捣景隆大营。自午至申，连破七寨，景隆不能抵御，黄夜遁去。燕军进抵城下，见城外尚有南军九垒，奋呼杀入，城中亦鼓噪出兵，内外夹攻，哪有不破之理？顿时杀得尸横遍野，血流成渠。有几个逃脱的兵士，星夜南奔，追上景隆残军，同返德州去了。景隆既至德州，不免懊怅得很，拟再调军马，期至来春大举，忽闻有朝旨下来，吓得面如土色，至开诏跪读，竟加封景隆为太子太师，这是事出意外，连景隆都莫名其妙呢。小子有诗叹道：

败军偾辙有明刑，谁料恩荣赐阙廷。
莫怪建文终逊国，误施赏罚失常经。

毕竟景隆如何邀赏，容至下回叙明。

明太祖杀戮功臣，几无噍类，至建文嗣位，所存者第一耿炳文。炳文系偏将才，非大帅才也，滹沱河一役，事事不出燕王所料，其才之劣，已可概见。然耿炳文败回真定，燕军攻城不下，三日即引还，意者其犹以炳文为宿将，未易攻取乎？至若景隆仅优文学，素未典兵，安可寄以干城之任？子澄误荐，建文误用，宜其丧师覆辙也。史称燕王善战，宁王善谋，燕宁接壤，燕既发难，正应优诏谕宁，令蹑燕后，为两面夹攻之计，乃复削其护卫，为渊驱鱼，即非燕王之计诱，恐燕宁亦必相联，兔死狐悲，谁不知之？建文帝不谋及此，而盈廷诸佐，又不闻举此以告，坐使燕藩日盛，祸及滔天，天下事之可长太息者，孰逾于是？读之令人作三日呕云。

第二十三回

折大旗南军失律　脱重围北走还都

却说李景隆败回德州，明廷反加封太子太师，赏罚倒置，究是何因？看官不要性急，待小子补叙出来。原来景隆败报到京，由黄子澄暗中匿住，反奏称交战获胜，不过因天气寒冷，未便行兵，所以暂回德州，俟春再举。建文信为实事，遂封景隆为太子太师，景隆受诏后，自己都是不解，嗣接子澄密书，方知子澄代为掩饰，真是感激不尽；且书中勉令再举，亦合己意。遂飞檄各处，招集兵士，到建文二年孟春，各处兵马齐集，差不多有五六十万人，正拟祭旗出发，忽报燕王出攻大同，亟督师往援，道出紫荆关，余寒尚重，冰雪齐封，军士各叫苦不迭。幸得侦骑反报，燕王已由居庸关，入返北平，于是相率趋归。军士南归情急，抛弃无数铠仗，以便速行。还有一班敝兵羸卒，不能熬受冻饿，多半死亡。未曾对仗，且如此狼狈，真令人短气。

景隆回军月余，又誓师德州，会同武定侯郭英，安陆侯吴杰等，进兵真定，得兵六十万，列阵数十里。燕王闻报，语诸将道："李景隆等都无能为，惟靠了数十万兵卒，想来谋我，哪知人多易乱，前后不相应，左右不相谋，将帅不专，号令不一，何能成事？尔等但严装待着，敌来即击，怕他甚么？"虽是安定军心，恰亦寓有至理。张玉道："何不先往白沟河，扼住要害，以逸待劳？"燕王点头道："尔言却也有理。"遂麾众先往。到了三日，侦悉景隆前锋都督平安，已将驰到，燕王道："平安竖子，前曾从我出塞，今日敢来冲锋，我当前去破他。"当下拔营复进，渡过五马河，直抵苏家桥。猛闻炮声骤响，伏兵猝起，当先一员大将，挺矛突阵，就是南军都督平安。随后又有都督瞿能父子，亦跃马而来，刀光闪闪，逢人便砍。燕兵猝不及防，向后倒退，几乎旗靡辙乱。忽有三员骁将，出阵拦阻，与平安交战起来，燕军望将过去，一是内官狗儿，一是千户华聚，一是百户谷允，三对儿盘旋厮杀，颇似棋逢敌手，将遇良材，战至日暮，方各鸣金收军。次日，景隆、英、杰等俱到，还有魏国公徐辉祖，亦奉命至师，数人商定一计，暗将火器埋着地下，然后出兵诱敌。燕军不知是诈，一鼓赶来，突觉火器爆发，烟焰冲天，燕军多烧得焦头烂额，连忙返奔，燕王也不能禁止，只好亲自断后。逃了一程，天色已昏，四顾手下，只有三骑，愁云惨淡，林树苍茫，竟不辨东西南北。俄闻水声潺潺，料知已到白沟河，急急跑到水滨，下马伏地，谛视河流，方得辨明方向，仓卒渡河，直达北岸，始见本营所在地，驰入帐中，才得安息。随谕诸将秣马蓐食，翌日再战。

转瞬天明，使张玉将中军，朱能将左军，陈亨将右军，房宽为先锋，邱福为后应，共率马步兵十余万，渡河列阵。南军营内的瞿能父子，约了平安，先后趋出，巧值房宽到来，两下相交，不到十合，平安怒马陷阵，宽众披靡，顷刻奔溃。张玉等见宽已败阵，统有惧色，独燕王大喝一声，自麾健卒数千人，先出阵前，舍命冲突，高煦率张玉等继进，一场恶战，真杀得山摇地动，日暗天昏。忽南军阵里，梆声一响，发出了无数硬箭，向燕军射来，这箭镞好象生眼，都到燕王马头旋绕，马屡被创，三易三蹶，南军复乘势相逼，急得燕王无法可施，也取强弩对付，连射一阵，箭又尽了，乃拔剑左右奋击，砍伤数人，剑又缺折不堪用，适身旁有骑兵中箭，倒毙马下，那马溜缰欲驰，被燕王一手拉住，纵身上马，加鞭北走。马甫上堤，忽听后面大呼道："燕王休走！徐能来擒你了。"燕王也不及回顾，只扬鞭作招呼状，情急智生，仿佛曹操之入濮阳城。徐能疑有伏兵，不敢穷追。约过片时，燕王得高煦等救兵，复回马杀来，巧值平安驰到，一枝矛神出鬼没，刺死北军统领陈亨，徐忠急来相救，又被平安拔剑乱斫，伤了二指，指头将断未断，忠忍痛将残指砍去，裂衣裹创，奋勇再战。高煦恐燕王有失，也当先奋斗，几杀得难解难分。

时已晌午，燕军少懈，瞿能父子，乘隙上前，大呼灭燕，连砍燕骑百余人。越嶲侯俞通渊，陆凉卫指挥滕聚，见瞿能父子得手，也纵马随入，正在踊跃争先的时候，忽觉北风陡起，猛扑南军，沙石飞扬，迷人双目，接连是一声怪响，把景隆身前的大纛，折做两段。天意可知。景隆料知不佳，正拟鸣金收军，忽然燕军队里，射出各种火具，火随风发，霎时燎原。南军有力难施，只好回马逃走，阵势一动，便至大乱。燕王趁这机会，亲率劲骑数千，绕出景隆阵后，突入驰击。前面的高煦，复督领将士，一齐纵火，顺风痛杀。可怜这瞿能父子，及俞通渊、滕聚等，俱战殁阵中，葬身火窟。平安独力难支，也只好匹马奔逃。南军大溃，势如山崩。燕王麾众奋追，直至月漾桥，除南军弃械投降外，被杀死的数不胜数。郭英向西遁去。郭英也是宿将，至此亦不中用，可见主有福，方觉将有力。景隆南走德州，抛弃器械辎重，好似山积，连御赐的玺书斧钺，也一并抛去。还亏徐辉祖率兵断后，方不至片甲不回。过了数日，燕王复进攻德州，未到城下，景隆先已出走，剩下储粮百余万石，至燕军入城，安安稳稳的得了粮草，声势越振。

是时山东参政铁铉，方督饷赴景隆军，闻景隆败还，忙驰入济南，与参军高巍，收集溃亡，共誓死守。景隆也遁至济南，扎营城外。燕军乘胜进攻，景隆众尚十余万，仓猝迎战，又被燕军杀败，单骑遁去。于是燕军筑垒围城，经铁铉、高巍两人，督众固守，围久不下。警报飞达南京，建文帝不免心慌，没奈何与齐泰、黄子澄商量，佯示罢免，遣使赴燕军议和。一面召李景隆还京，所有军务，饬左都督盛庸代理，并升铁铉为山东布政司使，帮办军事。看官！你想这燕王棣狠鸷心成，既已发难，哪肯半途罢手？见了朝使，置诸不理，只命将士奋力攻城，且射书城中，谕令速降。铁铉撕破来书，掷出城外，燕王大愤，令将士决水灌城，城内陡成泽国，顿时军民汹汹。铁铉下令道："军民无恐，本司自有良策，静守三日，便可破敌。"军民得了此令，也不知他葫芦中卖什么药，且依令安心待着。我亦张目瞧着。

　　这位布政使铁铉，居然不慌不忙，暗中差遣干役，出城求降。及差人还报，燕王已允，约明日入城，铁铉佯撤守具，又召集父老数百人，密嘱一番，令出城赴燕王营。燕王闻有父老到来，未免诧异，遂出营巡视。只见父老等俱俯伏道旁，涕泣请道："奸臣不忠，使大王蒙犯霜露，跋涉至此，大王系高皇帝子，民等乃高皇帝百姓，哪敢违大王命？但民等不习兵革，骤见大兵压境，未识大王为国为民的苦心，还疑是有心屠戮。大王如真心爱民，请退师十里，单骑入城，民等当备具壶浆，欢迎大王。"燕王大喜。也入彀中，若非命不该绝，必死铁板之下。好言抚慰，令他回城。次日下令退军，只率劲骑数人，跨马张盖，渡过吊桥，直达城下。城门果已大开，门内有无数兵民伏着，高呼千岁。燕王扬扬得意，徐行而入，方至门首，蓦听得踢踏一声，连忙上视，不瞧犹可，瞧了一眼，那城上竟放下一块铁板，差不多有数千斤，亏得眼明手快，勒马倒退，未及数尺，板已压下，正中马首，碎成齑粉。为燕王捏一把汗。燕王惊堕马下，旁有骑士扶起，另进一马，纵辔驰去。桥下本设有伏兵，见燕王将要过桥，出水来拆桥板，偏偏桥筑甚坚，一时不能遽毁，竟被燕王越桥逸去。真是天意。铁铉忙出城来追，已是不及。至回城后，叹息不已。

越宿闻炮声震天，燕军又到，铉忙督兵登陴，那炮石煞是厉害，弹着城墙，多成窟窿。燕军且击且攻，声势张甚，铉恐城被击破，又想了一计，悬出了一方神牌，上书"太祖高皇帝之灵"七字，想入非非。字样甚大，射入燕王目中，自觉难以为情，停止炮击。守兵得运土补隙，城复坚固。铉复密约盛庸，内外夹攻，击败燕众。燕王愤急得很，左思右想，一时无从得计。僧道衍进谏道："顿兵坚城，师老且殆，不如暂归北平，容图后举。"燕王乃撤围北去。铉及盛庸等出兵追敌，直至德州，城内燕军，闻燕王北还，亦无心固守，弃城遁去，德州遂复。庸、铉拜表奏捷，有旨封庸为历城侯，擢铉为兵部尚书，寻复诏庸总兵北伐，拜平燕将军。副将军吴杰进军定州，都督吴凯进军沧州，遥为犄角，合图北平。

这消息传达燕王，燕王不以为意。恰下令出击辽东。又捣鬼了。诸将士各有异言，兵至通州，张玉、朱能入禀道："大敌当前，正应抵御，乃出师辽东，舍近图远，窃为不解。"燕王闻言，屏退左右，又与两人密语道："如此如此。"两人方顿首称善，遂倍道趋天津，过直沽，下令将士，循河而南。将士复惊诧起来，燕王道："尔等道我欲东反南，走错路头么？我夜见白气二道，东北至西南，占得南征大利，所以改道南行。"还要捣鬼。将士方才无言。燕王更引军疾趋，一昼夜行三百里，遇着南军侦骑，尽行杀毙。走到天明，已抵沧州城下。沧州镇帅吴凯，探得燕军出击辽东，毫不设备，只遣兵四出伐木，修筑城墙，不意燕兵猝至，亟督兵分守城堞，众皆股栗，不及穿甲，燕将张玉，遽率壮士登城东北隅，肉薄齐飞，仍不少却。吴凯料不能守，忙与都督程暹，都指挥俞琪、赵浒、胡原等，开城出走。行了里许，突遇着燕将谭渊，带着健卒，截住去路。吴凯等心忙意乱，勉强抵敌，可奈手下统已溃散，被燕军左擒右斫，伤毙了万余人。还有兵士三千名，见不是路，都下马降敌，剩得吴凯、程暹等数员将官，如何抵挡，也只得束手就缚。谁知那谭渊凶险得很，佯收降卒，密令军士掘下坑堑，至夜间尽驱降卒入坑，活活埋死，只把那吴凯、程暹等，械送燕王。

　　燕王见功成计遂，一语道破，举上文各种疑团，均已了明。很是喜慰，命将所有俘虏，所得辎重，悉数解运直沽舟中，送达北平。自率众循河而南，复抵德州。盛庸坚壁不出，燕王攻城不下，引兵掠临清、大名，越汶上，至济宁。盛庸遂大合铁铉、平安各军，出屯东昌，杀牛犒将士，誓师厉众，背城列阵，并排着火器毒弩，专待燕军到来。燕军仗着屡胜的威风，飞行而至，一见南军，即鼓噪杀入，怎禁得火器迭发，继以毒弩，不是糜烂，就是惨毙。燕王见前队将士，多半受伤，愤懑的了不得，竟亲率精骑，冒着险来冲南军。盛庸见燕王亲至，恰故意分开两翼，一任燕王杀入，待燕王冲入中坚，复纠兵包围，绕至数匝。燕王才知中计，慌忙夺路，左驰右突，好似铜墙铁壁一般，无从得脱。燕将朱能、周长等，望见燕王被困，急率番骑驰救，突入围中，奋力死斗，才杀开一条血路，护翼燕王出围。张玉还道燕王未脱，拚命杀入，突被南军一阵乱箭，射毙马下。看官览到此处，几疑南军能射死张玉，独不能射中燕王，难道燕王有避箭诀，所以南军不敢放箭，听他逃去么？我亦要问。这个原因，试回阅前叙建文帝的命令，便可晓得。建文帝曾饬临阵诸将，毋使朕负杀叔父名，应二十一回。因此诸将不敢加矢燕王，只想燕王窘迫自缚，投降军前，哪知燕王有帝王相，凭你如何设计，他总遇着救星，化凶为吉，所以全军虽败，恰令各将前奔，自己独匹马单刀，且战且退。南军纷纷追逼，又被他弯弓搭箭，射毙数人。等到南军齐上，却又来了高煦、华聚等，一阵击退南军，扬长而去。

燕王奔还北平，检阅将士，丧失二三万，复闻大将张玉战殁，不禁恸哭道："兵败不足虑，独丧我良辅，实可痛恨。"诸将闻言，亦涕下不已。燕王经此次大创，意欲少休，独道衍进言道："臣前谓师行必克，但费两日，'两日'就是'东昌'的昌字，今东昌遭败，已成过去，此后必获全胜。"于是燕王复搜卒补乘，俟至来年再举，暂且按下。

且说建文帝闻东昌大捷，欢慰非常，一面祭告太庙，一面开复齐泰、黄子澄原官，就是召还京师的李景隆，也赦罪勿问。有罪勿诛，如何振饬军纪？御史大夫练子宁，宗人府经历宋征，御史叶希贤，并奏言景隆失律丧师，且怀贰心，须亟正刑典，然后可谢宗社、励将士。黄子澄亦上书请诛。是你举荐包庇，何不自请坐罪？各奏上去，只留中不发，是时已是建文三年，建文帝方大祀圜丘，行庆贺礼，忽报燕王棣又出师北平，由保定南下了。帝乃命盛庸各军严行堵御，正是：

捷书上达方相贺，敌骑重来又启争。

欲知两军决战情形，且至下回再表。

本回叙南北战事，一误于李景隆，再误于盛庸。白沟河之战，燕王矢尽剑折，逸走登堤，景隆不麾军追擒，使燕王得遇救杀回，转致败溃，是景隆之咎，固无可辞。若盛庸固明明奏捷东昌矣，乌得而言其误乎？曰：既诱燕王入围，何不仍用火器强弩，对待燕王。乃任其得救而逸，非误而何？或谓建文有诏，不杀叔父，盛庸不敢违命，以至于此。曰：将在外，君命有所不受。苟利于国，专之可也。使乘此得杀燕王，则燕军瓦解，大功告成，何至有再出之患乎？由斯以观，则李景隆固有误国之罪，盛庸亦不得谓非误国也。故吾谓盛庸之罪，不亚于李景隆。

第二十四回

往复贻书囚使激怒　仓皇挽粟遇伏失粮

却说燕王棣信道衍言，于建文三年春月，复出师南犯，临行时，自撰祭文，哭奠阵亡将士张玉等，并脱下所服战袍，焚赐阴魂。将士家父兄子弟，无不感泣。燕王见人心奋激，即整兵至保定，与诸将议所向。邱福等请攻定州，燕王谓不如攻德州，乃移军东出。途次接着侦报，说盛庸已驻兵夹河。燕王便自率三骑，来觇庸阵。庸结阵甚坚，见燕王掠阵而过，忙遣千骑追赶。燕王仗着善射，连发数箭，射倒追骑五六人，加鞭驰脱。嗣又率步骑万余，来薄庸阵。庸军拥盾自蔽，矢刃不能入。燕王恰令壮士用着长矛，上前钩盾。两下牵扯，燕军即乘隙攻入。燕将谭渊，见敌阵内尘埃滚滚，想已蹂乱，急欲上前争功，策马而出，部下指挥董中峰，亦随着出来，正要冲入敌阵，兜头遇着一员敌将，执着长枪，来战谭渊。不数合，敌将虚晃一枪，勒马回阵，谭渊纵马追入，不防被敌将回枪一刺，适中咽喉，撞落马下。坑人者卒死人手。董中峰忙来相救，又被敌将拔剑一挥，砍作两段。这敌将叫作庄得，乃是盛庸麾下的都指挥，燕军见谭渊陷没，不觉惊退。庄得乘势驱杀，燕军大挫，燕王且战且行。可巧燕将朱能，率铁骑前来接应，燕王即让过两人，令他当先，自己从间道绕出，来袭南军背后。惯用此着。南军专向前面截杀，不防后面又有一军杀来，这是盛庸疏虞处。南军措手不及，顿时大乱。燕王击破庸阵，与朱能、张武等，合军喊杀，恼得这个庄指挥，不管死活，一味向前乱闯，还有骁将楚智、张能，也拚命相争。燕军见他勇悍，索性把他围住，用了强弩毒矢，四面攒射，庄得身中数箭，竟致毙命。张能兀自擎着皂旗，往来冲突，不到片时，也集矢如猬，死于非命，他尚手执大旗，植立不仆，燕军素畏张能，呼他为皂旗张；及死后兀立，还不敢近前。惟楚智持着双刀，左劈右砍，杀死燕军数人，几已突出重围，谁知一箭飞来，正中右臂，箭头有毒，痛不可支，顿时晕倒在地，被燕军活捉而去，嗣后苏醒转来，乱骂燕王，遂致遇害。时已天暮，两边各敛兵入营。燕王检点将士，也伤了无数，又失了大将谭渊，悲愤交迫，竟带同十余骑，逼盛庸营，露宿一宵。意不可测。

　　到了天明，四面皆围着庸兵，左右请燕王急遁。燕王仍谈笑自若，待至日出，吹动画角，招集骑兵，从容上马，穿营而去。盛庸诸将，相顾愕眙，连一箭也不敢发，由他往返自如。燕王固奇，盛庸诸将，亦觉可怪。越日复战，燕军阵东北，盛庸阵西南，苦战一日，互有杀伤。两军统觉疲乏，各拟鸣金收兵，忽东北风大起，尘雾蔽天，砂砾击面，两军眯目，咫尺不见人影。风师又来助阵。燕王麾旗大呼，纵左右翼横击庸军，鼓声震地。庸军正思归休，哪禁得燕军杀来，不战而溃。燕军乘风追赶，至滹沱河口，逼庸军入水，践溺死的，不计其数。盛庸退保德州，没奈何据实申报。

　　建文帝正因宫嫔翠红，投缳自尽，颇为伤感，及接着败报，益觉惊惶无措。原来翠红姓王，临淮人，年十八入宫，二十得幸，貌既可人，才又轶众，早知燕王有异志，劝帝芟除，帝斥她离间骨肉，降隶宫娥。至燕兵发难，颇忆翠红前言，仍欲把她复位，偏宫中多怀妒忌，暗进谗言。翠红闻着，愤无可泄，竟取了三尺白绫，断送一条性命。还是死得干净。建文帝闻她自缢，也为悲泪不置，瘗葬水西门外的万岁冈。述翠红事，可补正史之缺。悲怀未了，警信复来，又只得召入齐泰、黄子澄，密商许久，令他出外募兵，恰故意下诏窜逐，遣使与燕王议和。燕王不从，且上书请罢盛庸、吴杰、平安各兵。建文帝又召问方孝孺。孝孺道："燕兵久叛大名，天将暑雨，势且不战自疲，今宜令辽东诸将，入山海关攻永平，真定诸将，渡芦沟桥捣北平，彼必归救，我用大兵蹑后，不难擒住燕王。现且佯与报书，往返数月，懈彼军心，谋定势合，便可进兵往蹴，一鼓荡平。"看似好计，奈不足欺骗燕王。建文帝连声称善，即遣大理寺少卿薛嵓，持诏赦燕王罪，令即罢兵归藩。嵓尚未至，燕王又与吴杰、平安等，交战藁城。吴杰、平安夹攻燕军，矢如雨集，燕军多中箭阵亡，燕王所建大旗，亦被丛矢注射，七洞八穿。方惊虑间，空中大风倏至，又来帮助燕王，比夹河一战的风势，还要厉害，拔木飞沙，吼声如雷。燕王复麾兵四麾，恁你吴杰、平安，如何勇力，也不得不弃兵遁走，可怜南兵走头无路，多被燕军杀死。骁将邓戬、陈鹏等，陆续被擒。吴杰、平安走入真定，丧师数万。燕王俘获南军万人，除将士外，悉数纵还。又分兵略顺德、广平、河北诸郡县，气焰越盛。

　　大理寺少卿薛嵓，赍诏入燕营，燕王读诏毕，怒对薛嵓道："汝临行时，上有何言？"嵓答道："皇上有旨，殿下早晨释甲，朝廷暮即班师。"燕王狞然笑道："这语不能诳三尺小儿，乃欲来诳我么？"嵓战栗不能对，使非其人，多辱君命。燕将大哗，群请杀嵓。燕王道："两国相争，不斩来使，况他曾奉诏到此，尔等休得妄言！"既知有君，如何造反？这也是欺人之语。乃令嵓遍观各营，戈矛旗鼓，相接百余里，吓得嵓汗流浃背，踽踽不安。燕王留嵓数日，嵓告别欲归，燕王语嵓道："为我归语天子，我父即天子之大父，天子父系我同产兄，我为亲藩，富贵已极，尚复何望？无非望做皇帝，何必过谦？且天子待我素厚，只因权奸谗构，酿成衅隙，我为救死起见，不得已发兵南来，今幸蒙诏罢兵，不胜感戴。但奸臣尚在，大军未还，我军心存惶惑，未肯遽散，望皇上立诛权奸，遣散各军，我愿率诸子归罪阙下，恭候皇上处治。"一派甘言，恐亦不能欺三尺小儿。

嵩唯唯听命。燕王复令中使送他出境。

嵩沿途不敢逗留，数日到京。方孝孺先与嵩晤，详问燕事。嵩把燕王所言，具述一遍，孝孺嘿然。及嵩入见帝，亦备述前意，且言燕军甚盛，不易破灭。帝语孝孺道："果如嵩言，是曲在朝廷，齐、黄二人，误朕太甚了。"孝孺道："陛下使嵩宣谕燕王，嵩反为燕王作说客，如何可信？"于是帝又游移未决。总是优柔寡断。既而吴杰、平安等，收集溃卒，往断北平饷道，燕王未免怀忧，乃遣指挥武胜，复驰奏到京，大略言"朝廷已许罢兵，盛庸等独拥兵未撤，且绝臣饷道，显违诏旨，请从严惩办"云云。建文帝得了此奏，颇有罢兵意，便将原奏示方孝孺，且语孝孺道："燕王为孝康皇帝同产弟，系朕亲叔父，若逼他过甚，如何对得住宗庙神灵？"孝孺抗奏道："陛下果欲罢兵么？兵罢不可复聚，若他长驱犯阙，如何对付？臣愿陛下毋为所欺，速诛武胜，与他决绝，那时士气一振，自必得胜。"前云佯与往来，今复请与决绝，且欲诛使以激其怒，自相矛盾，安望成功。建文帝又信了孝孺，缚胜下锦衣狱。忽宽忽严，太无定见。

燕王闻报大怒，即遣都指挥李远等，率轻骑六千余人，改换南军衣甲，混入济宁、谷亭一带，与南军混杂，乘机纵火，把南军所积粮饷，一炬成灰。燕将邱福、薛禄，复合兵破济州城，潜遣兵抄掠沛县，又放起一把无名火，将南军粮船数万艘，一齐毁尽，所有军资器械，统成煨烬，河水尽热，鱼鳖皆浮死。仿佛曹军之焚乌巢。自是南军乏粮，愈觉短气，至盛庸闻耗，遣将袁宇率军邀截，又被李远设伏击败，斩首数千级。这消息传到京城，大为震动。方孝孺乃献上一计，欲离间燕王父子，请遗书高炽，允他王燕，令他父子相疑，自成乱衅。建文帝称为奇谋，慢着！即命孝孺草书，遣锦衣卫千户张安，赍书投燕。燕世子高炽，偏是乖巧，得书后并不启封，竟差了骑兵数名，卫着张安，送交军前。燕中官黄俨，本谄奉高燧，与高炽不甚相合，他闻知张安来意，即遣人驰报燕王，燕王颇也疑心，转问高煦。高煦本是个狠戾人物，管甚么兄弟情谊，自然添些儿坏话。凑巧差骑已到，送入张安，并呈原书。燕王展阅毕，不禁惊喜道："险些儿杀我世子。"遂命将张安拘禁，更复书慰勉高炽，那时方孝孺一番计划，又徒成画饼了。计固未佳。

盛庸因饷道不通，焦闷异常，即檄大同守将房昭，引兵入紫荆关，据易州西水寨，窥伺北平。平安亦从真定出兵，拟向北平进击。燕王时在大名，遣将朱能等截击平安，自领大军往攻房昭。房昭被困多日，向真定乞援，真定发兵往救，被燕王设伏齐眉山下，一鼓击退，斩获无数。房昭势穷援绝，只得弃寨西遁，溃围时丧亡多人。平安到了半途，也被朱能杀败，走还真定。燕王得了许多辎重，凯旋北平。

建文帝屡闻败耗，无计可施，忽忆着太祖临崩，尝有遗嘱委托梅殷，要他力扶幼主，遂召他入朝，商决军事。梅殷系汝南侯梅思祖从子，通经史，善骑射，曾尚太祖女宁国公主，素得太祖宠眷，太祖弥留时，殷亦侍侧，太祖嘱他道："诸王强盛，太孙稚弱，烦你尽心辅佐，如有犯上作乱，应为朕出师讨罪。"殷顿首受命。至是奉诏入朝，建文帝提起遗言，意欲命他出镇，殷直任不辞，遂受职总兵，出镇淮安，募集淮安兵民，号四十万，驻守淮上，防扼燕军。一面由宁国公主，致书燕王，责以君臣大义，燕王不答。

　　是时朝廷中官，出使外省，多半侵暴百姓，怨言四起，台臣交章劾奏，建文帝格外懊恼，严旨斥责，并令所在地方官，逮系罪犯，尽法惩治。中官怨忿交迫，索性丧尽天良，密遣人驰赴北平，具言京师如何空虚，如何可取。蠹国殃民，端在此辈。燕王不禁慨然道："频年用兵，何时得了？要当临江一决，不再返顾呢。"道衍亦劝燕王直趋南京，燕王遂大举誓师，择日出发。一路驰突，所向无前，连陷东平、济阳诸州县，断绝徐州饷道，并破萧沛及宿州。京师闻警，命徐辉祖往援山东。辉祖星夜前行，至小河，闻都督何福，与燕军交战，大获胜仗，平安转战至北阪，亦杀败燕军，两处胜仗，随笔写过。心下大慰。即驱众至齐眉山，与何福合兵，复与燕军厮杀。两下里舍命角逐，自午至酉，胜负相当。燕将李斌冲锋突阵，忽被流矢射中马首，马倒被擒。斌系著名健将，受擒后尚格杀数人，方才毙命，燕军为之夺气，随即溃散。燕将王真、陈文亦皆战死。燕王退走数十里，才得安营。众将因屡次败起，请还师休养，俟衅再动。燕王道："兵事有进无退，稍稍失败，何可遽回？公等但顾目前，宁识大计？"言已，复下令军中道："欲渡河北归，请趋左！否则趋右。"此令殊误。众将多趋左。燕王大声道："尔等既不愿南行，任从自便！"言下很有怒容。朱能即出为调停道："诸君独不闻汉高遗事么？汉高十战九败，终有天下，今我军尚胜多败少，如何便有退心？"太祖屡效汉高，朱能亦以汉高拟燕王，父子皆思创业，安得不骨肉相戕耶？诸将始嘿然无言。燕王恐兵士哗变，好几日衣不解甲，夜不安寝。

　　这消息传将出来，南军很是相庆，还有京内一班廷臣，闻这捷报，争说"燕军且遁，京师不可无良将镇守，应召魏国公还京"等语。建文帝又疑惑起来，遂下诏召还辉祖。辉祖一返，何福势孤，燕王复遣朱荣、刘江等，率轻骑截南军饷道，且令游骑扰他樵采。何福支持不住，只得移营灵璧，以便就粮。平安运粮赴何福营，率马步兵六万为卫，令粮车居中，陆续进发，将到灵璧，不防燕军已预先待着，骤出邀击，竟来夺粮。平安慌忙抵敌，杀了半日，未能退敌，再命弓弩手更迭放箭，射倒燕军千余名，敌始稍却。平安方欲进行，忽见燕王督军亲到，来势很猛，一时不及拦阻，竟被燕军横贯入阵，分作两橛。说时迟，那时快，何福闻平安到来，也开壁来援，与平安合击燕军，酣战多时，杀伤相当，燕王又麾军退去。未败又退，仍是狡计。平安、何福两人，总道燕军已退，可无他虑，慢慢儿押着粮车，往灵璧营。约行数里，天色微昏，暮霭四合，野景苍茫，前面丛林错杂，浓绿成阴，只见黑压压的一团，辨不出甚么枝干。既写夜色，又点夏景。各军正放心过去，猛闻胡哨四起，钲鼓随鸣，林间杀出千军万马，冲断南军，当先驰入的统将，不是别人，就是燕王次子高煦。南军已经战乏，哪禁得这支生力军？况兼林深色暝，不知有多少人马，兵刃未交，心胆已碎，大家逃命要紧，还管那甚么粮饷？平安、何福尚想勉力抵御，后面又来了燕王的大军，眼见得不能抵敌，只好夺路逃走，及到灵璧，不但粮车尽失，且丧师万余人，伤马三千余匹。何福、平安以下，统是相对欷歔，勉强闭寨拒守，是夜还幸没事，未见燕军进攻，只营中粮食已尽，势难复留，当由众将会议，移师至淮河就粮。何福也以为然，定于次日夜间，以放炮三声为号，一齐拔营。众将得令，好容易挨过一日，晚餐以后，各军收束停当，专待炮响起程。俄闻外面炮声已起，接连三响，正与号令相合，遂一齐开门，趋出营外。谁知四面八方，统列着燕军，一俟南军出营，捉一个，杀一个，好似砍瓜切菜一般。这一番，有分教：

全巢尽覆无完卵，巨劫难逃尽作灰。

未知南军能否逃生，且至下回交代。

　　燕王起兵三年，身临战阵，亲冒矢石，濒死者屡矣，而卒不死，虽曰天命，要莫非自建文帝纵之。燕王无君，建文帝亦不必有叔。如以为叔侄之谊，不忍遽忘，则曷若迎归燕王，让以大位，俾息兵安民之为愈乎？乃既削燕王属籍，废为庶人，又复下诏军前，毋使朕负杀叔父名，坐使燕王放胆，任意横行，无人敢制。且闻败即惧，闻捷即喜，喜怒无常，恩威妄用，当国家多难之秋，顾可若是之胸无定见乎？燕王始终不臣，建文游移失据，成败之机，胥于此分之。故本回以燕王为宾，以建文帝为主，而军事之胜败，尚不过为一种之形容。阅者赏其词，尤当识其意，庶不负作者苦心。

第二十五回

越长江燕王入京　出鬼门建文逊国

却说何福、平安等拔营欲走，偏遇燕军薄垒，猝不及防，而且号炮三声，也是燕军所放。燕军并不知何福号令，只因黄夜袭营，鸣炮进攻，可巧与何福号令相合，福军误为自己鸣炮，争欲出走，这真所谓冤冤相凑呢。说明前回情事。燕军趁势乱杀，顿时全营纷扰，人马蹂躏，濠堑俱满。副总兵陈晖、侍郎陈性善等三十余人，或战殁，或被执，连骁将平安，也仓猝马踬，为燕军获住，只有何福单身逃脱。这次战事，所有南军精锐，悉数伤亡，嗣是一蹶不振。黄子澄闻报大哭道："大事已去，我辈万死，不足赎误国罪名。"你也自悔么？乃上书请调辽兵十万，至济南与铁铉合，截击燕军归路。建文帝准奏，飞饬总兵杨文，调辽兵至直沽。不料又被燕将宋贵，兜头袭击，辽兵皆溃，杨文就擒，并没有一兵一将，得至济南。

燕王遂长驱至泗州，收降守将周景初。安民已毕，往谒祖陵。陵下父老，都来叩见。燕王遍赐酒肉，亲加慰劳。父老皆喜，拜谢而去。燕王即欲渡淮，闻盛庸领马步兵数万，战舰数千，列淮南岸，严阵以待，恰也不敢造次进兵，乃遣使至淮安，往见驸马梅殷。只说要进香淮南，恳他假道。梅殷道："皇考有训，禁止进香，不遵先命，便是不孝。"叱使令去。使人返报，燕王大怒，复致书梅殷，略言："本藩出兵到此，为入清君侧起见，天命有归，何人敢阻？不早见机，后悔无及。"殷得书亦愤，竟将来使耳鼻，尽行割去，并语来使道："暂留你口，归报殿下，君臣大义，可不晓得么？"这语回报燕王，燕王无可奈何，另拟取道凤阳。凤阳知府徐安，闻燕王至淮，拆浮桥，匿舟楫，断绝交通。燕军又不能渡。

燕王踌躇一会儿，想出了一条好计，召邱福、朱能等入帐，密嘱令去，自引军至淮水北岸。指挥将士，舣舟扬筏，张旗鸣鼓，伪作欲渡状。南军对岸瞧着，整备兵械，严装设防，专待燕军南渡，袭击中流。哪知燕军鼓噪多时，并没有一舟一筏，渡越过来。明明有计，盛庸如何不防？南军瞪目遥望，差不多有小半日，各自还营暂息，忽营外喊声骤起，杀到许多燕军，人乱马嘶，吓得南军魂不附体。看官道这支燕军，从何而来？原来是邱福、朱能等受了密计，带着骁勇数百人，西行二十里，从上流雇了渔舟，偷渡淮水，绕至南军营前，奋勇杀入。盛庸并不预防，还疑燕军飞到，慌忙出帐上马，意图逃走，不意马亦惊跃，反将盛庸掀了下来，庸跌仆地上，手足被伤，几乎不能动弹，亏得手下亲兵，把他扶起，掖登小舟，仓皇遁去。蛇无头不行，兵无主自乱，顿时全营大溃。燕王乘机飞渡，上岸夹击，立将南军扫净，尽获淮南战舰，遂下盱眙，陷扬州，杀死都指挥崇刚，及巡按御史王彬，别遣指挥吴庸，谕下高邮、通泰、仪真等城，遂进营高资港，舣舟江上，旗鼓蔽天。

京师震恐异常，建文帝忙遣御史大夫练子宁，侍郎黄观，修撰王叔英等，分道征兵。各镇观望不前，或且输款燕王，有意归附。还有朝上六卿大臣，恐在京遭困，多半吁请出守，以便四逸，京内越觉空虚。建文帝亦越觉惶急，没奈何下诏罪己，暗中恰召还齐泰、黄子澄，商决最后的要策。一误再误胡为乎？方孝孺入奏道："今日事急，且许割地议和，暂作缓兵之计。俟至募兵四集，再决胜负。"此老又出迂谋。建文帝流泪道："何人可使？"孝孺道："不如遣庆城郡主。"建文帝点首，乃以吕太后命，遣郡主往燕营。郡主系燕王从姊，既见燕王，燕王先哭，真耶伪耶？郡主亦哭，彼此对哭一场。燕王方问道："周、齐二王何在？"郡主道："周王已召还京师，齐王仍在狱中。"燕王叹息不置。郡主徐申帝意，燕王道："皇考分土，尚不能保，何望割地？且我率兵来此，无非欲谒孝陵，朝天子，规复旧章，请赦诸王，令奸臣不得蒙蔽主聪，我即解甲归藩，仍守臣礼，若徒设词缓兵，今日议和，明日仍战，徒令吾姊往返，反堕奸臣计中，我非愚人，赚我何为？"孝孺迂谋，又被燕王一口道破。郡主不便再言，只得告归。燕王送出营外，复语郡主道："为我归谢皇上，我与皇上至亲相爱，并无歹意。只恐未必。但请皇上从此悔悟，休信奸谋！且为传语弟妹，我几不免，赖宗庙神灵，佑我至此。相见当不远了。"是满意语。

郡主还白建文帝，帝复问方孝孺，孝孺道："长江天堑，可当百万兵，陛下不必畏惧。"还是迂谈。言未毕，锦衣卫走报，苏州知府姚善，宁波知府王琎，徽州知府陈彦回，乐平知县张彦方，永清典史周缙，各率兵来勤王了。建文帝稍稍放心，便一一召见，温言慰勉，令各出屯城外。一面命兵部侍郎陈植，往江上督师。会燕王进军瓜州，命中官狗儿，不愧燕王功狗。偕都指挥华聚，领前哨兵，出浦子口。盛庸、徐辉祖合兵逆击，杀败狗儿、华聚等。败兵返报燕王，燕王欲议和北还，凑巧次子高煦，引兵到来，燕王大喜，忙出营相见，抚煦背道："世子多疾，转战立功，所赖惟汝。"此语足启高煦夺嫡之心，燕王乱国不足，尚欲传诸高煦耶？高煦闻命踊跃，遂努力来击庸军，庸军小却。会侍郎陈植到营，慷慨誓师，甚至痛哭流涕，可奈军心已变，凭你舌吐莲花，也是没效。都督佥事陈瑄，竟受燕王运动，领舟师往降燕王。还有陈植麾下的金都督，亦欲叛去，植窥破金意，召入诘责，不料反触动彼怒，竟

将陈植杀死，率众降燕。燕王问明底细，立诛金都督，且具棺
敛植，遣官送葬白石山。权术可爱。于是设祭江神，誓师竞渡。
舳舻衔接，旌旗蔽空，微风轻飏，长江不波，钲鼓声远达百
里，南军相率骇愕。盛庸等麾众抵御，未曾交战，已先披靡，
燕军前哨登岸，只有健卒数百，来冲庸军，庸军大乱，霎时尽
溃。至燕王渡江后，引军穷追，直达数十里。南军除被杀外，
统已散逸，单剩盛庸一人一骑，落荒走脱。燕军乘胜下镇江，
拟休养数日，进薄京城。

　　建文帝闻报，徘徊殿廷，束手无策，复召方孝孺商议。孝
孺请速诛李景隆，建文不从。廷臣邹公瑾等十八人，闻孝孺
言，即拥景隆上殿，各举象笏，没前没后的乱击，把他打得头
破血流。景隆原是可诛，但事已至此，诛亦无益。一班廷臣，攒笏乱
击，更失朝仪，可笑可叹！建文帝且喝住众官，只命景隆上前奏
对。景隆俯伏丹墀，叩首不已。到了后来，方说出"议和"
二字。亏他想着。建文帝即委任景隆，令与兵部尚书茹瑺，再
至燕营议和。两人见了燕王，俱伏地顿首。鼠话无耻。燕王冷
笑道："公等来此何干？"景隆接连碰头道："奉主上命，特来
乞和，愿割地分南北。"燕王不待说毕，便道："我从前未有
过举，无端加罪，削为庶人，公等身为大臣，未闻替我缓颊，
今反来作说客么？我今救死不暇，要土地何用？况今割地何
名？皇考已明明给我北藩，都由奸臣播弄，下诏削夺，总教缴
出奸臣，我便罢兵。天日在上，决不食言！"敢问后来何故篡国？
景隆等拜谢回京。

　　建文帝令景隆再赴燕营，只说："罪人已加窜逐，俟拿住
后即当缴出。"景隆颇有难色，帝乃命诸王偕行。燕王见诸王
到来，开营迎入。诸王具述帝意，燕王道："诸弟试思上言，
是真是假？"诸王齐声道："大兄明鉴，想必不谬。"燕王道：
"我此来但欲得奸臣，余无他意。"遂设酒宴饮。诸王遣使归

报。廷臣以燕王不肯议和，多劝帝他徙，暂避兵锋。方孝孺独抗奏道："京城里面，尚有劲兵二十万，城高池深，粮食充足，今宜尽撤城外民居，驱民运木入城，令北军无可依据，彼时将不战自走呢。"迂腐极矣。建文帝依计而行，令民撤屋运木。时方盛暑，居民不愿搬拆，各纵火焚屋，连日不息。孝孺复请令诸王分守都城，帝亦依言，命谷王穗、安王楹率着民兵，分段防守。齐泰、黄子澄尚欲出外募兵，请命帝前，不待建文准奏，便即自去。泰奔广德州，子澄奔苏州，无非为避难计。建文帝不禁太息道："事出若辈，乃弃朕远遁么？"这叫做罪归于主。

　　正说着，外面已报燕军薄城，建文帝尚召方孝孺问计。孝孺请坚守待援，万一不济，当死社稷。"可与适道，未可与权。帝闻奏，倍加惶急。御史魏冕踉跄趋入，报称左都督徐增寿密谋应燕，帝尚未信，寻复有人接连入奏，乃命左右拿到增寿，面数罪状，亲自动手，掣出佩刀，把他砍死。怒尚未息，复见翰林院编修程济跑入殿中，大呼道："不好了，不好了，燕军已入城了！"建文帝道："这么容易，莫非有人内应么？"程济道："谷王穗、李景隆等开金川门，迎入燕王，所以京城被陷。"建文帝流泪道："罢！罢！朕未尝薄待王公，他竟如此负心，还有何说？"程济道："御史连楹，曾佯叩燕王马前，欲刺燕王，不幸独力难成，反被杀死。"建文帝复道："有此忠臣，悔不重用，朕亦知过，不如从孝孺言，殉了社稷罢。"言毕，即欲拔刀自尽。少监王钺在侧，忙伏奏道："陛下不可轻生，从前高皇帝升遐时，曾有一箧，付与掌宫太监，并遗嘱道："子孙若有大难，可开箧一视，自有方法。"程济插口道："箧在何处？"王钺道："藏在奉先殿左侧。"左右闻了此言，都说大难已到，快取遗箧开视。建文帝即命王钺取箧，须臾有太监四人，扛一红箧入殿，这箧很觉沉重，四围俱用铁皮包裹。连锁心内也灌生铁。当由王钺取了铁锥，将箧敲开，大家注视箧中。统疑有甚么秘缄，可以退敌，谁知箧中藏着度牒三张，一名应文，一名应能，一名应贤，连袈裟僧帽僧鞋等物，无不具备，并有薙刀一柄，白银十锭，及朱书一纸，纸中写着："应文从鬼门出，余人从水关御沟出行，薄暮可会集神乐观西房。"建文帝叹息道："数应如此，尚复何言？"程济即取出薙刀，与建文祝发。想曾习过薙发司务。吴王教授杨应能，因名符度牒，愿与帝祝发偕亡。监察御史叶希贤道："臣名希贤，宜以应贤度牒属臣。"遂也把发薙下。三人脱了衣冠，披着袈裟，藏好度牒，整备出走；一面命纵火焚宫。顿时火光熊熊，把金碧辉煌的大内，尽行毁去。皇后马氏，投火自尽。妃嫔等除出走外，多半焚死。建文帝痛哭一场，便欲动身。在殿尚有五六十人，俱伏地大恸，愿随出亡。可云难得。建文帝道："人多不便出走，尔等各宜自便。"御史曾凤韶牵住帝衣，且叩头道："臣愿一死报陛下恩。"建文帝也不及回答，麾衣出走。那时誓死相从的，还有九人，从帝至鬼门。鬼门在太平门内，系内城一矮扉，仅容一人出入，外通水道。建文帝伛偻先出，余亦鱼贯出门。门外适有小舟待着，舟中有一道装老人，呼帝乘舟，并叩首称万岁。帝问他姓名，答称："姓王名昇，就是神乐观住持。"奇极怪极。且云："昨夜梦见高皇帝，命臣来此，所以舣舟守候。"想是太祖僧缘未满，故令乃孙再传衣钵。帝与九人登舟，舟随风驶，历时已至神乐观，由王昇导入观中。时已薄暮，俄见杨应能、叶希贤等十三人同至，共计得二十二人，由小子按着官衔，编次如下：

兵部侍郎廖平　刑部侍郎金焦　编修赵天泰、程济　检讨程亨　按察使王艮　参政蔡运　刑部郎中梁田玉　监察御史叶希贤　中书舍人梁良玉、梁中节、宋和、郭节

刑部司务冯枨　镇抚牛景先、王资、杨应能、刘仲　翰林
待诏郑洽　钦天监正王之臣　徐王府宾辅史彬　太监周恕

杨应能、叶希贤等见帝，尚俯伏称臣。建文帝道："我已
为僧，此后应以师弟相称，不必行君臣礼了。"诸臣涕泣应
诺。廖平道："大家随师出走，原是一片诚心，但随行不必多
人，更不可多人，就中无家室牵累，并有膂力可以护卫，方可
随师左右，至多不过五人，余俱遥为应援，可好么？"建文帝
点首称善。于是席地环坐，由王昇呈进夜膳，草草食毕。比御
厨珍馐何如？当约定杨应能、叶希贤、程济三人，日随帝侧。
应能、希贤称比邱，济称道人，冯枨、郭节、宋和、赵天泰、
牛景先、王之臣六人，往来道路，给运衣食。六人俱隐姓埋
名，改号称呼。余十数人分住各处，由帝顺便寓居。帝复与诸
人计议道："我留此不便，不如远去滇南，依西平侯沐晟。"
史彬道："大家势盛，耳目众多，况新主意尚未释，倘或告
密，转足滋害，不如往来名胜，东西南北，皆可为家，何必定
去云南？"帝随口作答，是夜便寄宿馆中。天将晓，帝足痛不
能行，当由史彬、牛景先两人，步至中河桥，觅舟往载。适有
一艇到来，舟子系吴江人，与史彬同籍。彬颇相识，问明来
意，系由彬家差遣，来探消息。彬大喜，反报建文帝，愿奉帝
至家暂避。帝遂出观驾舟，同行为叶、杨、程、牛、冯、宋、
史七人，余俱作别，订后会期。及舟至吴江，彬奉帝还家，居
室西偏曰"清远轩"，帝改名"水月观"。亲笔书额，字作篆
文。越数日，诸臣复至，相聚五昼夜。帝命归省。至燕王即
位，削夺逃亡诸臣官衔，并命礼部行文，追缴先时诰敕。苏州
府遣吴江邑丞巩德，至史彬家索取诰敕等件，彬与相见，巩德
谓，"建文皇帝闻在君家，是否属实？"彬答言未至，巩德微
哂而去。建文帝闻着此信，知难久住，遂与杨、叶两比邱，及

程道人，别了史彬，决计往云南去了。建文帝好文章，善作诗歌，曾记他道出贵州，尝题诗壁间，留有二律云：

> 风尘一夕忽南侵，天命潜移四海心。
> 凤返丹山红日远，龙归沧海碧云深，
> 紫微有象星还拱，玉漏无声水自沈。
> 遥想禁城今夜月，六宫犹望翠华临。
> 阅罢楞严磬懒敲，笑看黄屋寄团瓢。
> 南来瘴岭千层迥，北望天门万里遥。
> 款段久忘飞凤辇，袈裟新换衮龙袍。
> 百官此日知何处，惟有群乌早晚朝。

建文去国，京中作何情状，且待下回表明。

燕王渡淮，南京已不可守，此时除议和外，几无别法。然野心勃勃如燕王，岂肯就此议和，解甲归去？郡主之遣，诸王之行，益令燕王藐视。至若李景隆、茹瑺辈，伏地乞怜，更为国羞，尚何益乎？至金川门启，大内自焚，乃有建文出亡之说，红箧留贻，君臣祝发，事属怪诞不经，岂太祖果有先觉，预为乃孙计耶？或谓由青田刘基之预谋。考之正史，基亦无甚奇迹，不过建文出亡，剃度为僧，未必无据。就王鏊、陆树声、薛应旗、郑晓、朱国桢诸人，所载各书，皆历历可稽。即有舛讹，亦未必尽由附会，惟红箧事或属诸子虚耳。乃祖以僧而帝，乃孙由帝而僧，往复循环，殆亦明史中一大异事耶？

第二十六回

拒草诏忠臣遭惨戮　善讽谏长子得承家

　　却说燕王棣入京后，只魏国公徐辉祖尚抵敌一阵，兵败出走，此外文武百官，多迎谒马前。燕王接见毕，驰视周、齐二王，相见时互相慰问，涕泪满颐，随即并辔归营，召集官吏会议。兵部尚书茹瑺先至燕王前叩头劝进。可丑。燕王道："少主何在？"茹瑺道："大内被火，想少主已经晏驾了。"燕王蹙额道："我无端被难，不得已以兵自救，誓除奸臣，期安宗社，意欲效法周公，垂名后世，不意少主不谅，轻自捐生，我已得罪天地祖宗，哪敢再登大位，请另选才德兼备的亲王，缵承皇考大业呢。"得罪是真，辞位是假。茹瑺复顿首道："大王应天顺人，何谓得罪？"言未已，一班文武官僚，都俯伏在前，黑压压跪满一地，齐声道："天下系太祖的天下，殿下系太祖的嫡嗣，以德以功，应正大位。"何功何德？燕王犹再三固辞，群臣固请不已。燕王道："明日再议。"翌晨，群臣又叩营劝进。燕王乃命驾入城，编修杨荣迎谒道："殿下今日先谒陵呢？先即位呢？"也是无聊之言。燕王闻言，即命移驾谒陵，一面令诸将守城，大索齐泰、黄子澄、方孝孺等，分别首从，悬赏通缉。至谒陵礼毕，复回京安抚军民，并谕王大臣道："诸王群臣，合词劝进，我实不德，未能上承宗庙，怎奈固辞不获，只得勉徇众志。王大臣等各宜协力同心，匡予不逮！"王大臣等唯唯听命。遂诣奉天殿即皇帝位，受王大臣朝贺。可谓如愿以偿。

先是建文中有道士游行都市，信口作歌道："莫逐燕，逐燕日高飞，高飞上帝畿。"都人不解所谓，已而道士杳然。至燕王即位，方惊称道士为神，这也不必细表。单说燕王即位，下令清宫三日，诸宫人、女官、太监多半杀死，惟前曾得罪建文，方得宽宥。燕王召宫人内侍，询以建文所在。宫人等无从证实，把马皇后残骸，称为帝尸。乃命就灰烬中拨出尸首，满身焦烂，四肢残缺，辨不出是男是女，只觉得惨不忍睹。燕王也不禁垂泪道："痴儿痴儿？何为至此？"试问是谁致之？是时侍读王景在侧，由燕王问他葬礼。王景谓当以天子礼敛葬。燕王点首，便令将马后残尸，敛葬如仪。猫拖老鼠假慈悲。

忽有一人满身缟素，趋至阙下，伏地大哭，声震天地。燕王闻着，即喝令左右速拿，当由镇抚伍云，拿住入献。燕王凝视道："你就是方孝孺么？朕正要拿你，你却自来送死。"孝孺抗声道："名教扫地，不死何为？"燕王道："你愿就死，朕偏待你不死，何如？"言讫，命左右带孝孺下狱。原来燕王大举南犯，留僧道衍辅佐世子，居守北平。道衍送燕王出郊，跪启道："臣有密事相托。"燕王问是何事？道衍道："南朝有文学博士方孝孺，素有学行，倘殿下武成入京，万不可杀此人。若杀了他，天下读书种子，从此断绝了。"虽是器重孝孺，未免言之太过。燕王首肯，记在心里，所以大索罪人，虽列孝孺为首犯，意中恰很欲保全，迫他臣事。且召他门徒廖镛、廖铭等，入狱相劝。孝孺怒叱道："小子事我数年，难道尚不知大义么？"廖镛等返报燕王，燕王也不以为意。

未几欲草即位诏，廷臣俱举荐孝孺，乃复令出狱。孝孺仍衰绖登陛，悲恸不已。燕王恰降座慰谕道："先生毋自苦！朕欲法周公辅成王呢。"孝孺答道："成王何在？"燕王道："他自焚死了。"孝孺复道："何不立成王子？"燕王道："国赖长君，不利冲人。"孝孺道："何不立成王弟？"燕王语塞，无可置词，勉强说道："此朕家事，先生不必与闻。"遁辞知其所穷。孝孺方欲再言，燕王已顾令左右，递与纸笔，且婉语道："先生一代儒宗，今日即位颁诏，烦先生起草，幸勿再辞！"孝孺投笔于地，且哭且骂道："要杀便杀，诏不可草。"燕王也不觉气愤，便道："你何能遽死？就使你不怕死，独不顾九族么？"孝孺厉声道："便灭我十族，我也不怕。"说至此，复拾笔大书四字，掷付燕王道："这便是你的草诏。"燕王不瞧犹可，瞧着纸上，乃是"燕贼篡位"四字，触目惊心，然孝孺也未免过甚。不由的大怒道："你敢呼我为贼么？"喝令左右用刀抉孝孺口，直至耳旁，再驱使系狱。诏收孝孺九族，并及朋友门生，作为十族。每收一人，辄示孝孺。孝孺毫不一顾，遂一律杀死。旋将孝孺牵出聚宝门外，加以极刑。孝孺慷慨就戮，赋绝命词道："天降乱离兮，孰知其由？奸臣得计兮，谋国用犹。忠臣发愤兮，血泪交流。以此殉君兮，抑又何求？呜呼哀哉！庶不我尤。"孝孺弟孝友，亦被逮就戮，与孝孺同死聚宝门外。临刑时，孝孺对他泪下，孝友口占一诗道："阿兄何必泪潜潜，取义成仁在此间。华表柱头千载后，旅魂依旧到家山。"都人称为难兄难弟。可惜愚忠。孝孺妻郑氏，及二子中宪、中愈，皆自经。二女年未及笄，被逮过淮，俱投河溺死。宗族亲友，及门下士连坐被诛，共八百七十三人，廖镛、廖铭等俱坐死。灭人十族，不愧燕贼大名。

　　齐泰、黄子澄先后被执，由燕王亲自鞫讯，两人俱抗辩不屈，同时磔毙。还有兵部尚书铁铉，受逮至京，陛见时毅然背立，抗言不屈。燕王强令一顾，终不可得，乃命人将他耳鼻割下，爇肉令熟，纳入铉口，并问肉味甘否？自古无此刑法。铉大声道："忠臣孝子的肉，有何不甘？"燕王益怒，喝令寸磔廷中。铉至死犹骂不绝口，燕王复令人舁镬至殿，熬油数斗，投入铉尸，顷刻成炭。导使朝上，尸终反身向外。嗣命人用铁棒十余，夹住残骸，令他北面，且笑道："你今亦来朝我么？"一语未完，镬中热油沸起，飞溅丈余，烫伤左右手足。左右弃棒走开，尸身仍反立如前。不愧铁铉。燕王大惊，乃命安葬。户部侍郎卓敬，右副都御史练子宁，礼部尚书陈迪，刑部尚书暴昭、侯泰，大理寺少卿胡闰，苏州知府姚善，御史茅大芳等，皆列名罪案，陆续逮至，彼此不肯少屈，备受惨毒，不是击齿，就是割舌，甚且截断手足，到了杀死以后，还要灭他三族。他如太常少卿廖昇，修撰王良、王叔英，都给事中龚泰，都指挥叶福，衡府纪善周是修，江西副使程本立，大理寺丞邹瑾，御史魏冕，皆在燕王攻城时，见危自杀。又有礼部尚书陈迪，户部侍郎郭任，礼部侍郎黄观，左拾遗戴德彝，给事中陈继之、韩永，御史高翔、谢昇，宗人府经历宋徵，刑部主事徐子权，浙江按察使王良，漳州教授陈思贤等，先后死难。既而给事中黄钺，赴水死；御史曾凤韶，自经死；王度谪戍死；谷府长史刘璟，刘基次子。下狱死；大理寺丞刘端，被捶死；中书舍人何申，呕血死。小子也述不胜述，但就死事较烈的官僚，录写数十人。最奇怪的是东湖樵夫，姓氏入传，每日负柴入市，口不二价，一闻建文自焚，竟伏地大恸，弃柴投湖，这统叫作壬午殉难的忠臣义士。建文四年，岁次壬午，故称壬午殉难。

　　惟左金都御史景清，平时倜傥尚大节，至燕王即位，闻他重名，令还旧任，他仍受命不辞，委蛇朝右。有人从旁窃笑，说他言不顾行，偷生怕死，他也毫不为意。迁延至两月余，钦天监忽奏称异星告变，光芒甚赤，直犯帝座。燕王颇为留意。八月望日，燕王临朝，蓦见景清衣绯而入，未免动疑。朝毕，景清忽奋跃上前，势将犯驾，燕王立命左右将他拿下，搜索身旁，得一利刃，便叱问意欲何为？清慨然道："欲为故主报仇，可惜不能成事。"燕王大怒，把他剥皮。清含血直喷御衣，谩骂至死，骨肉被磔，悬皮长安门。一日，燕王出巡，驾过门右，所悬的皮，自断绳索，扑向燕王面前。燕王很是诧异，立命取皮付火。既而昼寝，梦清仗剑入宫，突然惊觉，愤愤道："何物鬼魂，还敢作祟？"随令夷灭九族，辗转牵连，称为"瓜蔓抄"，株累甚众，村落为墟。淫刑以逞，何苦乃尔？

自是建文旧臣，除归附燕王外，死的死，逃的逃，只魏国公徐辉祖与燕王为郎舅亲，燕王不忍加诛，亲自召问。辉祖垂泪，不发一言，似受教桃花夫人，不免太怯。遂命下法司审治，迫他引罪自供。辉祖不言如故，惟索笔为书，写着"父为开国功臣，子孙免死"数字。难辞偷生之诮。燕王览后，越加动怒，转念他是元勋后裔、国舅至亲，究应特别从宽，只削爵勒归私第。追封徐增寿为武阳侯，进爵定国公，子孙世世袭爵。一来是悯他被杀，二来是令继中山。徐达封中山王，曾见前文。燕王又想到驸马梅殷，尚驻兵淮上，未免可虑，遂迫令宁国公主，啮指流血，作书招殷。殷得书恸哭，并问建文帝下落。来使答言出亡。殷喟然道："君存与存，我且忍死少待。"乃偕来使还京，燕王闻殷至，下殿迎劳道："驸马劳苦。"殷答道："劳而无功，徒自汗颜。"燕王默然，心中很是不乐，只因一时不便加罪，且令归私第，慢慢儿的设法，事见下文。直诛其隐。

且说燕王怀恨建文，始终未释，乃下诏革去建文年号，凡建文中所改政令条格，一概废去，仍复旧制。且追夺兴宗孝康皇帝庙号，仍谥懿文太子，迁太后吕氏至懿文陵，废兴宗子允熥、允烰为庶人，禁锢凤阳。只兴宗少子允熙，令随母居陵，改封瓯宁王，奉太子祀。四年后邸中被火，允熙暴卒，或疑为燕王所使，未知是否。建文帝长子文奎，曾立为皇太子，至是年才七龄，燕王遍觅不得，大约是随后马氏，投入火中。少子文圭，只二岁，时尚未死，幽住中都广安宫，号为建庶人。自命为周公者，乃作此举动乎？改建文四年为洪武三十五年，以明年为永乐元年，大祀天地于南郊，颁即位诏，大赦天下。命侍读解缙，编修黄淮，入直文渊阁，侍读胡广，修撰杨荣，编修杨士奇，检讨金幼孜，同入直预机务，称为内阁。内阁之名自此始。参预机务亦自此始。"九天阊阖开宫殿，万国衣冠拜冕旒"，依然是昇平盛世了。语带讽刺。后来燕王棣庙号成祖，史家都称他成祖皇帝，小子也不得不依样称呼，改名燕王为成祖。言下有不满意。且燕王即位有日，至是始呼成祖，寓贬之意益见。成祖复大封功臣，公爵二人，侯爵十四人，伯爵亦十四人，叙次如下：

邱 福	洪国公	朱 能	成国公	张 武	成阳侯
陈 珪	泰宁侯	郑 亨	武安侯	孟 善	保安侯
火 真	同安侯	顾 成	镇远侯	王 忠	靖安侯
王 聪	武成侯	徐 忠	永康侯	张 信	隆平侯
李 远	安平侯	郑 亮	成安侯	房 宽	思恩侯
王 宁	永春侯	徐 祥	兴安伯	徐 理	武康伯
李 浚	襄城伯	张 辅	信安伯	唐 云	新昌伯
谭 忠	新宁伯	孙 岩	应成伯	房 胜	富昌伯
赵 彝	忻城伯	陈 旭	云阳伯	刘 才	广恩伯
王 佐	顺昌伯	茹 瑺	忠诚伯	陈 瑄	平江伯

前此战死将士，尽行追封。周、齐、代、岷四王，统复原爵，各令归国。谷王橞以开门功，厚加赏赐，改封长沙。惟宁王权被诱入关，曾由成祖面许，事成后当平分天下。及成祖即位，搁置不提，但把他留住京师。想是贵人善忘。宁王权也不敢争约，只因大宁残破，势无可归，乃上书乞徙封苏州。成祖

不许，权复乞徙封钱塘，又不许。两地逼近南京，所以成祖不许。宁王屡不得请，竟屏去从兵，只与老中官数人，偕往南昌，卧病城楼，久不还京。成祖乃把南昌封他，就布政司署为王邸，瓴甋规制，一无所更。权亦自是韬晦，惟构精庐一区，读书鼓琴，不问外事，才得保全性命。总算明哲保身。

成祖立妃徐氏为皇后，后系徐达长女，幼贞静，好读书，册妃后，孝事高皇后。高皇后崩，后蔬食三年。至靖难兵起，世子高炽居守，一切部署，多由后悉心规划。及立为皇后，上言：“南北战争，兵民疲敝，此后宜大加休息，所有贤才，皆高皇帝所遗，可用即用，不问新旧。”成祖深为嘉纳。当追封徐增寿时，后又力言椒房至戚，不应加封，成祖不从，竟封定国公，命子景昌袭爵。后闻命，以意所未愿，竟不致谢。悍如成祖，有此贤后，也是难得。成祖也不加诘责。惟成祖三子，统系后出，后位既定，应立太子；高煦从战有功，不免自负，意图夺嫡，暗中运动淇国公邱福、驸马王宁，密白成祖，请立高煦。成祖亦以高煦类己，有意立储，独兵部尚书金忠力持不可。金忠由道衍所荐，随军占卜，迭有奇验，应二十一回。至是已任职兵部，恰援古今废嫡立庶诸祸端，侃侃直陈，毫不少讳。守经立说，不得目为江湖人物。成祖颇信任金忠，因此左右为难，不能骤决。

是时北平已改称北京，设顺天府，仍命世子高炽居守。高煦随侍南京，设谋愈亟。金忠知不利太子，尝与解缙、黄淮等，说及此事，共任调护。会成祖以建储事宜，问及解缙。解缙应声道：“皇长子仁孝性成，天下归心，请陛下勿疑！”成祖不答。缙又顿首道：“皇长子且不必论，陛下宁不顾及好圣孙么？”原来成祖已有长孙，名叫瞻基，系世子高炽妃张氏所生。分娩前夕，成祖曾梦见太祖，授以大圭，镌有“传之子孙永世其昌”八大字，成祖以为瑞征。既而弥月，成祖抱儿注视，谓此儿英气满面，足符梦兆，以此甚为钟爱。及成祖得国，瞻基年已十龄，嗜书好诵，智识杰出，成祖又誉不绝口。解缙察知已久，遂提及长孙瞻基，默望感动主心，可谓善谏。成祖果为所动，惟尚不能决定。

隔了数日，成祖出一虎彪图，命廷臣应制陈诗。彪为虎子，图中一虎数彪，状甚亲昵，解缙见图，援笔立就，呈上成祖。成祖瞧着，乃是一首五绝，其诗道：

> 虎为百兽尊，谁敢触其怒？
> 惟有父子情，一步一回顾。

瞧毕，不禁暗暗感叹。究竟世子得立与否，且看下回续表。

　　方孝孺一迂儒耳，观其为建文立谋，无一可用，亦无一成功。至拒绝草诏，犹不失为忠臣，然一死已足谢故主，何必激动燕王之怒，以致夷及十族，试问此十族之中，有何仇怨，而必令其同归于尽乎？燕王任情屠戮，考诸历史，即暴如桀、纣，亦不至若是之甚。一代忠臣义士，凌夷殆尽，而懿亲如徐辉祖、梅殷，亦不肯轻轻放松，甚至兄嫂之尊，亦视若仇雠，贬死侮生，不顾后议。惟于党恶诸臣，则不问是非，悉加封赏，翘首天阍，胡为使此阴贼险狠之叛王，得享其成耶？本回详叙死难诸臣，旌之也。历叙封赏诸臣，愧之也。后文立储一段，几又启骨肉相争之祸，微金忠、解缙之力谏，则喋血萧墙，燕王将及身见之矣。不令燕王得见此祸，吾犹恨天谴之未及也。昭昭者天，梦梦者亦天，读此回令人感慨无穷。

第二十七回

梅驸马含冤水府　郑中官出使外洋

却说成祖得解缙诗，知他借端讽谏，心中很是感叹。寻复问及黄淮、尹昌隆等，大家主张立嫡，乃决立世子高炽为皇太子，高煦封汉王，高燧封赵王。煦应往云南，燧应居北京，燧本与太子留守北平，奉命后没甚异议，独高煦怏怏不乐，尝对人道："我有何罪？乃徙我至万里以外。"于是逗留不行。成祖恰也没法，暂且听他自由，后文再表。

单说成祖杀戮旧臣，不遗余力，只盛庸留镇淮安，反封他为历城侯。想由前时屡纵燕王，因此重报。李景隆迎降有功，加封太子太师，所有军国重事，概令主议。导臣不忠，莫妙于此。又召前北平按察使陈瑛，为副都御史，署都察院事。瑛滁州人，建文初授职北平，密受燕府贿赂，私与通谋，为金事汤宗所劾，逮谪广西，至是得成祖宠召，好为残刻，遇狱事，往往锻炼周纳，牵连无辜。狱囚累累，彻夜号冤，两列御史掩泣，瑛独谈笑自若，且语同列道："此等人若不处治，皇上何必靖难。"因此忠臣义士，为之一空。未几，又诬劾盛庸心怀异谋，得旨将盛庸削爵，庸畏惧自杀。不死于前，而死于后，死且贻羞。耿炳文有子名浚，曾尚懿文太子长女，建文帝授为驸马都尉，成祖入京，浚称疾不出，坐罪论死。炳文自真定败归，郁郁家居，瑛又与他有隙，捕风捉影，只说炳文衣服器皿，有龙凤饰，玉带用红笺，僭妄不道。这一语奏将上去，正中成祖皇帝的猜忌，立饬锦衣卫至炳文家，籍没家产。炳文年将七十，自思汗马功劳，徒成流水，况复精力衰迈，何堪再去对簿，索性服了毒药，往地下寻太祖高皇帝，替他执鞭去了。语冷而隽。李景隆做了一年余的太师，也由瑛等联结周王，劾他谋逆，遂致夺职，禁锢私第，所有产业，悉数归官。这却应该。

　　自此陈瑛势焰愈盛，迎合愈工，忽想到驸马梅殷，与成祖不协，应前回。遂又上了一道表章，略称殷畜养亡命，与女秀才刘氏朋邪诅咒等情。成祖即谕户部尚书，考定公侯伯驸马仪仗人数，别命锦衣卫执殷家人，充戍辽东。至永乐三年冬季，召殷入朝，都督谭深，指挥赵曦，奉成祖命，迎接殷驾，并簪至笪桥下，竟将殷挤入水中，殷竟溺死。谭、赵二人非密授成祖意旨，安敢出此？谭、赵二人返报成祖，只说殷自投水，成祖不问。其情愈见。偏都督同知许成，备知二人谋杀底细，原原本本，据实陈奏。成祖不便明言，只得将谭、赵二人逮系，命法司讯实惩办。那时宁国公主，闻着凶耗，竟趋入殿中，牵衣大哭，硬要成祖赔她驸马。这一着颇是厉害。成祖好言劝慰，公主只是不受，一味儿乱哭乱撞。还是徐皇后出来调停，好容易劝她入宫，一面启奏成祖，立诛谭、赵，并封她二子为官，算做偿命的办法。成祖不好不从，即封她长子顺昌为中府都督同知，次子景福为旗手卫指挥使，并命把谭深、赵曦限日正法。两人真十足晦气。一面遣中官送归公主，为殷治丧，赐谥荣定，特封许成为永新伯。偏他恰是交运。梅殷麾下，有降人名瓦剌灰，事殷有年，很是忠诚。殷死后终日恸哭。至谭、赵伏法时，他却伏阙呼吁，请断二人手足，并剖肠挖心，祭奠阴灵。成祖本已心虚，又不好不从他所请。瓦剌灰叩头谢恩，趋出朝门，立奔法场，把谭、赵二人的尸首，截断四肢，又破胸膛，挖出鲜血淋淋的一副心肠，跑至梅殷墓前，陈着祭案，叩头无数，且大哭了一场；随解下衣带，套颈自缢，一道忠魂，直往西方。不没义仆。宁国公主，至宣德九年始殁，这且搁下不提。

且说皇太子高炽奉命南来，将职务交与高燧，自偕僧道衍等趋入京师。成祖见了高炽，不过淡淡的问了数声，及道衍进谒，恰赐他旁坐，推为第一功臣，立授资善大夫，及太子少师，并命复原姓，呼为少师而不名。好一个大和尚。道衍舞蹈而出，扬扬自得，至长洲探问亲旧，大家以道衍贵显，多半欢迎，独同产姊拒不见面，道衍不禁惊异，硬求一见。姊使人出语道："我的兄弟曾做和尚，不闻有什么太子少师。"是一个奇妇人。道衍没法，改易僧服，仍往见姊。姊仍拒绝，经家人力劝，方出庭语道衍道："你既做了和尚，应该清净绝俗，为甚么开了杀戒，闯出滔天大祸，害了无数好人？目今居然还俗，来访亲戚，人家羡你贵显，我是穷人，不配做你的阿姊。你去罢！休来歪缠！"快人快语，我读至此，应浮一大白。道衍不敢与辩，反被她说得汗流满面，踉跄趋出，惘惘然去访故友王宾。宾亦闭门不纳，但从门内高声道："和尚错了！和尚错了！"八字足抵一篇绝交书。道衍乃归京，以僧寺为居宅，除入朝外，仍着缁衣。成祖劝他蓄发，不受命。赐第及两宫人，亦皆却还。至永乐十七年乃死，追封荣国公。

先是太祖在日，严禁宦官预政，在宫门外竖着铁牌，为子孙戒。建文嗣位，待遇内侍，亦从严核。至靖难兵起，宦官多私往燕营，报知朝廷虚实，应二十四回。所以成祖得决计南下，攻入京师。即位后封赏既颁，宦竖等尚嫌不足，弄得成祖无可设法。所谓小人难养。会镇远侯顾成、都督韩观、刘真、何福等，出镇贵州、广西、辽东、宁夏诸边，乃命有功的宦官，与他偕行，赐公侯服，位诸将上。既而云南、大同、甘肃、宣府、永平、宁波等处，亦各遣宦官出使，侦察外情。宦寺专横，实自此始。寻复派宦官郑和，游历外洋，名为宣示威德，实是踪迹建文。原来建文帝出亡云南，驻锡永嘉寺，埋名韬晦，人无从知，成祖疑他出亡海外，因命郑和出使，副以王景和等特造大船六十二艘，载兵士三万七千余人，多赍金币，从苏州刘家港出发，沿海而南，经过浙、闽、两粤，直达占城。占城在交趾南，距南洋不远，当时地理未明，还道是由东至西，可以算作西洋，并呼郑和为三保太监，所以有三保太监下西洋之说。注释明晰。

郑和等既到占城，并不见有建文帝形迹，暗想建文无着，未免虚此一行，不如招致蛮方，令他入贡，方不负一番跋涉。当下与王景和等商议，决意遍历诸邦，自占城南下，直至三佛齐岛国。这岛系广东南海人王道明所辟，道明出洋谋生，得了此岛，开创经营，遂成部落，自为酋长。后为邻岛爪哇所灭，改名旧港。海盗陈祖义，又将爪哇兵民逐去，据有此地，南面称王。郑和到了旧港，别遣王景和等，率舟二十余艘，往谕爪哇婆罗洲，自领随从百人，往见祖义，并传大明天子命令，赐给金帛。祖义闻得厚赏，自然出迎，设酒款待，一住数日，郑和便劝他每岁朝贡。看官！你想这陈祖义是积年大盗，只知利己，不知利人，起初闻有金帛颁来，喜出望外，因此出迎郑和，嗣闻要他年年进贡，哪里肯割舍方物，便即出言拒绝。郑和拂袖而出，回至船上，点齐兵士，往攻祖义。祖义也出来抵敌，究竟乌合之众，不敌上国之兵，战不多时，败北而逃。郑和据住海口，与他相持。祖义穷蹙得很，遣人至邻岛乞援。不意爪哇婆罗洲各岛，已受王景和诏谕，归服明朝。去使懊丧归来，祖义越加惶急，入夜潜逃，偏被郑和探悉情形，四面布着伏兵，一俟祖义出来，把他团团围住。祖义只乘一小舟，带了三十余人，哪里还能抵敌？眼见得束手就缚，俘献和前。问你再要金帛否？和便领兵上岸，直入岛中，召集居民，宣示祖义罪状，命他另举一人，作为岛主，按时入贡，永为大明属地。岛民顿首听命，和遂押解祖义，退出岛外。再向尼科巴、巴拉望、麻尼拉等处，宣扬诏命，示以罪犯，远近震慑，纷纷归附，多愿随和入贡。

和乃回京报命，一次出洋，算是得手。成祖大喜，又命他载着金帛，遍赐归化诸邦。一帆出海，重至外洋，自三佛齐国以下，统优礼相待，奉若神明。郑和给赏已毕，复发生奇想，纵舟西航。颇有冒险性质。烟波浩渺，海水苍茫，凭着一路雄风，直达西方的锡兰国。锡兰也是一岛，孤悬海表，岛中气候极热，不分冬夏，草木蕃盛，禽兽孳生。居民多系巫来由种，酋长叫作亚列苦奈儿，郑和到此，亚列苦奈儿恰也出迎，又是一个陈祖义。引和遍观猛兽，曲示殷勤。原来亚列苦奈儿，喜蓄虎豹狮象，遇着闲暇，辄弄狮为乐，居民得罪，便投畀虎豹，任他争食。郑和不知底细，经亚列苦奈儿与他说明，才觉惊异起来。越日，亚列苦奈儿复请和观狮斗，和恐他怀着异心，托疾不往，遣人探视，果得亚列苦奈儿狡情，意欲嗾狮噬和，和遂潜身遁去。看官阅此，或疑和在异域，语言不通，如何能察悉异谋？这是情理上应该表明。原来隋唐以后，已有我国商船，往来南洋，能通蛮语。此次郑和出使，即雇商人为向导，彼此语言，由他翻译，所以外域情形，不难侦悉。亚列苦奈儿自知谋泄，即发兵民数千，追捕郑和。和已早至舟中，运兵登陆，准备厮杀。亚列苦奈儿不识好歹，与他搏斗，有败无胜。后来又放出虎豹狮象，作为前驱，来冲和军。和军备有巨炮，轰将过去，这种虎豹狮象，忍不住苦痛，望后奔逸，反冲扰亚列苦奈儿的兵民。亚列苦奈儿大败逃归，和军乘胜进击，如入无人之境，不一日捣破巢穴，生擒亚列苦奈儿，几似《三国演义》中之木鹿大王，但彼系虚造，此实真事。并将他所有妻子，一古脑儿捉来，二次又得手了。槛送到京。成祖越加喜慰，至郑和谒见时，慰劳备至，厚给赏赐。

郑和休息数月，又自请出洋，成祖自然准奏，驾轻就熟，往至南洋一大岛中。这岛叫作苏门答剌，也有国王世子。世子名叫苏干利，得罪国王，将他下狱。世子的爪牙心腹，没命的跑至海口，适值郑和到来，与他相遇，他便一一详告，和遂乘机出兵，助他一臂。那时内应外合，岛中大乱，国王不能支持，立即远飏。苏干利出狱为王，和令他称臣入贡，苏干利恰又不允。和怒道："忘恩负义，如何立国？"遂麾兵进薄王宫，宫墙高峻得很，仿佛似一座大城，苏干利募兵固守，急切不能攻下。和四面布兵，把王宫围得水泄不通，宫中无粮可食，无水可汲，只有数十头牲畜，宰杀当粮，也不足一饱。苏干利无法可施，不得已夺门逃走，和军掩杀过去，顿将他一鼓擒住。当下抚定岛民，别立新主，与他订了朝贡的约章，然后敛兵退出，转至邻近各岛，无不望风投诚，愿遵约束。和复西南航行，绕出好望角东北，直至吕宋。吕宋国王，亦奉币称臣，然后还京。郑和三次出洋，屡擒番首，论其功绩，不亚西洋哥伦布。

后来复屡往南洋，直至七次，有一次骤遇飓风，天地为昏，波涛汹涌，和所率六十余船，多半漂去，等到日暮风息，只剩了十多艘，所失不可胜计。惟成祖好大喜功，因郑和出洋以后，虽不获建文踪迹，却能使南洋各国，尽行归化，也要算他是一位佐命功臣，一切耗失，悉数不问。南洋商民，欣羡中国货物，多来互市，中国东南海中，尝有番舶出没，自是航路日辟，交通日盛，渐渐的成为华洋通商时代了。

这时候的安南国，适有内乱，又惹起一场南征的兵事来，说来话长，小子且略叙本末，方好说到战事。安南古名交趾，元时曾服属中国。洪武初，国王陈日烜，遣使朝贡，得太祖册封，仍使为安南国王。日烜卒，兄子日𤊰嗣位，煓兄叔明，弑𤊰自立，复遣使入贡明廷。廷臣以王名不符，请旨斥责，叔明乃上书谢罪，愿让位于弟日煓。日煓忽殂，弟日炜嗣。煓、炜相继为王，暗中大权，实仍由叔明把持。叔明与占城构兵数年，战争不息，其女夫黎季犛，颇有智勇，击退占城兵，与叔明并执国政。叔明病死，季犛独相，竟弑了国王日炜，别立叔明子日焜。未几，又将日焜弑死，并将他二子颙、窦，陆续杀毙，遂大戮陈氏宗族，立子苍为皇帝，自为太上皇，诈称系舜裔胡公满后人，国号大虞，纪元天圣。想只知一胡公满，故不惮改黎为胡。适值成祖即位，竟上表称贺，季犛改名胡一元，苍改名为奃，且诡言陈氏绝后，奃是陈甥，为众所推，权署国事。成祖亦防他是诈，传谕安南国陪臣耆老，询明陈氏有无后嗣。胡奃遣使还奏，仍照前言，成祖乃循例加封。不意安南旧臣裴伯耆，诣阙告难，接连是故王日煃弟天平来奔，请兵复仇，成祖立遣使赴安南，责问胡奃篡弑罪状。胡奃与乃父商议，想出一条调虎离山的计策，愿请陈天平归国，成祖信为真言，命都督佥事黄中、吕毅，大理卿薛嵓，率兵五千，护天平南归。既到芹站，山路奇险，林菁丛深，军行不得成列，突遇伏兵四起，鼓噪而前，天平不及防备，被他杀死，薛嵓亦遇害，黄中、吕毅夺路窜还，才得保全首领。当下拜表至京，恼动了成祖皇帝，遂发大兵八十万，命成国公朱能等，祃牙南征，正是：

不殊汉武开边日，犹是元廷黩武时。

欲知南征情状，且至下回再详。

本回前段是承接上文，大意已见前评，惟梅殷溺死，显系谭深、赵曦默承上意而为之，成祖之刻，于此益见。诛谭、赵，官梅殷二子，只足以欺妇人，不足以欺后世。且薄待懿亲，重用阉寺，酿成一代厉阶，更为失德之尤。呜呼成祖！倒行逆施，不及身而致乱，其殆徼有天幸乎？后半叙郑和出使事，虽宣威异域，普及南洋，为中国历史所未有，然以天朝大使，属诸阉人，亵渎国体，毋亦太甚。且广赍金帛，作为招徕之具，以视西洋各国之殖民政策，何其大相径庭耶？人称郑和为有功，吾独未信。

第二十八回

下南交杀敌擒渠　出北塞铭功勒石

却说成国公朱能，受命为征夷大将军，统师南行，西平侯沐晟，新城侯张辅为副，以下共有二十五将军，及兵士八十万，分道并进。一军出广西，一军出云南。朱能到了龙州，得病身亡，有旨以张辅升任。辅自广西出兵，进破隘留、鸡陵二关，南抵芹站，搜捕伏兵，造桥济师。沐晟亦由蒙自进军，拔木通道，斩关夺隘，立营白鹤江，遣使至张辅军，约期相会。胡查闻明军入境，派兵四驻，依宣江、洮江、沱江、富良江四川，树栅筑寨，绵长九百里。且沿江置桩，尽取国中舟舰，排列桩内，所有江口，概置横木，严防攻击。张辅入次富良江，命骁将朱荣，往嘉林江口，击破敌兵，再进至多邦隘。沐晟亦沿洮江北岸，与多邦隘对垒，两军南北列峙，互为声援。

多邦隘已设土城。很是高峻，城下设有重濠，濠内密置竹刺，濠外多掘坎地，守具严备，人马如蚁。张辅下令军中道："安南所恃，莫若此城，此城一拔，便如破竹。大丈夫报国立功，就在今日，若能先登此城，不惮重赏。"从张辅口中述多邦隘之险要。将士踊跃听命。辅复以夜为期，是夜四鼓，遣都督金事黄中，率锐骑数千，异着攻具，衔枚疾走，越重濠，架云梯，缘城而上，指挥蔡福等先登，诸军后继，霎时间万炬齐明，铜角竞响，敌兵仓皇失措，矢石不得发，皆退走城下。蔡福入城破扉，放入大军，与敌兵巷战起来。敌驱大象出阵，尽力冲突，几不可当，谁知张辅军中，忽拥出无数猛狮，两旁护着神铳，随狮进去，接连击射。大象见了猛狮，立即返奔，自相蹂踏，又被一阵铳击，害得人象并仆，血肉模糊，敌酋梁民猷、祭伯乐等同时被杀，余众半死半逃，由辅军穷追数十里，斩馘了好几万名。

看官听着！这象阵是南方惯习，倒也没甚希奇，惟张辅阵中，如何得了许多猛狮？几令人莫明其妙。实在大象是真的，猛狮是假的。张辅身在军中，早探悉城栅中间，列有象阵，暗地里裂布绘狮，蒙在马上，一俟象阵冲来，便将假狮突出。究竟象是畜类，不知真假，蓦见狮至，尽皆却走。就是蒙马虎皮的法儿。辅军因获大胜，长驱薄东西两都。东都即古龙编城，西都即古九真城。张辅、沐晟至东都，一鼓即下，遣参将李彬向西都。西都守将，亦闻风遁去。三江州县，次第归降。辅、晟两军，复节节进剿，连败敌兵。到了胶水县闷海口，地势溽暑，不便驻兵，敌众却负嵎自固，辅与晟商定秘计，佯为退师，至咸子关，令都督柳升驻守，大军竟退至富良江。果然敌舰纷来，佐以步卒，水陆兵不下数万，辅麾兵回击，大败敌众，斩首无算，江水为赤。又南追入闷海口，季犛父子，仅率数小舟，向海门泾遁去，适遇水涸，弃舟登岸，辅等率舟师追至，被胶不得前，忽天大雷雨，水涨数尺，各舟毕渡。咸称天助，乃飞檄柳升夹攻，水陆并进。直至奇罗海口，由柳升部下王柴胡，擒住季犛及其子澄。次日，土人武如卿，亦缚献黎苍，及苍子芮，并苍臣黎季珫等，于是安南悉平。

辅奏称"安南本中国地，陈氏子孙，已被黎氏戮尽，无一子遗，不若改为郡县，如中国制，或得一劳永逸"云云。成祖准奏，乃置交趾布政使司，都指挥使司，按察司，分十七府，设四十七州，一百五十七县，卫十二，所一，市舶司一，改鸡陵关为镇彝关，以尚书黄福兼布按二司，都督吕毅为都司，黄中为副。布置已定，先由都督柳升，槛送黎季犁父子至阙前。成祖御奉天门受俘，置季犁及子苍于狱，赦澄及芮。既而出季犁戍广西，释苍居京师，封张辅为英国公，沐晟为黔国公，所有将士，封赏有差。凯奏时，饮至受赏，成祖且亲制《平安南歌》，作为宠锡，这是永乐六年春间事。不遗年月。

孰料由春至秋，仅历半年，安南复乱，免不得又要劳师。夷性难驯。先是明军至安南，陈氏故官简定出降，随征黎氏，颇得战功。嗣因安南平定，不复立陈氏后，心中不服，乘间脱逃至化州，联合群盗邓悉等，自称日南王，国号大越。乘大军北还，出攻咸子关，扼三江府往来要道。简定对于陈氏，不可谓不忠，但反抗明朝，未免不度德，不量力。诸州县相率响应，黎氏余党，亦多往附。内有陈季扩、邓景异等，尤称猖獗。交趾布政司黄福，飞奏至京，亟请增兵。成祖立命黔国公沐晟，发兵数万，由云南出征。且令兵部尚书刘俊，往赞军事。沐晟率军南下，至生厥江，与简定相遇，彼此交锋，简定佯败却走。刘俊等驱军追赶，不防陈季扩、邓景异等，两路杀出，冲动阵势，竟致大乱。刘俊马踬被执，都督吕毅，及布政使参政刘昱等皆战死。这是狃胜而骄之故。沐晟仓猝收军，计已伤亡万人，没奈何奏报败状。成祖也出了一惊，只好再请出英国公张辅，令他前往。又命清远侯王友为副帅，率师二十万启行。

这边尚在中途，那边情形又变，简定为陈季扩所逼，将王位让与季扩，自称上皇。季扩系蛮人，诡托陈氏后裔，号召全国。蛮人有何知识，信以为真，大众趋附，势愈猖獗。邓景异恰进攻盘滩，守将徐政阵亡。沐晟沿边固守，专待辅军到来。至永乐七年秋季，辅军方至，进薄咸子关。安南兵联舟蔽江，不下千艘，辅饬各军乘风纵火，猛烧敌舰。敌众惊溃，溺死无算。生擒敌目二百余人，获船四百余艘。邓景异等登岸狂奔，辅麾军追杀，景异返身接仗，各用短兵相击，又敌不过辅军，败投季扩。季扩自称陈氏后人，上书乞封，辅拒绝不受，进军清化，季扩远遁。简定迟了一步，不及远行，但匿迹美良山中。辅军入山搜寻，见简定缩做一团，当即牵出，送入大营。辅遂将简定槛送京师，至即伏法。再进军追陈季扩等，至冻潮州，生擒季扩党羽范友、陈原卿等二千人，悉数坑死，筑尸为京观。

会有朝使驰至，召辅还京，留沐晟镇守。辅引军自归，晟复追陈季扩至灵长海口，击败敌众。季扩穷蹙，奉表乞降。成祖以师劳日久，姑从所请，谕令季扩为交趾右布政使。季扩阳为受命，阴仍四掠，乃复令张辅往讨。辅至安南，严申军令，都督佥事黄中，违命不顺，立斩以徇，众皆股栗，相率用命。于是与沐晟合军，决计平寇，越月常江，渡神投海，过西心江，至爱子江，所有沿途敌众，尽行扫荡。敌将阮师桧，以象阵来攻，辅亲为前驱，连发二矢，一矢将象奴射落，再矢将象鼻射破，象惊跃四散，敌众大愕。前用象阵，为辅所败，至此复用象阵，真是呆鸟。经辅军乘势掩击，顿将敌兵冲成数截，乱斫乱剁，杀得尸横遍野，血流成渠。阮师桧窜入深山，由辅率将校徒步入捕，竟得寻获。邓景异也在山中，一并拿住，立刻磔死。陈季扩出走老挝，都指挥师祐蹑迹穷追，攻破老挝三关，蛮人溃散。只剩陈季扩及妻妾数人，生絷以归。辅命囚解至京，双双斩首。与妻妾同时伏法，可谓不愿同日生，只愿同日死。自辅三下安南，三擒伪王，威震蛮服，无不畏怀。成祖暂命留守交趾，南陲得以无事。

小子且把南方搁下，再叙及北方时事。从前元嗣主脱古思帖木儿，为明将蓝玉所破，败走喀喇和林，应十九回。至土拉河畔，为长子也速迭儿所弑，部众不服，相率离散。是时蒙古疏族帖木儿，方平定中央亚细亚，统辖西域诸汗国，略印度，破埃及，声势大震。元初分封诸王，西北一带，有察合台、窝阔台、伊儿、钦察四汗国。窝阔台国先亡，余汗亦次第衰微。帖木儿起自察合台国，并有各地，参阅作者《元史演义》便见详情。闻元嗣为明军所逼，窜走一隅，不禁愤怒起来，遂招集残元部众，大举东征，竟欲恢复中原，统一世界。好大志向。军报直达南京，成祖忙饬西宁卫守将宋晟，统率陕甘各军，加意守御。幸帖木儿在道病殁，西微少安。帖木儿子孙争位，无暇及明，蒙族终致不振。也速迭儿篡位后，国中弑戮相寻，数传至坤帖木儿，又为臣下鬼力赤一作郭勒齐。所弑，自去蒙古国号，别称鞑靼可汗。元室改号鞑靼，以此为始。部民以鬼力赤并非元裔，多不从命。元太祖弟溯只后裔阿噜台乘间杀鬼力赤，迎立坤帖木儿弟本亚失里为汗，自为太师，号召四方，渐臻强盛。鞑靼西边有瓦剌部，为元臣猛可帖木儿后裔，与鞑靼不睦，酋长叫作玛哈木，成祖起兵北平，曾防玛哈木内袭，与他通和。及入京为帝，封玛哈木为顺宁王。玛哈木恃有内援，遂常与鞑靼为难。借他人以敌同族，玛哈木也是失算。阿噜台往击瓦剌，反为所败。成祖闻他互相仇杀，亦欲乘此机会，收服鞑靼。永乐六年，特遣降臣刘铁木儿不花，持着玺书，并织锦文绮等物，往抚鞑靼汗本雅失里，本雅失里不受命。越年，又遣给事中郭骥往谕，竟为所杀。成祖不便罢手，遂授淇国公邱福为征虏大将军，偕王聪、火真、王忠、李远等，统兵十万，北征鞑靼。一面先谕瓦剌部，出兵夹攻。瓦剌部酋玛哈木，不待邱福兵至，已袭破鞑靼都城。本雅失里与阿噜台，徙居胪朐河旁。

　　邱福一至，探悉鞑靼已败，总道是势穷力蹙，立可扫灭，遂率轻骑千人先行，途次遇鞑靼游兵，迎头击破，追杀过河，擒住敌目一人，问明本雅失里下落。敌目答已仓皇北走，去此不过三十里。福大喜道："擒贼先擒王，此行定可得手了。"参将李远谏道："敌众恐有诈谋，须侦查确实，方可进兵。且后军尚未到齐，姑俟大兵会集，再进未迟。"福怒道："你敢

挠我军心么？敌酋在前，不擒何待？"一闻谏言，便即动怒，活画
邱福卤莽。李远又道："将军辞行时，皇上亦再三告诫，兵宜慎
重，毋为敌绐，难道将军忘了不成？"借李远口中，补出成祖嘱
语。邱福愈怒道："将在外，君命有所不受，你妄托天子威灵，
敢来哓舌。军法具在，莫怪无情。"李远不敢再言。王忠复力
陈不可，福仍不从，麾众直入。蒙兵遇着，未战即走，诱至深
林丛菁中，吹起胡哨，伏兵四起，把邱福等困住垓心，镮绕数
匝。邱福、火真、王忠等，冲突不出，先后战殁。李远、王聪
率五百骑突围出走，被敌兵追至，酣战了好几时，亦力尽身
亡。后军闻警赶至，又被蒙兵大杀一阵，伤毙了一大半，余众
遁还。

　　成祖闻报，因邱福不听良言，追夺封爵，下令来春亲征。
转眼间已是永乐八年，遂率师北巡，命户部尚书夏元吉，辅皇
长孙瞻基，留守北京，接运军饷。自领王友、柳升、何福、郑
亨、陈懋、刘才、刘荣等，督师五十万出塞，至清水原，水多
咸苦不可饮，人马皆渴，成祖方以为忧。忽西北二里许，有泉
涌出，味甚甘冽，军中赖以不困。成祖赐名神应泉。再进至胪
朐河，次苍山峡，前锋巡弋队获敌数人，箭一枝，马四匹，料
知去敌不远，遂由成祖下令，渡河前进。本雅失里不敢接战，
北走斡难河。即元太祖肇兴地。成祖饬众奋追，至斡难河畔，追
及本雅失里，驱杀过去，大败敌众。本雅失里弃辎重牲畜，只
率七骑遁去。先是本雅失里闻帝亲征，拟与阿噜台率众西遁，
阿噜台不从，于是君臣离析，本雅失里走而西，阿噜台走而
东。成祖以本雅失里远遁，不欲穷追，即命移师征阿噜台，时
已盛暑，兵行沙漠，挥汗如雨，日间不便跋涉，只好乘夜东
行。既渡飞云壑，侦悉阿噜台住处，便遣使持敕谕降。阿噜台
诡言遵谕，即派数骑随使报命，自率精锐潜蹑于后。成祖得去
使还报，即登高东望，遥见数里以外，尘土飞扬，差不多有千

军万马，急奔而来，不禁瞿然道："阿噜台既云来降，为何带此重兵？莫非前来袭我么？"处处留心，确是智囊。亟命诸将严阵以待。阿噜台到了阵前。果然纵兵入犯，成祖麾令奋击，铳、矢齐发，射中阿噜台马首，阿噜台翻落马下，至部兵扶起阿噜台，众已大乱，阿噜台料知不支，易马返奔，被明军追杀过去，好似风扫落叶，顷刻而尽。成祖以天气过热，收军还营，休养一日，即命班师。阿噜台闻大军退去，又派残骑尾行，成祖正防他来袭，沿途设伏，佯令数人满载辎重，在后尾随。蒙骑贪掠货物，竞来争夺，猝遇伏发，四面围攻，杀得一骑不留，乃安安稳稳的奏凯而回。还次擒狐山，勒石铭功，有"瀚海为镡，天山为锷，一扫风尘，永清朔漠"十六字。再还次清流泉，有"于铄六师，禁暴止侮，山高水清，永彰我武"十六字。至七月中旬，始至北京，御奉天殿，大受朝贺，论功行赏有差。

诸将方共庆功成，不意都御史陈瑛，竟劾奏宁远侯何福，私怀怨望。成祖以福为建文旧臣，未免动疑，福竟惧罪自缢。那时成祖闻知，未免怏怏不乐。过了秋季，启跸南归，行至山东临城县，侍妃权氏，忽得暴疾，竟尔逝世，累得成祖哀悼异常，小子有诗咏道：

> 赤日炎炎扈六飞，王师力敝始南归。
> 临城一恸红颜逝，不重功臣重爱妃。

欲知权妃来历，且至下回表明。

　　明代之好大喜功，莫如成祖，观其讨安南，征漠北，莫非穷兵黩武之举。彼盖因得国未正，惧贻来世口实，不得不耀武扬威，期盖前愆于万一，然已师不胜劳，财不胜费矣。成国公张辅，颇有远图，不特三擒番酋，叠著奇功，即如建设郡县，主张殖民，实不愧为拓边胜算。假令长畀镇守，教养兼施，吾知南人当不复反矣，何至后日之屡服屡叛乎？成祖志在张威，不在务本，故于张辅之三下安南，暂命留守，未几即行召还；而漠北一役，未曾平定蒙族，即铭功勒石，自夸功绩，谓非好大喜功不得也。成祖之成，殆不能无愧云。

第二十九回

徙乐安皇子得罪　闹蒲台妖妇揭竿

却说成祖南返临城，遇爱妃权氏病逝，不觉哀恸异常。小子欲述权氏来历，还须先将徐后事，补叙出来。徐皇后秉性贤淑，善佐成祖，成祖亦颇加敬爱，所有规谏，多半施行。后常召见各命妇，赐冠服钞币，并婉谕道："妇人事夫，不止馈食衣服，须要随时规谏。朋友的言语，有从有违，夫妇的言语，婉顺易入。我旦夕侍上，尝以生民为念，汝等亦宜勉力奉行"云云。嗣后复搜采女宪女诫，"作内训"二十篇，又类编古人嘉言懿行，作劝善书，颁行天下。永乐五年七月，忽然患病不起，竟致去世。成祖很是悲悼，特命于灵谷、天禧二寺间，荐设大斋，听群臣致祭。追谥仁孝皇后，历六年方安葬长陵。后有妹名妙锦，端静有识，成祖闻她贤名，欲聘为继后，偏偏妙锦不从。内使女官，络绎至第，宣示上意，妙锦固拒不纳。女官直入闺中，坚请妙锦出见。妙锦不得已，乃徐徐起立道："我无妇容，不足备六宫选，乞代奏皇上，另择贤媛。"女官敦劝再三，妙锦只是不答。及女官内使，还宫复命，妙锦竟削发为尼。姊为贤后，妹作贞女，可与中山王并传不朽。成祖懊丧得很，不复立后，只命王贵妃摄六宫事。曲肇乃父。

会朝鲜国贡美女数人，内有权氏，最为娇艳，肌肤莹洁，态度娉婷，端的是闭月羞花、沉鱼落雁；又有一种特别技艺，善吹玉箫，著名海曲。成祖当面试吹，抑扬抗坠，不疾不徐，到后来兴会入神，竟把那宛转娇喉，度入箫中，莺簧无此谐声，燕语无此叶律，确是美女吹箫，不得移作他用。惹得成祖沉迷声色，击节称赏。曲罢入宫，即夕召幸，华夷一榻，雨露宏施，说不尽的倒凤颠鸾，描不完的盟山誓海。点染风流。越宿即列为嫔御，逾月复册为贤妃，授妃父永均为光禄卿，备极宠眷。到了成祖北征的时候，权妃请随驾同行，成祖也非她不欢，遂令她戎装偕往。至奏凯班师，权妃竟冒了暑气，恹恹成疾，红颜命薄，苤苢无灵，她尚勉强伴驾，挨到山东，至临城县行幄，实是支持不住，风凄月落，玉殒香消，可怜一载鸳俦，竟化作昙花幻影。成祖格外哀恸，赐葬峄县，亲自祭奠，予谥恭献。返京后，尚追念不置，复于朝鲜所贡美女中，选幸四人，各封女职。最美的为任顺妃，次为李昭仪，又次为吕婕妤，又次为崔美人。四女虽各具姿容，究竟色艺不及权妃，成祖无可奈何，只得将就了事。

其时有位王嫔妹，家住海南，才艺无双，永乐二年，召入宫掖，充为司彩。司彩系明宫女官，宫中聚藏缎匹，归她掌管。成祖有意召幸，尝命与权妃同辇。王氏跪启道："妾系嫠妇，不敢充下陈，请陛下收回成命！"成祖嘉她节烈，特赐金币，许令归家。她在宫时常作记事诗，流传禁掖。小子曾记得一绝云："瑶花移入大明宫，一树芳香倚晚风。赢得君王留步辇，玉箫吹彻月明中。"此外佳句尚多，小子也记不胜记了。徐女、王嫔俱不见正史，得此阐扬，可作彤史数则。这且休表。

且说成祖次子高煦，本就封云南，煦不肯行，应二十七回。及成祖北征，煦亦随往，凯旋时，因嗣子尚留北京，请乘便挈还，暗寓深意。成祖听他所为。嗣又请得天策卫为护卫，自开幕府，未几复乘间请增两护卫，密语左右道："如我英武，难道不配做秦王李世民么？"居然欲杀建成、元吉。又尝自作诗云："申生徒守死，王祥枉受冻。"这两句诗，明明是挟恨乃父，流露夺嫡的意思。某日，成祖命太子高炽，偕煦谒孝陵，太孙瞻基亦随往。太子体肥重，且遇足疾，由两太监扶掖而行，尚屡失足，煦在后大言道："前人蹉跌，后人知警。"语未毕，忽后面有人应声道："还有后人知警哩。"煦闻言回顾，见是太孙瞻基发言，不禁失色。自己心虚。煦长七尺余，轻矫善骑射，两腋有龙鳞数片，以此自负。成祖虽已立储，心常不忘煦功，每与诸大臣微语东宫事，大臣总说是太子贤明，将来必是守成令主，因此成祖不便再言。贵妃王氏，又密受徐后遗命，始终保护太子。太子妃张氏，且亲执庖爨，事帝甚谨，为此种种原因，所以储位尚得保全。

会齐、岷二王，复以骄恣得罪，削爵废藩。两王之废，随笔带过。煦遂乘间进言，谮及侍读解缙，内外壅蔽，且漏泄禁中密语，应按罪惩罚等语。成祖余怒未息，便将缙谪徙广西，降为参议。会成祖北征，留太子居守南京，缙入谒太子，即还原任。无故归谒东宫，缙亦不能辞咎。这事被煦闻知，说他私觐东宫，必有隐谋。几危太子。顿时激怒成祖，立逮缙入京下狱，拷掠备至。还是缙自认罪状，一语不及太子，方得免兴大狱，但将缙囚禁天牢。后来锦衣卫掌管纪纲，受煦密嘱，令狱卒用酒饮缙，醉移雪中，活活冻毙。大理寺丞汤宗、宗人府经历高得旸、中允李贯、编修朱纮、检讨萧引高等，俱坐缙罪被系，庾死狱中。原来太子得立，由解缙力谏所致，事为高煦探悉，衔恨切骨，定欲置诸死地。缙被诬死，还有编修黄淮，亦曾预议立储，时已升任右春坊大学士，颇得帝眷，一时动弹不得，煦尤日夜计虑，谋去黄淮，本拟联结都御史陈瑛，伺隙弹劾，不料成祖自北还南，查得瑛平生险诈，诬陷多人，竟将他下狱论死，这是好谗的果报。天下称快。只高煦失一臂助，怏怏不已。至永乐十一年间，成祖北巡，命太子监国，留辅诸臣，除尚书蹇义，谕德杨士奇，洗马杨溥外，便是学士黄淮。越年，成祖还京，太子遣使往迎，稍迟一步，煦即构造蜚语，中伤太子。成祖亦起疑心，竟将黄淮、杨溥等逮问，意欲加诛。且密令兵部尚书金忠，按验太子罪状。亏得金忠极力挽救，愿以全家百口，为太子保证，太子乃得免祸。金忠名副其实。惟黄淮、杨溥，仍系狱中，终成祖世不得释。

高煦越加骄纵，私选各卫健士为爪牙，潜图变逆。成祖稍稍察觉，乃把煦改封青州，饬令就国。煦仍奏请留传左右，不愿就道。复经成祖申谕，煦尚迁延自如，且擅募军士三千余人，不使隶籍兵部，但终日逐鹰纵犬，骚扰京都。兵马指挥徐野驴，捕得一二人，按罪惩治，煦竟到署亲索，与野驴谈了一二语，不称己意，竟从袖中取出铁爪，挝杀野驴。骄横已极。廷臣尚不敢详奏，嗣煦复僭用乘舆车服，为帝所闻，乃密询尚书蹇义，义惧煦威焰，推辞未知。及复问杨士奇，士奇顿首道：“汉王初封云南，不肯行，复改青州，又仍不行，心迹可知，无待臣言。惟愿陛下早善处置，使有定所，保全父子恩亲，得以永世乐利。”还是他较为忠直。成祖默然不答。疑乎信乎？越数日，又访得高煦私造兵器，蓄养亡命，及漆皮为船，演习水战等事。于是勃然大怒，立召煦至，面诘各事。煦无可抵赖，一味支吾。当由成祖勒褫冠服，囚絷西华门内，势且废为庶人，还是太子从旁劝解。太子义全骨肉，所以后称仁宗。成祖厉声道：“我为你计，不得不割去私爱，你欲养虎自贻害么？”太子泣请不已，乃削高煦两护卫，诛左右数人，徙封山东乐安州，勒令即日前行。煦计无所出，只好拜别出京，一鞭就道了。下文再表。

且说成祖既平定南北，加意内治，命工部尚书宋礼浚会通河，兴安伯徐亨，工部侍郎蒋廷瓒、金纯，浚祥符县黄河故道。漕运既通，河流亦顺，又命平江伯陈瑄，督筑海门捍潮堤八十余丈。且于嘉定海岸，培筑土山，以便海舟停泊。山周四百丈，高五十余丈，立堠表识，远见千里。成祖赐名宝山，后来立邑于此，名宝山县，便是明永乐时的遗迹，略作纪念。惟沿海一带，屡有倭寇出没，频年未息。倭寇即日本国民，来华寇掠，所以叫作倭寇。日本在朝鲜国东境，距朝鲜只一海峡，元世祖时，威振四夷，独日本不服，世祖发兵十余万东征，途遇暴风，全军覆没。日本终抗命不庭。嗣日本南北分裂，时相攻伐，及南败北胜，南方残众，流寓海口，侵及朝鲜。朝鲜方拥李成桂为国王，成桂颇有智勇，力足防边，且遣使通好中国，得明太祖册封，为明外藩。朝鲜历史，亦从此处插入，是用笔销纳处。倭寇遂迁怒明朝，剽掠中国海岸。太祖尝贻书日本，请禁边寇，终不见答。乃特设沿海卫所，专意防倭。成祖时，日本足利义满氏，统一南北，航海入贡，受封为日本国王。成祖又饬令严禁海盗，怎奈海盗不服王化，足利氏亦无能为力，所以入寇如故。经明廷先后出师，如安远伯柳升、平江伯陈瑄及总兵官刘江，皆破倭有功，沿海才得少安。为嘉靖时征倭作引。

会接贵州警报，思州宣慰使田宗鼎，与思南宣慰司田琛，构怨兴兵，仇杀不已。成祖密令镇远侯顾成，率兵前往，相机剿抚。先是明平云南，贵州土官，闻风归附，太祖嘉他效顺，概令原官世袭，赋税由他自输，不立制限，但设一都指挥使，择要驻守。永乐初年，镇守贵州的长官，便是镇远侯顾成。顾成既密受朝命，遂潜入思州、思南二境，出其不意，把宗鼎与琛一并拿住，槛解京师。成祖将他二人斩讫，分贵州地为八府四州，设布政使司，及提刑按察使司，派工部侍郎蒋廷瓒，署贵州布政使事。陆续叙过，都是本回中销纳文字。

谁知到了永乐十八年，山东蒲台县中，忽出了一场乱事，为首的巨匪，乃是一个女妖名叫唐赛儿。下半回以此为主脑，故提笔较为注重。赛儿为县民林三妻，并没有什么武略，不过略有姿首，粗识几个文字，能诵数句经咒。林三病死。赛儿送葬祭墓，回经山麓，见石罅中露有石匣，她即取了出来，把匣启视，内藏异书宝剑，诧为神赐。书中备详秘术及各种剑法，当即日夕诵习，不到数月，居然能役使鬼神；又剪纸作人马可供驱策，如欲衣食财物，立令纸人搬取，无不如意。她复削发为尼，自称佛母，把所得秘法，辗转传授，一班愚夫愚妇，相率信奉，多至数万。无非是平原吕母及平原女子迟昭平之类。地方官闻她讹扰，免不得派役往捕，唐赛儿哪肯就缚，便与捕役相抗。两下龃龉，当将捕役杀毙数人。有几个见风使帆的狡捕，见赛儿持蛮无礼，先行溜脱，返报有司，有司不好再缓，便发兵进剿。赛儿到此地步，索性一不做，二不休，竟纠集数万教徒，杀败官兵，据住益都卸石棚寨揭竿作乱。奸民董彦杲、宾鸿等，向系土豪，武断乡曲，一闻赛儿起事，便去拜会，见赛儿仗剑持咒，剪纸成兵，幻术所施，竟有奇验，遂不胜惊服，俱拜倒赛儿前，愿为弟子。佛母收佛徒，皆大欢喜。从此日侍左右，形影不离，两雄一雌，研究妖法，越觉得行动诡秘，情迹离奇。怕不是肉身说法。训练了好几月，便分道出来，连陷益都、诸城、安州、莒州、即墨、寿州诸州县，戕杀命官，日益猖獗。青州卫指挥高凤，带领了几千人马，星夜进剿，到了益都附近，时已三鼓，前面忽来了无数大鬼，都是青面獠牙，张着双手，似蒲扇一般，来攫凤军。凤军虽经过战阵，从没有见过这般鬼怪，不由的哗噪起来。董彦杲、宾鸿率众掩至，凤军不能再战，尽被杀害，凤亦战死。莒州千户孙恭等，得悉败状，恐敌不住这妖魔鬼怪，只好遣人招抚，许给金帛，劝他收兵。董彦杲等抗命不从，反将去使杀毙。

那时各官错愕，不得不飞章奏闻，成祖敕安远侯柳升，及都指挥刘忠，率着禁卫各军，前往山东。各官统来迎接，且禀称寇有妖术，不易取胜。是为诿过起见。柳升冷笑道："古时有黄巾贼，近世有红巾寇，都是借着妖言，煽惑愚民。到了后来结果，无非是一刀两段。诸君须知邪不敌正，怕什么妖法鬼术？况是一个民间孀妇，做了匪首，凭她如何神奇，也不过么麽伎俩，我自有法对待，诸君请看我杀贼哩。"言罢，即进击卸石棚寨，密令军士备着猪羊狗血，及各种秽物，专待临阵使用。途次遇着寇兵，当即接战，忽见唐赛儿跨马而来，服着道装，仿佛一个麻姑仙，年龄不过三十左右，尚带几分风韵。半老徐娘。两旁护着侍女数名，统是女冠子服式。赛儿用剑一指，口中念念有词，突觉黑气漫天，愁雾四塞，滚滚人马，自天而下。柳升忙令军士取出秽物，向前泼去，但见空中的人马，都化作纸儿草儿，纷纷坠地，依旧是天清日朗，浩荡乾坤。妖术无用。赛儿见妖法被破，拨马便走，寇众自然随奔，逃入寨中，闭门固守。

柳升麾军围寨，正在猛攻，忽有人出来乞降，只说是寨中粮尽，且无水源，情愿叩降军前，乞贷一死。柳升不许，且遣刘忠往据汲道。忠至东门，夜遇寇兵来袭，飞矢如蝗。忠不及预防，竟被射死。柳升安居营中，总道是妖术已破，无能为力，前言确是有识，至此偏独轻敌，遂至丧师纵寇，可见骄兵必败。不意夜半溃军逃还，报称刘忠陷没，慌忙往救，已是不及。还攻卸石棚寨，寨中已虚无一人，赛儿以下，尽行遁去。惟宾鸿转攻安邱，城几被陷，幸都指挥佥事卫青，方屯海上备倭，闻警飞援，与邑令张玛等内外合攻，杀败宾鸿，毙寇无数，剩了些败残人马，逃至诸城，被鳌山卫指挥使王贵，截住中途，一阵杀尽，只唐赛儿在逃未获。及柳升至安邱，卫青迎谒帐前，升反斥他无故移师，喝令捽出，于是刑部尚书吴中，劾升玩纵无状，由成祖召还下狱，擢卫青为都指卫使，一面大索赛儿，尽逮山东、北京一带的尼觋道姑，到京究辨。可怜大众无辜，枉遭刑虐，结果统是假赛儿，不是真赛儿。俄得山东军报，说是真赛儿已拿到了，盈廷官吏，相率庆贺，丑。正是：

　　篝火狐鸣天地暮，昆冈焰炽鬼神愁。

未知赛儿曾否伏诛，且至下回交代。

　　本回宗旨，内叙高煦夺嫡，外叙唐赛儿揭竿，而外此各事，俱用销纳法插入，但亦不至渺无关系。因高煦事叙入宫中，而徐后诸人之品节以彰，因唐赛儿事叙入畿外，而边疆诸事之叛服以著，如绳贯钱，有条不紊，此可见著述之苦心，非信手撷拾者比也。且高煦骄纵，弊由溺爱，赛儿诡秘，弊在重僧，于欲言之中，更得不言之秘，善读者自能知之。

第三十回

穷兵黩武数次亲征　疲命劳师归途晏驾

却说唐赛儿乱后，山东各司官，多以纵寇获谴，别擢刑部郎中段民为山东左参政。段民到任，颇能实心办事，所有冤民，尽予宽宥，惟密饬干役，往捕赛儿。不数日赛儿缚到，由段民亲讯，她却谈笑自若，直认不讳。段民觉有变异，命以利刃截她手足，谁知纯钢硬铁，反不及玉臂莲钩，刀锋已缺，手足依然，不得已严加桎梏，把她娇怯身躯，概用铁索缠住，然后置入囚车，派遣得力人员，解送京师。行到半途，天光渐黑，蓦见前后左右，统是狰狞厉鬼，高可数丈，大约十围，腰间系着弓矢，手中执着大刀，恶狠狠的杀将过来。看官！你想这等押解巨犯的兵役，如何抵敌？大家顾命要紧，弃了囚车，四散避开。何不用秽物解之。待至厉鬼已去，返顾囚车，里面只有一堆镣铐，并没有甚么唐赛儿。彼此瞪目许久，只好回报段民。段民没法，也只得据实复奏。明廷一班官吏，方闻妖妇解京，都想前去验视，至段民奏至，越发诧为奇事。成祖也不加责问，但命将所拘尼媪，一律放还，这颇能知大体。连柳升亦释出狱中，释放柳升未免失刑。内外安谧，只唐赛儿究不知何处去了。

话分两头。且说成祖击败阿鲁台，奏凯还京，越年，阿鲁台却遣使贡马，且奉表称臣。成祖以他悔罪投诚，特命户部收受贡物，并厚犒来使，遣令去讫。会瓦剌部酋玛哈木，攻杀鞑鞑汗本雅失里，另立答里巴为汗，自专政权。阿噜台复使人来告，成祖乃命驾北巡，亲探虚实。既至北京，复得阿噜台表奏，略言"玛哈木弑主逞强，请天朝声罪致讨，臣愿率所部，效力冲锋"云云。成祖大喜，封阿噜台为和宁王，一面谕责玛哈木，且征使朝贡。玛哈木竟不受命，当由成祖下诏，再行亲征，仍带了柳升、郑亨、陈懋、李彬等，一班宿将，浩荡前行，太孙瞻基，亦随驾出发。成祖语侍臣道："朕长孙聪明英睿，智勇过人，今肃清沙漠，使他躬历行阵，备尝艰苦，才知内治外攘，有许多难处呢。"侍臣称颂不已。无非面谀。

是年为永乐十二年，二月间启行，四月间至兴和，五月间出塞，次杨林城，六月间到三峡口。前锋刘江，遇着敌骑数千名，一鼓击退。成祖料敌必大至，严阵以待。寻获间谍数名，问明详细。得悉玛哈木离此不远，索性兼程前进。至忽兰忽失温地方，望见尘头大起，有无数蒙兵踊跃而来，后面拥着麾盖，蔽着两人，一是鞑靼汗答里巴，一是瓦剌酋玛哈木。成祖登高指挥，命柳升、郑亨等攻敌中坚，陈懋、王通攻右翼，李彬、谭青、马聚攻左翼。三军奉令进攻，火器齐发，声震天地。玛哈木恰也能耐，领着蒙兵，左拦右阻，并迭发强弩，射住明军。郑亨身中流矢，负痛退还。陈懋、王通，也被蒙兵截住，不能取胜。李彬、谭青等与敌酣斗，杀伤相当。都指挥满都，受伤过重，倒毙阵中。成祖见各队相持，未分胜负，遂自高阜跃下，亲率铁骑冲阵，横扫敌军。柳升以下，见主上躬冒矢石，也不得不舍命争先，大呼杀敌。俗语说得好："一夫拚命，万夫莫当。"况有数万人努力前驱，无论甚么强敌，总是抵挡不住。玛哈木败阵而逃，部众自然溃散。明军追越两高山，直达土拉河，斩首数千级。成祖尚欲穷追，还是皇太孙叩马谏阻，才令班师。穷寇勿追，皇太孙恰是有识。

还至三峰山，阿噜台遣头目锁住等来朝，且言阿噜台有疾，所以不至。成祖好言抚慰，并给米百石，驴百匹，羊百头，别赐他属部米五千石。锁住等拜谢而去。成祖还京，玛哈木也贡马谢罪，词极卑顺。勉效阿噜台。成祖又纳贡馆使，宥他前愆，惟玛哈木与阿噜台，始终不和，互相仇杀，亦互来报捷。成祖亦利他构衅，随意敷衍，毫不诘问。无非欲自做渔翁。既而玛哈木病死，子脱欢嗣位，遣使朝贡，仍许袭爵。独阿噜台生聚渐繁，兵储渐富，居然桀骜起来，每遇明使，箕踞谩骂，有时且把明使拘留。成祖一再驰谕，阿噜台全然不改，反驱众入寇边疆。

警报屡达京师，成祖以胡人反复，必为后患，决计迁都北京，就近控驭。永乐十九年春间，车驾北迁，特旨大赦。明迁北京自此始。廷臣以迁都不便，纷纷有异言。未几忽发火灾，把奉天、谨身、华盖三殿，烧得墙坍壁倒，栋折榱崩，成祖未免惶悚，令群臣条奏阙失，直言无隐。僚属奉旨上言，多以迁都为非是。主事萧仪，及侍读李时勉，语尤痛切。成祖大怒，竟杀了萧仪，下李时勉于狱中，并将给事柯暹、御史郑维垣等，谪徙边疆。既令群臣直言，复以直言加罪，出尔反尔，殊属不情。一面再议北征。兵部尚书方宾，力言粮储支绌，未便兴师，乃复召户部尚书夏原吉，问边储多寡。原吉奏称所有边储，只足供戍卒，不足给大军。且言频年师出无功，戎马资储，十丧八九，灾眚间作，内外俱疲，应顺时休养，保境息民为要。即如圣躬少安，亦须调护，毋须张皇六师。成祖闻言，为之不怿，仍令原吉往查开平粮储。既而刑部尚书吴中入对，大旨与方宾同，成祖怒道："你亦学方宾么？我将杀宾，免你效尤。"宾闻言大惧，竟自经死。成祖竟命将吴中系狱，并饬锦衣卫逮原吉还京，再问亲征得失。原吉具奏如初。成祖益怒，亦饬令下狱。专制淫威，然是厉害。遂命侍郎张本等，分往山东、山西、河南及应天诸府，督造粮车，发丁夫挽运，会集宣府，以次年二月为期。

　　光阴易过，倏忽新春，成祖即率军起程，师次鸡鸣山，探悉阿鲁台远遁，诸将请率兵深入。成祖道："阿鲁台非有他计，譬诸贪狼，一得所欲，即行遁去，追他无益。且俟草青马肥，出开平，逾应昌，出其不意，直抵敌巢，然后可破穴犁庭了。"前则执意亲征，兹复禁止深入，总之予智自雄，不欲群臣多口。嗣是徐徐进行，一路过去，不见有甚么敌骑，如入无人之境。成祖命军士开枪猎兽，或临场校射，赐宴作乐。御制平戎曲，使全军歌唱节劳。至五月中旬，始度偏岭，发隰宁，至西凉亭。亭为故元往来巡幸地，故宫禾黍，野色萧条，成祖慨然道："元朝创筑此亭，本欲子孙万代，永远留贻，哪里防有今日？古人谓天命无常，总要有德的皇帝，方才保守得住。否则万里江山，亦化作过眼烟云，何况区区一亭呢。"乃下令禁止伐木。六月出应昌，次威远，开平探马走报，阿鲁台进寇万全，诸将请分兵迎击，成祖道："这是阿鲁台诈计，不能相信。他恐我直捣巢穴，佯为出兵，牵制我师。我若分兵往援，正中彼计。"遂疾驰而进，敌果遁去。成祖料敌可谓甚明。大兵进驻沙胡原，拿住阿鲁台部属，一一讯问。据言："阿鲁台闻大军到来，惶恐已极，他母及妻，统骂阿鲁台昧良，无端负大明皇帝，所以阿鲁台穷极无奈，已尽弃家属，及驼马牛羊辎重，向北远遁了。"成祖道："兽穷必走，也是常情，但恐他挟有诈谋，不可不防。"嗣复获得敌骑数人，所言悉与前符。乃命都督朱荣、吴成等，尽收阿鲁台所弃牛羊驼马，焚毁辎重，指日还师，乘便击兀良哈三卫。兀良哈三卫，即大宁属地，自辽沈起直，至宣府，延长三千余里，元置大宁路于此。元得大宁，即封皇子权为宁王，另封兀良哈三卫，处置降人，以阿北失里等为三卫都指挥同知。成祖起兵，诱执宁王权，应二十二回。并将宁王部属，悉数移入北平。兀良哈三卫，奉命惟谨，且发兵从战，所向有功。成祖即以大宁地尽畀兀良哈，作为犒赐。此是东周封秦之覆辙，成祖何故蹈之。

自此辽东宣府一带，藩篱撤去，门庭以外，就是异族。成祖约他为外藩，平居使侦探，有急使捍卫，无如异族异心，未免携贰。自阿鲁台恃强抗命，遂与兀良哈三卫勾通。三卫中朵颜卫最强，次为泰宁卫，次为福余卫，既附合阿鲁台，遂时入塞下。成祖北征旋师，语诸将道："阿鲁台恃兀良哈为羽翼，所以敢为悖逆，今阿鲁台远遁，兀良哈势孤，应移师往讨，平定此寇。"当下简选精锐数万人，分五路捣入，自率郑亨、薛禄等，直入西路。师次屈裂儿河，兀良哈驱众数万，前来抵敌，忽被陷入泽中，成祖即指挥骑兵，冲杀过去，斩首数百级。敌自相践踏，势几散乱。成祖登高瞭望，见敌兵散而复聚，料有接应兵至，遂命吏士持神机弩，潜伏深林，自张左右翼出阵夹击。敌兵突冲左翼军，左翼军佯退，引敌入深林中，一声号炮，伏兵齐发，箭如飞蝗般射去，敌遂惊溃。左翼军反击敌腹，右翼军猛攻敌背，敌兵死伤无算，追奔三十余里，尽毁三卫巢穴，然后下令班师，还京受贺。又是一番跋涉了。

次年七月，又有阿鲁台寇边消息，成祖笑道："去秋亲征，渠意我不能复出，朕将先驻兵塞外，以逸待劳。"即命皇太子监国，车驾择日发京师。三次北征。师行月余，进至沙城，阿鲁台属下，知院阿失帖木儿、古纳台等，率妻子来降，由成祖详问阿鲁台情形。阿失帖木儿禀道："今夏阿鲁台为瓦剌所败，部属溃散，势日衰微。今闻大军远出，必疾走远避，哪里还敢南向呢？"成祖甚喜，赐他酒食，俱授千户。惟大军仍然前进，至上庄堡，由先锋陈懋来报，说是鞑靼王子也先土干，挈眷投诚。成祖大喜，语侍臣道："远人来归，应格外旌异，方便招徕。"随即令陈懋引见，当面奖谕，特封他为忠勇王，赐名金忠。是时兵部尚书金忠已卒，岂成祖欲令他后继，所以不嫌复名欤？并授他甥把罕台为都督，部属察卜等统为都指挥，赐冠带织金袭衣，一面下诏南旋。此次北征最属无谓。

越年，为永乐二十二年，即成祖皇帝末年，谍报阿鲁台复寇大同，忠勇王金忠，请成祖发兵，愿为前锋自效，于是成祖复大举北征。第四次了。行抵隰宁，仍不见有敌人踪迹，心知边报不实，未免爽然。会有金忠部将把里秃，获到敌哨，具言阿鲁台早已远飏，现闻在答兰纳木儿河。成祖即督军疾趋，直达开平，遣中官伯力哥，往谕阿鲁台属部道："王师远来，只罪阿鲁台一人，他无所问，倘若头目以下，输诚来朝，朕当优与恩赉，决不食言。"至伯力哥还报，阿鲁台部落，亦多远遁，无可传命，成祖乃决计入答兰纳木儿河。沿途见遗骸甚众，白骨累累，因饬柳升督率军士，掇拾道殣，妥为瘗埋，自制祭文，具酒浆等物，奠爵酹土，聊慰孤魂。又进次玉沙泉，以答兰纳木儿河已近，即命前锋金忠、陈懋等先发，自为后应。金忠、陈懋等到了答兰纳木儿河，弥望荒芜，不特没有敌寨，就是车辙马迹，也是一律漫灭，无从端倪。大家瞭望一番，不知阿鲁台所在，只好遣人复奏。成祖又遣张辅等穷搜山谷，就近三百里内外，没一处不往搜寻，也只有蔓草荒烟，并不见伏兵逃骑，张辅等亦只好空手复命。真是彼此捣鬼。成祖不禁诧异道："阿鲁台那厮，究到何处去了？"张辅奏道："陛下必欲擒寇，愿假臣一月粮，率骑深入，定不虚行。"成祖道："大军出塞，人马俱劳乏得很，北地早寒，倘遇风雪，转恐有碍归途，不如见可而止，再作计较。"言未已，金忠、陈懋等亦已回营，奏称至白邙山，仍无所遇，以携粮已尽，不得不归。成祖叹息多时，便下令还京。又是白跑一次。

道出清水源，见道旁有石崖数十丈，便命大学士杨荣、金幼孜，刻石纪功，并谕道："使万世后知朕过此。"不见一敌，何功可言？然自知不再到此，亡征已见。铭功毕，成祖少有不豫，升幄凭几而坐，顾内侍海寿问道："计算路程，何日可到北京？"海寿答道："八月中即可到京。"出塞四次，连路程都不能计，不死何待？成祖复谕杨荣道："东宫涉历已久，政务已熟，朕归京后，军国重事，当悉付裁决。朕惟优游暮年，享些安闲余福罢了。"恐老天不肯许你，奈何？杨荣闻言，免不得谀颂数语。至双流泺，遣礼部尚书吕震，以旋师谕皇太子，并昭告天下。入苍崖戌，病已甚笃，夜不安寐，偶一闭目，便见无数冤鬼，前来索命。好杀之验。待至惊醒，但见侍臣列着左右，不禁晞嘘道："夏原吉爱我！"再行至榆木川，气息奄奄，不可救药了。自知不起，遂召英国公张辅入内，嘱咐后命，传位皇太子高炽，丧礼一如高皇帝遗制。言讫，呼了几声痛楚，当即崩逝。张辅与杨荣、金幼孜商议，以六师在外，不便发丧，遂熔锡为椑，载入遗骸，仍然是翠华宝盖，拥护而行。暗中遣少监海寿驰赴太子，太子遣太孙奉迎，太孙至军，始命发丧，及郊，由太子迎入仁智殿，加殓纳棺，举丧如仪。成祖卒年六十五，尊谥"文皇帝"，庙号太宗，至嘉靖十七年，复改庙号为"成祖"。太子高炽即位，以次年为洪熙元年，史称为仁宗皇帝，小子自然沿称仁宗了。本回就此收场，唯有一诗咏成祖道：

闲关万里有何求，财匮师劳命亦休。
车载沙邱遗恨在，枭雄只怕死临头。

欲知仁宗即位后情形，请看官再阅下回。

阿噜台、玛哈木等，叛服靡常，原为难驭之寇。然成祖一出，靡战不胜，其不足平可知矣。此后即有犯顺消息，可遣一智勇深沉之将，如英国公张辅者，出为战守，当亦足了此事。乃必六师远出，再三不已，万里闲关，甚至不见敌军踪影，何其仆仆不惮烦乎？况按夏原吉所奏，当日度支，已甚支绌，以全国之赋税，糜费于无足重轻之边事，可已不已，计毋太绌。要之一好大喜功之心所由致也，迨中道弥留，始言"夏原吉爱我"，晚矣。好酒者以酒亡，好色者以色亡，好兵者以兵亡，成祖诚好兵者哉！然以滥刑好杀之成祖，犹得令终，吾尚为成祖幸矣。

第三十一回

二竖监军黎利煽乱　六师讨逆高煦成擒

却说仁宗即位，改元"洪熙"，立命将夏原吉、黄淮、杨溥等，释出狱中，俱复原官。应二十九回。原吉入朝奏对，大旨以赈饥蠲赋，罢西洋取宝船，及云南交趾各路采办，仁宗一一依行。未几以杨荣、金幼孜、杨士奇、黄淮等，皆东宫旧臣，忠实可恃，遂进荣为太常卿，幼孜为户部侍郎，兼文渊阁大学士，士奇为礼部侍郎，兼华盖殿大学士，黄淮为通政使，兼武英殿大学士，杨溥为翰林学士。既而荣与士奇，统擢为尚书，内阁职务，自是渐重了。

先是仁宗少时，太祖未崩，尝命他分阅章奏。仁宗留意考察，凡关系军民利病，必先呈上览，至文字稍有错误，并未表出。太祖指示道："儿阅章奏，奈何不核及文字？"仁宗答道："偶有笔误，不足渎天听，所以未曾表明。"太祖点首不答。嗣复问及尧、汤时候，水旱连年，百姓如何生活？仁宗答以尧、汤仁政，惠及民生，因此水旱无忧。太祖大喜道："好孙儿！有君人度量了。"所谓少成若天性。嗣为皇太子，屡被高煦、高燧等谗构，终以诚敬孝谨，得免祸难。及即位，任用三杨，修明庶政，与民休息，俨然有承平景象。仁宗尝在池亭纳凉，吟成五律一首道：

夏日多炎热，临池憩午凉。雨滋槐叶翠，风过藕花香。

　　舞燕来青琐，流莺出建章。援琴弹雅操，民物乐时康。引入此诗，注重结末二语。

　　后人读到此诗，每想仁宗风仪，几似虞舜鼓琴，薰风解愠，不愧为守文令主。又尝在思善门外，建弘文馆，与儒臣讲论经史，终日不倦。夏日遍赐水果诸鲜，冬日遍赐貂狐等物。每语诸臣道："朕与诸卿讲论，觉得津津有味，若一入后宫，对着内侍宫人，便觉索然，未知卿等厌弃朕否？"诸臣闻命，顿首称颂，自不必说。皇后张氏，为彭城伯张麒女，册妃时，谨修妇道，成祖尝谓幸得佳妇，仁宗得保全储位，也亏着贤后从中调停，所以仁宗敬爱有加，宫闱中虽有妃嫔，没甚宠幸。除张后外，只谭妃一人，善承意旨，得蒙恩遇罢了，为殉主伏笔。这且慢表。

　　且说安南平定，曾设交趾布政司，留英国公张辅镇守，未几即召辅还京，从征漠北，别命丰城侯李彬继统军事，尚书黄福综理民政。福有威惠，颇得交人畏服。惟李彬麾下，曾有太监马骐任职监军，骐按定交趾贡物，每岁需扇万柄，翠羽万袭，正供以外，还要多方勒索。交民痛苦得很，互相怨恨，遂互相煽动，因复闯出一个渠魁，扰乱安南。都是小人坏事。这渠魁叫作何名？便是俄乐县土官黎利。

　　黎利初从陈季扩，充金吾将军，季扩就擒，利归降明军，令为巡检。至马骐肆虐，他即乘机驱胁，挟众作乱，自称平定王，用弟黎石为相国，段莽为都督，聚党范柳、范宴等，四出剽掠。参政侯保、冯贵，率军往讨，被他围住，力战身亡。明廷闻警，遣荣昌伯陈智为左参将，助李彬出剿，转战有年，才得削平乱党，惟黎利逃匿老挝，屡捕未获。嗣李彬应召还京，由陈智代任，监军亦另易中官，名叫山寿。去了一个，又来一个。这山寿贪财好货,与马骐相似。黎利乘间纳贿,潜自老挝遁还宁化州,诈言乞降。山寿得了贿赂,遂替他奏请朝廷,求赦黎利。适成祖崩逝,仁宗践位,寿入朝庆贺,且言利已愿降,若遣使往谕,定然来归。仁宗踌躇良久,方道:"蛮人多诈,不便深信。"山寿叩头道:"如利不来,臣当万死。"利令智昏。仁宗复道:"黄福有无异议?"山寿又奏道:"福居交趾,已十八年,从前马骐密奏先帝,谓有异志,臣不敢仍如骐言。但久居异域,与民同利,今交趾知有黄福,不知有朝廷,恐亦非怀柔本旨呢。"善于进谗,比马骐还要阴险。仁宗默然无语。俟山寿退出,即下旨召黄福还京,已为邪言所惑。饬兵部尚书陈洽,代掌交趾布按司事。福在交趾,编户籍,定赋税,兴学校,置官司,屡召父老宣谕德意。中官马骐,怙恩虐民,福辄遇事裁抑,骐怀恨在心,所以诬奏。成祖搁过不提,至山寿入谗,仁宗驰谕召归,福奉命即行,交人扶老携幼,相率走送,甚至挽辕号泣,不忍言别。福好言婉谕,只托称后会有期,才得离了安南,径还京师。

黎利闻黄福召还,谋变益急,遂纠众攻茶龙州。交趾都司方政,领兵往援,与战不利。指挥伍云阵殁,守将琴彭亦战死。利陷入茶龙,转寇谅山,杀死守吏易先,硬把谅山占去。荣昌伯陈智,懦弱无能,又与都司方政,不相辑睦,遂没法定乱,只好飞使驰奏,候旨定夺。全然不智,如何名智?仁宗方信山寿言,遣寿赍敕往谕,授黎利为清化知府。及接陈智奏报,还道是山寿有材,足以抚寇,即飞饬陈智按兵以待,候山寿到了交趾,协议以闻。于是陈智推诿上命,一任黎利猖獗,勒兵不发。尚书陈洽,见陈智迁延酿乱,甚是懊恼,即奏称贼首黎利,名虽求降,实是携贰,招聚逆党,日益滋蔓,乞饬统帅陈智,早灭此贼,绥靖边疆云云。仁宗乃复授陈智为征夷将军,出讨黎利。智尚在徘徊,至山寿入境,又一意主抚,贼势从此益张了。

且说仁宗既册定皇后，随立子瞻基为皇太子，余子瞻埈、瞻墉、瞻墡、瞻堈、瞻墺、瞻垲、瞻垍、瞻埏皆封王，命太子居守南京，意欲仍还南都，诏令北京都司，复称行在。一面宥建文诸臣，放还永乐时坐戍家属，并复魏国公徐钦原爵。钦系辉祖子，辉祖忤成祖意，夺爵归第。应二十七回。未几，辉祖病殁，子钦复得袭封。永乐十九年，钦入朝，不辞径去，成祖怒钦无礼，削职为民，至是乃给还故爵。且屡命法司慎刑，谕杨士奇、杨荣、金幼孜三人，审决先朝重囚，必往同谳，遇有冤抑，不惜平反云云。他如免租施赈，亦时有所闻。不意洪熙元年五月中，二竖为灾，帝躬不豫，才越两日，病竟垂危。忙饬中官海寿，驰召皇太子瞻基。海寿甫抵南京，仁宗先已归天。太子即日就道，自南而北，谣传汉王高煦，谋在途中设伏，邀击太子，左右请整兵为卫，或言应从间道北行。太子道："君父在上，何人敢妄行？"当下驰驿入都。至良乡，太监杨瑛，偕尚书夏原吉、吕震，捧遗诏来迎，传位皇太子。太子受诏，入哭尽哀，越十日即皇帝位，追尊皇考为"昭皇帝"，庙号"仁宗"，皇后张氏为太后，又以谭妃投缳殉主，追赠为"昭容恭禧顺妃"。得未曾有。统计仁宗在位，仅越一年，享年四十有八。太子瞻基即位，改元"宣德"，史称他为宣宗。小子亦沿例称呼。宣宗立后胡氏，系锦衣卫百户胡荣女，并册孙氏为贵妃。并举贵妃，为后文废后张本。召翰林学士杨溥入内阁，与杨士奇等同参机务。命大理寺卿胡槩，参政叶春，巡抚南畿。自是遇有灾乱，辄遣大臣巡抚，后来置为定员，三司职权，乃日渐从轻了。明初外省官制，置布政、按察、都指挥三司，分掌政、刑、兵三事。及巡抚设而三司失权。这却不必细说。

惟汉王高煦，自徙居乐安后，仍然不法，闻仁宗猝崩，召还太子，本欲发兵邀击，因迫于时日，不及举行。宣宗即位，恰奏陈利国安民四事，宣宗如奏施行。及改元初日，煦复遣人献元宵灯，侍臣入启宣宗道："汉府来使，多是窥探上意，心存叵测。前时汉王子瞻坼，留居北京，每将朝廷情事，潜报汉王，平均一昼夜间，多至六七次，先帝防他漏泄，徙至凤阳守陵。此次陛下登基，汉王又藉口奏献，使人常至，诡情如见，不可不防。"仁宗徙瞻坼事，就此带出，以省笔墨。宣宗道："永乐年间，皇祖尝谕皇考及朕，谓此叔有异心，但皇考待他甚厚，朕亦应推诚加礼，宁他负我，毋我负他。"乃驰书报谢。煦日夜制造军器，籍丁壮为兵，出死囚，招亡命徒，夺府州县官民畜马；编立五军四哨，授指挥王斌为太师，知州朱恒，长史钱巽为尚书，千户盛坚，典仗侯海为都督，教授钱常为侍郎，遣人约山东都指挥靳荣为助，期先取济南，然后犯阙。

　　御史李濬，致仕归田，家住乐安，得着这个消息，急弃家易服，从间道驰入京师，上书告变。山东文武军民，与真定等卫所，亦飞报高煦乱状。适煦遣心腹枚青，往约英国公张辅，请为内应，辅絷青以闻。宣宗遣中官侯泰，赐高煦书，慰勉备至。煦反盛兵见泰，厉声道："靖难兵起，若非我出死力，哪有今日？太宗轻听谗言，削去护卫，徙我乐安，仁宗徙以金帛饵我，今又动言祖制，胁我谨守臣节，我岂能郁郁居此，毫无举动？你试看我士饱马腾，兵强力壮，欲要横行天下，也是不难。速归报你主，执送奸臣，免我动手！"竟欲效乃父耶？但福命不及乃父，奈何？泰不敢抗辩，唯唯而出；既还京，也含糊复命。

　　隔了数日，煦遣百户陈刚，赍奏入朝，奏中语多悖逆，且指夏原吉为罪首，定欲索诛。宣宗乃动愤起来，夜召诸大臣入议，拟遣阳武侯薛禄，往讨高煦。大学士杨荣抗言道："陛下独不见李景隆事么？"宣宗转顾原吉，原吉先免冠谢死罪。宣宗矍然道："卿何为作此态？莫非为高煦奏请么？煦无从启衅，只得借卿为口实，朕非甚愚，何至为煦所欺？"原吉谢恩毕，方奏道："为今日计，宜卷甲韬戈，星夜前往，方可一鼓荡平。若命将出师，迂远无济，转蹈李景隆覆辙。荣言甚是。"杨荣遂劝帝亲征。宣宗召张辅入内，与商亲征事，辅对道："高煦有勇无谋，外强中怯，今请假臣二万人，即可缚煦献阙，何必劳动至尊。"杨荣道："煦谓陛下新立，必不自行，所以肆行无忌，若临以天威，事无不济，臣愿负弩前驱。"宣宗为之动容，乃决意亲征，以高煦罪状，申告天地宗庙山川百神。命阳武侯薛禄、清平伯吴成为先锋，少师蹇义，少傅杨士奇，少保夏原吉，太子少傅杨荣，太子少保吴中，尚书胡濙、张本，通政使顾成等，扈跸随征。留郑王瞻埈，襄王瞻墡居守。定国公徐永昌，彭城伯张昶，安乡侯张安，广陵伯刘瑞，忻城伯张荣，建平伯高远，及尚书黄淮、黄福、李友直等，协守京师。复敕遣指挥黄谦，暨平江伯陈瑄，出守淮安，防煦南窜。部署既定，遂统率大营五军将士，即日出京，钲鼓声远达百里。

　　既至杨村，宣宗顾从臣道："卿等料高煦今日，计将安出？"蹇义道："乐安城小，不足展布，彼或先取济南，为根据地。"言未已，杨溥又插口道："高煦前日，尝请居南京，今必引兵南去。"宣宗笑道："卿等所料，未必尽然。济南虽近，未易攻取，且闻大军将至，亦不暇往攻。若防他走入南京，未始非高煦夙愿，但他的护卫军，家属多居乐安，岂肯弃此南走？高煦性多狐疑，今敢谋反，无非因朕年少新立，未能亲征；若遣将往讨，他得甘言厚利，作为诱饵，希图与他联合。今朕亲至，已出彼料，哪里还敢出战？朕意煦必成擒了。"料敌如神，然亦皆由杨荣等指导之力。从臣等唯唯听命。又向前行进，遇着乐安逃军，备述高煦情形，略如宣宗所料。宣宗大喜，发给揭帖数纸，令回乐安贴示，一面仍贻书高煦道：

> 朕惟张敖失国，本诸贯高，淮南受诛，成于伍被。自古小人事藩国，率因之以身图富贵，而陷其主于不义，及事不成，则反噬主以图苟安，若此者多矣。今六师压境，王能悔过，即擒倡谋者以献，朕与王削除前过，恩礼如初，善之善者也。王如执迷不悟，大军既至，一战成擒，又或麾下以王为奇货，执王来献，王何面目见朕，虽欲保全，不可得也，王之转祸为福，一反掌间耳。其审图之！

书发后，得前锋薛禄驰奏，报称高煦已下战书，约于明日出战。宣宗遂令大军蓐食兼行，夜半至阳信县，官吏皆入乐安城，无人迎谒。大军即趋至乐安，围攻四门。时已天明，守城兵慌忙登陴，举炮下击。宣宗命发神机铳箭，仰射城上。硝烟四散，声震如雷。守兵股栗，多半窜伏逃生。日光晌午，危城将堕，诸将拟攀城而入，宣宗不允，暂行停攻，复传书入城，谕高煦出降。煦仍不答。宣宗又命书诏敕数道，令将士系诸箭上，射入城中，晓示祸福利害。城中人士，得了谕旨，多欲将高煦执献。煦狼狈失据，乃密遣心腹将士，缒城至御幄前，奏称限期一夕，与妻子诀别，即当出城归罪。前云可横行天下，如何未战即降？宣宗允准，来使去讫。是夜，高煦尽取所造兵器与各处交通文书，尽付一炬。火光烛天，通宵不绝。转眼间天已大明，煦拟出城听命，忽来一人阻住道："殿下宁一战而死，如何出降受辱？"煦视之，乃是太师王斌。煦怅然道："城池卑狭，不足御敌，奈何？"王斌再欲有言，煦复道："你且照常办事，容我细思。"斌乃退出。煦遂潜行出城，径至宣宗行幄前，席藁待罪。群臣奏谓正法，宣宗道："煦固不义，但祖宗待遇亲藩，自有成例，勿为已甚。"群臣复举"大义灭

亲"四字，坚请加刑，宣宗不许，只令高煦入见，取群臣弹章
视煦。煦略略瞧着，面色如土，忙顿首道："臣罪万死万死，
生杀唯陛下命。"昔日威风，而今安在？宣宗令煦作书，召诸子
同归京师。王斌、朱恒等倡导不轨，罪在不赦，亦一律系归。
改乐安为武定州，令薛禄、张本二人镇守，余军凯旋。

高煦父子家属，被系入京，宣宗命废为庶人，筑室西安门
内，禁锢高煦夫妇，号为逍遥城，饮食供奉如常。王斌、朱恒
等皆伏诛。煦被禁数年，宁王权上书，请赦煦父子，不获见
允，煦大为怨望，宣宗亲往察视，见煦箕踞坐地上，免不得斥
责数语。及宣宗转身欲归，煦竟伸出一足，把宣宗勾倒地上。
宣宗大怒，俟起立后，令力士昇出铜缸，覆住煦身。缸重三百
余斤，煦用力负缸，缸竟移动。宣宗复命积炭熏缸，越一时，
炭炽铜熔，任你高煦力大无穷，也炙得乌焦巴弓了。好似竹管
煨泥鳅。小子有诗叹高煦道：

> 庸材也欲逞强梁，暴骨扬灰枉自伤。
> 莫向釜中悲煮豆，追原祸始是文皇。

高煦炙死，诸子皆诛，还有赵王高燧，亦被嫌疑。是否能
保全性命，且看下回叙明。

仁宗在位，不过一年，而任贤爱民，善不胜书。
史称天假之年，俾其涵濡休养，则德化之盛，应与汉
文、景比隆，是仁宗固不愧为仁也。惟信用宦官山
寿，召还黄福酿成交趾之乱，不无微憾，然亦为安边
息民起见，因为"抚"之一字所误，仁有余而智不
足，略迹原心，其尚堪共谅欤。高煦不道，竟欲上效
乃父，藉口除奸，幸宣宗从谏如流，决意亲征，六师

一至，煦即失措，出城乞降，席藁待罪，彼才智不逮成祖，而君非建文，臣非齐、黄，多见其速毙已也。厥后铜缸燃炭，身首成灰，何莫非煦之自取乎？明有仁宣，足与言守成矣。

第三十二回

弃交趾甘隳前功　易中宫倾心内嬖

　　却说赵王高燧，与高煦是一流人物，难兄难弟。从前亦常思夺嫡，与中官黄俨等，密谋废立，事泄后，黄俨伏诛，燧以仁宗力解，始得免罪，仁宗徙燧封彰德。及高煦抗命，暗中也勾结高燧，约同起事。煦既受擒，六师毕归。户部尚书陈山，出京迎驾，奏称应乘胜移师，袭执赵王。宣宗转问杨荣，荣很是赞成。复问蹇义、夏原吉，两人亦无异言。遂由杨荣传旨，令杨士奇草诏。士奇道："太宗皇帝惟三子，今上惟两叔父，罪无可赦，法应严惩，情有可原，还宜曲宥。若一律芟除，皇祖有灵，岂不深恫？"荣厉声道："此系国家大事，岂你一人所得沮么？"杨荣名为贤臣，胡亦执拗成性。士奇道："高煦受擒，赵王必不敢反，何苦要皇上自戕骨肉，士奇不敢草诏。"时杨溥在侧，与士奇意合，遂从容说道："且入谏皇上，再作计议。"荣闻溥言，艴然径去，即往见宣宗。溥与士奇，接踵而入，司阍只放入杨荣，不令二人入内。二人正彷徨间，适蹇义、夏元吉奉召前来，士奇即浼令入谏。蹇义道："上意已定，恐难中阻。"士奇道："王道首重懿亲，如可保全，总宜调护为是。还望二公善为挽回！"蹇义颔首而入，即以士奇言转陈帝前。宣宗乃返入京师，不复言彰德事。既而廷臣犹有烦言，或请削赵王护卫，或请拘赵王入京，宣宗沉吟未决，复召士奇入问道："朝右多议及赵王，究应如何处置？"士奇道：

"今日宗室中，惟赵王最亲，陛下当曲予保全，毋惑群议！"宣宗道："朕今日只有一叔，怎得不爱？但欲为保全，须有良法。朕意拟将群臣劾章，封示赵王，令他自处，卿意以为何如？"士奇道："得一玺书，更为周到。"宣宗便命士奇起草，亲自阅过，盖好御印，即令驸马都尉广平侯袁容，与左都御史刘观，同赴彰德，示以玺书，并廷臣劾章。赵王喜且泣道："我得更生了。"遂优待袁容、刘观，并上表谢恩，愿献护卫。自是群议始息。宣宗乃重用士奇，薄待陈山，且岁赐赵王，概如常例。赵王得以令终，于宣德六年去世，幸全首领。这且休表。

且说荣昌伯陈智，与都指挥方政，协守交趾，因黎利叛服无常，奉命往讨，续前回。至茶龙州，两人意见未洽，反为黎利所乘，吃了败仗。那时宣化贼周臧，太原贼黄菴，芙留贼潘可利，云南宁远州红衣贼长擎，俱蜂起作乱，遥应黎利。宣宗闻警，谕责智、政，削夺官爵，令在军中效力赎罪。特简成山侯王通，佩征夷大将军印，充交趾总兵官，都督马瑛为参将，率师南征。仍命尚书陈洽，参赞军务。通与瑛先后南下，瑛至清威，适黎利弟黎善，陷广威州，分军四扰，与瑛军相遇。被瑛军兜头痛击，纷纷败去，瑛方扎营休息。王通亦引兵到来，两下合军，进屯宁桥。通欲乘胜进击，尚书陈洽道："前面地势险恶，宜慎重进行，不如择险驻师，觇贼虚实，再定行止。"通叱道："兵贵神速，何得迟疑？"洽不便再谏。通即麾兵渡河。适遇天雨，道路泥泞，人马不能成列，霎时间伏兵骤起，纵横冲荡，通受创即走，全师大溃。陈洽愤起，怒兵突阵，身中数创，颠坠马下；左右掖起，愿与俱还，洽勃然道："我身为大臣，见危致命，正在今日，难道可偷生苟免么？"足愧王通。随即挥刀复入，斫死贼兵数人，自知力竭，刎颈而死。通败回交州，尚得自言神速么？黎利即自率精兵，入犯东关。通闻报大惧，阴遣人与利议和，愿为利乞封，且割清化以南地，俾利管辖。利阳为受款，限日受地，通遂不待朝命，擅檄清化等州，令官吏军民，尽还东关，即以土地让与黎利。知州罗通，掷檄痛诋道："名为统帅，擅敢卖城，看他如何复命？我只知守土，不知有他。"遂撄城拒守，黎利往攻不能下。

先是都督蔡福守义安，为黎利所围，未战即降，至是黎利令招致罗通。通见福至城下，厉声呵责，说他不忠不义。福羞惭满面，低头驰去。利知清化难下，移兵攻镇城平州。知州何忠怀，潜行出城，拟至交州乞援，中途为贼所执，押送黎利。利酌酒与饮道："何知州的大名，我仰慕久了。能从我，不患不富贵。"忠怀大詈道："贼奴！我乃天朝臣，岂食汝狗彘食？"当下夺杯在手，掷中利面，流血盈颐。利大怒，遂将忠怀杀害，一面麾众寇交州。王通出兵与战，竟得胜仗，斩获伪官以下万余人，利惶惧遁去。诸将请王通追击，通又惮不敢发。一年怕蛇咬，三年烂稻索。利得整军复出，围攻昌江。都指挥李任、顾福，日夜拒战。至九阅月，粮尽援绝，竟被攻陷，任、福皆自刎毕命。中官冯智，北向再拜，与指挥刘顺，知府刘子辅，投缳殉难。冯智颇不愧忠臣。子辅有惠政，民素爱戴，子辅死后，阖家全节，吏民亦相率死难，无一降贼，全城为墟。阐扬忠节。

警报遥达京城，宣宗又命安远侯柳升，统兵往援，保定伯梁铭为副，都督崔聚充参将，尚书李庆参赞军务。且以黄福旧在交趾，深得民心，亦令随军同往，仍掌交趾布按二司。柳升会集诸军，进至隘留关，黎利与王通已有和议，闻升等南下，诡称应立陈氏后裔，具书乞和。升得书，并未启视。只将原书奏闻，一面督军入境，连破关隘数十，直达镇夷关。梁铭、李庆皆因瘴致病，惟升意气自若，尚欲长驱直入。郎中史安，主事陈镛，问李庆疾，且语庆道："主帅已涉骄矜，拥兵轻进，倘遇敌伏，易致挫衄。宁桥覆辙，可为前鉴，还望公代为谏阻，宁可持重，不可躁率。"庆倚枕称善，强自起床，走告柳升。升笑道："我自从军以来，大小经过百战，难道怕这么麽小丑么？"轻敌甚矣。庆复言之再三，升含糊答应，令庆等留营养疴，自率百骑至倒马坡，跃马逾桥。后队正拟随上，桥梁猝断，迫不及渡，但见对岸伏兵猝起，把升围住。升左冲右突，竟不能脱，未几即中镖身死。所随百骑，尽行战殁。那时后军只好退回，梁铭、李庆竟致急死。崔聚复整军入昌江，与贼酣斗，贼驱众大至，飞矢攒射，聚受伤被执，史安、陈镛等皆阵亡，官军大溃，七万人只剩数千，逃入交州。

黄福至鸡鸣关，亦为贼所得，掣出佩刀，意欲自刎。贼众把刀夺去，且下马罗拜道："公系我生身父母，何可遽死？前时公若不归，我等哪敢出此？"福叱道："朝廷未尝负尔等，尔等为何从逆？"贼众复道："守土官僚，如果尽若我公。就使教我为逆，我等也不忍为。怎奈官逼民反，不得不然。"言下都有惨容，且语且泣，福亦为之下泪。贼目取出白金糇粮，作为馈物，并令数人舁着肩舆，送福出境。福至龙州，举所赠物尽归入官。

是时王通在交州，闻升军败没，越加惶惧，忙与黎利议和，出城筑坛，束帛载书，教利立陈暠为陈氏后，订约休兵。其实交趾并没有陈暠，全系王通、黎利，串同捏造，借此蒙蔽明廷。通赠利绮锦，利赂通珍宝，彼此欢宴了一日，议定由黎利遣使，奉表献方物。通亦令指挥阇忠，偕黎使入朝，当由鸿胪寺代呈表章，其词云：

> 安南国先臣陈日煃三世嫡孙陈暠，惶恐顿首上言：曩被贼臣黎季犁父子。篡国弑戮，臣族殆尽。臣暠奔窜老挝，以延残息，历二十年。近者国人闻臣尚在，逼臣还

国，众言天兵初平黎贼，即有诏旨访求王子孙立之，一时访求未得，乃建郡县。今皆欲臣陈情请命，臣仰视天地生成大恩，谨奉表上请，伏乞明鉴！

宣宗览毕，即召集廷臣会议，示以来表。英国公张辅道："这是黎利诈谋，必不可从，当再益兵讨贼，臣誓将元凶首恶，絷献阙下。"蹇义、夏原吉也说是不可轻许。独杨荣、杨士奇料宣宗有意厌兵，因言交趾荒远，不如许利，藉息兵争。宣宗乃决计罢兵，遂遣侍郎李琦、罗汝敬等，赍诏抚谕交趾，赦除利罪，令具陈氏后人事实以闻。一面召王通、马瑛及三司卫所府州县官吏，悉数北还。于是三十年来经营创造的安南，一旦弃去。李琦等未到交趾，王通已由陆路还广西，陈智及中官马骐、山寿，由水路还钦州。及奉诏到京，群臣交章弹劾，统说通弃地擅和，骐恣虐激变，寿庇贼殃民，情罪最重，应即明正典刑。宣宗意存宽大，只把王通、马骐、山寿等暂系狱中，便算罢休。宣宗号称英明，柰何姑息养奸？嗣李琦自交趾还京，黎利又遣人随至，奉表言"陈暠已死，陈氏绝嗣，由臣利权时监国"等语。宣宗明知有诈，只因事已至此，无可奈何，就将错便错的，混过去了。

是时已为宣德三年，边事总算搁起，宫中忽起暗争。小子于前回表过，宣宗立后胡氏，并册孙氏为贵妃。已见得后妃并重，隐肇争端。果然不到二年，即闹出废后问题来。原来孙贵妃出身颇微，系永城主簿孙忠女，幼时颖慧绝伦，貌亦姣美，天生丽质。偶为张太后母所见，大为称羡。张太后母，即彭城伯夫人，当张为妃时，已出入宫中，成祖拟为皇太孙择配，彭城夫人，即盛称孙氏贤淑，应选为太孙妃。当下传旨选入，见孙氏女尚仅十龄，乃令在宫抚养，从缓定夺。过了七年，太孙年长，奉旨选妃，司天官奏称星气在奎娄间，当自济河求佳女。适济宁人百户胡荣，生女七人，独饰第三女充选。成祖见她贞静端淑，遂册为太孙妃。彭城夫人，闻了此信，以孙氏女既有定约，偏为胡氏女所夺，心中很是不平，即入宫启奏成祖，请他改命。成祖不便反汗，但命立孙氏女为太孙嫔。及仁宗嗣阼，张后正位，彭城夫人，又向张后前喋喋不休。*老媪煞是多事。*张后素性寡言，任她如何怂恿，只是默然不答。到了宣宗登基，亦稍稍倾向孙嫔，所以册后礼成，便册孙嫔为贵妃。明初定例，册后用金宝金册，册贵妃有册无宝，宣宗特命尚宝司制就金宝，赐给贵妃，一如后制。*已隐露并后匹嫡的意思。*这位孙贵妃体态妖娆，性情狡黠，*少成若天性。*百般取悦上意，几把这位宣宗皇帝，玩弄在股掌中。宣宗年已三十，尚无嫡子，未免愁叹，尝语孙贵妃道："后有疾不育，卿无疾亦不育，难道朕命中应无子么？"孙贵妃闻言，猝然下跪，佯作羞态道："妾久承雨露，觉有异征，红潮不至，已阅月余，莫非是熊梦不成？"*你难道定知生男？*宣宗大喜道："卿如生男，当立卿为后。"孙贵妃佯惊道："后位已定，妾何敢相夺？愿陛下勿出此言！"宣宗道："好贵妃！好贵妃！"随亲为扶起，抱置膝上，喁喁与语，大约有厌恨胡后的意思。贵妃且曲为解劝，宣宗嘉她有德，益称叹不置。*将欲取之，必固与之，此阴柔之所以可畏也。*

流光易逝，倏忽间已八九月，孙贵妃居然分娩，生下一个麟儿，当由宫人报闻宣宗。宣宗喜出望外，即至贵妃宫中验视，经侍媪抱出佳儿，啼声响亮，觉为英物。*后来庙号英宗，宜为英物。*宣宗满面笑容，取儿名为祁镇，并慰劳贵妃数语，随即趋出，传旨大赦。看官！你道这皇子祁镇，果是贵妃所生么？贵妃想欲夺后，恰想出一条秘计，暗中与怀孕的宫人，定了易吕为嬴的密约。适值宫人生男，遂取作己子，诳骗宣宗。宣宗哪知秘谋，总道是贵妃亲生。才阅数日，即拟立乳儿为皇太子，廷臣希承意旨，也接连上章奏请。恐也由贵妃运动。宣宗遂召张辅、蹇义、杨荣、夏原吉、杨士奇入内，随谕道："朕有一大事，与卿等商议，卿等为我一决。朕三十无子，中宫有病不得育，据术士推算，谓中宫禄命，不能产麟，今幸贵妃有子，当立为嗣，朕闻母以子贵，乃是古礼，但不知何以处中宫？卿等为朕设一良法！"辅等奉旨，面面相觑，不发一言。宣宗又略举后过，杨荣矍然道："如陛下言，何妨废后呢？"荣前时欲拘赵王，及此又倡议废后，吾不知其具何肺肠。宣宗道："废后有故事么？"杨荣道："宋仁宗废郭后为仙妃，便是成例。"宣宗复顾辅等道："卿等何皆无言？"士奇忍耐不住，便顿首奏道："臣事帝后，犹子事父母，母即有过，子当几谏，怎敢与议废母事？"辅与原吉，亦跪启道："此乃宫廷大事，须待熟议。"宣宗复问道："此举得免外议否？"士奇道："宋仁宗废郭后，孔道辅、范仲淹等力谏被黜，至今贻讥史册，怎得谓为无议？"还是士奇守正。宣宗不怿，拂袖竟入，辅等乃退。

越日，宣宗御西角门，复召杨荣、杨士奇至前，问以昨议如何？荣从怀中取出一纸，奉呈宣宗。宣宗瞧着，所书皆诬后过失，多至二十事，不禁变色道："渠曷尝有此大过？这般诬毁，独不怕宫庙神灵么？"宣宗非无一隙之明，乃杨荣逢君诬后，罪实可杀。随顾士奇道："尔意究应如何？"士奇道："汉光武废后诏书，尝谓事出异常，非国家福。宋仁宗废后后，亦尝见悔，愿陛下慎重。"宣宗仍不为然，麾令退去。又越数日，仍召问张辅等数人，辅等仍依违两可。独士奇启奏道："皇太后神圣，应有主张。"宣宗道："与卿等协议，便是太后旨意。"我却未信。士奇不便多言。宣宗见士奇不答，遂令辅等皆退，独命士奇随入文华殿，屏去左右，密谕士奇道："朕意非必欲黜后，但事不得已，总须卿为朕设策。"意亦太苦，无非为一孙贵妃。士奇固辞，经宣宗谕至再三，方仰顾道："中宫与贵妃，有无凤嫌?"宣宗道:"彼此很是和睦,近日中宫有病,贵妃时常往视,可见深情。"这便是她狡诈。士奇道:"既然如此,不若乘中宫有疾,由陛下导使让位,尚为有名。"宣宗点首,士奇即退出。约过旬日,宣宗复召见士奇,与语道:"卿策甚善,中宫果欣然愿让,虽太后不许,贵妃亦不受,但中宫的让志,已甚坚决了。"恐亦由受迫所致。士奇道:"宋仁宗虽废郭后,恩礼不衰,愿陛下善保始终,无分厚薄。"无聊语。宣宗道:"当依卿奏,朕不食言。"于是废后议遂定,小子有诗咏道:

> 宁有蛾眉肯让人,诡言熊梦幻成真。
> 长门从此悲生别,一样皇恩太不均。

欲知废后立储详情,且俟下回续叙。

交阯一役,误在遣将之非人。王通、柳升俱非将才,乃命为专阃,惘惘出师,通一蹶而不振,升再入而战殁。卒至下诏遣使,修好撤藩,城下之盟,耻同新郑,割地之议,辱甚敬瑭,宣宗固不善筹边,而张辅、蹇义、夏原吉、三杨诸人,要亦不能辞其咎也。若夫废后之议,更属不经。后无可废之罪,乃堕狡谋而乖恩义,失德孰甚。士奇再三谏阻,卒不能格正君心,徒以劝让一策,曲为补苴,实则一掩耳盗铃耳。观此回乃知宣宗不得谓明,其臣亦不得谓良,宁特杨荣之足斥已哉?

第三十三回

享太平与民同乐　儆权阉为主斥奸

却说宣宗用士奇言，劝后退位，布置已定，先立子祁镇为太子，由礼臣奉上册宝。孙贵妃欣喜过望，恰故意禀白宣宗道："后病瘥，自当生子，妾子敢先后子么？"口仁义而心鬼蜮，此等人最属可恨。宣宗道："朕当立你为后，休得过谦！"贵妃又佯为固辞，宣宗不允。会胡后已上表辞位，遂命退居长安宫。后性喜静，不好华饰，至是黄老学，益怀恬退。张太后深加怜悯，尝召居清宁宫。内廷朝会宴飨，必命后居孙后上，孙后尝怏怏不乐。无如太后隐为保护，也只好得过且过，不便与争。后来宣宗亦颇自悔，尝自解为少年事，年已逾壮，安得称为少年？因赐号故后为静慈仙师。至英宗正统七年，太皇太后张氏崩，后号恸不已。越年亦殂，这是后话不提。

且说宣宗既册立孙后，很是欣慰，遂设宴西苑，宴集大臣。西苑在禁城西偏，中有太液池，周十余里，池中架着虹梁，藉通往来。桥东为圆台，台上有圆殿，其北即万岁山，山上有殿亭六七所，统系金碧辉煌，非常闳丽。沿池一带，满植嘉树，所有名花异卉，更不胜数。池上玉龙盈丈，喷泉出水，下注池中，圆殿后亦有石龙吐水相应，仿佛与瀑布相似。宣宗更命在殿旁筑一草舍，作为郊天祭地时斋宫，虽是矮屋三间，恰筑得格外精雅，真个是琅嬛濬福地，差不多阆圃仙居。蹇义、夏原吉、杨荣、杨士奇等十八人，奉召入苑，宣宗已在苑中候着，由诸臣谒毕，命驾环游，先至万岁山，次泛太液池，宣宗亲指御舟道："治天下有如此舟，利涉大川，全赖卿等。"蹇义诸人，闻命叩谢。宣宗令内侍举网取鱼，约得数尾，饬交司厨作羹，即在舟中小饮，遍及群臣。乘着酒兴，赋诗赓唱。你一语，我一句，无非是颂扬政绩，鼓吹休明。既而舍舟登殿，赐宴东庑，饮的是玉液琼浆，吃的是山珍海错，且由宣宗特旨，有"君臣同乐，不醉无归"二语，因此诸臣开怀畅饮，无不尽欢。席终，复各赐金帛、绦环、玉钩等物，大家顿首称谢，方才散归。

过了数旬，值张太后生辰。大受群臣朝贺。礼毕后，宣宗亲奉太后游西苑，词臣毕从。既至苑中，由宣宗亲掖慈舆，上万岁山，奉觞上寿，太后大悦，酌饮宣宗，且与语道："方今天下无事，我母子得同此乐，皆天与祖宗所赐。天下百姓，就是天与祖宗的赤子，汝为人君，能保安百姓，不使饥寒，庶几我母子可长享此乐了。"仁人之言。宣宗离席叩谢，是日亦尽欢始散。未几又奉太后谒陵，宣宗亲执囊键，骑马前导，至清河桥，下马扶太后辇，徐徐行进，畿民夹道拜观，陵旁老稚，亦皆山呼迎拜。太后顾宣宗道："百姓爱戴皇帝，无非以帝能安民，应慎终如始，毋负民望！"宣宗唯唯遵教。俟谒陵已毕，复奉太后过农家。太后宣召村妇，问及生业安否？村妇应对俚朴，如家人然，太后喜甚，赐给钞币饮食。村妇亦进献野蔬家酿，太后取尝讫，复畀宣宗道："这是农家风味，不可不尝。"随事教导，不愧贤母。宣宗亦领食数味。及还，宣宗见道旁有耕夫，特向他取耒，亲自三推，随顾侍臣蹇义等道："朕三推已不胜劳，况长此劳动呢？"亦赐给耕夫钞币。其他所过农家，各有特赏，顿时欢声载道，交颂圣明。

嗣是励精图治，君臣交儆，兴利除弊，任贤去佞，仍以北京为帝都，免致重迁。仁宗意欲南迁，见三十一回中，本回特叙此文，补笔不漏。一面命工部尚书黄福，及平江伯陈瑄，经略南漕，妥为输运。又选郎中况钟、赵豫、莫愚、罗以礼及员外郎陈本深、邵旻、马仪，御史何文渊、陈鼎等九人，出为知府，一律称职。况钟守苏州，锄强植良，号称能吏。赵豫守松江，恤贫济困，号称循吏。两太守遗爱及民，声名较著。嗣复用薛广等二十九人，亦多政绩。又擢曹弘、吴政、赵新、赵伦、于谦、周忱为侍郎，分任南北巡抚。谦在山西，忱在江南，任官最久，尤得民心。大书特书，不没贤能。"喜逢国泰民安日，又见承平大有年。"这位从容御宇的宣宗皇帝，制《祖德歌》，作《猗兰操》，吟《织妇词》，著《豳风图诗》，扬风扢雅，坐享安闲；有时且作画数张，所绘人物花卉，备极精工，尝画《黑兔图》，《松云荷雀图》，《黑猿攀槛图》，赏赐王公，珍为秘宝。又敕造宣纸，至薄能坚，至厚能腻，裁剪成笺，有菊花笺、红牡丹笺、洒金笺、五色粉笺等名目。他若褐色香炉、蓝纱宫扇、青花脂粉箱，统由大内创制，流传禁外。香炉形式不一，炉底多用匾方印，阳铸大明宣德年制，印地光滑，蜡色可爱。宫扇用竹骨二十余，粘以蓝纱，承以木柄，可收可放，随意卷舒，尝有御制六字诗云："湘浦烟霞交翠，剡溪花雨生香。扫却人间烦暑，招回天上清凉。"所赋便是此物。青花脂粉箱系是磁质，花纹曼体，覆承两注，子母隔膜，周围有小窦可通，灵妙无匹。或谓先由暹罗国贡入，宣宗饬匠仿造，穷年累月，仅成十具。两具给与孙后，余均分赏宫嫔。宫中又尝斗蟋蟀，宣宗最爱此戏，曾密召苏州地方官，采进千枚。当时有歌谣云："促织瞿瞿叫，宣宗皇帝要。"种种玩耍，无非因天下太平，有此清赏。好在宣宗未尝荒耽，不过借物抒怀，为消遣计，看官休要误视。当作宋徽宗、贾似道一流人物呢。点醒正意。

宣宗一日微行，夜漏已迟，尚带四骑至杨士奇宅。士奇仓皇出迎，顿首道："陛下一身，关系至重，奈何轻自到此？"宣宗笑道："朕思卿一言，所以亲至。"遂与士奇谈了数语，方才还宫。越数日，宣宗复遣内监范弘，往问士奇，谓微行有何害处？士奇道："皇上惠泽，未必遍洽寰区，万一怨夫冤卒，伺间窃发，岂不是大可虑么？"后过旬余，果由捕盗校尉，获住二盗，鞫供得实，乃欲乘帝出行，意图犯驾。宣宗方喟然吸道："今才知士奇爱朕呢。"以此益器重士奇。士奇亦知无不言，屡有献替。三杨中要推士奇。

宣德三年，宣宗出巡朔方，击败兀良哈寇众；五年及九年，又两出巡边，俱至洗马林。诸将请乘便击瓦特部，士奇与杨荣极力奏阻，因此偃武而归。会夏原吉、金幼孜先后病殁，蹇义亦老病，国事悉赖三杨。宣宗优游一二年，忽然得病，竟至大渐，令太子祁镇嗣位，所有国家大事，禀白太后而后行。诏书甫就，竟报驾崩。统计宣宗在位十年，寿三十有八，生二子，长即太子祁镇，次名祁钰，为贤妃吴氏所出。

祁镇年才九龄，外廷啧有烦言，争说太子年幼，不能为帝，甚至侵及太后，谓太后已取金符入内，将召立襄王瞻墡。杨士奇语杨荣道："嗣主幼冲，谣诼纷起，倘有不测，危及宫廷。我辈受先皇厚恩，理应力保幼主，扶持国祚。"荣允诺，遂率百官入临。适太后御乾清宫，女官佩刀剑值侍，召二杨入见。二杨叩首毕，即请见太子。太后道："我正为此事，特召二卿。二卿系先朝耆旧，须夹辅幼主，毋负先帝！"二杨复顿首道："敢不遵旨。"太后遂令二杨宣入百官，一面召太子出见，指示群臣道："这就是新天子，年甫九龄，全仗诸卿调护！"群臣闻太后言，各伏谒呼万岁。戏剧中有二进宫一出。便是就此演出。当下奉太子登位，大赦天下，以明年为正统元年，是为英宗，追谥皇考为章皇帝，庙号宣宗。尊张太后为太皇太后，孙后为皇太后，封弟祁钰为郕王。

　　会吏部尚书蹇义已殁，旧臣除三杨外，资格最崇，要算英国公张辅。其次即尚书胡濙。太皇太后委任五臣，凡遇军国重务，悉付裁决。内侍请垂帘听政，太皇太后道："祖宗成法，明定禁律，汝等休得乱言！"彭城伯张昶，都督张昇，皆太皇太后兄弟，但令朔望入朝，不得与闻国政。昇有贤名，杨士奇请加委任，终不见从。

　　是时宫中有一个巨蠹，名叫王振，为司礼太监，特笔表明，隐寓惩恶之义。振狡黠多智，曾事仁宗于东宫，宣德时，已有微权。英宗为太子，振朝夕侍侧，及英宗即位，遂命掌司札监，格外宠任，且尝呼他为先生。振遂擅作威福，于朝阳门外筑一将台，请帝阅兵，所有京营各卫武官，校试骑射，名为阅武，其实是收集兵权，为抵制文臣起见。直诛其隐。且矫旨擢指挥纪广为都督金事，广以卫卒守居庸，往投振门，大为契合，遂奏广为武臣第一，不待朝旨，即予超擢，宦官专政自此始。应第一回权阉之弊。振尚虑威权不足，意欲加谴大臣，隐示势力，适值兵部尚书王骥及右侍郎邝埜，奉旨筹边，迟延未复。振遂潜导英宗，令召骥、埜二人入殿，面责道："尔等欺朕年幼么？如此怠玩。成何国体？"随喝令左右，执二人下狱，右都御史陈智，希振意旨，亦劾张辅回奏稽延，并讦科道隐匿不发，应该连坐。那时九岁的小皇帝，晓得甚么，自然由王振先生作主，振因张辅是历朝勋旧，不便加刑，只命将科道等官，各杖二十。及太皇太后闻知，忙令停杖，已是不及。惟王骥、邝埜，总算由太皇太后特旨，释出狱中。

　　太皇太后甚是不悦，亲御便殿，召张辅、杨士奇、杨荣、杨溥、胡濙五人入见。英宗东首上立，五大臣西首下立。太皇太后顾英宗道："此五大臣系先帝简任，留以辅汝，一切国政，应与五大臣共议，非得他赞成，不准妄行！"英宗含糊答应。太皇太后又回顾五臣，见杨溥在侧，召他至前道："先帝念卿忠，屡形愁叹，不意今复得见卿。"溥不禁俯伏而泣，太皇太后亦流涕不止。原来仁宗为太子时，因僚属被谗，溥及黄淮等皆下狱，<small>见第三十回。</small>仁宗每在宫中言及，嗟叹不已，及即位，始一概释放。<small>见三十一回。</small>黄淮于宣德八年辞归，惟杨溥擢任礼部尚书，与杨士奇等同直内阁。太皇太后感念前事，乃有是言。呜咽片时，复由太皇太后饬令女官，宣王振入殿。振向前跪伏，太皇太后勃然道："汝侍皇帝起居，多不法事，罪不可赦，今当赐汝死！"振闻言大惊，正拟复辩，那左右女官，已拔剑出鞘，架振颈上，吓得他魂不附体，连一句话都说不出。<small>何不将他一刀杀死，免得后来闯祸。</small>英宗见这情形，忙匍匐地上，替他求免，五臣亦依次跪下。太皇太后道："皇帝年少，不识此等小人，佐治不足，误国有余，我今姑听皇帝及诸大臣，暂将他头颅寄下，但从此以后，切不可令他干预国政！"随又命王振道："汝若再思预政，决不饶汝！"振叩首谢恩，太皇太后叱令退去，振战栗而出，五大臣亦奉旨退朝。

太皇太后挈英宗入宫，不劳细叙。惟王振经此一跌，不得不稍稍敛戢，约有三四年不敢预事。至正统五年，太皇太后老病，杨士奇、杨荣等亦多衰迈，王振又渐萌故态，想乘此出些风头，便步入内阁，适与杨士奇、杨荣相见，徐问道："公等为国家任事，劳苦久了，但公等已皆高年，后事待何人续办？"<small>与你何干？</small>士奇道："老臣尽瘁报国，死而后已。"言未毕，荣复插入道："此言错了。我辈衰残，不能长此办事，当选举少年英材，使为后任，才得仰报圣恩。"振喜形于色，方告别而去。士奇与荣道："这等小人，如何与他谦逊？"荣答道："渠与我等，厌恨已久，一旦中旨传出，牵掣我等，势且奈何？不如速举一二贤人，入阁辅政，尚可杜他狡谋。"<small>语虽近似，但三杨同心，尚不能去一奸珰，后人其如振何？</small>士奇始释然道："如公高见，胜我一着，很是佩服。但应举贤人，如侍讲马愉、曹鼐等，何如？"荣答道："还有侍讲苗衷、高穀等，不亚愉、鼐，亦可保荐。"士奇唯唯，散值后即草好荐表，于次日进呈。有旨但令"马愉、曹鼐，入阁参预机务，苗、高二人罢议。"

未几杨荣病殁，阁臣中失一老成，王振又问士奇道："吾乡中何人堪作京卿？"无非欲市恩乡人。士奇道："莫若山东提举佥事薛瑄。"原来薛瑄籍隶山西，与王振同乡，振遂奏白英宗，召瑄为大理寺少卿。瑄至京，士奇使谒振，瑄瞿然道："拜爵公朝，谢恩私室，瑄岂敢出此么？"名论不刊。士奇赞叹不已。越数日，会议东阁，振亦在座，公卿见振皆趋拜，惟一人独立，振知为薛瑄，先与拱手，瑄始勉强相答，自是振衔怨乃深。会奉天、华盖、谨身三殿，修筑告成，永乐时，三殿被灾，至是始成。大宴群臣，独王振不得与宴。英宗如失左右手。潜命内侍往候王先生。内侍至王振宅，闻振方厉声道："周公辅成王，有负扆故事，我独不可一坐么？"前时永乐帝尝自命周公，此次轮着王振，正一蟹不如一蟹。内侍复命，英宗明知祖宗成制，宫内太监不得与外廷宴享，奈心中敬爱王先生，只恐惹他动恼，不得不破例邀请，好一个徒弟。便命开东华中门，宣振入宴。振始扬扬自得，骑马而来，到了门前，百官已迎拜马前，振乃下马趋入，饮酣乃去。

正统七年，册立皇后钱氏，一切礼仪，免不得劳动王先生，王先生颐指气使，哪个还敢怠慢？司礼监应出风头。英宗反加感激。是年十月，太皇太后张氏病剧，传旨问杨士奇、杨溥，以国家有无大事未举。士奇忙缮好三疏，逐日呈递。第一疏言建文帝临御四年，虽已出亡，不能削去年号，当修建文帝实录。第二疏言太宗有诏，收方孝孺等遗书者论死，今应弛禁。第三疏尚未呈入，太皇太后已崩。士奇等入哭尽哀，独这位阴贼险狠的王先生，心中大喜，好似拔去眼中钉，从此好任所欲为了。小子有诗咏道：

> 误国由来是贼臣，权阉构祸更逾伦。
> 三杨甘作寒蝉侣，莫谓明廷尚有人。

欲知王振不法行为，且俟下回再叙。

　　本回叙宣宗事，过不掩功，亦善善从长之义。明代守文令主，莫若仁宣，著书人未尝讳过，亦未敢没功。律以董狐直笔，紫阳书法，庶几近之。且于太皇太后张氏，及大学士杨士奇，极力表彰，无美不著。至若况钟，赵豫诸贤吏，亦一律叙入，扬清激浊，殆有深意存焉。王振用事，祸启英宗，太皇太后洞烛其奸，令女官拟刃于颈，其明智更不可及。乃帝臣乞请，不即加诛，大奸未去，贻误良多。至于慈躬大渐，垂询国事，士奇拟上三疏，仅呈其二，而未闻列振罪恶，力请严惩，是士奇之谋国，尚不太皇太后若也。明多贤后。若太皇太后张氏者，其尤为女中人杰乎？

第三十四回

王骥讨平麓川蛮　英宗败陷土木堡

　　却说司礼监王振，因太皇太后既崩，遂得肆行无忌。先是太祖置铁牌于宫门，高约三尺，上铸"内官不得干预朝政"八字，振竟将铁牌携去。自在皇城筑一大宅，宅东建智化寺，竖碑祝厘，侈述功德。翰林院侍讲刘球，上言十事，大旨在勤圣学，亲政务，用正士，选礼臣，核吏治，慎刑罚，罢土木，定法守，息兵争，储武备，说得井井有条，颇切时弊，惟未尝劾及王振，振亦不以为意。偏有个钦天监正彭德清，倚振为奸，公卿多趋谒。球与同乡，独不为礼，德清恨甚，遂摘球疏中语，谓振道："这便是有意劾公呢。"一语够了。振闻言大怒，遂逮球下狱，且嘱锦衣卫指挥马顺，置球死地。顺遂夜携小校入狱，令持刀杀球。球大呼太祖太宗，声尚未绝，首已被断，血流遍体，尚屹立不动。顺竟命将尸身支解，瘗狱户下。毕竟忠魂未泯，先祟小校，暴病毙命，次祟马顺子，病狂大哭，突捽顺发，拳足交下，并痛詈道："老贼！我刘球并无大过，你敢趋附逆阉，害死我么？看你等将来如何？我先索你子去罢。"言已，两目上翻，仆地而死。事见正史，足为奸党者戒。顺附振如故，振且恣肆益甚。

　　会某指挥病殁，有一遗妾，很是妖艳，振从子山，与她勾搭，拟娶还家，偏为指挥妻所阻。山嗾妾诬妻毒夫，至都御史衙门，击鼓申诉。最毒妇人心。都御史王文，亲自讯究，初颇持正不阿，后竟受山运动，严刑胁供，迫令诬服。大理寺少卿薛瑄，洞悉冤诬，驳还谳案。文遂劾瑄受贿，故出人罪，朝旨竟将瑄严谴，系狱论死。瑄有三子，上书以长子淳代死，次幼二子戍边，乞赎父罪。有诏不许，瑄将被刑。振有老仆，在爨下坐泣，为振所见，问明缘由。这老仆呜咽道："闻薛夫子将受刑，不禁心伤呢。"权阉家中，难得有此义仆。振意少解。会兵部侍郎王伟，亦上书申救，乃免死除名，放归田里。既而国子监祭酒李时勉，请改建国子监，由振奉旨往验，时勉不加礼貌，振竟怀恨，即坐时勉擅伐官树罪，枷号监门。太学生三千多人，上疏营救，并经孙太后父孙忠，为白太后，转述帝前，方才得释。是时杨士奇忧愤成疾，乞病告归。士奇子稷不肖，为言官所劾，逮入狱中。可怜士奇忧上加忧，竟尔逼死。还有大学士杨溥，孤掌难鸣，敷衍了两三年，亦得病谢世。士奇号西杨，溥号南杨，前时杨荣号东杨，并称三杨。三杨为四朝元老，尚为振所敬惮，至是陆续病终，振正好坐揽大权，任情生杀。内使张环、顾忠，匿名讦振，受了磔刑。驸马都尉石璟，偶詈了家阉吕宝，为振所闻，说他贱视同类，饬令下狱。大理寺丞罗绮，参赞宁夏军务，尝诋中官为老奴，由总兵官讨好王振，讦他罪状，坐戍边疆。监察御史李俨，谒振不跪，亦被戍。霸州知州张需，得罪中官，又被逮至京，箠楚几死。惟光禄寺卿余亨，诈称诏旨，日支御膳供振，得擢为户部侍郎。工部郎中王祐，拜振为义儿，不敢蓄须，尝对振言儿当似爷，亦得擢为工部侍郎。府部院诸大臣，及在外方面大僚，每当朝觐，必先至振第，最少纳百金，多则千金万金，称爷称父，不计其数。龌龊已极。

其时有麓川一役，也是王振始终主张，用兵数次，虽得获胜，究竟劳师数十万，转饷半天下，得不偿失，功不补患，待小子叙述出来，以便看官细评。麓川地接平缅，在云南西徼，洪武中沐英平云南，平缅酋思伦发，亦率众内附，太祖命兼统麓川，为平缅麓川宣慰司。应第十九回。已而思伦发复叛，复经沐英讨平，分地为三府，一名孟养，一名木邦，一名孟定，皆属云南管辖。思民失官，伦发病死，子思任发桀黠喜兵，谋复乃父故地，适孟养、木邦，与缅甸相仇杀，遂乘机出击，侵略麓川。黔国公沐晟，据实奏闻，且请发兵进讨。明廷会议，或主剿，或主抚，议论不一。王振欲示威荒服，决计出师，乃命都督方政，会集沐晟，及晟弟沐昂，率兵讨思任发。思任发闻大军将至，贻书沐晟，愿入贡输诚，晟信以为真，无出征意，政以为诈，必欲进击，且请造舟济师，晟皆不许。政独引兵渡龙川江，至高黎共山下，击败蛮众，斩首三千余级，乘胜深入，拟捣思任发巢穴，转战力疲，遣使至晟处乞援，晟恨他违制，延不发兵。思任发料政疲乏，突出象阵冲击，政竟战死，全军覆没。

明廷接到警耗，严旨责晟，晟惧罪暴卒，乃令昂代统各军，久亦无功。思任发却遣头目陶孟等，带着象马金银，入京贡献，且奉表谢罪。廷臣请就此罢兵，独王振定欲平蛮，调还甘肃总兵官蒋贵等，令在京待命。兵部尚书王骥，揣知振意，亦力主用兵。于是令蒋贵为平蛮将军，都督李安、刘聚为副，王骥总督军务，侍郎徐晞转输军饷，大发东南诸道十五万人，刻期并进。既至云南，由王骥部署诸将，分三路攻入。思任发立营龙川江，树栅固守，官军合攻不能下，会大风骤起，骥遂命纵火焚栅，蛮众乃溃，长驱抵木笼山，连破七寨，直捣蛮巢。思任发恰也狡黠，暗地分兵，从间道绕出，来袭官军背后，幸骥预先戒备，但令各营坚壁勿动。蛮众冲突数次，好似铜墙铁壁，不能挫损分毫。骥却令都指挥方瑛，潜攻敌寨，思任发排着象阵，来截方瑛，被方军矢射铳击，象阵溃散。思任发尚死守寨中，会右参将冉保，亦由东路击破诸寨，率兵来会，骥命截守西峨渡，自率诸将四面环攻，西风又作，复行纵火，敌寨立破，斩馘无算。思任发挈了二子，窜走缅甸，骥留兵屯守，奏凯班师。明廷饮至论赏，进封蒋贵为定西侯，王骥为靖远伯，余皆升赏有差。已发兵两次了。

思任发闻大军北旋，复自缅甸入寇，英宗语蒋贵、王骥等道："蛮众未靖，死灰复燃，卿等为再行。"贵、骥等顿首受命，遂起兵如前。发卒转饷，多至五十万人。大军至金齿，檄缅人献思任发，缅人佯诺不遣。骥语贵道："缅甸党贼，不得不讨。"贵亦赞成骥言，遂邀同都督沐昂，分道大进。贵身为前驱，麾众渡江，焚敌舟数百艘，大战一昼夜，杀敌几尽。再谕缅人缚献巨魁。缅人答书，以思任发子思机发，窃据者蓝，麓川别寨。恐他致仇为解。骥乃率兵赴者蓝，捣入思机发寨中，思机发遁去，只获他妻子，及部目九十余人，当即露布告捷。廷议以劳师已久，饬令还军。骥遂置陇川宣慰司，引师北归。三次往返。越年余，云南千户王政，奉敕币宣谕缅酋，令缴出思任发，否则大军且至。缅酋恐惧，乃执思任发及妻孥部属三十二人，付与王政。思任发不食垂死，政遂将他斩首，函献京师。惟思机发仍出据孟养，屡谕不从，诏令沐晟子沐斌往讨。晟死后，斌袭爵。斌至孟养，以粮尽瘴作引还。王振必欲生擒思机发，再怂恿英宗，仍命王骥总督军务，率都督宫聚，左右副总兵张轵、田礼等，克日南征。四次用兵。骥渡龙川江，直抵金沙江，思机发列栅西岸，抵拒官军。官军造浮桥济师，大呼奋击，毁栅攻入。思机发不能支，退保鬼哭山巅，又被官军击破，落荒遁去。骥追至孟冉海，地去麓川千余里，土番皆望风惊顾道："自古汉人，从没有渡过金沙江，今王师到此，莫非天威不成？"骥沿途宣抚，因恐馈饷不继，收军引还。不意思机发少子思陆，复由蛮众拥戴，仍据孟养。骥知寇终难灭，乃与思陆约，立石金沙江为界，与他宣誓道："石烂海枯，尔乃得渡。"思陆亦惶惧听命，骥乃班师还朝。总计麓川一役，自正统四年出兵，直至十四年，方算做一场归束。文亦止此，作一归束。

但当时军书旁午，日有征发，免不得骚扰民间，东南一带的土匪，乘隙煽乱，统以诛王振为名，所在揭竿。闽贼邓茂七，据陈山寨，自称铲平王，攻陷二十余县，经御史丁瑄集众往剿，驰击半年，才得荡平。矿盗叶宗留、陈鉴湖等，遥应茂七，剽掠浙江、江西、福建诸境，势日猖獗。茂七伏诛，鉴湖自欲为王，杀死宗留，居然建立伪号，纠众攻处州。浙江大理寺少卿张骥，遣人往抚，晓以利害，鉴湖还算听命，情愿归降。

东南才报平靖，西北陡起烽烟，先是兀良哈三卫，屡次入寇，宣宗北巡，曾击退寇众，后来仍出没塞下。英宗尝遣成国公朱勇等，勇系朱能子。分兵四出击兀良哈，连破敌营，斩获万计。兀良哈三卫浸衰，惟怀恨甚深，竟去连结瓦剌部。入犯边疆。瓦剌部长马哈木死后，子脱欢嗣，应三十回。与鞑靼部头目阿鲁台，日相仇敌，阿鲁台竟为脱欢所杀，余众东徙。鞑靼汗答里巴已死，脱欢立脱古思帖木儿曾孙脱脱不花，为鞑靼继汗，自为太师，专揽权势。既而脱欢又死，子也先嗣。也先亦作也先，《通鉴辑览》作额森。也先尝遣使入贡，王振以粉饰太平为名，赏赉金帛无数。至正统十四年，也先以二千人贡马，号称三千，振令礼部点验人数，按名给赏，虚报的一概不与，所有请求，只准十分之二，也先大愤，又经兀良哈三卫往诉，遂大举入寇。鞑靼汗脱脱不花，劝阻不从，也只好随他发兵。于是脱脱不花，率兀良哈部众，入寇辽东。阿拉知院寇宣府，并围赤城。也先自拥众寇大同。至猫儿庄，参将吴浩迎敌，一战败死。西宁侯宋瑛、武进伯朱冕率兵往援，又均战殁宁和。

警报与雪片相似，飞入京城，英宗只信任王振先生，便向他问计。王振道："我朝以马上得天下，太祖太宗都是亲经战阵，皇上春秋鼎盛，年力方强，何不上法祖宗，出师亲征呢？"说得冠冕堂皇，奈后人不及前人何？英宗闻言大喜，便召集群臣，谕令随跸北征。是时荧惑入南斗，廷臣都防有他变，兵部尚书邝埜、侍郎于谦遂力言六师不宜轻出，英宗不从。吏部尚书王直又率百官再三谏阻，亦不见纳。先生之言，原不可违。竟下诏令郕王居守，自率六军亲征。英国公张辅，暨公侯伯尚书侍郎以下，一律随行，军士凡五十万人。王振侍帝左右，寸步不离，沿途命令，统由他一人主持。不愧为先生。及至居庸关，群臣请驻跸，俱被驳斥。进次宣府，连日风雨，人情汹汹，群臣又交章请留。振大怒道："朝廷养兵千日，用兵一时，难道未见一敌，便想回去么？语似近理，但问他有何把握？再有抗阻，军法不贷。"好象一位王军师。遂麾兵再进。一路上威风凛凛，无人敢撄。成国公朱勇等白事，皆膝行听命。尚书邝埜、王佐等，偶忤振意，罚跪草中，俯伏竟日。钦天监正彭德清，系振私人，入语振道："象纬示徵，不可复前，若有疏虞，危及乘舆，何人当此重责？"振又大声道："即或有此，亦是天命。"学士曹鼐进言道："臣子不足惜，主上系社稷安危，岂可轻进？"振终不从。至阳和，兵已乏粮，僵尸满路，众益危惧，振仍拟决计北行。直至大同，中官郭敬，向振密阻，振始有还意，下令班师。总是同类之言，还易入听，然亦迟了。

大同总兵郭登，告学士曹鼐等，请车驾速入紫荆关，方保无虞。曹鼐转白振前，振又不听。振系蔚州人，初欲邀帝至家，向蔚州进发，嗣恐损及乡禾，复改道宣府。忽有侦骑来报，也先率众来追，将到此地了。振不以为意，只遣朱勇率三万骑，往截也先，勇轻率寡谋，仓猝就道，进军鹞儿岭，突遇敌兵杀出，左右夹攻，杀掠几尽。邝埜闻知此信，急请车驾长驱入关，严兵断后。奏牍上呈，并不见报。埜再诣行殿力请，振叱道："腐儒晓得甚么兵事？再言必死。"难道腐竖反知兵事么？喝左右将埜推出。振偕英宗徐徐南还，至土木堡，日尚未晡，去怀来仅二十里。群臣欲入保怀来，振检点自己辎重，尚少千余辆，命驻兵待着。辎重可换性命否？

时当仲秋，天气尚热，人马行了二日，很是燥渴，四处觅水，不得涓滴。及掘井二丈余，仍然干涸，军士惊慌得很，急遣侦骑远觅。返报南去十五里，有一小河，奈敌军前哨，已到河边，不便往汲了。诸将闻敌军将到，越觉慌乱，振尚意气自如。延至夜半，敌军纷纷趋至，都指挥郭懋等，急上马迎战，杀了半夜，敌越来越多，竟将御营团团围住。正在惶急，忽报乜先使至，持书议和。英宗命曹鼐草敕，遣通事二名，随北使偕去。振急传令拔营，想是辎重已到，不然，前何迟迟？后何急急？将士等得此机会，好似重囚遇赦，赶先奔走。行不上三四里，行伍又乱，蓦闻炮声四起，敌骑又复杀到，大刀阔斧，奋砍官军。

那时官军饥渴难当，逃归心急，还有甚么气力，对付敌兵？敌兵左驰右骤，大呼快降。官军要命，弃甲投械不迭。英国公张辅，泰宁侯陈瀛，驸马都尉井源，都督梁成、王贵，尚书邝埜、王佐，内阁学士曹鼐、张益等百余人，还想勒兵抵御。哪知敌兵接连放箭，所有将士，多被射死，连张辅等一班辅臣，也都中箭身亡。张辅老臣，至此始死于沙场，可谓建文帝吐气。英宗不禁慌张，只睁着眼顾视王振，振至此亦抖个不住。王先生威福享尽了。护卫将军樊忠，愤愤道："皇上遭此危难，都是王振一人主使，即如将士伤亡，生灵涂炭，亦何一不自他闯祸？我今为天下杀此贼子。"言至此，即袖出铁锤，猛击振首，"扑蹏"一声，头颅击碎，鲜血直喷，倒毙地上。快哉！

快哉！当下请英宗上马，率领骑兵，冒死突围。怎奈敌兵层裹，竟没有一毫出路，忠竟力战身亡。英宗见忠已死，无法可施，重下雕鞍，坐地休息。忽有敌兵一队，破围竟入，竟将英宗一拥而去，正是：

　　　　滚滚寇氛敢犯驾，堂堂天子竟蒙尘。

未知英宗性命如何，且看下回续叙。

　　麓川之役，以一隅骚动天下，可已而不已者也。瓦剌入寇，决议亲征，张皇六师，亦菲无策，较诸麓川之劳师动众，宜较为有名矣。然王振擅权，威逾人主，公侯以下，俱受制于逆阉之手，几曾见刑余腐竖，能杀敌致果者耶？鱼朝恩监军，而九节度皆溃。智勇如郭子仪，且亦在溃散之列。况出塞诸将，不逮子仪远甚，安在其不败衄也。惟王振之决意劝驾，实肇自麓川之捷，彼以为麓川可胜，则瓦剌亦何不可胜，设能一战克敌，则功莫与匹，掉天子且如反掌，遑问张辅、朱勇诸人耶？然天道恶盈，佳兵不祥，古有明征，矧属阉竖？樊忠一锤，大快人心，惜乎其为时已晚也。

第三十五回

诛党奸景帝登极　却强敌于谦奏功

却说英宗被虏北去，警报驰达阙下，在京留守诸臣，将信未信，正与郕王议毕军情，退朝归第，忽见败卒累累，奔入京城。随后有萧维桢、杨善等，亦踉跄驰来，百官惊问道："乘舆归来么？"萧、杨统是摇首。百官又问道："你两人都随着乘舆，怎么你等已归，乘舆不返？"萧、杨被他诘住，瞠目不答。经百官再三究询，才说出"乘舆被陷"四字。百官忙入报郕王，郕王又转禀孙太后，那时宫廷鼎沸，男妇彷徨，孙太后、钱皇后等更哭得似泪人儿一般。至穷究英宗下落，连萧、杨都不知情。喧攘了好几日，方接怀来守臣飞章，报称英宗被留虏廷，已有旨遥索金帛。于是太后搜括宫中珍宝，载以八骏名马，皇后钱氏，复添入金珠文绮，遣使诣也先营，愿赎皇帝还京。

看官！你想也先既得了英宗，岂肯轻轻放还？所遗金宝马匹等物，老实收受，但羁住英宗不放。去使还报太后，太后无法，只好召集群臣，大开会议。侍讲徐珵上言道："京师疲卒羸马，不满十万，倘也先乘胜进来，如何抵敌？愚意不若且幸南京。"尚书胡濙道："我能往，寇亦能往。某只知固守京师，不宜惧敌南迁。"侍郎于谦道："哪个敢倡议迁都？如欲南迁，实可斩首。试思京师为天下根本，京师一动，大事去了。北宋南渡，可为殷鉴。请速召勤王兵，誓死固守。"学士陈循道：

"于公所言，很是合理。"太监兴安大声道："京师中有陵庙，如或大众南去，何人再来守着？徐侍讲贪生畏死，不足与议国事，快与我出去！"言固甚当，但太监又来干政，实是不祥。珵怀惭而退，议遂定。太后遂命郕王总统百官，嗣复立皇长子见深为太子，见深甫二岁，令郕王翼辅，诏告天下道：

> 迩者寇贼肆虐，毒害生灵，皇帝惧忧宗社，不遑宁处，躬率六师问罪。师徒不戒，被留敌廷。神器不可无主，兹于皇庶子三人，选贤与长，立见深为皇太子，正位东宫，仍命郕王为辅，代总国政，抚安百姓，布告天下，咸使闻知。特录此诏，见得太子已定，后来景泰帝擅易，贪私可知。

郕王祁钰，既受命辅政，每日临朝议政，令于谦为兵部尚书，缮修兵甲，固守京城，谦直任不辞。一语已见忠忱。廷臣复交章追劾王振，言振倾危宗社，罪应灭族，若不奉诏，死不敢退。郕王迟疑未决。迟疑何为？指挥马顺，叱群臣道："王振已死，说他甚么？"这语甫出，恼动了给事中王竑，越班向前，一把抓住顺发，怒目顾视道："汝仗着王振，倚势作威，今尚敢来多嘴么？"马顺还是不服，亦执住王竑，你一拳，我一脚，斗殴起来。众官见马顺倔强，都气得发竖冠冲，顿时一拥上前，交击马顺。顺虽武夫，奈双手不敌四拳，竟被众官拖倒，拳殴足踢，立刻打死。刘球之言验矣。朝仪大乱，郕王惊避入内，众复拥入，定要族诛王振。太监金英，传旨令退，众又欲捽英，英忙走脱。晦气了毛、王两中官，被众拖出门外，一阵乱殴，复致击毙。郕王又欲抽身，于谦抢进一步，扶住郕王，请即降旨，从众所请。郕王乃令都御史陈镒，率卫卒籍王振家，并将他阖门老幼，尽行拿下。镒奉命即往，不到一时，已把王振家族，及振从子王山，一概押到，山反缚跪庭中，众官都向他唾骂，呶呶不绝。此时某指挥妾，不知亦在列否。于谦即传郕王命令，驱出罪犯，尽行斩讫。至陈镒籍产复命，共得金银六十余库，玉盘百座，珊瑚树六七十株，其他珍玩无算。众官再请籍振党，郕王一一允从。自彭德清以下各家，次第籍没。中官郭敬，正自大同逃归。亦饬令下狱，抄没家资，众始拜谢退出。是日事起仓猝，赖谦镇定。谦排众翊王，累得袍袖俱裂。既退朝，吏部王直，执谦手道："朝廷幸赖有公，若如我等老朽，虽多何益？"谦逊谢而散。

话分两头，且说也先既虏住英宗，从部下伯颜帖木儿议，好生看待，并欲以女弟嫁给英宗。英宗侍臣，只有校尉袁彬，及译使吴官童等数人，官童密语英宗道："也先欲以妹配陛下，殊不可从。陛下为万乘主，岂可下为胡婿么？"英宗踌躇半晌，方道："身被羁縶，不便拒绝，奈何？"官童道："臣自有言对付。"便往语也先道："令妹欲配给皇上，足见盛情，但皇上在此，不当野合，须俟车驾还都，厚礼聘迎，方为两全。"也先乃止。嗣复欲选胡女荐寝，又由官童婉辞道："留俟他日，为尔妹从嫁，当并以为嫔御。"语颇合体。也先乃不复多言，惟总不肯放还英宗，且拥至宣府城下，伪传上命，饬守将杨洪、罗守信开门迎驾。杨洪令守卒答道："臣只知为皇上守城，他事不敢闻命。"也先见杨洪固拒，复拥至大同，坚索金币。广宁伯刘安、都督郭登亦闭城不出，校尉袁彬，用首触门，大呼接驾，刘安等乃出城见英宗。英宗密语道："也先声言归我，情伪难测，卿等须严行戒备。"安等受命，献上蟒龙袍一袭。英宗转赐敌目伯颜帖木儿。也先见了刘安，仍索资犒军。安以金至驾还为约。乃入城搜括金银，约得万余，送给也先。

郭登闻信，语手下亲信将弁道："这是明明欺我呢，不若将计就计，劫还车驾，方为上策。遂募壮士七十余人，激以忠义，约事成畀他爵禄。士皆踊跃听命，正拟乘夜出劫，忽报也先拥帝驰去，计遂不行。登乃练兵修械，誓死捍边，大同赖以保全。明廷擢他为总兵官，镇守大同。又封杨洪为昌平伯，镇守宣府。惟居庸关一带，尚属空虚，由于谦荐举员外郎罗通，令提督各军，尽力守御。也先见边备日严，恰也不敢进攻，只拥着这位奇货可居的英宗，往来塞外，所有苏武庙、李陵碑诸名胜，统去游览。行至黑松林，也先设宴款待英宗，且令自己妻妾，奉觞上寿，歌舞为乐。仿佛强盗请财神。英宗得过且过，除与也先宴会外，常住在伯颜帖木儿营中，虽得伯颜夫妻，优礼相待，毕竟身在虏中，事事受制；兼且中外风俗，全然不同，所居的是毳幕韦帐，所食的是膻肉酪浆，状况凄凉，不劳细述。

惟郕王祁钰，留守京师，免不得有左右侍臣，怂恿为帝。郕王恰也有意，但一时不便即行。直揭郕王隐衷，并非深刻。会都指挥岳谦，出使瓦剌，回京后口传帝旨，令郕王继统。并无书证，安知非郕王暗中授意？郕王佯为谦让，廷臣复合辞劝进，俱说车驾北狩，皇太子幼冲，当此忧患危疑的时候，断不可不立长君，俾安宗社。郕王犹再三固辞，经群臣入奏太后，太后降旨，令郕王即位，郕王方才受命，喜可知也。遥尊英宗为太上皇帝，择日践阼。看官记着！这年是正统十四年九月，郕王登基，以次年为景泰元年。后来英宗复辟，复将他削去帝号，仍称郕王。至宪宗成化十一年，追还尊称，立庙祭飨，谥为景帝。小子此后，也以景帝相称，暂称英宗为上皇，以存实迹。特别表明，俾清眉目。

话休叙烦，且说景帝即位，遣都指挥佥事季铎，诣上皇所，详述情事，并致书也先，亦举即位事相告。也先本挟上皇为奇货，至是闻景帝嗣立，似把上皇置诸度外，不由的失望起来。适有太监喜宁，从上皇北狩，叛附乜先，乜先遂与他商议。喜宁献计道："现在紫荆关一带，守备空虚，不如乘此叩关，诡言奉上皇还京，令守吏开关相迎，我等留下守吏，乘势入关，直薄京城，京城被攻，定要南迁，燕都可为我有了。"阍人之狡诈如此。乜先大喜，遂拥上皇至紫荆关，途次遇通政使谢泽。斗了一仗，泽败绩被杀。乜先直抵关下，诡传上皇谕旨，命守备都御史孙泽，都指挥韩青接驾。孙、韩率千骑出关，往迎上皇，不意伏兵骤起，把他困住垓心，两人冲突不出，自刎而亡。关吏闻主将战死，立时溃散。乜先率军入关，长驱东进，京师大震。

明廷赦成山侯王通罪，命为都督，升鸿胪寺卿，杨善为副都御史，协守京城。于谦复请释放石亨，令总京营兵马。石亨初守万全，因土木被围，勒兵不救，坐逮诏狱。景帝从于谦言，令他带兵赎罪。独任谦总督各营，令诸将均归节制，凡都指挥以下，有不用命，先斩后奏。谦乃召集军士，约得二十二万人，列阵九门外。石亨请毋出师，但坚壁以待，谦艴然道："寇势张甚，奈何示弱！"乃身先士卒，擐甲出城，自营德胜门，涕泣誓师，期以必死。于是人人感奋，勇气百倍。可见行军全在作气。乜先拥上皇过易州，至良乡，进次芦沟桥，沿途无人拦阻，只有父老接驾，进献茶果羊酒等物。上皇遥为抚慰，一面作书三封，一奉皇太后，一致景帝，一谕诸大臣，由番使递入京营。太监喜宁，并嘱番使传语，邀大臣迎驾。番使依词直达，并赍交上皇三书，当由于谦传报景帝，帝命通政司参议王复，为右通政，中书舍人赵荣，为太常少卿，出城朝见。喜宁又私语乜先道："来使官卑，当更易大臣。"乜先点首，遂与王复、赵荣道："尔皆小官，可速去，当令于谦、石亨、胡濙、王直等来。若要上皇还驾，除非金帛，万万不可。"王复、赵荣无可答辩，只与上皇遥见一面，便被乜先勒归。

廷臣尚欲议和，遣人至军中问谦。谦答道："今日只知有军旅，他不敢闻。"也先待了两日，不得议和消息，遂纵兵大掠，焚三陵殿寝祭器，自麾劲骑攻德胜门。谦设伏空舍，但遣数百骑诱敌。也先弟博啰及平章卯那孩，率众轻进，伏兵从暗处觑着，待敌兵将近，一齐杀出，迭用火器击射，博啰当先受创，倒撞马下。卯那孩来救博啰，不防火箭射来，正中咽喉，立即毙命。余众纷纷逃去。石亨出安定门，来截逃兵，也先也遣兵接应，两下里又厮杀起来，亨与从子石彪，各持巨斧，劈入敌阵，敌向西溃走，追至西城，敌复却而南。也先乘官军拒战，潜袭西直门，都督孙镗慌忙迎敌，力斩敌前队数人，乘势追逼。也先驱军大进，一场混战，镗渐觉不支，返身欲趋入城中。给事中程信，闭门不纳，只与都督王通，都御史杨善，在城上鼓噪助威，并用枪炮遥击敌军。镗见无归路，也只好麾军奋斗，人人血战，喊杀连天。正在拼命相持的时候，石亨亦率军驰到，两下夹攻，始将也先击退。也先曾奉上皇居土城，至是退还，为居民所击，乱投砖石。明将王竑、毛福寿等又至，也先望见旗帜，不敢复前。退至土城数里外，勉强安营。于谦探知上皇未去，命石亨等夜半出兵，往击也先营，出其不意，击死万人。也先复遁，一面召还土城兵，仍劫上皇西去。谦遣将穷追，石亨及从子彪，追至清风店，复败敌众。孙镗等追至固安，又得胜仗。也先愤无所泄，令伯颜帖木儿拥着上皇，出紫荆关，自引军攻居庸关。

时已天寒，守将罗通，汲水灌城，水冱成冰，坚而且滑，敌不得近。也先住城下七日，料知城不易攻，只好还师。偏偏罗通追来，三战三北，伤亡无算，弄得也先神色沮丧，狼狈遁去。也先实是无能。上皇出紫荆关，连日雨雪，跋涉甚艰，亏得袁彬随侍，昼为执鞭，夜为温寝。还有蒙古人哈铭，及卫沙狐狸，亦镇日相随，侍奉不懈。也先劫上皇至瓦剌部，脱脱不花亦不甚得手，引众北归，见了上皇，也总算以礼相待，别遣使人赴京献马，意欲议和。景帝拟却还马匹，胡濙、王直道："闻脱脱不花，与也先有隙，名虽君臣，阴实猜忌，何妨收受献物，优待来使，这也是兵法上的反间计呢。"景帝称善，乃命来使入见，赐他酒馔，并赏金帛及衣服，来使欢谢而去。景帝以也先退走，京师解严，论功行赏，以于谦、石亨立功最大，封亨为武清侯，加谦少保衔，总督军务。谦固辞不允，方才受命。既而也先复遣使来京，仍言欲送上皇还驾，廷臣又主张和议，谦独毅然道："社稷为重，君为轻，毋堕敌人狡计。"遂拒绝来使，一面申戒各边，专力固守，勿为敌愚。复加派尚书石璞守宣府，都御史沈固守大同，都督王通守天寿山，佥都御史王竑昌平，都御史邹来学，提督京都军务，平江伯陈豫守临清，副都御史罗通守山西，此外防边诸将，概仍原职，暂不变迁。乘着朝廷少暇，尊皇太后孙氏为上圣皇太后，生母贤妃吴氏为皇太后，景帝生母，与英宗异，前文已详。立妃汪氏为皇后。典礼修明，宫廷庆贺。

过了残腊，就是景泰元年，也先复遣兵寇大同。总兵郭登出师抵御，师行数十里，始与敌兵相值，登高遥望，敌兵如攒蚁一般，差不多有万余名。登手下只有八百骑，众寡悬殊，免不得各有惧色，遂纷纷禀请还军。登叱道："我军去城将百里，一思退避，人马疲倦，寇骑来追，还能自全么？"说至此，拔剑置案道："敢言退者斩。"此与前文王振意，自觉不同。言下即驱兵前进，径薄敌营。敌来迎战，登连发二矢，射毙敌目二人，乘势跃出，复手刃敌目一人，敌众披靡。登麾众继进，呼声震天地，吓得敌众心惊胆战，只恨爷娘少生两脚，逃的不快。一奔一赶，直至栲栳山，复斩首二百余级，尽夺所掠而还。自土木败后，边将无敢与寇战，登以八百骑破寇万人，推为战功第一。明廷闻他战捷，封为定襄伯，自是边将益奋，争思杀敌。朱谦在宣府得胜，杜忠在偏头关得胜，王翱在辽东得胜，马昂在甘州得胜，修城堡，简精锐，军气大振，无懈可击。还有一桩可喜的事情，那叛阉喜宁，竟被宣府参将杨俊擒送京师，小子也为明廷庆幸，然已是贻误多多了。因咏有一诗道：

> 引狼入室由王振，为虎作伥有喜宁。
> 恶贯满盈惟一死，诛奸尚恨乏严刑。

未知喜宁如何被擒，容至下回声明。

郕王祁钰，为英宗介弟，英宗被虏，由皇太后命，立英宗子见深为皇太子，以郕王为辅，是郕王只有摄政之责，监国可也，起而据天位，不可也。于少保忠诚报国，未闻于郕王即位，特别抗议，意者其亦因丧君有君，足以夺敌之所恃乎？昔太公置鼎，汉高尝有分我杯羹之语，而太公得以生还，道贵从权，不得以非孝目之。于公之意，毋乃类是。且诛阉党，拒南迁，身先士卒，力捍京师，卒之返危为安，转祸为福，明之不为南宋者，微于公力不及此。其次则即为郭登，于在内，郭在外，乜先虽狡，其何能为？所未慊人心者，第郕王一人而已。书中叙述甚明，褒贬外更有微词，阅者于此，可以觇笔法矣。

第三十六回

议和饯别上皇还都　希旨陈词东宫易位

　　却说太监喜宁，自叛降也先后，尝导他入边寇掠，且阻上皇南还。上皇恨宁切骨，辄与侍臣袁彬密议，谋杀叛阉，但急切不能下手。宁亦最忌袁彬，诱彬出营，把他困住，亏得上皇闻报，亲往解救，方得脱身。彬乃与上皇定一密计，只说遣喜宁还国，索取金帛，一面令卫士高磐，与宁偕行。宁不知是计，忙去通报也先，愿为一往。临行时，袁彬暗授锦囊，内藏密书，令系髀间，投递宣府总兵官。磐唯唯从命，即与喜宁就道。不数日即到宣府，参政杨俊闻上皇遣使到来，即出城迎接，把酒接风。磐已解下锦囊，暗付杨俊。俊托故离座，私下一阅，统已分晓，便潜令军士，小心伺候。喜宁恰也机警，见杨俊多时不出，防有他变，即立起身来，意欲逃席。不防高磐在旁，竟将他双手挟住，大呼杨参将快拿逆阉。俊正引兵出来，令数人齐上，似老鹰拖小鸡一般，立刻抓去，打入囚车，押送京师。那时还有何幸，自然问成极刑，磔死市曹。死有余辜。

　　高磐返报上皇，上皇大喜道："逆阉受诛，我南归有日了。"当命袁彬转达也先，略言喜宁挺撞边吏，因此被擒，也先愤愤，便遣兵入寇宣府，与喜宁报仇。偏遇着守将朱谦，纵兵奋击，杀得他七零八落，大败而逃。嗣复以奉还上皇为名，转寇大同。先锋队至城下，都仰首叫道："城内守将，速来迎驾！"定襄伯郭登，料知有诈，佯同镇将以下，各着朝服出迎，暗中却令人伏在城上，俟上皇入城，即下闸板，布置就绪，才开城高叫道："来将既送归上皇，请令上皇先行，护从随后。"敌兵置诸不理，仍拥着上皇前来。郭登等返入门内，候着乘舆，不意敌兵竟尔停住，迟疑半刻，即奉上皇返奔，疾驰而去。登不便驰击，只好闭城自守罢了。也先见计又不行，越觉气沮，惘惘然还至部落，默思明廷已有皇帝，徒挟一废物，毫无用处，且脱脱不花，与阿拉知院，屡有龃龉，不若与明廷议和，送还上皇，既得市惠，尤可结援。计划已定，便令阿拉知院，遣参政完者脱欢，借贡马为名，来入怀来，互商和议。

边将转奏朝廷，廷臣拟遣使往报，太监兴安出呼群臣道："公等欲报使，何人堪为富弼、文天祥？"*太监又来出头，然窥他语意，实是希承风旨。*尚书王直道："据汝所言，莫非使上皇陷虏，再为徽、钦不成？"*一语直诛其心，且以宋事答宋事，尤当以彼之矛，攻彼之盾。*兴安语塞。乃命给事中李实为礼部侍郎，大理寺丞罗绮为少卿及指挥马显等，令赍玺书，往谕瓦刺君臣。既而脱脱不花及也先，先后遣使至京，决计送还上皇。景帝犹豫未决，尚书王直首先上疏，请即遣使恭迎。胡濙等又复联名奏请。景帝乃御文华殿，召群臣会议，且谕道："朝廷因通和坏事，欲与寇绝，卿等乃屡言和议，是何理由？"王直跪奏道："上皇蒙尘，理宜迎复。今瓦剌既有意送归，何不乘此迎驾，免致后悔。"景帝面色顿变，徐答道："朕非贪此位，乃卿等强欲立朕，今复出尔反尔，殊为不解。"*贪恋帝位，连阿兄俱可忘却，富贵之误人大矣哉！*众闻帝言，瞠目不知所答。于谦从容道："大位已定，何人敢有他议？惟上皇在外，理应奉迎，万一敌人怀诈，是彼曲我直，我得声罪致讨，何必言和。"景帝颜色少霁，乃对于谦道："从汝从汝。"*帝位不移，自*

可曲从。乃再拟遣使。右都御史杨善，慨然请行，中书舍人赵荣亦请往，乃命二人为正使，更以都指挥同知王恩，锦衣卫千户汤胤勋为副，赉金银书币，出都北行。适礼部侍郎李实等南归，中途相值，实述乜先语，谓迎使夕来，大驾朝发。善额手道："既如此，我等迎归上皇便了。"两下相别，南北分途，实等还京复命，不消细说。

善以此次出使，决不虚行，检阅所赉各物，除金币外无他赐，乃独捐资俸，添购各种新奇等件，随身带往。既至瓦剌，暂寓客馆。馆伴田氏亦中国人，留饮帐中。善与语甚欢，即以所赉各物，酌送田氏。田氏甚喜，即入语乜先。越宿，善等与乜先相见，亦大有所遗。乜先亦大喜。善因诘问道："太上皇帝在位时，贵国遣来贡使，多至二三千人，各有赏给，金币载途，相待不薄，乃反背盟见攻，果属何意？"乜先道："何为削我马价？且所给币帛，多半翦裂，前后使人，多留京不返，难道非待我太薄么？"善答道："太师贡马，岁有增加，常常如此，恐难为继；又不忍固拒，所以给价略少。太师试自计算，总给价目，比从前多少何如？至若翦裂币帛，乃通事所为，朝廷亦时常查考，事发即诛。就是太师贡马，亦有劣弱，貂裘亦有敝坏，难道是太师本意吗？且太师贡使，多至三四千人，有为盗的，或犯法的，归恐得罪，潜自逃去，于我朝无干，我朝亦不欲留他，留他果有何用呢？"乜先听着，也觉得语语合理，不由的辞色渐和。善又道："太师一再出兵，攻我边陲，戮我兵民数十万，太师部曲，料亦死伤不少，上天好生，太师好杀，难道不要犯天忌么？今若送还上皇，和好如故，化干戈为玉帛。宁不甚善？"善于词令，不愧善名。乜先听了"天忌"二字，不禁失色。原来乜先房住上皇，尝欲加害，一夕正思犯驾，忽天大雷雨，把他乘骑击死，因此中沮。嗣复见上皇寝幄，每夜有赤光罩住，似龙蟠状，异谋为之益戢。是补笔。至是闻杨善言，适与所见相符，自然气馁色恭，当下复问杨善道："上皇归国，更临御否？"善答道："天位已定，不便再移。"也先复问道："中国古时有尧舜，称为圣主，究竟事实如何？"善答道："尧把帝位让舜，今上皇把帝位让弟，古今固一辙呢。"娓娓动人。也先益悦服。伯颜帖木儿劝也先留善，别遣使赴燕京，要求上皇复位。也先道："曩令遣大臣来迎，今大臣已至，不应失信。"遂引善见上皇。

择定吉日，送上皇启行。也先早在营前，设宴祖饯，奉上皇上坐，自率妻妾等奉觞上寿，并弹琵琶侑酒。杨善旁侍，也先顾善道："杨御史何不就座？"善口中虽是答应，身子仍植立不动。上皇亦顾善道："太师要你坐，你何妨就坐？"善复启道："君臣礼节，不敢少违。"上皇笑道："我命你就座罢。"善乃叩头称谢，然后坐在偏席，少顷即起。也先赞道："中国大臣，确是有理，非我等所敢仰望呢。"当下开樽畅饮。上皇因指日得还，也饮得酩酊大醉，日暮各散归原营。到了次日，伯颜帖木儿等，也各轮流饯行。越日又饯饮各使，及随从诸臣。又越日，上皇才启驾南行。也先预筑土台，请上皇登座，自挈妻妾部长，罗拜台下。礼毕登程，也先及部长等，送至数十里外，各下马解脱弓箭战据，作为献礼，然后洒泪而别。独伯颜帖木儿，送上皇至野狐岭，携榼进酒，并挥泪道："上皇去了，不知何日再行相见？"上皇感他供奉的私惠，一面称谢，一面也流泪两行。饮毕，伯颜帖木儿屏去左右，密语上皇侍臣哈铭道："我等敬事上皇，已阅一年，但愿上皇还国，福寿康强，我主人设有缓急，亦得遣人告诉，请转达上皇，莫忘前情！"哈铭允诺。上皇劝伯颜帖木儿回马，伯颜帖木儿尚依依不舍，直送出野狐岭口，重进牛羊等物。上皇揽辔慰藉，彼此又复垂泪，经杨善等促驾南行，才与伯颜帖木儿言别。伯颜帖木儿大哭而归，如此气谊，实是难得，想与英宗前生，定有夙缘。

仍命麾下头目，率五百骑护送上皇还京。

这消息早达京城，景帝不能不迎，命礼部具仪以闻。尚书胡濙，议定礼节，即日复奏。景帝偏从减省，只命以一舆两马，迎上皇入居庸关，待入安定门，方易法驾。给事中刘福上言礼贵从厚，不宜太薄。景帝道："朕恐堕寇狡计，所以从简。且昨得上皇书，曾言礼毋过烦，朕岂得违命？"言不由衷，然已如见其肺肝。群臣不敢再言。会千户龚遂荣，投书大学士高穀，略言"上皇为兄，今上为弟，奉迎应用厚礼。且今上亦当避位恳辞，俟上皇固让，才得受命。唐肃宗故事，可为成法"云云。高穀袖书入朝，与王直等商议。尚书胡濙，即欲把原书上呈，都御史王文，独以为未可。两下里方在龃龉，给事中叶盛，已入内面奏，有诏索书。濙等即以书进，且言肃宗迎上皇礼，正可仿行。景帝怒道："遂荣何人，敢议朝廷得失！"随传旨逮问遂荣。遂荣倒也硬朗，自缚诣阙，仍执前词，竟至下狱坐罪，一系数年，始得脱囚。景帝遣太常少卿许彬至宣府，翰林院侍读商辂至居庸，迎上皇入京。约过数日，上皇已至京城，景帝出东安门迎接，下马载拜。上皇亦下马答拜，相持悲泣，各述授受意。逊让良久，乃送上皇入南宫。百官随入，行朝见礼，随即下诏大赦。诏词中有数语道："礼惟有隆而无替，义则以卑而奉尊，虽未酬复怨之私，庶稍遂厚伦之愿。"轻描淡写了几句，分明将"监国"二字，变成"篡国"，涕泣推逊，无非掩饰耳目，自欺欺人罢了。直书无隐。

上皇自居南宫后，名似尊崇，实同禁锢。闲庭草长，别院萤飞，遇着岁时生诞，并没有廷臣前来朝贺，虽有胡濙等上表申请，一概置诸不理。惟脱脱不花及也先等，颇时时念及上皇，遣人贡献，上皇每次俱有答礼。景帝心滋不怿，即谕敕也先道："前日朝廷遣使，未得其人，飞短流长，遂致失好。朕今不复遣，设太师有使，朕当优礼待遇，但人数毋得过多，赏赍乃可从厚，惟太师鉴原，勿违朕意！"这道谕敕，方才颁发，适脱脱不花使人又至，且还所掠招抚使高能等，请修旧好。景帝欲将他拒绝，还是王直等痛陈利害，始款待来使，赐他酒宴。但朝使依然不遣，只令来使赍书还报，算作了事。极写景帝懊怅情形。

会岷王梗子广通王徽煠，及弟阳宗王徽焌，以景帝构夺兄位，心中不服，竟煽诱诸苗，颁发伪敕，封苗酋杨文伯等为侯，令纠众攻武冈州。是时湖广总督侯琎，与副总兵田礼正，击破贵州叛苗，俘获甚众。杨文伯闻风畏惧，不敢受徽煠私敕，只遣部众二千名，随去使蒙能等赴武冈。事被徽煠兄徽煐所闻，急上表呈报。徽煐曾封镇南王，由景帝颁谕嘉奖，一面发兵拿逮徽煠，禁锢京师，徽焌亦被锢凤阳，皆废为庶人。及蒙能等至武冈，两王已就逮，那时顾命要紧，慌忙窜去，潜入粤西，勾结生苗，自号蒙王，骚扰了好几年，始由官兵荡平，这且慢表。

且说景帝迎还上皇，内外无事，苗众虽有乱耗，亦不日肃清。时已景泰三年，会当盛夏，景帝闲坐宫中，语太监金英道："东宫诞辰将到了。"英答道："尚未。"景帝道："七月初二日，不就是太子生日么？"英顿首道："是十一月初二日。"景帝默然不答。看官！你道景帝此言，果是记错日子么？他因世子见济，是七月二日生辰，年已十余岁，意欲立为太子，可继帝统，无如兄子见深，已立为青宫，一时不好改换，所以把见济生辰，充做太子生日，佯作错误，试探金英口气。偏金英据实申陈，好似未明意旨一般。实是以伪应伪。弄得景帝无词可说，又踌躇了数日，毕竟忍耐不住，再与中官兴安等熟商。安初亦颇以为难，经景帝再三谆嘱，不得不勉从上命，代为设法，暗中与陈循、高穀、江渊、王一宁、萧镃、商辂等，旦夕密议。各人依违两可，不敢遽决。

事有凑巧，来了一道边疆的奏章，署名叫作黄竑，竑系广西土目，因平匪有功，得擢为都指挥使。他有庶兄黄玏，曾为思明土知府。玏年老，子钧袭官，竑谋夺世职，率领己子，及骁悍数千人，夜袭玏家，杀死玏父子，支解尸首，纳入瓮中，埋诸后圃。总道是无人发泄，谁知玏仆福童，竟走告宪司。巡抚李棠及总兵武毅，联衔奏闻，有旨严捕黄竑父子。竑急得没法，忙遣千户袁洪，到京行贿，意图保全性命。当有内监被他贿通，令他奏请易储。当即倩了名手，缮就奏牍，呈入宫中，由景帝瞧着，其词道：

> 太祖百战以取天下，期传之万世。往年上皇轻身御寇，驾陷北廷，寇至都门，几丧社稷。不有皇上，臣民谁归？今且逾二年，皇储未建，臣恐人心易摇，多言难定，争夺一萌，祸乱不息。皇上即循逊让之美，复全天叙之伦，恐事机叵测，反复靡常，万一羽翼长养，权势转移，委爱子于他人，寄空名于大宝，阶除之下，变为寇仇，肘腋之间，自相残毙，此时悔之晚矣。*语语打入景帝心坎。*乞与亲信大臣，密定大计，以一中外之心，绝觊觎之望，天下幸甚！臣民幸甚！

景帝阅毕，不禁喜慰道："万里以外，不料有此忠臣。"*兄且可杀，宁知有君。*遂下旨令释竑罪，并将原书发交礼部，传示群臣集议；且命兴安赍着金银，分赐内阁诸学士，每人黄金五十两，白银百两。越日，礼部尚书胡濙，即召集百官，与议易储事。王直、于谦以下，各相顾眙愕。都给事中李侃、林聪及御史朱英，抗言不可，议久未决。太监兴安厉声道："此事不能不行。如以为未可，请勿署名，何必首鼠两端？"*王振已死，即有兴安继起，何明代之好用阉人耶？*众官不敢再抗，只好唯唯署议。于少保未免模棱。乃由胡濙复奏，但称："陛下膺天明命，中兴邦家，绪统相传，宜归圣子，黄竑奏是。"这奏呈入，不到半日，即下旨报可，着礼部具仪，择吉易储，一面简置东宫官。官属既定，遂立皇子见济为皇太子，改封故太子见深为沂王，有诏特赦，宫廷宴贺。不料皇后汪氏，偏据着正理，力为谏阻，竟与景帝反目，又闹出一场废立的事情。小子有诗咏道：

> 监国翻成篡国谋，雄心未餍又怵求。
> 如何巽语犹难入，甘把中官一旦休。

欲知废后底细，待至下回说明。

历述瓦剌饯别情状，见得乜先、伯颜辈，尚有深情，而景帝之不欲迎驾，勉强举行，负愧多矣。继述景帝易储情形，见得金英、兴安辈，实为谋主，而廷臣之相率受赂，媕阿卑鄙，寡耻甚矣。若夫录杨善之才辩，益所以表其忠，载黄竑之疏词，益所以著其谲。外此或抑或扬，从详从简，具有微意，有心人吐属，固非寻常笔述家，所得与同日语也。

第三十七回

拒忠谏诏狱滥刑　定密谋夺门复辟

却说皇后汪氏，性颇刚正，力持大体，惟所生皆女，独无子嗣，皇子见济，系杭妃所出，景帝欲立见济为太子，汪后独谏阻道："陛下由监国登基，已算幸遇，千秋万岁后，应把帝统交还皇侄。况储位已定，诏告天下，如何可以轻易呢？"景帝不悦，后来决意易储。汪氏又复力谏，说至再三，惹得景帝动恼，竟奋然道："皇子非你所生，所以怀妒得很，不令正位青宫。你不闻宣德故例，胡后无出，甘心让位，前车具在，未知取法，反且多来饶舌，难道朕要你管么？"言毕，抽身而起，竟往杭妃宫中去了。汪后遭此诃责，心甚不甘，呜呜咽咽的哭了一夜，竟令女官代草一疏，愿将后位让与杭妃。景帝顺水行舟，自然照准，遂援了宣德废后的故事，颁告群臣，不待臣工议奏，即将汪后迁入别宫，改册杭妃为皇后。父作子述，可见贻谋不可不臧。

且因太监兴安，有易储功，格外宠用。兴安素性佞佛，建了一座大隆福寺，费至数十万，逾年始成，非常闳丽，便面请景帝临幸。礼部郎中章纶，上章奏阻，盐运判官杨浩，除官未行，亦直言申奏，景帝乃中辍不行。会御用监阮浪，在南宫服侍上皇，上皇爱他勤敏，赏给镀金绣袋，及镀金刀各一件。浪与内使王瑶，甚是亲昵，竟将赐物转赠。赐物安可赠人？阮浪太属莽浪。王瑶年龄尚轻，并无阅历，得了绣袋、宝刀，欣然佩带身边，不意为锦衣指挥卢忠所见，隐为诧异，即邀瑶至家，设酒与饮，闲谈甚欢，渐渐问及宝刀、绣袋。瑶和盘说出，卢忠索阅一番，不由的计上心来，便假意殷勤，且命妻出为劝酒。瑶不便郤情，并见他妻颇貌美，益觉目眩神痴，酒不醉人人自醉，色不迷人人自迷，不消多时，已将他灌得烂醉，东斜西倒，一步也走不得。忠令人扶瑶起座，就客厅睡下，轻轻的解了金刀、绣袋，星夜打点公文，并呈入刀袋等物，具说阮浪受上皇命，以袋刀结瑶，意图复辟，瑶自醉中说出，因此飞章上告。景帝震怒，立降严旨，将阮浪、王瑶二人，逮系诏狱，令法司穷究。刑讯了好几回，浪、瑶不肯诬供，只把实情上诉。瑶此时酒已醒了。卢忠闻着，未免后悔，暗想他二人如此抗直，倘或反坐起来，还当了得，不如往询卜筮，预占吉凶。患得患失，自是小人情态。遂屏去侍从，独行至卜者全寅家。全寅少瞽，性聪敏，学占验术，所言多奇中。及与卢忠代卜，得了一个天泽履卦，忠尚未表明实情，寅不禁摇首道："《易》言：'履虎尾，咥人凶，'不咥人犹可，咥人则凶。"这一语说出，吓得卢忠面如土色，勉强答道："汝试依卦占断，不必隐讳。"寅复道："上天下泽为之履，天泽不分，凶象立见。敢问所为何事？请即示明。"忠见他语语中肯，仿佛似仙人一般，只好说明大略。寅笑道："无怪卦象甚凶，试思今上与上皇，前为君臣，今为兄弟，天泽素定，岂可紊乱？汝乃欲他叛君背兄，是明明所谓咥人了。此大凶兆，一死且不足赎罪。"大义微言，非江湖卖卜者比。忠闻言大惧，忙求寅替他禳解。寅答道："获罪于天，禳解何益？"忠再三哀恳，寅方道："履道坦坦，幽人贞吉，君能作幽人么？"忠战栗道："我为原诉，何从隐避？"寅想了一会儿，悄悄与忠附耳，说了几句，忠才拜谢而去。不数日，忽传卢忠病狂，在市上行走，满口胡言，歌哭无常，于是中官王诚，及学士商辂，入白景帝道："卢忠病风不足信，望陛下休听妄言，致伤大伦！"景帝意始少释，并逮卢忠下狱。未几又释出，谪戍广西，令他带罪立功。仍是有意回护。阮浪久锢，王瑶瘯死，只他最是晦气，然亦可为好酒耽色者戒。一场大案，总算化作冰消了。

　　是年冬月，也先复遣使至京，贺来年正旦，且贡名马。尚书王直请遣使答报，有诏饬兵部议决。于谦道："去年也先使来，臣闻他弑主为逆，尝请发兵讨罪，未邀俞允，今反欲遣使答报么？"原来景泰二年，也先曾弑主脱脱不花，于谦请讨逆复仇，景帝不从，至是乃复阻遣使，竟得罢议。惟脱脱不花被弑情由，亦须补叙明白。先是脱脱不花娶也先姊，生了一子，也先欲立以为嗣，脱脱不花未允，且与也先夙有违言。也先遂攻脱脱不花，脱脱不花败走，经也先追击，杀死脱脱不花，把他妻孥收没，自称监国。至景泰四年，且僭立为汗，复遣使致书，称"大元田盛可汗"。"田盛"二字的音义，与"天圣"相似，末署添元元年。景帝答书，亦称他为瓦剌汗。景帝不从于谦之请，且称他为汗，亦是投鼠忌器之意。也先遂日渐骄恣，且据有脱脱不花的妃妾，左抱右拥，朝欢暮乐，害得朝政不理，部众分解。蛾眉误国，中外一辙。阿拉知院求为太师，也先不许，且将阿拉二子，尽行杀毙。阿拉大怒，纠众攻也先，也先沉湎酒色，毫不设备，竟被阿拉拿住，数他三罪道："汉儿血在汝身，脱脱不花汗血在汝身，乌梁海血亦在汝身。天道好还，今日汝当死。"也先无词可答，竟被阿拉一刀，挥作两段。阿拉欲继立为汗，忽被鞑靼部目孛来杀入，战败身死。孛来夺也先母妻，并玉玺一方，访得脱脱不花子麻儿可儿，仍拥立为鞑靼汗，号称小王子。自是瓦剌骤衰，鞑靼复炽，事见后文，姑且慢表。此段是承前启后文字。

　　且说皇子见济，立为东宫，仅阅一年有余，忽得奇疾，竟致不起。可谓没福。景帝悲恸得很，命葬西山，谥为怀献。礼部郎中章纶，及御史钟同，以东宫已殁，并无弟兄，不如仍立沂王，藉定人心。凑巧两人入朝，途中相遇，彼此谈至沂王，甚至泣下，遂约定先后上疏，同为前茅，纶为后劲。退朝后，同即抗疏上陈，略云：

> 父有天下，固当传之于子。乃者太子薨逝，足知天命有在。今皇储未建，国本犹虚，臣窃以为上皇之子，即陛下之子，沂王天资厚重，足令宗社有托，伏望扩天地之量，敦友于之仁，择日具仪，复还储位，实祖宗无疆之休。臣无任待命之至！

疏入后，景帝心殊不悦，勉强发交礼部，令他议奏。礼部尚书胡濙等，窥上意旨，料知原奏难行，只把"缓议"二字，搪塞了事。那时章纶依着原约，因月朔日食，进呈修德弭灾十四事，差不多有数千言，内有悖孝悌一条云：

> 孝悌者百行之本，愿陛下退朝后，朝谒两宫皇太后，修问安视膳之仪。上皇君临天下，十有四年，是天下之父也。陛下亲受册封，是上皇之臣也。上皇传位陛下，是以天下让也。陛下奉为太上皇，是天下之至尊也。陛下宜率群臣，于每月朔望，及岁时节旦，朝见于延安门，以尽尊崇之道，而又复太后于中宫，以正天下之母仪，复皇储于东宫，以定天下之大本，则孝弟悉敦，和亲康乐，治天下不难矣。

景帝览到此奏，不禁大怒。时已日暮，宫门上钥，有旨自门隙中传出，命锦衣卫执纶下狱。越日，复逮系钟同，饬刑部严究主使。同、纶两人，供称意由已出，并非人授。刑部说他抵赖，尽情拷掠，一连血比三日，语不改供。会大风扬沙，天地昼晦，伸手不辨五指，刑官也害怕起来，方将二人还系狱中，把狱案渐渐缓下。不意南京大理寺少卿廖庄，又遥上奏章，请景帝朝谒上皇，优待上皇诸子。景帝阅未终疏，即搁过一边。过了一年，庄因事到京，诣东角门朝见，顿触起景帝旧嫌，说他平时狂妄，饬杖八十，谪为定羌驿丞。可怜这廖庄无辜受灾，既受杖伤，还要奔波万里，辛苦备尝，正是祸来天上，变出意中。谁要你多嘴? 内侍复入白帝前，言罪魁祸首，实自同、纮。景帝乃特取巨梃，交给法司，令就狱中杖同及纮，每人五百下。同竟杖毙，纮死而复苏，仍拘狱中。刑部给事中徐正，揣摩迎合，上言沂王尝备位储副，恐被臣民仰戴，不宜久居南宫，应徙置封地，以绝人望。这奏上去，总料是餍惬帝心，足邀宠眷，哪知降旨下来，语语驳斥，谪戍穷边。该死。自此廷右诸臣，统做了反舌无声，把建储事绝不提起。

忽忽间已是景泰七年，元宵甫届，皇后杭氏，竟罹了风寒，起初是寒热交侵，嗣后变成重症，一到仲春，呜呼哀哉，景帝又复悼亡，自不消说。其时宫中有个李惜儿，本系江南土娼，流转京师，姿态妖艳，色艺无双，都下狭邪子弟，评骘花榜，目为牡丹花。声誉传入禁中，为景帝所闻，更令内侍召入，一见倾心，即夕侍寝。惜儿是妓女出身，枕席上的奉承，比妃嫔等不啻天渊，景帝畅快异常，备极恩遇。可怜无德的女人，往往因宠生骄，因骄成悍，入宫不过两三年，与景帝恰反目数次。毕竟龙性难驯，耐不住妇女磨折，一场吵闹，逐出宫外。未免薄幸。杭皇后本得帝宠，又遭病殁，此外虽有妃嫔数人，仅备小星，没甚才貌，情怀恻恻，长夜漫漫，教景帝如何度日? 当下采选秀女，得了一个丽姝，体态轻盈，身材袅娜，性情容止，都到恰好地位，惹得景帝越瞧越爱，越爱越宠，春风一度，无限欢娱，因她生父姓唐，遂封为唐妃。越半年又晋封贵妃。每游西苑，必令贵妃乘马相随。一日，马惊妃堕，几乎受伤。景帝鞭责马夫，打个半死，别令中官刘茂，拣选良骏，控习以待。又增建御花房，罗致各省奇葩名卉，作为游赏处所。风流天子，绰约佳人，相对含欢，无夕不共，好一座安乐窝，尝遍那温柔味。

无如好梦难长，彩云易散，到了景泰八年元旦，朝贺礼毕，忽觉龙体违和，好几日不能临朝。百官问安左顺门，太监兴安出语道："公等皆朝廷股肱，不能为社稷计，徒日日问安，有何益处？"众官语塞，诺诺而退。到了朝房，大众以兴安所言，意在建储，御史萧维桢等，拟请复沂王为太子。学士萧镃，以沂王既退，不便再立，须另择元良为嗣。彼此酌定，遂缮好奏折，呈请立储。待了数日，方有中旨颁下，谓"朕偶有寒疾，当于十七日临朝，所请着无庸议"。众官见了此旨，又面面相觑，莫名其妙。会将郊祀，帝舆疾出宿斋宫。明代故例，每岁正月大祀天地于南郊。因病日加剧，势难亲临，乃召武清侯石亨至榻前，命摄行祀事。

亨见帝病甚，退语都督张𫐐，及太监曹吉祥道："公等欲得功赏么？"张、曹二人闻言，不禁奇诧起来，便惊问何事？亨密语道："皇帝病已深了，立太子，何如复上皇。"吉祥跃起道："石公好计！石公好计！"小人无不好事。亨复道："此系我一人主见，还须得老成一决。"张𫐐道："商诸太常卿许彬，可好么？"亨点首称善。当下同至许彬宅，与商密计。彬蘧然道："这是不世大功，事在速为，可惜我年已老，无能为力，惟意中恰有一人，何不往商？"亨问为谁？彬答道："便是徐元玉。"亨等喜谢而出。看官道徐元玉是何人？就是当年倡议南迁的徐珵。珵因南迁议，为景帝所薄，久不得迁，他却诌事大学士陈循，屡托保荐，循果屡登荐牍，景帝见徐珵名，好似一个眼中钉，辄摈不用。循语珵道："官家怕见你名，须改易为是。"理乃易名有贞，别字元玉。无巧不成话，适值黄河决口，屡堙屡圮，循遂运动廷臣，荐举有贞。景帝果也忘怀，竟擢他为佥都御史，督治黄河。有贞福至心灵，把屡堙屡圮的决口，熔铁下水，竟得塞住。且疏浚下流，畅达河道，河患遂灭。还京复命，复邀奖叙，进左副都御史，寻调右副都御史。追溯徐有贞履历，要言不烦。及石亨等到有贞家，说及复辟大计，有贞很是赞成，并云须令南宫知此意。轪答道："昨已密达上皇了。"有贞道："俟得复报乃可。"

越日为上元节，有贞夜至亨家，复密议了一宵。又越日黄昏，亨等又访告有贞，谓已得南宫复报，请早定计。有贞至屋后露台上，仰观天象已毕，即下对亨等道："紫薇垣已有变象，事在今夕，不可失机。"是否捣鬼？随又报语道："如此如此，不患不成。"石亨、张轪、曹吉祥三人，当即趋出，自去筹备。有贞焚香祝天，默祷一番，随即与家人诀别道："事成后功在社稷，共享富贵，否则祸必杀身，除非做鬼回来。"家人揽袪挽留，有贞不顾，挥手竟去。时当三鼓，禁中卫士，因有十七日视朝的旨意，已启禁门。有贞踉跄趋入，径至朝房候着，约历半时，亨、轪等率领群从子弟，一拥并入。依据《天顺实录》，不从《纪事本末》。是时天色晦冥，星月无光，亨、轪等左顾右盼，方见有贞，便问道："事果济否？"有贞道："必济无疑。"此时即不能济事，亦只好舍命做去。遂率众薄南宫门，门扃甚固，连叩不应。有贞命众取巨木至，悬绳于上，用数十人举木撞门。门右墙垣，陡被震坍，大众乘隙进去，入谒上皇。上皇时尚未寝，秉烛观书，见他排闼而入，不觉惊问道："你等何为？"众俯伏称万岁。上皇道："莫非请我复位么？这事须要审慎。"可见上皇已经接洽。有贞等齐声道："人心一致，请陛下速即登舆！"言毕即起，呼兵士举舆入内。众兵士遑遽不能举，有贞等掖着上皇，出坐乘舆，助挽以行。忽见天色明霁，星月皎然，上皇顾问有贞等职名，有贞一一奏对。须臾至东华门，司阍厉声呵止。上皇亦厉声道："我是太上皇，有事入宫，何人敢拒？"司阍闻声趋视，果然不谬，遂由他进去。直入奉天殿，有贞为导，两阶武士，用铁爪击有贞，也亏上皇呵叱，才行退去。时黼座尚在殿隅，由众推至正中，请上皇下舆登座，一面鸣钟擂鼓，大启诸门。百官方至朝房，候景帝视朝，闻奉天殿有呼噪声，呵叱声，继而有钟鼓声，相率惊骇。蓦见有贞出殿，大呼道："太上皇复位了，众官何不进谒？"百官闻言益惊，但变出非常，事已至此，何人敢行抗拒？不得已各整衣冠，登殿排班，依次跪伏，三呼万岁。正是：

> 冕旒重见当王贵，嵩岳依然效众呼。

欲知复辟后事，请看官再阅下回。

　　景帝居上皇于南宫，情同禁锢，其蔑视上皇也久矣。卢忠假事生风，而阮浪、王瑶，遂致获罪，至于见济病殁，杭后随逝，景帝已无子嗣，亦可返躬愧省，复立沂王，乃犹拒谏饰非，淫刑以逞，奚怪石亨辈之再图复辟乎？惟景帝病已危笃，神器岂能虚悬？他日立君，舍英宗其将奚属？石亨希邀功赏，结合徐有贞等，遽为复辟之计，行险侥幸，成亦无名。"夺门"二字，贻笑千秋，然亦何莫非景帝猜忌之深，始激而成此变也。若乜先弑主之不讨，李妓、唐妃之邀宠，犹其余事，然亦可以见景帝之深心，投鼠而辄忌器，纳妾而思毓麟，天不从人，蔑伦者其亦观此自返乎？

第三十八回

于少保沉冤东市　徐有贞充戍南方

却说景帝方卧疾斋宫，正值残梦初回。炉香欲烬，忽闻钟鼓声喧，来自殿上，不禁惊异起来，忙呼问内侍道："莫非是于谦不成？"此语颇奇。内侍错愕未答。既而内监走报，说及南宫复辟事。景帝连声道："好！好！好！"说着，气喘不已，面壁而卧。这边方独卧欹歔，那边正盈廷庆贺，徐有贞复辟功成，即刻受命入阁，参预机务。一面与大学士陈循，草诏谕群臣，日中再正式即位，历史上复称英宗，小子也自然沿称英宗。文武百官，再行朝谒，由有贞宣读谕旨，略称："土木一役，乘舆被遮，建立皇储，并定监国，不意监国挟私，遽攘神器，易皇储，立己子，皇天不佑，嗣子先亡，殃及己身，遂致沉疾。朕受臣民爱戴，再行践阼，咨尔臣工，各协心力。"云云。朗读已毕，群臣顿首听命。忽又有诏旨传下，逮少保于谦，大学士王文、陈循、萧镃、商辂，尚书俞士悦、江渊，都督范广，太监王诚、舒良、王勤、张永下狱。谦等尚列朝班，当由锦衣卫一一牵去锢入狱中。迅雷不及掩耳。

先是石亨为谦所荐，统师破敌，城下一役，亨功不如谦，独得封侯，未免内愧，乃疏荐谦子冕为千户。谦上言："国家多事，臣子不得顾私恩，石亨身为大将。未闻举一幽隐，乃独保荐臣子，理亦未协，臣决不敢以子滥功。"这数语传入亨耳，未免愤恨。亨从子彪，行为贪暴，又为谦所奏劾，出戍大同，因此亨益怨谦。徐有贞尝求官祭酒，浼谦先容，谦亦尝登入荐牍，卒不得用。有贞疑谦未肯尽力，亦生怨隙。及英宗复辟，两人得为功首，正好借此报复，遂诬称于谦、王文，欲迎立襄王瞻墡，瞻墡系仁宗第五子，曾见三十一回中。应即下狱惩罪。陈循、萧镃、商辂等，从前尝倾向景帝，罪有所归，亦难宽贷。英宗正感念二臣，自然言听计从，不待群臣退朝，即将数人拿下。

越日，即饬徐有贞等讯究。王文、于谦出狱对簿，文抗辩道："迎立外藩，须有金牌符信，遣人必用马牌，究竟有无此事，内府兵部二处，可以查验，何得无故冤人？"有贞道："事尚未成，自无实迹，但心已可诛，应当定罪。"文复抗声道："犯罪必须证据，天下有逆揣人心，不分虚实，遂可陷人死地么？"说至此，辞色俱厉。谦顾语王文道："石亨等报复私仇，定欲我等速死，虽辩何益？"都御史萧维桢在座，也插口道："于公可谓明白。事出朝廷，承也是死，不承也是死。"专制之世，方有是语。当下将谦、文等还系诏狱，即由徐有贞、萧维桢诸人，以"意欲"二字，锻炼成词，仓猝入奏，英宗犹豫未忍道："于谦实有功，不应加刑。"有贞攘臂直前道："不杀于谦，今日事有何名誉？"杀了于谦，难道便有大名么？英宗乃诏令弃市。临刑这一日，愁云惨雾，蔽满天空，道旁人民，莫不泣下。岳王之死，称为三字狱，于少保之死，可称为二字狱。太后闻谦死，亦嗟悼累日。曹吉祥麾下，有一指挥名朵耳，亦作多喇。亲携酒醴，哭奠于谦死所。吉祥闻知，把他痛打一顿，次日复哭奠如故，吉祥亦无可奈何。谦妻子坐罪戍边，当锦衣卫查抄时，家无余资，只有正屋一间，封镴甚固，启门查验，都系御赐物件，连查抄的官吏，也为涕零。都督同知陈逵收谦遗骸，归葬杭州西湖，后人称为于少保墓。每年红男绿女，至墓前拜祷，络绎不绝。相传祈梦甚灵，大约是忠魂未泯的缘故，这也不在话下。

且说谦、文既死，太监舒良、王诚、张永、王勤等一并就刑。陈循、俞士悦、江渊谪戍。萧镃、商辂削职为民。范广与张轨有嫌，锢禁数日，复遭刑戮。轨复潜杀前昌平侯杨俊，以俊在宣府时，不纳英宗，所以坐罪。嗣轨入朝，途中猝得暴疾，舁归家中，满身青黑，呼号而死。或谓范广为祟，或谓杨俊索命，事属渺茫，难以定论。惟叙功论赏时，轨得封太平侯，贵显不过月余，即致暴毙，真所谓过眼浮云，不必欣羡呢。得保首领，还算幸事。其时石亨得封忠国公，张轨弟辄，得封文安侯，都御史杨善封兴济伯，石彪封定远伯，充大同副总兵。徐有贞晋职兵部尚书，曹吉祥等予袭锦衣卫世职，袁彬为锦衣卫指挥同知，出礼部郎中章纶于狱，授礼部侍郎，召廖庄于定羌驿，给还大理寺少卿原官，追赠故御史钟同，大理寺左丞，赐谥恭愍，并令一子袭廕，大家欢跃得很。惟有贞意尚未足，常向石亨道："愿得冠侧注从兄后。""侧注"系武弁冠名，石亨为白帝前，乃晋封武功伯，嗣复录夺门功臣，封孙镗为怀宁伯，董兴为海宁伯，此外加爵晋级，共三千余人。

一朝天子一朝臣，尚书王直、胡濙，及学士高穀均见机乞归，英宗命吏部侍郎李贤、太常寺卿许彬、前大理寺少卿薛瑄入阁办事。一面改景泰八年为天顺元年，大赦天下。复称奉太后诰谕，废景泰帝仍为郕王，送归西内。太后吴氏复号宣庙贤妃，削皇后杭氏位号，改称怀献太子为怀献世子。钦天监正汤序，且请革除景泰年号，总算不允。未几郕王病殁，年仅三十，英宗命毁所营寿陵，改葬金山，与夭殇诸王坟，同瘗一处，且令郕王妃嫔殉葬。唐妃痛哭一场，当即自尽。毕竟红颜命薄。被废的汪后，曾居别宫，至是亦欲令殉葬，侍郎李贤道："汪妃已遭幽废，所生二女，并皆幼小，情尤可悯，请陛下收回成命。"皇子见深，此时已届十龄，粗有知识，备陈汪后被废，由谏阻易储事。英宗乃免令殉葬，寻复立见深为太子。太子请迁汪妃出宫，安居旧邸，所有私蓄，尽行携去。既而英宗检查内帑，记有玉玲珑一物，少时曾佩系腰间，推为珍品，屡觅无着，当问太监刘桓，桓言景帝曾取去，想由汪妃收拾。乃遣使向妃索归，只称无着。再三往索，终不肯缴。左右劝妃出还，妃愤愤道："故帝虽废，亦尝做了七年天子，难道这区区玉件，也不堪消受么？我已投入井中去了。"英宗因此衔恨。后有人言汪妃出携甚多，又由锦衣卫奉旨往取，得银二十万两，他物称是。可怜这汪妃身畔，弄得刮垢磨光，还亏太子见深，念着旧情，时去顾问，太子母周贵妃，与汪妃素来投契，亦随时邀她入宫，叙家人礼，汪妃方得幸保余生，延至武宗正德元年，寿终旧邸。这是守正的好处。郕王于成化十一年，仍复帝号，追谥曰景，修缮陵寝，祭飨与前帝相同。汪妃葬用妃礼，祭用后礼，合葬金山，追谥为景皇后，这都是后话不题。

单说襄王瞻墡，就封长沙，资望最崇，素有令誉。英宗北狩，孙太后意欲迎立，曾命取襄国金符，已而不果。襄王却上书太后，请立太子，命郕王监国。及英宗还都，襄王又上书景帝，宜朝夕省问，朔望率群臣朝谒，毋忘恭顺等语。英宗全然未知。复辟以后，信了徐有贞、石亨谗言，诬戮于谦、王文，且疑襄王或有异图，嗣检得襄王所上二书，不禁涕泪交下，忙赐书召他入叙。有二书俱在，始信金縢等语。金縢系周公故事。襄王乃驰驿入朝，赐宴便殿，慰劳有加。且命添设护卫，代营寿藏。至襄王辞归，英宗亲送至午门外，握手泣别。襄王逡巡再拜，伏地不起。英宗衔泪道："叔父尚有何言？"襄王顿首答道："万方望治，不啻饥渴，愿省刑薄敛，驯致治平。"敢拜昌言。英宗拱手称谢道："叔父良言，谨当受教。"襄王乃起身辞行。英宗依依不舍，待至襄王行出端门，目不及见，才怏怏回宫。自是颇悔杀谦、文，渐疏徐、石。晓得迟了。

　　石亨自恃功高，每事辄揽权恣肆，嗣被英宗稍稍裁抑，心知有异，遂与曹吉祥朋比为奸，倚作臂助。独徐有贞窥伺帝意，觉得石亨邀宠，渐不如前，不得不微为表异，要结主眷，以此曹、石自为一党，与有贞貌合神离。凶终隙末，小人常态。可巧英宗与有贞密语，被内竖窃听明白，报知曹吉祥。吉祥见了英宗，却故意漏泄出来，引得英宗惊问，只说是有贞相告，英宗遂益疏有贞。会曹、石二人，强夺河间民田，御史杨瑄列状以闻，英宗称为贤御史，将加重用。吉祥大惧，忙至英宗前哭诉，说是杨瑄诬妄，应即反坐罪名，英宗不许，继而彗星示儆，掌道御史张鹏、周斌等，约齐同僚，拟交章请惩曹、石，挽回天变。事为给事中王铉所闻，密达石亨。亨急转告吉祥，同至英宗前，磕头无算。英宗不禁大讶，问明情由。曹、石齐声奏道：“御史张鹏，为已诛太监张永从子，闻将为永报仇，结党构衅，陷害臣等。臣等受皇上厚恩，乞赐骸骨，虽死不忘。”说至此，又呜呜咽咽的哭将起来。亏他装诈。英宗道：“陷害不陷害，有朕作主，张鹏何能死人？卿等且退！朕自留心便了。”两人拜谢而出。

　　隔了一宵，果然弹章上陈，痛诋曹、石，为首署名的便是张鹏，次为周斌，又次为各道御史，连杨瑄也是列名。英宗阅未终章，便出御文华殿，按着奏疏上的名氏，一一召入，掷下原奏，令他自读，明白复陈。斌且读且对，神色自若，读至“冒功滥赏”等语，英宗诘问道：“曹、石等率众迎驾，具有大功，朝廷论功行赏，何冒何滥？”斌答道：“当时迎驾，止数百人，光禄寺颁赐酒馔，名册具在，今超迁至数千人，不得谓非冒非滥。就使明明迎驾，也是贪天功为己有，怎得无端恣肆呢？”这数语理直气壮，说得英宗无词可答，但总不肯认错，仍命将瑄、鹏诸人，一律下狱。所谓言莫予违。刑官等讨好曹、石，搒掠备至，责问主使，词连都御史耿九畴、罗绮亦逮系狱中。石亨、曹吉祥意欲乘此机会，一网打尽，复入陈御史纠弹，导自阁臣，徐有贞、李贤等与臣有嫌，阴为主谋，所以瑄、鹏等有此大胆，诳奏朝廷。英宗闻言益愤，索性将徐有贞、李贤两人，并下图圄。全狱冤气，上激天空，风发雨狂，电掣雷轰，下雹如鸡卵，击毁奉天门角，连正阳门下的马牌，都飞掷郊外。石亨家内，水深数尺，曹吉祥门前，大树皆折，闹得人人震恐，个个惊慌。大约是天开眼。钦天监正汤序，本系亨党，至是亦上言天象示儆，应恤刑狱。我谓其胆小如鼷。英宗乃释放罪囚，出徐有贞为广东参政，李贤为福建参政，罗绮为广西参政，耿九畴为江西布政使，周斌等十二人为知县。杨瑄、张鹏戍边卫。别命通政使参议吕原，及翰林院修撰岳正，入阁参预机务。尚书王翱，以李贤无辜被累，奏请留京，英宗亦颇重贤，乃从翱所请，并复原官，寻又擢为吏部尚书。

　　曹、石见李贤复用，很是懊丧，适值内阁中有匿名书帖，谤斥朝政，为曹、石二人闻知，遂奏请悬赏查缉。岳正入奏道：“为政有礼，盗贼责兵部，奸宄责法司，哪有堂堂天子，悬赏购奸的道理？且急则愈匿，缓则自露，请陛下详察。”是极。英宗称善，不复深究。既而正复密奏英宗，言：“曹、石二人，威权过重，恐非皇上保全功臣的至意。”英宗道：“卿为朕转告两人。”正遂往语曹、石，曹、石复入内跪泣，免冠请死。曹系阉竖，宜有妇人性质，亨一武夫，何专学泣涕耶？英宗未免自愧，温言劝慰，一面责正漏言。既要他转告，又责他漏言，英宗之昏庸可知。正对道：“曹、石二家，必将以背叛灭族，臣体陛下微旨，令他自戢，隐欲保全，他尚未识好歹么？”此语太激烈了。英宗默然无言。曹、石二人闻着，愈加忿恨。会承天门灾，命正草罪己诏，正历陈时政过失，曹、石遂构造蜚语，谓正卖直讪上，得旨贬正为钦州同知。正入阁仅二十八日，既被谪，道过本籍溧县，入家省母，留住月余，复为尚书陈汝言所劾，逮系诏狱，杖戍肃州。岳正去后，曹、石又追究匿名书，诬指徐有贞所为，英宗也不遑细察，竟令将有贞拿还，下狱拷治，终无供据。曹、石复入奏英宗道："有贞尝自撰武功伯券，辞云：'缵禹武功，禹受舜禅。'武功为曹操始封，有贞觊觎非分，罪当弃市。"捕风捉影，何其叵测。英宗迟疑半晌，令二人退出，转询法司马士权。士权道："有贞即有匿谋，亦不至自撰诰券，败露机关呢。"英宗方才省悟，乃命有贞免死，发金齿为民。后来石亨伏法，有贞得释归田里，放浪山水间，十余年乃死。了结有贞，然比曹、石之诛，得毋较胜。礼部侍郎薛瑄，见曹、石用事，喟然道："君子见机而作，不俟终日，还欲在此何为？"遂乞归引去。江西处士吴与弼，由李贤疏荐，被征入朝，授为左谕德，与弼固辞。居京二月，托辞老病，亦引归。英宗尚为故太监王振立祠，封曹吉祥养子钦为昭武伯，宠幸中涓，始终未悟。惟有一事少快人心，看官道是何事？乃是释建庶人文奎于狱。文奎系建文帝少子，被系时年权二龄，见二十六回。至是始得释出，令居凤阳，赐室宇奴婢，月给薪米，并听婚娶出入。时文奎年已五十七，出见牛马，尚不能识。未几即病殁。小子有诗咏道：

> 王道由来不罪孥，乳儿幽禁有何辜？
> 残年始得瞻天日，牛马未知且乱呼。

欲知后事如何，且俟下回续叙。

　　英宗复辟以后，被杀者不止一于少保，而于少保之因忠被谗，尤为可痛。曹、石专恣以来，被挤者不止一徐有贞，而徐有贞之同党相戕，尤为可戒。于少保君子也，君子不容于小人，小人固可畏矣。徐有贞小人也，小人不容于小人，小人愈可畏，君子愈可悯也。故本回前半篇，以于少保为主，后半篇以徐有贞为主。与于少保同时就戮，及徐有贞同时被谪者，虽不一而足，要皆主中宾耳。标目之仅及于少保、徐有贞，可以知用意之所在矣。

第三十九回

发逆谋曹石覆宗　上徽号李彭抗议

却说兵部尚书陈汝言，与曹、石通同一气，平时甚趋奉曹、石，因得由郎中迁擢尚书，自是勾结边将，隐树爪牙，渐渐的威福自专，看得曹、石二人，平淡无奇，不肯照前巴结，且暗把曹、石过恶，入奏帝前。看官！你想这曹、石二人，靠了徐有贞的密计，得封高爵，后来还要排陷有贞，况陈汝言由他提拔，偏似狂狗反噬，如何不气？如何不恼？一报还一报，何必懊恨？当下嘱使言官，奏劾汝言贪险情形，即蒙准奏，把汝言逮狱，查抄家产，不下数十百万。英宗命将抄出财物，悉陈入内庑下，召石亨等入视，并勃然道："于谦仕景泰朝，何等优遇？到了身死籍没，并无余物。汝言在位，不过一年，所有财物，多至如此，若非贪赃受贿，是从哪里得来？"你才晓得吗？言下复连呼道："好于谦！好于谦！"亨等自觉心虚，不敢回答，只是垂头丧气，逼出了一身冷汗。英宗含怒而入，亨等扫兴而出。

既而鞑靼部头目孛来，见三十六回。入犯安边营。由大同总兵定远伯石彪率众奋击，连败敌众，斩馘数百，获马驼牛羊二万余，遣使报捷。英宗依功行赏，进彪为侯。彪为亨侄，亨既封公，彪又封侯，一门鼎盛，表里为奸，那时权力越大，气焰越盛，无论内外官吏，统要向他叔侄前巴结讨好，才得保全官职。只是天下事盛极必衰，满极必覆，饶你如何显荣，结果是同归于尽。争权夺利者听之！石彪纵恣异常，免不得有人密奏，激动帝怒，遂有旨召彪还朝。彪贪恋权位，阴使千户王斌等，诣阙乞留。英宗料知有诈，收斌等入狱，严刑拷问，果得实情，即飞饬石彪速归。彪既到京，立刻廷讯，并令王斌等对质，更供出他种种不法，藏有龙衣蟒服，违式寝床等情。还有一桩最大的要件，乃是英宗归国，彪先曾遵着前约，_{前约见三}十五回。送女弟至大同，托石彪转献京师，彪见女姿色可人，佯为应允，暗中恰用强占住，自行消受。_{所以有违式寝床。}其时英宗尚居南宫，内外隔绝，哪知此事？也先也不遑问及，后来复为阿拉所杀，越觉死无对证，谁料天网恢恢，疏而不漏，竟被王斌等说明情伪，无从抵赖，于是英宗大怒，_{夺他未婚妻，安得不怒。}置彪狱中。

石亨急得没法，只好上章待罪，请尽削弟侄官爵，放归田里，有旨不许。至法司再三鞫彪，辞连石亨，因交章劾亨恣肆，应置重典，于是勒亨归第，罢绝朝参。且召李贤入问道："石亨当日有'夺门'功，朕欲稍从宽宥，卿意以为何如？"贤答道："陛下尚以'夺门'二字，为美名么？须知天位系陛下固有，谓为'迎驾'则可，谓为'夺门'则不可。夺即非顺，如何示后？当日算侥幸成功，若使事机先露，亨等死不足惜，不审置陛下何地。"_{入情入理。}英宗徐徐点首。贤又道："若景泰果不起，群臣表请复位，岂不名正言顺？亨等虽欲升赏，何从邀功？而且老成耆旧，依然在职，何至有杀戮黜陟等事，致干天象？就是亨等亦无从贪滥。国家太平气象，岂不益盛？今为此辈减削过半了。"英宗道："诚如卿言。"及贤退后，诏令此后章奏，勿用"夺门"字样，并饬查冒功受官诸人，得四千余名，一律黜革，朝署为清。

先是石亨得势，卖官鬻爵，每以纳贿多寡，作授职高下的比例。时人有朱三千、龙八百的谣传。朱是朱诠，龙是龙文，两人都赂亨得官，所以有此传言。金都指挥逯杲，也奔走石亨门下，钻营贿托，因得保举。至石彪得罪，石亨被嫌，杲遂独上一本，备陈石亨招权纳贿等情。想是可惜银钱，否则尔以贿来，如何劾人？英宗嘉他忠诚，遂令伺亨行动。他恐石亨复用，势且报复，遂专心侦察。也是石亨命运该绝，有一家人为亨所叱，遂将亨怨望情形，密告逯杲。适值天顺四年正月，彗星复现，日外有晕，杲遂上书奏变，说是石亨怨望日甚，与从孙石俊等，日造妖言，谋为不轨，宜赶紧治罪。英宗览奏，亟颁示阁臣。阁臣希旨承颜，自然说应正法。那时石亨无路可走，只得束手受缚，就系狱中。狱吏冷嘲热讽，朝拷暮逼，所谓打落水狗。害得石亨受苦不堪，活活的气闷死了。石亨一死，石彪的头颅，哪里还保得住？一道诏旨，将他斩首。两家财产，尽行充公。何苦作威作福，惟乜先的妹子，不知如何下落？

一波未平，一波又起，太监曹吉祥怀着兔死狐悲的想头，恐自己亦遭波及，不得不先行防备。他在正统年间，尝出监军，辄选壮士隶帐下。及归，仍将壮士蓄养家中，所以家多藏甲。养子钦得封昭武伯，手下亦多武弁。至是复招集死党，作为羽翼。千户冯益，曾与往来，钦尝问益道："古来有宦官子弟，得为天子么？"益答道："君家魏武帝，便是中官曹节后人。"钦大喜，留益宴饮，醉后忘形，密谈衷曲，且令他娇娇滴滴的妻妾，出侍厅中，与益把盏。不怕作元绪公耶？益擅口辩，且滔滔不绝，满口恭维，说得曹钦心花怒开，不啻身居九重，连他娇妻美妾，也吃吃痴笑，好几张樱桃小口，都合不拢来。涉笔成趣。等到酒阑席散，益又说是相机而行，幸勿躁率，钦连声称是，嘱益秘密。益自然从命，所以一时未曾举动，也未曾泄漏。

倏忽间又是一年，鞑靼部头目孛来等，分道入寇，攻掠山陕甘肃边境。明廷正拟遣尚书马昂，及怀宁伯孙镗，督军往讨。兵尚未发，孙镗等留待京中。英宗注意军务，日夕阅奏，忽见了一本奏章，乃是诸御史交劾曹钦，说他擅动私刑，鞭毙家人曹福来。心下一动，随即提起笔来，批了数语，大旨以朝廷法律，不得滥用，大小臣工，俱应懔遵。曹钦擅毙家人，殊属不合，当彻底查究云云。批好后，即将原奏颁发。一面令指挥逯杲按治，毋得徇情。曹钦闻知此事，不禁惊愕道："去年降敕捕石将军，今番轮着我了。若不早图，难免大祸。"祸已临头，早图何益？当下邀请冯益等，密谋大事。钦天监正汤序，亦在座中，报称七月二日，发遣西征师，禁城早辟，此时正可设法。冯益大喜道："机会到了，机会到了。"要杀头了。曹钦忙问良策，益答道："请伯爵密达义父，约他于朔日夜间，潜集禁兵，准备内应，伯爵号召徒众，从外攻入，内外合力，何患不成？"钦喜道："好极好极。我兵入殿，即可废帝，事成后，请冯先生为军师，可好么？"想是做梦。益称谢不尽。

计划已定，过了数夕，便是七月朔日，召党人夜宴，专待夜半行事。指挥马亮，曾与谋在座，酒过数巡，猛然触起心事，默念事若不成，罪至灭族，不若出首为是，遂逃席而去。奔入朝房，巧遇恭顺侯吴瑾，在朝值宿，竟一一告知。吴瑾大惊道："有这般事么？怀宁伯孙镗，明日辞行，今夜亦留宿朝堂，我去通报他便了。"言已，疾趋出室，往语孙镗。镗急草疏数语，从大内门隙塞入。英宗得了此疏，忙遣禁旅收逮曹吉祥，并敕皇城及京师九门，勿得遽启。是时曹钦尚未及觉，马亮逃席，尚且未晓，还能成大事么？乘着数分酒兴，带了家将，及弟铉、镨、铎三人，跨马而出，直奔长安门。见门扃如故，料知事泄，即转身驰至逯杲家。杲方欲入朝，启门出来，突遇曹钦兄弟，手起刀落，毙于非命。钦斩下杲首，持奔西朝房，见御史寇深待朝，复一刀杀死了他。转入西朝房，正与吏部尚书李贤相遇，贤不及趋避，被钦手下家将，击伤左耳。幸钦在后喝住，并握贤手道："公系好人，我今日为此事，实由逯杲激变，并非出我本心，烦公代为奏辩！"情愿不做皇帝了。贤尚在惊疑，那曹钦竟掷下一个首级，大声道："你可看是逯杲么？"一面说，一面走入朝房，见尚书王翱，亦在内坐着，便不分皂白，上前击缚。贤忙趋入道："君不要这般莽撞！我与王公联衔入奏，保你无罪，何如？"钦大喜，乃释翱缚，当由贤索笔缮疏，模模糊糊的写了数语，交与曹钦。钦携疏至长安左门，从门隙投疏。门坚密，疏不得入，便令家将纵火焚门。守门兵士，拆卸御河砖石，将门紧紧堵住，一时烧不进去。钦等只在门外呼噪，声彻宫中。怀宁伯孙镗看调兵不及，急语长次二子，令在长安门外，大呼有贼谋反。霎时间集得西征军二千人，奋击曹钦。工部尚书赵荣亦披甲跃马，高呼杀贼有赏，也集得数百人。两边夹攻，钦等料难成功，且战且走。

这时候天色大明，恭顺侯吴瑾，率五六骑出观，猝与贼遇，力战而死。尚书马昂，及会昌侯孙继宗，率兵陆续到来，才把钦兵杀死过半。钦弟铉、镠、铎等，都被击毙。天又大雨，钦狼狈奔归，投入井中。官军一齐追至，杀入钦家，不论男女长幼，统赏他一碗刀头面。曹钦妻妾想做后妃，不意变作这般结果。只不见逆贼曹钦，嗣至井中找寻，方见钦已溺毙，当将尸首捞出，拖至市曹，专待旨下。须臾英宗临朝，众官入奏，即命将曹吉祥绑赴市中，与曹钦兄弟四人尸首，一古脑儿聚在一处，鱼鳞寸割，万剐凌迟。极言重刑，为阅者一快。汤序、冯益等，自然连坐。所有曹氏的亲党，与钦同谋，尽问成死罪，先后伏诛。于是晋封孙镗为侯，马昂、李贤、王翱并加太子少保，马亮告叛有功，擢为都督，将士等升赏有差。追封吴瑾梁国公，赠寇深少保，以擒贼诏示天下。曹、石两家，从此殄灭了。

且说内变粗定，西征军暂不出发，留卫京师，怎奈西北警报，日有数起，乃命都督冯宗充，及兵部侍郎白圭，代马昂、孙镗等职，统军西行，屡战获胜。孛来欲大举入犯，会鞑靼汗麻儿可儿，与孛来仍然未协，彼此仇杀无虚日，因此孛来不能如愿，只好上书乞和。英宗遣指挥使唐昇，赍敕往谕。孛来乃允岁贡方物，总算暂时羁縻罢了。看似插叙之笔，实与前后统有关系，阅者幸勿错过。会粤西苗猺作乱，据住大藤峡，出掠民间，由都督佥事颜彪，奉旨往剿，连破七百余寨，猺势稍平。为后文韩雍征猺张本。

英宗以内外平靖，免不得久劳思逸，便大兴土木，增筑西苑，殿阁亭台，添造无数。除奉太后游览，及率妃嫔等临幸外，亦尝召文武大臣往游，并赐筵宴。且于南宫旧居，亦增置殿宇，杂植四方所贡奇花异树，备极工雅。每当春暖花开，命中贵及内阁儒臣，随往玩赏，赐果瀹茗，把酒吟诗，仿佛与宣德年间，差不多的快活。怎奈光阴易过，好景难留，太后孙氏于天顺六年告崩。至天顺八年正月，英宗亦罹疾，卧病文华殿。适有内侍谗间太子，乃密召李贤入内，告明一切。贤伏地顿首道："太子仁孝，必无他过，愿陛下勿信迩言。"英宗道："依卿所说，定须传位太子么？"贤又顿首道："宗社幸甚！国家幸甚！"英宗蹶然起床，立宣太子入殿。贤扶太子令谢，太子跪持上足，涕泪交下。英宗亦为感泣。父子歔欷一会儿，方才别去。越数日，英宗驾崩，享年三十八，遗诏罢宫妃殉葬，太子见深嗣位，尊谥皇考为英宗，以明年为成化元年，是谓宪宗皇帝。

当下议上两宫尊号，又惹起一番争论。原来英宗后钱氏无子，太子见深，系周贵妃所出，英宗雅重钱后，尝欲加封后族，后辄逊谢，因此后家未闻邀封。英宗北狩，钱后倾资送给，每夜哀泣吁天，倦即卧地，致折一股，并损一目。英宗还国，幽居南宫，行止不得自由，时常烦闷，亏得钱后随时劝慰，方能释忧。明多贤后，钱后亦算一人。至复辟后，太监蒋冕入白太后，谓周贵妃有子，当升立为后。语为英宗所闻，当将蒋冕斥出。及孙太后崩逝，钱后复追述太后故事，且为胡废后白冤。应三十二回。英宗始知非孙后所生，且追上胡废后尊谥，称为恭让皇后。钱后弟钦钟，殉土木难，英宗欲封其子雄，后又固辞，有此种种贤德，遂令英宗敬爱有加。到龙体弥留时，尚顾命李贤，说是钱后千秋万岁后，应与朕同葬。李贤将遗言恭录，藏置阁中。

　　宪宗即位，周贵妃密嘱太监夏时，令运动阁臣独立自己为太后。夏时遂倡言钱后无子，且损肢体，当视胡废后成例，独立上生母为太后。李贤力争道："口血未干，何得遽违遗命？"夏时道："先帝在日，不尝尊生母为太后么？难道治命尚不可从？"学士彭时道："胡太后以让位故，所以迟上尊号，今钱皇后名位具在，未尝让去，怎得照办？"夏时道："钱皇后亦无子嗣，何妨就草让表。"彭时道："先帝时未曾行此，我辈身为臣子，乃敢迫太后让位么？"夏时厉声道："公等敢有贰心么？难道不怕受罪？"情理上说不过去，便乃狐假虎威，小人之无忌惮如此。彭时拱手面天道："太祖太宗，神灵在上，敢有贰心，不受显诛，亦遭冥殛。试思钱皇后不育，何所规利，必与之争，不过皇上当以孝治人，岂有尊生母，不尊嫡母的道理？"说至此，李贤复插入道："两宫并尊，理所当然，彭学士言甚是，应请照此复命。"夏时不能与辩，负气径去。寻由中官覃包，奉谕至阁，命草两宫并尊诏旨。彭时又道："两宫并尊，太无分别，应请于钱太后尊号，加入'正宫'二字，方便称呼。"覃包再去请命，未几即传谕准议，乃尊皇后钱氏为正宫慈懿皇太后，贵妃周氏为皇太后。草诏既定，包潜语李贤道："上意原是如此，因为周太后所迫，不敢自主，若非公等力争，几误大事。"言已，持草诏去讫。越宿颁下诏旨，择日进两宫太后册宝，小子有诗咏道：

> 嫡庶哪堪议并尊，只因子贵作同论。
> 若非当日名臣在，一线纲常不复存。

两宫既上尊号，未知后事如何，请看官再阅下回。

石亨怨望，尚只凭家人数语，逯果一疏，而谋逆实迹，尚未发现，安知非由落井下石之所为者？且石彪镇守大同，威震中外，而飞诏促归，即行抵京，不闻拥兵以叛，是石彪尚知有朝廷，未若曹钦之居然肆逆也。钦为曹吉祥养子，吉祥籍隶中涓，竟令养子为逆，敢为内应，可见钦之逆谋，吉祥实属与闻，或且为之倡议，亦未可知，阉竖之祸人家国，固如此哉！宪宗即位，两宫并尊，本属应有之理，而贵妃阴恃子贵，密嘱内监夏时，参预阁议，时乃狐假虎威，呵叱大臣，若非彭时等守正不阿，鲜有不为所摇夺者。先圣有言，唯女子与小人为难养也，近之不逊，远之则怨，观于此而益信。

第四十回

万贞儿怙权倾正后　纪淑妃诞子匿深宫

却说两宫太后，既上尊号，第二种手续，便是册立皇后的问题。先是孙太后宫中，有一宫人万氏，小字贞儿，本青州诸城人氏，父贵为本县掾吏，坐法戍边，贞儿年仅四岁，没入掖廷，充小供役，过了十多年，居然变成一个绝色的女子，丰容盛鬓，广颊修眉，秀慧如赵合德，肥美似杨太真，*万贵妃以体肥闻*。孙太后爱她伶俐，召入仁寿宫，令司衣饰。宪宗幼时，尝去朝见孙太后，贞儿从旁扶掖，与宪宗相亲近，渐渐狎昵。到了宪宗复册东宫，贞儿年逾花信，依然往来莫逆，彼此无猜。天顺六年，孙太后崩，宪宗年已十四岁了，知识粗开，渐慕少艾，便召这位将老未老的万贞儿，入事东宫。贞儿年过三十，犹是处子，华色未衰，望将过去，不啻二十许人。她生平不作第二人想，因从前无机可乘，不能入侍英宗，未免叹惜，至此得服侍太子，便使出眉挑目逗的手段，勾搭储君。好在宪宗已开情窦，似针引线，如漆投胶，居然在华枕绣衾间，试那鸳鸯的勾当。一个是新硎初发，努力钻研，一个是久旱逢甘，尽情领受，半榻风光，占尽人间乐事。*绝似《红楼梦》中之初试云雨，但宝玉、袭人年龄相当，不足为异，万妃之于宪宗，年几逾倍，居然勾合得未曾有，且彼幻此真，尤称奇事*。自此相亲相爱，形影不离，英宗哪里知晓。只道儿年渐长，应与他选妃，当有中官奉旨，选入淑媛十二名，由英宗亲自端详，留住三人，一姓王，一姓吴，一姓柏，俱留居宫中，未曾册立。英宗崩后，两宫太后以嗣主新立，年已十六，不可不替他册后，使为内助，遂命司礼监牛玉，重行选择。玉以先帝时曾选入三人，吴氏最贤，可充后选，当由太后复加验视，见吴女体态端方，恰也忻慰。便命钦天监择吉，礼部具仪，册吴女为后。宪宗迫于母命，不好不从。

后位既定，即命万贞儿为贵妃，王氏、柏氏为贤妃。万贵妃虽然骤贵，心中很不自在，前时只一人专宠，至此参入数人，无怪芳心懊恼。每次谒见吴后，装出一副似嗔似怒的脸儿。惹得吴后懊恼，起初还是勉强容忍，耐到二十多日，竟有些忍受不住，免不得出言斥责。万贵妃自恃宠幸，半句儿不肯受屈，自然反唇相讥，甚至后说一句，她说两句，那时吴后性起，竟命宫监将她拖倒，由自己取过杖来，连击数下。吴后亦太卤莽。

看官！你想这万贵妃肯遭委屈么？回入己宫，哭泣不止，凑巧宪宗进来，益发顿足大哭，弄得宪宗莫名其妙，连呼贵妃，询明缘故。贵妃恰故意不说，经侍女禀明原委，顿时触怒龙心，挥袖奋拳，出门欲去。贵妃见宪宗起身，料必往正宫争闹。年少气盛，或反闹得不成样子，便抢上一步，牵住宪宗衣裙，返入房中，佯为劝慰。欲擒反纵。宪宗又是懊恨，又是怜恤，慢慢儿替贵妃解衣，见她雪肤上面，透露好几条杖痕，不由的大怒道："好一个泼辣货，我若不把她惩治，连皇帝都不做了。"万贵妃呜咽道："陛下且请息怒！妾年已长，不及皇后青年，还请陛下命妾出宫，休被皇后碍目。那时皇后自然气平，妾亦免得受杖了。"明是反激。宪宗道："你不要如此说法，我明日就把她废去。"万贵妃冷笑道："册立皇后，是两宫太后的旨意，陛下废后，不怕两太后动恼么。"再激一句。宪宗道："我自有计。"贵妃方才无言。计已成了。宪宗命内侍设酒，亲酌贵妃，与她消气。酒后同入龙床，又是喁喁私语，想无非是废后计划，谈至夜半，方同入好梦去了。

次日，宪宗起床，便入禀太后，只说吴后轻笑轻怒，且好歌曲，不足母仪天下，定须废易为是。钱太后一语不发，周太后却劝阻道："一月夫妇，便要废易，太不成体统了。"宪宗道："太后如不见许，儿情愿披发入山，不做皇帝。"肯抛弃万贵妃么？周太后沉吟半晌，方道："先帝在日，曾拟选立王女，我因司礼监牛玉，说是吴后较贤，且看她两人姿貌，不相上下，所以就立吴女，哪知她是这般脾气呢。现据我的意见，皇儿可将就了些，便将就过去，万一不合，就请改立王女便了。"总是溺爱亲生子。宪宗不便再言，只得应声而出。意中实欲立万贵妃。转身去报万贵妃，贵妃仍不以为然。宪宗一想，且废了吴后，再作计议，遂出外视朝，面谕礼部，即日废后。礼部已受万贵妃嘱托，并不谏阻，遂承旨草诏。略云：

> 先帝为朕简求贤淑，已定王氏，育于别宫，待期成礼。太监牛玉，以复选进吴氏于太后前，始行册立。礼成之后，朕见其举动轻佻，礼度率略，德不称位，因察其实，始知非预立者。用是不得已请命太后，废吴氏退居别宫。牛玉私易先帝遗意，罪有应得，罚往孝陵种菜，以示薄徵。此谕！

这诏颁下，吴后只好缴还册宝，退居西宫。万贵妃尚觊觎后位，尝怂恿宪宗，至太后前陈请。宪宗恰也有心，替她说项。太后嫌她年长，始终不允。好容易过了两月，后位尚是未定，复经太后降旨，促立王氏，宪宗无奈，乃立王氏为皇后。好在王氏性情柔婉，与万贵妃尚是相安，因此迁延过去。王后亦恐蹈覆辙。成化二年，万贵妃生下一子，宪宗大喜，遣中使四出祈祷山川诸神，祝为默佑。谁知不到一月，儿竟夭殇。嗣是贵妃不复有娠，只一意妒忌妃嫔，不令进幸。宪宗或偷偷祟祟，得与妃嫔交欢一次，暗结珠胎，多被贵妃暗中察觉，设法打堕。宪宗不但不恨，反竭力奉承贵妃。贵妃所亲，无不宠用，贵妃所疏，无不贬斥。妃父贵授都督同知，妃弟通授锦衣卫都指挥使，还有眉州人万安，由编修入官礼部，与贵妃本非同族，他却贿通内使，嘱致殷勤，自称为贵妃子侄行。贵妃遂转达宪宗，立擢为礼部侍郎，入阁办事。

成化四年正月，宪宗命元夕张灯，将挈贵妃游览。翰林院编修章懋、黄仲昭，检讨庄泉，上疏谏阻。宪宗不从，且责懋等妄言，降谪有差。当时以懋等三人，与修撰罗伦，同著直声，称为翰林四谏。罗伦的谏诤，是因大学士李贤，以父丧起复，奏称非礼，触动帝怒，被黜为福建市舶司副提举。贤亦不为挽救，未几贤卒。贤历仕三朝，称为硕辅，惟居丧恋官，不救罗伦，为世所诉，因此罗伦成名，李贤减誉。插入此段，实为结束李贤起见，且彰四谏士美名。内侍梁芳、韦兴、钱能、覃勤、王敬、郑忠、汪直等，日进美珠珍宝，谄事万贵妃，外面且托言采办，苛扰民间，怨声载道。宪宗亦有所闻，终以贵妃宠任数竖，不敢过问。芳、兴等且为妃祈福，召集番僧羽流，侈筑祠庙宫观，动用内帑，不可胜计，甚至府藏为虚。宪宗也未尝禁止，总教贵妃合意，无论甚么事件，都可听他所为。贵妃年已四十，尚宠幸如此，想是善房中术耳。

会慈懿皇太后钱氏崩，周太后欲另营陵寝，不使与英宗合葬，万贵妃亦希承周太后意，劝帝从母后命，宪宗意颇怀疑，遂召群臣会议。彭时首先奏对道："合葬裕陵，英宗陵名。神主祔庙，此系故制，何必另议。"宪宗道："朕岂不知？但母后旨意，不以为然，奈何？"彭时复对道："皇上以孝事两宫，从礼即为大孝，祔葬何妨？"是时商辂已经召还，仍令入阁，并有学士刘定之等，亦在朝列，俱合词上奏道："皇上大孝，当以先帝心为心，今若将大行太后梓宫安厝左首，另虚右首以待将来，便是两全其美了。"宪宗略略点首，便即退朝。越日仍未见诏，彭时复恭上一疏，略云：

> 大行皇太后祔位中宫，陛下既尊之为慈懿皇太后，在先帝伉俪之情，与陛下母子之义，俱炳然矣。今复以祔葬之礼，反多异议。是必皇太后千秋之后，当与先帝并尊陵庙，惟恐二后同配，非本朝制耳。夫有二太后，自今日始，则并祔陵庙，亦当自今日始。且前代一帝二后，其并配祔者，未易悉数。即如汉文帝尊薄太后，虽吕后得罪宗社，尚得与长陵同葬。宋仁宗尊李宸妃，虽章献刘后无子，犹得与真宗同祭太庙。何则？并尊不相格也。今陛下纯孝，远迈前代，而祔葬一节，反出汉文、宋仁下，臣未之信。且慈懿既祔，则皇太后千秋之后，正足验两宫雍穆，在生前既共所尊，而身后更同其享，此后嗣观型所由起也。今若陵庙之制未合，则有乖前美，贻讥来叶矣。伏乞皇上采择施行！

宪宗得了此疏，复下礼部集议。礼部尚书姚夔夔。合廷臣九十九人，皆请如彭时言。宪宗尚召语群臣道："悖礼非孝，违亲亦非孝，卿等为朕筹一良法。"群臣执议如初，并由姚夔夔率百官等，跪文华门候旨。自巳至申，仍未降旨，只传谕百官暂退。百官伏地大哭道："若不得旨，臣等不敢退去。"廷臣哭谏自此始。商辂、刘定之等复入内劝上降旨，如群臣议。群臣乃齐声呼万岁，依次退归。祔葬议行，盈廷无词。过了一年，成化五年。柏贤妃生下一子，取名祐极。又阅一年，成化六年。复由纪淑妃生下一子，这子便是后来的孝宗。生时无名，且亦不令宪宗与闻。看官欲问明原因，请看小子叙述！

原来纪妃系贺县人，本土官女，饶有姿色，性亦灵敏，蛮中推为女中选。成化三年，西南蛮部作乱，襄城伯李瑾及尚书程信等，督师往讨，先后焚蛮寨二千，俘获男女无算。随手带过征蛮事。纪女亦被俘至京，充入掖庭。王皇后见她秀慧，亲授文字，命守内藏。宪宗偶至内藏临幸，适与纪女相值，问及内藏多寡数目。纪女口齿伶俐，应对详明，顿时契合龙心，便就纪女寝榻中演了一出龙凤合串，雨露恩浓，熊罴梦叶。过了数月，纪女的肚腹，居然膨胀起来，不料被万贵妃侦知，令心腹侍婢，密往钩治。那侍婢颇有良心，复报贵妃，只说是纪氏病痞。贵妃疑信参半，惟勒令退出内藏，谪居安乐堂。目无皇后，任所欲为。纪氏十月妊足，分娩生男，料知不便抚养，忍着性把儿抱出，交与门监张敏，嘱使就溺。敏惊叹道："皇上未有子嗣，奈何轻弃骨血？"随将儿藏入密室，取些粉饵饴蜜，暗地哺养。万贵妃尚遣人伺察，始终未见动静，却也罢休。奇妒若此，亦是奇闻。幸喜废后吴氏，贬居西内，与安乐堂相近，颇知消息，往来就哺，才得保全婴儿生命。有十八年帝位可居，自然遇着救星。宪宗全未闻知，但知有皇子祐极一人，生长二龄，即命为皇太子。到了次年二月，太子竟患起病来，势甚凶猛，医药无灵，才越一昼夜，竟尔夭逝。宫人太监等，都知这事有些希奇，暗暗查访，果系万贵妃下的毒手。但因贵妃宠冠六宫，威行禁掖，哪个敢向虎头上去搔痒？确是个雌老虎。大家箝口结舌，还是明哲保身的上计。

时光易过，倏忽到了成化十一年，宪宗因受制贵妃，亦常怏怏，又兼思念亡子，更觉抑郁寡欢。一日召太监张敏栉发，揽镜自照，见头上忽有白发数茎，不觉愁叹道："老将至了，尚无子嗣，何以为情？"张敏伏地顿首道："万岁已有子了。"宪宗愕然道："朕子已亡，哪里还有子嗣？"敏又叩首道："奴言一出，性命不保，愿万岁为皇子作主，奴死不恨。"此时司礼监怀恩，亦在上侧，也跪奏道："张敏所言不虚。皇子久育西内，现已六岁了。因惧祸患，所以匿不上闻。"宪宗大喜，即日驾幸西内，遣张敏等至安乐堂，迎接皇子。纪氏抱儿大哭道："我儿既去，我命恐难保了。儿在此处潜养，已阅六年，今日前去，看见穿黄袍有须的，就是儿父，儿去恭谒便了。"说着时，即为儿易一小绯袍，抱上小舆，命张敏等拥护而去。及至西内阶下，儿尚胎发未翦，髟髟垂肩，竟自舆中趋下，投入宪宗怀中。宪宗抱置膝上，抚视良久，悲喜交集，垂着泪道："是儿类我，确是我子。"敏即将纪氏被幸年月，及生子情状，详述一遍。宪宗并召见纪氏，握手涕泣，命居西内。一面命司礼监怀恩，往告内阁，阁臣无不欢喜。随即饬礼部定名，叫作祐樘，颁诏中外，越日册封纪氏为淑妃。

大学士商辂，因此事揭露后，仍恐惹祸，蹈太子祐极的覆辙，但又不便明言，只好与同僚酌定一疏，呈将进去，略说："皇子聪明岐嶷，国本攸系，更得贵妃保护，恩逾己出。但外议谓皇子母因病别居，久不得见，宜移就近所，令母子朝夕相接，一切抚育，仍藉贵妃主持。"云云。宪宗准奏，移纪妃居永寿宫，且时常召见，与饮甚欢。嗣是宫内妃嫔，稍稍放胆，蒙幸怀妊，及已经分娩的皇子，次第报闻。邵宸妃生子祐杬，张德妃生子祐槟，还有姚安妃、杨恭妃、潘端妃、王敬妃等陆续进御，亦陆续生男，螽斯衍庆，麟趾呈祥，只万贵妃满怀痛苦，日夕怨泣，到了忍无可忍的时候，又用那药死太子的手段，鸩杀纪妃。有说是纪妃被逼自缢的，有说是贵妃遣人勒死的，这也不必细考，总之被贵妃害毙，无甚疑义。太监张敏，闻纪妃暴卒，情知不能免祸，即祷祝苍天，求佑皇子祐樘安康，自己也吞金死了。好中官。小子有诗咏道：

祸成燕啄帝孙残，雏子分离母骨寒。

　　瓜熟不堪经再摘，存儿幸有一中官。

　　宫中情事，已见一斑，此后要叙入外事了。看官少安毋躁，待小子续述下回。

　　以三十余岁之万贵妃，乃宠冠后宫，权倾内外，窃不知其何术而得此。意者其有夏姬之术欤？观其阴贼险狠，娼嫉贪私，则又与吕雉、武曌相似。天生尤物，扰乱明宫，虽曰气数使然，亦宪宗不明之所致耳。柏贤妃生子祐极，中毒暴亡，纪淑妃生子祐樘，至六龄而始表露，宫掖之中，几同荆棘，不罹吕武之祸，犹为宪宗幸事。然于人彘醉姬，已相去无几矣。本回主脑，纯为万贵妃着笔，而宫廷大小诸事，随手插入，尤得天衣无缝之妙。阅其钩心斗角之处，便知非率尔操觚者所得比也。

第四十一回

白圭讨平郧阳盗　韩雍攻破藤峡瑶

　　却说宪宗即位以后，宫闱中的情事，前回已略见一斑，其间有荆、襄盗贼，湘、粤苗瑶，平凉叛酋，亦时常出没往来，屡为民患。明廷亦发了好几次兵马，遣了好几回将帅，总算旗开得胜，渐渐敉平，小子亦不能含糊说过，只好一一叙明。

　　荆、襄上游为郧阳，地界秦、豫、楚三省，元季流贼啸聚，终元世不能制。洪武初，卫国公邓愈，出兵往讨，始得剿洗一空。怎奈是地多山，箐深林密，官军凯旋，流寇复聚。起初还不敢出头，到了成化元年，适遇年岁饥荒，流民日聚，遂闹出一场乱案来了。内中有个头目，姓刘名通，力能举千斤石狮子，绰号叫作刘千斤。刘千斤有个同伴，本名石龙，绰号叫作石和尚。两人纠集党羽数万，占据梅溪寺，高揭黄旗，推刘千斤为汉王，建元德胜，伪署将军元帅数十人，以石和尚为谋主，四出劫掠。无非明火执仗的强盗，安能成大事？指挥陈昇等，带了数千人马，前去征剿，反被他四面夹攻，杀得片甲不回。明廷接着警报，方知贼势猖獗，非同小可，乃命抚宁伯朱永为讨贼总兵官，兵部尚书白圭提督军务，太监唐慎、林贵为监军。处处不脱太监，我实不懂。别令湖广总督李震、副都御史王恕，会同三路兵马，直捣贼巢。白圭到了南阳，侦悉刘千斤等，在襄阳房县豆沙河等处，分作七寨，据险自固，遂拟用四路进军，一自南漳入，一自安远入，一自房县入，一自谷城入，犄角并进，互相策应。当下拜表奏闻，朝旨俞允，遂自率大军出南漳，派偏将林贵、鲍远等出安远，喜信、王信等出房县，王恕率指挥刘清等出谷城。总兵官朱永有疾，留镇南阳。东西南北四路兵马，浩浩荡荡，杀奔贼寨。刘千斤自恃力大，亲来抵截大军。白圭用诱敌计，引刘千斤至临城山中，猝发伏兵，左右夹攻，杀得他七颠八倒。刘千斤夺路逃脱，方知官军厉害，千斤之力，不足恃了。意欲从寿阳窜出陕西，不意到了寿阳，已有官军截住，为首的统兵大将，系是明指挥田广。刘千斤知不是路，转身就走，由田广率兵尾追，直至古口山。刘千斤逃入山中，负嵎踞守。田广扼住山口，俟诸军陆续到来，一路杀入，人人奋勇，个个争先，当时格毙刘千斤子刘聪，及伪都司苗虎等一百余人。刘千斤退保后岩，山势愈峻，天又下雨，泥淖难行。适尚书白圭亲至，身先士卒，麾兵直进。山上的木石，如雨点般掷将下来，破头碎额，不计其数。白圭命刘清率千余骑，从间道绕出贼后，一面率诸军从前攻入。刘千斤率贼数万，迎头抵拒，只管前面，不管后面；方在酣战的时候，突闻后面喊声大震，鼓角齐鸣，各贼返身一顾，但见满山是火，烟焰冲天，不由的魂胆飞扬，纷纷乱窜。怎奈山路崎岖，七高八低，越性急，越踏空，坠崖堕涧，跌死过半。此外逃避不及的，统作刀头之鬼。刘千斤尚提着大刀，左右飞舞，官兵数百人上前，尚不能挨近身躯，反被他劈死数十人，嗣经强弩四射，面中数创，方大吼一声，倒在地上。各军一拥上去，把他揪住，用了最粗的铁链，缠住他身，才觉动弹不得，一任扛抬而去。恃勇无益。还有苗龙等四十人，亦一并擒住，囚解京师，眼见得是照叛逆例，磔死市曹了。惟石和尚、刘长子二人，越山遁去，转掠四川，招集败众，屯匿巫山。各军进逼，合围月余。石和尚在巢穴内，粮食俱尽，当由指挥朱英，奉白圭命，诱招刘长子，令他缚石和尚，解送军前。刘长子没法，遂将石和尚拿下，送交喜信营。喜信将石和尚打入囚车，佯慰刘长子，命诱执刘千斤妻连氏，及伪职常通、王靖、张石英等，六百余人。至诸人一一诱到，竟变过了脸，也把刘长子一并就缚，奏凯还朝。石和尚、刘长子磔死，余犯尽行斩首，荆、襄告平。朱永封伯，白圭进太子少保，余将各加官进禄。只指挥张英为诸将所忌，进谗朱永，说他受贿，被永捶死，真所谓冤沉地下呢。朱永坐享成功，反捶死首功张英，可叹可恨。这是成化二年间事。

后至成化六年，刘千斤余党李胡子，复纠合小王洪、石歪膊等，往来南漳、内乡、渭南间，复集流民为乱，伪称太平王，立一条蛇、坐山虎等绰号。官军累捕不获，再命都御史项忠，总督河南、湖广、荆、襄军，四面兜剿，擒李胡子于竹山县，擒小王洪等于钧州尤潭，俘斩二千人，编成万余人，遣还乡里，共四十万人。内中有许多流民，未尝为恶，亦不免玉石俱焚，弃尸江浒。项忠且自诩功绩，竖平刑、襄碑，或呼为堕泪碑，实是冷嘲热讽的意思。比羊祜堕泪碑何如？又越六年，经都御史原杰，经略郧阳，就地设府，垦荒田，编户籍，人民乐业，阖境帖然。杰劳苦成疾，奉旨召还，竟在驿舍中逝世。郧民闻讣，无不泣下，这且搁过不提。

且说荆、襄未平的时候，广西大藤峡苗瑶，亦啸聚为乱，湖南、靖州苗，群起响应。右都督李震，受命讨靖州苗，连破八百余寨，威振西南。苗瑶呼为金牌李，不敢复反。惟大藤峡在广西浔州境内，万山盘曲。有一大藤横亘两崖，仿佛似天造地设的桥梁，因此呼为大藤峡。峡中瑶人，缘藤往来不绝。峡北岩洞，多至一百余处，最幽深险峻的，有仙人关、九层崖等洞。峡南有牛肠村、大岾村，亦称险要。英宗时，瑶人作乱，经都督佥事颜彪，连破瑶寨，瑶患少息。应三十九回。惟瑶酋侯大狗，始终未获。至颜彪班师，仍出掠广东高、廉、雷、肇

等境，守臣无术剿平，上书待罪，且请选将征讨。兵部尚书王
竑，奏称浙江左参政韩雍，文武全才，可令往讨，乃召雍为佥
都御史，赞理军务。特简都督赵辅，为征夷将军，统兵南征。

雍先至南京，会齐诸将，共议进兵方略。诸将齐声道：
"两广残破，群盗屯聚，应分兵扑灭为是。为今日计，莫若令
一军入广东，驱使散去，然后用大军直入广西，节节进剿，方
可困贼。"雍闻言冷笑道："诸将只知其一，未知其二，试思
贼已蔓延数千里，随在与战，适足疲我将士，何若仗着锐气，
直捣大藤峡巢穴？心腹既溃，余贼如釜底游魂，怕他甚么？"
擒贼先擒王。的是行军要着。诸将不敢多言。至赵辅一到，与雍
谈及军事，很是投机，便把一切行止，听雍调度。雍即带领诸
军，倍道前进，由全州出桂林，途次遇着阳洞诸苗，即麾兵与
战，势如破竹，洞苗大溃。惟指挥李英等四人，观望不前，立
斩以徇，众皆股栗，壁垒一新。

雍披按地图，晓谕诸将道："贼众以修仁、荔浦为羽翼，
宜先剿平二处，使孤贼势。"诸将此时，无不应命。乃督兵十
六万人，分五路攻入，所向披靡。修仁先平，荔浦随下，遂乘
胜向峡口进发。俄见道旁有数百人跪着，老少不一，老年服饰
似里民，少年服饰似儒生，口称："我等百姓，苦贼已久，今
闻大兵到此，愿为向导。"雍不待说毕，便喝兵役，将数百人
一一拿下，带入帐中。诸将皆诧异起来，但见雍升座怒叱道：
"你等统是苗贼，敢来谎我！左右快与我搜来！"兵士不敢违
慢，把数百人身上一搜，果皆藏着利刃，锋芒似雪，便命推出
辕门，尽行枭首。复饬把尸首支解，剖出肠胃，分挂林箐间，
累累相属。瑶众闻知，惊为天神。就是雍麾下将士，亦不禁叹
服。我亦服他有识。

雍严肃如王公相等，营门设铜鼓数千，仪节详密。三司长
吏见雍，皆长跪白事，悚慑如小吏。忽有新会丞陶鲁入见，长

揖不拜，雍叱道："你来此何为？"陶鲁道："来与明公击贼。"
雍复道："贼众据险自卫，非大兵不可入。我看部下文武数百
人，无一可往，方在愁虑，你能当此重任么？"陶鲁道："不
但言能，且很容易。"雍怒道："蕞尔小邑，尚不能理，今遇
悍贼，反说得如此容易，正是大言不惭，快快退去，免得受
笞！"鲁又道："明公不欲平贼么？从前蒋琬、庞统，辄废邑
事，后乃为蜀汉名臣，公幸勿弃鲁，愿平贼自效。"雍见鲁神
色自若，料有异才，不禁改容道："丞肯为国效力，尚有何
说，但不知需兵多少？"并不执拗到底，韩雍可谓将才。鲁答道：
"三百人够了。"雍笑道："三百人哪里够用？"鲁复道："兵贵
精不贵多，三百人已是多了。但必需严行选练，才可使用。"
雍令他自择。鲁标式为约，号令军前道："有能力举百钧，矢
射二百步者来！"是时大军共十五六万人，合式如约，只得二
百五十名。得用之兵，其难如此。复另募数日，方得凑成三百名
数目，自行督练，椎牛犒飨，共尝甘苦，士卒争愿为死，称为
陶家军。

　　雍督诸将四面并进，瑶酋侯大狗，闻大军齐至，把妇女辎
重，安置贵州横石、李塘诸崖，自纠死党数万，悉力堵截峡
南，排栅坚密，滚木、礌石、镖枪、毒矢等，更番迭射。官军
登山仰攻，煞费气力。雍申令军中，有进无退。阅数时，山上
的瑶众，及山下的官军，统有些疲倦起来，枪声箭声，若断若
续，蓦见陶鲁拥盾而出，大呼道："麾下壮士，快从我来！"
两语未毕，那三百名陶家军，都左手执盾，右手持刀，鱼贯以
进，呼声震山峡。瑶众急忙抵拒，乱下矢石，不料这陶家军，
很是勇悍，兔起鹘落，狄迅猱升，任他矢石如雨，毫不胆怯，
只管向前猛登。韩雍见前军得势，复督兵继进，瑶众支持不
住，逐步退后。至官军各上山冈，又由雍出令，纵火焚山，烈
焰飞腾，可怜这瑶众东奔西走，无处躲避，多烧得焦头烂额，

剩得数千名悍瑶，拥着侯大狗，窜入横石崖。雍饬兵穷追，道
行数日，始见崖谷。侯大狗上九层楼等山，绝崖悬壁，势控霄
汉，且用着千斤礌石，滚压下来，响声若雷，岩谷皆应。雍令
军士停住崖下，鼓噪不绝，一面遣陶家军绕出后山，潜陟巅
顶，令他觑贼懈息，举炮为号。自卯至未，贼渐渐力疲，木石
亦尽。雍正拟进攻，隐隐间闻有炮声，急督将士冒险登山，大
众援藤扳葛，蚁附而上。陶家军亦自后攻入，漫山奋击，连数
日夜，鏖战百合，方把瑶众削平，生擒侯大狗七百八十余人，
斩首三千二百余级，磨崖勒石，载明平瑶岁月，并将大藤斩
断，绝瑶人往来的孔道，改名大藤峡为断藤峡，复分兵捕雷、
廉、高、肇诸寇，先后肃清。捷报驰抵京师，宪宗传旨嘉奖，
即召赵辅还朝，晋封武靖伯，韩雍为右副都御史，提督两广军
务，擢陶鲁为佥事，余亦按功给赏。嗣命雍开府梧州，令行禁
止，盗贼屏息。至成化十年，为中官黄沁所谮，罢归乡里，越
五年病殁。粤人怀念不忘，立祠致祭。正德中始追谥襄毅，也
是褒功恤死的意思。

　　还有平凉一役，出了好几次大兵，才得奏捷。平凉在甘肃
西境，从前明平陕西，故元平凉万户把丹，率众归附，太祖授
为平凉卫千户，令仍旧俗，不起科徭。传孙满俊，与王豪、李
俊相连结，挟赀称雄，土人称他为满四。平凉奸民，犯法避
罪，往往倚满四为护符。有司饬役往捕，统由满四出头硬阻，
日久成习，不得不劳动官军，前去搜剿。满四遂激众为乱，叛
据石城，来与官军反抗。石城系唐吐蕃石堡城，高踞山巅，四
壁削立，只有一线可通出入。官军屡次上山，都被击退。实是
没用。满四遂与李俊分踞要害，四称招贤王，俊称顺理王，两
下里各有万余人。俊攻固原千户所，中箭毙命，惟满四负嵎如
故。都指挥邢瑞、申澄，率各卫军至石城，猛扑一昼夜，不意
满四竟纠众杀下，由高临卑，势如建瓴，官军坠死无数，申澄

也马蹶被杀，只有邢瑞狼狈逃归，贼势大盛，关中震动。

明廷得耗，飞檄陕西巡抚都御史陈介，总兵宁远伯任寿、广义伯吴琮及巡抚延绥都御史王锐、参将胡恺会兵进剿。陈介等率军轻进，不待延绥兵至，便直趋石城，距城约十里许，忽有贼众数千，遮道出迎，佯称乞降。陈介颇为踌躇，吴琮道："无论他是真降，或是假降，我军总有进无退为是。"遂麾兵直入。将到城下，只见贼驱着牛羊出来，望将过去，差不多有数千头，官军还道他是真心投降，用了牛羊犒劳，大家不及防备，忽听胡哨四起，前后左右，统是贼兵杀到，那时官军叫苦不迭，连忙招架，已是不及。陈介、任寿、吴琮等舍命冲突，方杀开一条血路，走保东山，遗失军资甲械，均以千计。事闻于朝，命将陈介、任寿、吴琮三人，逮解至京，按罪下狱。另授都督刘玉为平虏副将军，副都御史项忠总督军务，再讨石城。又起复前大理寺少卿马文升为都御史，巡抚陕西，调兵协剿。项忠、马文升先后至固原，分六路进兵，连败贼众。刘玉一至，见各军得胜，乘势长驱，进薄城下。满四倾寨出战，发矢如蝟，刘玉身中流矢，顿时惊退，诸军皆却。贼步步进逼，玉几被困。幸项忠停住不行，亲斩千户一人，作为众戒，于是全军复振，易退为进。满四料不可敌，敛众入城，刘玉乃裹痛徇军，下令合围。相持兼旬，尚不能下。项忠以持久非计，督兵急攻，贼颇恟惧，潜缒城出降。忠给票纵还，自是出降益众。会有贼目杨虎狸，乘夜出汲，为官军所擒，忠喝令斩首，杨虎狸俯伏乞命，乃劝令降顺。虎狸允诺，且请自效。忠知虎狸可用，赐以金带钩，纵使入城，诱满四出战东山，用了四面埋伏的计，专候满四到来。正是：

整备铁笼囚猛虎，安排香饵钓金鱼。

欲知满四曾否就擒？请看下回便知。

　　语有之："川泽纳污，山薮藏疾。"故林深箐密之中，往往为盗贼藏身之地，兵去则出，兵来则伏，非有善谋之将，敢死之士，犁其穴而扫其庭，则必不能绝其迹。刘千斤，莽夫耳，侯大狗，蠢奴耳，何足以称王争霸？不过有山可恃，有穴可藏，借此以抗王命，为一时负嵎计耳。有白圭之督师，而刘千斤失所恃，虽勇何益？有韩雍之主谋，而侯大狗失所据，虽险亦夷。崔苻之盗，必尽杀乃止，始知宁猛毋宽，公孙侨固有先见也。至若平凉一役，亦幸有项忠之为先驱耳。项忠擒李胡子、小王洪等，已见奇绩，而满四又为彼所擒，时人以堕泪讥之，吾谓一家哭何如一路哭也。刑乱国用重典，刑乱民亦何独不然乎？

第四十二回

树威权汪直窃兵柄　善谲谏阿丑悟君心

却说叛酋满四正在穷蹙，见杨虎狸被擒复归，亟问他脱逃情由。虎狸随口胡诌，并说官军辎重，尽在东山停顿，不妨乘夜掩取，说得满四转忧为喜，即于夜间率众出城。行至东山附近，伏兵四起，竟前相扑。满四仓皇突阵，坠马就擒，余众多半受戮。项忠乘胜扑城，城中另立头目火敬为主，仍然拒守。忠令各军围住东西北三面，独留南面不围，鼓噪了一昼夜。火敬等料不能支，竟于夜半遁去。官军从后追蹑，复将火敬擒住。只有满四从子满能，逃入青山洞，渐被项忠侦悉，用火薰入洞中。满能仓皇出走，亦被擒获，并拿住满四家属百余口。诸军穷搜山谷，又获贼五百余人，男妇老幼共数千人，并将石城毁去，所有俘虏，就地正法。惟把满四、火敬两人，械送京师，按律伏诛，自在意中。项忠、刘玉班师到京，按功升赏，不消细说。

宪宗闻各处叛寇，依次荡平，心下很是喜慰。万贵妃殷勤献媚，每遇捷报，辄在宫中张筵庆贺。可谓善承意旨，无怪宠冠后宫。就中有个太监汪直，年少慧黠，善事贵妃，因得宪宗宠幸。为主及奴，真是多情天子。这汪直系大藤峡瑶种，瑶贼平定后，被俘入宫，充昭德宫内使。昭德宫便是万贵妃所居，汪直能伺贵妃喜怒，竭力趋承，贵妃遂一意抬举，密白帝前，令掌御马监事。第二个安禄山。先是妖人李子龙，妖言妖服，蛊惑市人，内使鲍石、郑忠等，非常敬信，常引子龙入宫游玩，并导登万岁山，密谋为逆。不意被锦衣卫闻知，预先举发，当将二监拿下，并诱执李子龙，一并枭首。嗣是宪宗欲侦知外事，令汪直改换衣服，带领锦衣官校，私行出外，查察官民举动，但有街谈巷议，无不奏闻。宪宗益以为能，即于东厂外设一西厂，命汪直为总管。东厂系成祖时所建，专令中官司事，伺察外情。至是别张一帜，所领缇骑人数，比东厂加倍，因此声势出东厂上。锦衣百户韦瑛，职隶东厂，谄事汪直。直即倚为心腹，往往掀风作浪，兴起大狱，所有冤死的官民，不计其数。朝廷诸臣，虽皆侧目，莫敢发言。惟大学士商辂抗疏上奏道：

> 近日伺察太繁，政令太急，刑网太密，人情疑畏，洵洵不安。盖缘陛下委听断于汪直，而直又寄耳目于群小也。中外骚然，安保其无意外不测之变？往者曹钦之反，皆逯杲有以激之，一旦祸兴，猝难消弭。望陛下断自宸衷，革去西厂，罢汪直以全其身，诛韦瑛以正其罪，则臣民悦服，自帖然无事矣。否则天下安危，未可知也。臣不胜惶惧待命之至！

宪宗览疏大怒道："用一内监，何足危乱天下？"即命内监怀恩，传旨诘责。商辂并不慌忙，正色说道："朝臣不论大小，有罪当请旨逮问。汪直敢擅逮三品以上京官，是第一桩大罪。大同宣府，乃边疆要地，守备官重要，岂可一日偶缺？汪直擅械守备官，多至数人，是第二桩大罪。南京系祖宗根本重地，留守大臣，直擅自搜捕，是第三桩大罪。宫中侍臣，直辄易置，是第四桩大罪。直不去，国家哪得不危？"这数语侃侃直陈，说得怀恩为之咋舌，当即回去复旨。项忠已升任兵部尚书，也率九卿严劾汪直，宪宗不得已，令直仍归掌御马监，调韦瑛戍边卫，暂罢西厂，中外大悦。惟宪宗犹宠直未衰，仍令秘密出外，探刺阴事。适有御史戴缙九年不迁，非常懊丧。至此见汪直仍邀宠眷，索性迎合上意，密奏一本，极言西厂不应停止，汪直所行，不但可为今日法，且可为万世法。竟视汪直为圣人，大小戴有知，必不认其为子孙。宪宗准奏，下诏重开西厂。汪直的气焰，从此益盛。

先是直掌西厂，士大夫无与往还，惟左都御史王越与韦瑛结交，遂间接通好汪直。吏部尚书尹旻也是个寡廉鲜耻的人物，想去巴结权阉，因浼越为介，谒直西厂中，甚至向他磕头。身长吏部，无耻若此，我为明吏羞死。直不禁大喜。独兵部尚书项忠傲不为礼，一日遇直于途，直下舆相看，忠竟不顾而去。是亦太甚。直恨忠益深，王越谋代忠职，每与直言及忠事，作切齿状。忠且倡率九卿，劾奏直不法事，先令郎中姚璧，请尹旻署名。尹旻道："兵部主稿，当由项公自署便了。"姚璧道："公系六卿长，不可不为首倡。"尹旻怒道："今日才知我为六卿长么？"不中抬举。当将草奏掷还，不肯签名。一方通报韦瑛，令他转达汪直。会西厂果停，直忿怒异常，与忠势不两立，至重设西厂，引用了一个吴绶，作为爪牙。吴绶曾为锦衣卫千户，尝从项忠讨荆、襄盗，违法被劾，致受谴责。他竟与忠挟嫌，至汪直处求掌书记，直即允诺。且因绶颇能文，密行保荐，有旨授他为镇抚司问刑。绶即嗾使东厂官校，诬忠受太监黄赐请托，用刘江为江西都指挥，宪宗真是糊涂，竟令忠对簿。看官！你想这项忠高傲绝俗，哪肯低首下心？当下抗辩大廷，毅然不屈。恼得宪宗性起，竟将他削职为民。汪直又谮商辂纳贿，辂亦乞罢，听令自归。尚书薛远、董方，右都御史李宾等，并致仕归田，于是蝇营狗苟的王越，居然升兵部尚书，兼左都御史掌院事。愈荣愈丑。王越以外，还有辽东巡抚陈钺。先是辽东寇警，陈钺因冒功掩杀，激变军民，明廷命马文升往抚，开诚晓谕，相率听命。汪直偏欲攘功，请命宪宗，挟同私党王英，驰向辽东，一路上耀武扬威，指叱守令，不啻奴仆，稍有违忤，立加鞭挞。各边都御史，左执鞭弭，右属櫜鞬，趋迎恐后，供张极盛。既至辽东，陈钺郊迎蒲伏，恪恭尽礼，凡随从汪直的人员，各有重贿。汪直大喜，筵宴时穷极珍错，饮得汪直酩酊大醉，满口赞扬。难得邀他褒奖。越宿即赴开原，再下令招抚。文升知他来意，便把安抚功劳，推让与他，惟所有接待仪文，不如陈钺。汪直未免失望，草草应酬，即返辽东，且与陈钺述及文升简慢。钺不但不为解免，反说文升恃功自恣等情，小人最会逗引。一面加意款待，格外巴结。酣饮了好几日，直欲辞归，复经钺再三挽留，竟住了数十天，方才回京。一入京城，即劾奏文升行事乖方，应加严谴。宪宗也不分皂白，竟逮文升下狱，寻谪戍重庆卫，并责诸言官容隐不发，廷杖李俊等五十六人。

是时鞑靼汗麻儿可儿已死，众立马固可儿吉思为汗，马固可儿吉思汗，与孛来不和，屡生嫌隙，阴结部属毛里孩等，使图孛来，偏为孛来所知，竟弑了马固可儿吉思汗。毛里孩不服，纠众攻杀孛来，遣使通好明廷。宪宗以无约请和，恐防有诈，竟却使不纳。毛里孩遂纠集三卫，见三十九回。屡寇山陕。抚宁侯朱永等，出师抵御，得了几次胜仗，毛里孩始退。谁料一敌甫退，一敌又来。长城西北境有河套，黄河由北绕南，与圈套相似，因得此名，唐张仁愿曾筑三受降城于此。地饶水草，最宜耕牧。蒙古属部孛鲁乃、札加思兰、孛罗忽等，潜入套中，据地称雄，屡寇延绥。朱永移师往御，王越亦奉旨参赞。塞外未闻杀敌，京中屡得捷音，想是王越妙计。越等升赏有差，寇仍据套自若。既而越为三边总制，延绥、甘肃、宁夏为三边，设立总制，自王越始。札加思兰且迎元裔满都鲁为汗，自称太师，一意与明边为难，大举深入，直抵秦州、安定诸邑。

总算王越出力，侦悉寇虏妻子畜产，俱在红盐池，潜率总兵官许宁、游击将军周玉星夜前进，袭破敌帐，杀获甚众。及寇饱掠而返，妻子畜产，荡然无存，只好痛哭一场，狼狈北去。

嗣闻札加思兰，为部众脱罗干、亦思马因等所杀，满都鲁亦死，诸强酋相继略尽。越遂讨好汪直，怂恿北征，说是乘势平寇，大功无比云云。直喜甚，忙面奏宪宗，当即下诏，命朱永为平虏将军，王越提督军务，监军便是汪直。克期兴师，向西进发。越与直会着，恰劝直令朱永绕道南行，自与直带领轻骑，径诣大同。探悉敌帐在威宁海子，泊名。即挑选宣府、大同两镇兵马，共得二万名，倍道深入。适值天大风雨，兼以下雪，白昼晦冥，空山岑寂。越等直至威宁，寇众毫不防备，如何抵敌，纷纷溃散，只剩老弱妇女，作为俘虏，并马驼牛羊数千匹，一齐搬归，便驰书告捷。宪宗即封越为威宁伯，增直俸禄三百石。惟朱永迂道无功，不得封赏，怅怅的领兵回来。上了王越的当。

亦思、马因等以庐帐被袭，密图报复，待王越退师，复纠众出掠，且犯宣府。那时汪直、王越两人，又想借寇邀功，请旨出发，偏偏寇众狡诈，闻直等又至，移众西走，转寇延绥，直等赴援不及，亏得指挥刘宁，巡抚何乔新，千户白道山等，分道出御，各得胜仗，寇焰少衰。亦思、马因病死，谁知又出了一个悍酋，仍称小王子，率众三万，寇大同，连营五十里，声势张甚。总兵许宁，敛兵固守，小王子竟到处焚掠，毁坏代王别墅。代王成镰，从宁出战，宁无奈出驻城外，与巡抚郭镗分营立栅，互为犄角。寻见有寇骑十余，控弦而来，太监蔡新部下，首出迎击，宁所部军士，亦次第杀出，寇骑拍马逃走，官军不肯舍去，猛力追赶。途中遇着伏兵，被杀得落花流水，幸参将周玺等驰至，才救出各兵，驰入城中。检点败卒，已丧失了千余人。许宁尚掩败报捷，奈寇众长驱直入，虽经宣府巡

抚秦纮，总兵周玉力战却敌，寇焰尚是未衰。巡按程春震乃劾
宁败状，宁得罪被谪，连郭镗、蔡新统同获谴。一面颁诏，令
汪直、王越严行防剿，毋得少懈。直与越方拟还京，得了这道
诏旨，弄得进退两难，只好乞请瓜代，有诏不许。其时陈钺已
入居兵部，复为代请，又经宪宗切责，把钺免官。未几罢西
厂，又未几调王越镇延绥，降汪直为南京御马监，中外欣然。
只王越、汪直两人，不知为什么缘故，竟失主眷，彼此叹息一
番，想不出什么法子，没奈何遵着朝旨，分途自去。谁叫你喜
功出外？谁叫你恃势横行？

　　小子细阅明史，才知汪直得罪的原因，复杂得很。若论发
伏摘奸的首功，要算是小中官阿丑。一长可录，总不掩没。阿丑
善诙谐，且工俳优，一日演戏帝前，扮作醉人的模样，登场谩
骂，另有一小太监扮作行人，出语阿丑道："某官长到了。"
阿丑不理，谩骂如故。小太监下场后，复出场报道："御驾到
了。"阿丑仍然不理。及三次出报，说是"汪太监到了"。阿
丑故作慌张状，却走数步。来人恰故意问道："皇帝且不怕，
难道怕汪太监么？"阿丑连忙摇手道："休要多嘴！我只晓得
汪太监，不可轻惹呢！"阿丑可爱。此时宪宗曾在座中，闻了这
语，暗暗点首。阿丑知上意已动，于次日再出演剧，竟仿效汪
直衣冠，手中持着两把大斧，挺胸而行。旁有伶人问道："你
持这两斧做什么？"阿丑道："是钺，不是斧。"那人又问持钺
何故？阿丑道："这两钺非同小可。我自典兵以来，全仗着这
两钺呢。"那人又问钺为何名？阿丑笑道："怪不得你是呆鸟，
连王越、陈钺都不知道么？"宪宗闻言微哂。及戏剧演毕，又
接览御史徐镛奏折，系劾奏汪直罪状，略云：

　　　　汪直与王越、陈钺结为腹心，互相表里，肆罗织之
　　文，振威福之势，兵连西北，民困东南，天下之人，但知

有西厂，而不知有朝廷，但知畏汪直，而不知畏陛下，寖成羽翼，可为寒心。乞陛下明正典刑，以为奸臣结党怙势者戒！于此时始上弹章，亦是揣摩迎合之意。

宪宗览后，尚在踌躇。还是恋恋不舍。会东厂太监尚铭，以获贼邀赏，恐汪直忌功，不无谗构，遂探得汪直隐情，及王越交通不法情事，统行揭奏。宪宗乃决意下诏，迁谪直、越。礼部侍郎万安，及太常寺丞李孜省等，又先后纠弹直、越。遂并直奉御官，一体革去。削王越伯爵，夺还诰券，编管安陆州。直党陈钺及戴缙、吴绶等，俱削职为民。韦瑛谪戍万全卫。瑛复自撰妖言，诬指巫人刘忠兴十余人，暗图不轨，及到庭对质，全属子虚，方将瑛正法枭首。且起用前兵部尚书项忠，给还原官；召还前兵部侍郎马文升，令为左都御史，巡抚辽东。中外都喁喁望治。

其实一党方黜，一党复升，荧惑不明的宪宗，哪里能久任正士，尽斥憸人？万安内结贵妃，得邀宠眷，李孜省系江西赃吏，学五雷法，厚结中官梁芳、钱义，以符箓进，得授为太常寺丞。还有江夏妖僧继晓，与中官梁芳相识，自言精通房术，不亚彭篯。适宪宗春秋正高，自嫌精神未足，不足对付妃嫔，就是老而善淫的万贵妃，亦未免暗中憎恨。梁芳双方巴结，即将继晓荐入，令他指导宪宗，并广采春药，进奉御用。宪宗如法服饵，尽情采战，果然比前不同，一夕能御数女，喜得宪宗心满意足，亟封继晓为国师。继晓母朱氏，本娼家女，丧夫有年，免不得有暧昧情事。继晓却极陈母节，有旨不必勘核，立予旌扬。继晓精通房术，想是得诸母教。饮水思源，其母应得旌表。自是继晓所言，无不曲从。继晓愿为帝祈福，就西市建大永昌寺，逼徙民居数百家，靡费帑项数十万，这还不在话下。惟继晓淫狡性成，见有姿色妇女，往往强留入寺，日夜交欢，京中百姓被他胁辱，自然怨声载道，呼泣盈途。刑部员外郎林俊，忿懑的了不得，遂上疏请斩继晓及太监梁芳。看官！你想宪宗如何肯听？阅疏才毕，立饬逮俊下狱，拷讯主使。都督府经历张黻，抗表救解，又被逮系狱中。司礼太监怀恩，颇怀忠义，便面奏宪宗，请释二人。宦官中非无善类。宪宗大愤，遽提起案上端砚，向怀恩掷去。幸怀恩把头一偏，砚落地上，未曾击中。宪宗拍案大骂道："你敢助林俊等谤朕吗？"恩免冠伏地，号哭不止。宪宗又把恩叱退。恩遣人告镇抚司道："你等谄事梁芳，倾陷林俊；俊死，看你等能独生么？"镇抚司方不敢诬罪，也为奏免。宪宗气愤稍平，乃释二人出狱，贬俊为云南姚州判官，黻为师宗知州。二人直声震都下，时人为之语道：

> 御史在刑曹，黄门出后府。

二人被谪，感动天阍。成化二十一年元旦，宪宗受贺退朝，午膳甫毕，忽闻天空有巨声，自东而西，仿佛似霹雳一般。究竟是否雷震，容小子下回表明。

汪直以大藤余孽，幼入禁中，不思金日磾宝瑟之忠，妄有安禄山赤心之诈，刺事西厂，倾害正人，酷好弄兵，轻开边衅，吏民之受其荼毒，不可胜计，要之皆万贵妃一人之所酿成也。王越、陈钺等倚直势以横行，朝臣岂无闻见？乃皆箝口不言，反待一优孟衣冠之阿丑，借戏进谏，隐格主心，是盈廷寮寀不及一阿丑多矣。迨巨蠹受谴，始联章劾奏，欲沽直名，曾亦回首自问，觍颜目愧否耶？况劾奏诸人，仍不出万安、李孜省等，彼此同是憸邪，不过排除异党，为自张一帜计耳。观此回纯叙汪直事，我敢为述古语曰"朝无人"。

第四十三回

悼贵妃促疾亡身　审聂女秉公遭谴

却说宪宗闻空中有声，疑是雷震，亟出宫门瞻望，只见天空有白气一道，曲折上腾，复有赤星如碗，从东向西，轰然作响，不禁为之悚惧。是夜心神不安，越宿临朝，即诏群臣详陈阙失。吏部给事中李俊，应诏陈言，略云：

> 今之弊政最大且急者，日近幸干纪也，大臣不职也，爵赏太滥也，工役过烦也，进献无厌也，流亡未复也。天变之来，率由于此。夫内侍之设，国初皆有定制，今或一监而丛十余人，一事而参六七辈，或分布藩郡，享王者之奉，或总领边疆，专大将之权，援引憸邪，投献奇巧，司钱谷则法外取财，贡方物则多端责赂，杀人者见原，偾事者逃罪，如梁芳、韦兴、陈喜辈，不可枚举。惟陛下大施刚断，无令干纪，奉使于外者，悉为召还，用事于内者，严加省汰，则近幸戢而天意可回矣。今之大臣，非夤缘内臣，则不得进。其既进也，非凭依内臣，则不得安。此以财贸官，彼以官鬻财，无怪其赂受四方，而计营三窟也。惟陛下大加黜罚，勿为姑息，则大臣知警，而天意可回矣。
>
> 夫爵以待有德，赏以待有功，今或无故而爵一庸流，或无功而赏一贵幸，方士献炼服之书，伶人奏曼衍之职，

掾吏胥徒，皆叨官禄，俳优僧道，亦玷班资，一岁而传奉或至千人，数岁而数千人矣。数千人之禄，岁以数十计，是皆国之租税，民之脂膏，不以养贤才，乃以饱奸蠹，诚可惜也。如李孜省、邓常恩辈，尤为诞妄，此招天变之甚者，乞尽罢传奉官，毋令污玷朝列，则爵赏不滥，而天意可回矣。都城佛刹，迄无宁工，京营军士，不复遗力，如国师继晓，假术济私，糜耗特甚。中外切齿，愿陛下内惜资财，外恤民力，不急之役，姑赐停罢。则工役不烦，而天意可回矣。近来规利之徒，率假进奉为名，或录一方书，市一玩器，购画图，制簪珥，所费不多，获利十倍，愿陛下留府库之财，为军国之备，则进献息而天意可回矣。陕西、河南、山西，赤地千里，尸骸枕籍，流亡日多，萑苻可虑，愿陛下体天心之仁爱，悯生民之困穷，追录贵倖盐课，暂假造寺资财，移赈饥民，俾苟存活，则流亡复而天意可回矣。

臣奉明诏陈言，不敢瞻徇，谨乞陛下采纳施行，无任跂望之至！

疏入，宪宗却优诏褒答，竟降调李孜省、邓常恩等，且把国师继晓，革职为民，斥罢传奉官至五百余人。给事中卢瑀、御史汪莹、主事张吉及南京员外郎彭纲等，见李俊入奏有效，都摭拾时弊，次第奏陈。今朝你一本，明朝我一本，惹得宪宗厌烦起来，索性不愿披览，只密令吏部尚书尹旻，此人尚在么？将奏牍所署的名衔，纪录屏右，俟有奏迁，按名远调。俊、瑀等遂相继出外，或以他事下吏。事君数，斯辱矣，孜省、常恩等仍复原官，得宠尤甚。

一日，宪宗查视内帑，见累朝所积金银，七窖俱尽。遂召太监梁芳、韦兴入内，诘责道："糜费帑金，罪由汝等。"兴不敢对。芳独启奏道："建寺筑庙，为万岁默祈遐福，所以用去，并非浪费。"宪宗冷笑道："朕即饶恕你等，恐后人无此宽大，恰要同你等算账。"此语几启巨衅，若非贵妃速死，太子能不危乎？说得梁芳等浑身冰冷，谢罪趋出，忙去报知万贵妃。时贵妃已移居安喜宫，服物侈僭，与中宫相等。梁芳一入，即叩头呼娘娘不置。贵妃问为何事？梁芳将宪宗所言，传述一遍，并说道："万岁爷所说后人，明明是指着东宫，倘或东宫得志，不但老奴等难保首领，连娘娘亦未免干连呢！"贵妃道："这东宫原不是好人，他幼小时，我劝他饮羹，他竟对着我说，羹中有否置毒，你想他在幼年，尚如是逞刁，今已年将弱冠，怕不以我等为鱼肉。但一时没法摆布，奈何？"梁芳道："何不劝皇上易储，改立兴王？"贵妃道："是邵妃所生子祐杬么？"言下尚有未惬之意，奈己子已先天殇何？梁芳道："祐杬虽封兴王，尚未就国，若得娘娘保举，得为储君，他必感激无地，难道不共保富贵么？"掀风作浪，统是若辈。贵妃点首。等到宪宗进宫，凭着一种蛊媚的手段，诬称太子如何暴戾，如何矫擅，不如改立兴王，期安社稷等语。你是个野狐精，安可充土神谷神。宪宗初不肯允，哪禁得贵妃一番柔语，继以娇啼，弄得宪宗不好不依。年将六十，尚能摇惑主心，不知具何魔力？次日，与太监怀恩谈及，怀恩力言不可。宪宗大为拂意，斥居凤阳。

　　正拟下诏易储，忽报泰山连震，御史奏称应在东宫。宪宗览奏道："这是天意，不敢有违。"遂把易储事搁起。万贵妃屡次催逼，宪宗只是不睬。贵妃挟恨在胸，酿成肝疾，成化二十三年春，宪宗郊天，适遇大雾，人皆惊讶，越日庆成宴罢，将要还宫，有安喜宫监来报道："万娘娘中痰猝薨了。"宪宗大诧道："为什么这般迅速？"宫监默然无言。经宪宗至安喜宫，审视龙榻，但见红颜已萎，残蜕仅存，不禁涕泪满颐，再诘宫监，才知贵妃连日纳闷，适有宫女触怒，她用拂子连挞数十下，宫女不过觉痛，她竟痰厥致毙。宪宗怃然道："贵妃去世，我亦不能久存了。"*仿佛唐明皇之于杨玉环。* 当下治丧告窆，一切拟皇后例，并辍朝七日，加谥万氏为恭肃端慎荣靖皇贵妃。

丧葬既毕，宪宗常闷闷不乐，惟李孜省善能分忧，有时召对，多合帝心，乃擢为礼部侍郎。毕竟鸿都幻术，不能亲致红妆，春风桃李，秋雨梧桐，触景无非惨象，多忧适足伤身，是年八月，宪宗寝疾，命皇太子祐樘，视事文华殿，越数日驾崩，享年四十一。太子即位，是为孝宗，谥皇考为宪宗皇帝，尊皇太后周氏为太皇太后，皇后王氏为皇太后，以次年为弘治元年。赦诏未下，即降旨斥诸幸臣。侍郎李孜省、太监梁芳、外戚万喜，*万贵妃弟。* 及私党邓常恩、赵玉芝等，俱谪戍有差。并罢传奉官二千余人，夺僧道封号千余人，宫廷一清，乃大赦天下，随立妃张氏为皇后。

鱼台丞徐顼，疏请上母妃尊谥，并追究薨逝原因，孝宗饬群臣会议，或言宜逮万氏亲族究治。万安已擢为大学士，闻著廷议，惶急的了不得，忙对群僚道："我、我久与万氏不通往来。"群僚皆相顾窃笑。*有何可笑？恐大众多是如此。* 幸孝宗天性仁厚，恐伤先帝遗意，尽置不问，万安才得无事，方在欣慰，不意过了数日，太监怀恩到阁，手持一小木箧，付与万安道："皇上有旨，这岂是大臣所为？"万安尚莫名其妙，发箧后见有小书一本，末尾署着"臣安进"三字，系是从前亲笔所写，才忆当日隐情，不禁愧汗浃背，俯伏地上。庶吉士邹智，御史姜洪、文贵等，正在阁中，窥见书中所列，俱系房中术，遂哄堂散去。怀恩亦回宫复旨，万安仰首起来，见阁中已无一人，慌忙起身趋归。越二日宣安入朝，令怀恩朗诵弹章，起首署名，就是庶吉士邹智等人，读至后来，都开列万安罪状。安尚磕头哀求，毫无去志。恩读毕，走近万安身前，摘去牙牌，大声道："速去速去，免得加罪！"安始惶遽归第，乞休而去。实是便宜。

孝宗尝悲念生母，遣使至贺县访求外家，终不可得。其后礼臣上言，请仿太祖封徐王故事；拟定母后父母封号，且立祠桂林，春秋致祭。一面追谥生母纪氏为孝穆太后，有旨允准，并答复礼部道：

> 孝穆太后，早弃朕躬，每一思念，怒焉如割。初谓宗亲尚可旁求，宁受百欺，冀获一是，卿等谓岁久无从物色，请加封立庙，以慰圣母之灵。皇祖既有故事，朕心虽不忍，又奚敢违？可封太后父为庆元伯，母为伯夫人，立庙桂林府，饬有司岁时致祭，毋得少懈，以副朕报本追源之至意！

大学士尹直，奉旨撰册文，有云："睹汉家尧母之称，增宋室仁宗之衔。"孝宗记在心中，每当听政余暇，回环诵此二语，往往歔欷泪下。又因宪宗废后吴氏，保抱维谨，具有鞠育深恩，一切服膳，概如太后礼，这也可谓孝思维则了。允宜褒扬。

且说宪宗末年，所用非人，当时有"纸糊三阁老，泥塑六尚书"的谣传。"三阁老"指万安、刘翊、刘吉，"六尚书"指尹祢、殷谦、周洪谟、张鹏、张蓥、刘昭，这九人旋进旋退，毫无建白，所以有此时评。及孝宗即位，励精图治，黜佞任贤，起用前南京兵部尚书王恕为吏部尚书；进礼部侍郎徐溥为礼部尚书，兼文渊阁大学士；擢编修刘健为礼部侍郎，兼翰林学士，入阁办事；召南京刑部尚书何乔新为刑部尚书；南京兵部尚书马文升为左都御史；礼部侍郎邱濬进《大学衍议补》一书，得赉金币，下诏刊行，寻升为礼部尚书；令徐溥专理阁务；逮梁芳、李孜省下狱，孜省瘐死，梁芳充戍，流邓常恩、赵玉芝等至极边，诛妖僧继晓，所有纸糊泥塑的阁老、尚书，淘汰殆尽。

惟刘吉尚存，右庶子张昇，上疏劾吉，说他"口蜜腹剑似李林甫，牢笼言路如贾似道，应即予罢斥"等语，未见俞允。庶吉士邹智、进士李文祥、监察御史汤鼐又交章弹劾，鼐尤抗直，疏中所陈，不止刘吉一人，连王恕、马文升等所为，亦具有微词。廷僚未免忌鼐，吉更衔恨刺骨，御史魏璋，系吉私人，密受吉命，日伺鼐短。适寿州知州刘概，馈鼐白金，并遗以书云："梦一人牵牛陷泽中，得君手提牛角，引牛出泽。人牵牛，适象国姓朱字，大约是国势将倾，赖君挽救，因有此兆。"鼐得书甚喜，宣示友人。沾沾自足，适以取祸。璋闻风得间，遂劾鼐妖言诽谤，致逮入狱。概亦连带被系。刘吉且诬鼐私立朋党，与邹智、李文祥等，统是一鼻孔出气，于是智与文祥亦坐罪。御史陈景隆等，与璋为莫逆交，希附吉意，奏请一体加刑，幸刑部尚书何乔新，及侍郎彭韶，坚持不可，王恕亦上疏申救。不念被劾之嫌，王恕不愧恕字。乃将鼐、概戍边，邹智、李文祥贬官，魏璋反得擢为大理寺丞。惟刘吉以鼐等获生，都是何乔新主持，恨恨不已。会乔新外家与乡人争讼，遂暗唆御史邹鲁，劾奏乔新受贿曲庇。乔新知系刘吉挟嫌，拜疏乞归，既而穷治无验，邹鲁停俸，乔新竟致仕不起，刑部尚书一职，即由彭韶代任。吉复倾排异己，奏贬御史姜洪、姜绾，诬陷南京给事中方向等，中外侧目，呼他为刘棉花，因他屡弹屡起的缘故。

只是日中则昃，月盈必亏，从古无不衰的显宦，亦无不败的佞臣，可作达官棒喝。刘吉造言生事，免不得为孝宗所闻。渐渐的减损恩宠，吉尚恋栈不休。孝宗后张氏，系都督同知张峦女，册妃后，伉俪甚欢。及张氏进妃为后，父峦得封寿宁伯，峦卒，加赠昌国公，子鹤龄袭封侯爵，还有鹤龄弟延龄，未曾晋爵，孝宗亦拟加封，命吉撰诰券。吉请尽封周、王二太后家子弟，方可挨及后族。此语恰似有理。孝宗不怿，竟遣中宦至吉家，勒令致仕，吉乃谢病告归。既而王恕、彭韶等，多为贵戚近臣所嫉，先后引去。邱濬病殁，礼部侍郎李东阳，及少詹事谢迁，相继入阁。迁颇守法奉公，东阳第以文学著名，不及王恕、彭韶诸人的忠直，所以谏疏渐稀。

其时海内乂然，承平无事，贵州都匀苗，稍稍作乱，由巡抚邓廷赞讨平。北方小王子，及脱罗干子火筛，虽偶为边患，又经甘肃总兵官刘宁，战守有方，敛众退去。边事用略笔叙过。孝宗政体清闲，自然逐渐怠弛。内监李广、杨鹏辈，得乘隙希宠，导帝游畋。太子谕德王华，入侍经筵，讲唐李辅国与张后表里用事，说得非常恳切。侍讲玉鏊，详陈书义，至"文王不敢盘于游田"句，再三引伸，孝宗也颇感悟，优礼相答。可奈外臣的规讽，不若近侍的谄谀，一暴十寒，未见巨效，且因东厂未革，仍然由内侍作主，舞文弄弊。凑巧有一件讼案，为刑部郎中丁哲、员外郎王爵承审，违犯了东厂意旨，竟欲将哲等论罪，拟定徒流，这案的曲直，待小子叙述出来，以便看官评断。

先是千户吴能，生女名满仓儿，姿首妖冶，性情淫荡，能屡戒不悛。以女付媒媪，售与乐妇张氏，张妇又转售与乐工袁璘为妻。能妻聂氏，与能本非同意，至能死后，访女下落，前往领认。哪知满仓儿不认为母，白眼相待。聂氏愤甚，与子定计，诱劫满仓儿归家，藏匿秘室。袁璘往赎不允，告至刑部。丁哲、王爵同讯得情，驳斥袁璘数语。璘竟信口谩骂，恼动了丁哲、王爵，竟饬衙役重笞袁璘。璘受笞归家，愤无所泄，数日病死。御史陈玉等，检验袁璘尸身，确系病毙，即填就尸格备案，由他埋葬了结。谁料杨鹏从子，素与满仓儿有染，满仓儿竟自秘室逸出，往诉冤情。杨鹏从子，引她进见叔父，只说是刑部枉断，袁璘屈死。杨鹏不知就里，但觉满仓儿楚楚可怜，为浼东厂镇抚司，奏劾丁哲、王爵杀人无辜，罪应论抵。有旨令法司再讯，细细盘诘。满仓儿无从抵赖，仍然水落石出，奈因东厂面子，不敢不委曲顾全，只将满仓儿予杖，嫩皮肉怎禁笞杖，我尚为满仓儿呼冤。且坐丁哲等杖人至死的罪状，奏拟徒流。刑部吏徐珪代抱不平，竟抗疏奏道：

　　聂女之罪，丁哲等断之审矣。杨鹏暗唆镇抚司，共相欺蔽，陛下令法司审问得实，因惧东厂，莫敢公断。夫以女诬母，仅予杖责，丁哲等才能察狱，反坐徒流之罪，轻重倒置如此，皆东厂劫威所致也。臣在刑部三年，见鞫问盗贼，多东厂镇抚司缉获，或校尉挟私诬陷。或为人报仇，或受首恶赃，令旁人抵罪。刑官洞见其情，莫敢改正，以致枉杀多人。臣愿陛下革去东厂，以绝祸源，则太平可致。臣一介微躯，自知不免，与其死于虎口，孰若死于朝廷？愿陛下斩臣首，行臣言，虽死无恨！

言疏上去，朝旨非但不准，反斥他情词妄诞，革职为民。丁哲、王爵亦一同放归。小子有诗叹道：

　　一朝纲纪出中官，腐竖刑余惯作奸。
　　抗疏甫陈严谴下，忠臣空自贡心丹。

欲知后事若何，且看下回分解。

　　宪宗非无一隙之明，观其优答李俊，立斥佞人，何尝不辨明善恶。至于内帑用尽，责及中官，泰山连震，保全太子，虽得谓非明主之所为。误在小人日多，君子日少，内嬖近臣，互相炀蔽，于是中知之主，往往为所蛊惑，忽明忽昧，有始鲜终，宪宗其较著者也。若夫孝宗之明，远过宪宗。即位以后，勤求治理，置亮弼之辅，召敢言之臣，斥奸佞之竖，杜嬖幸之门，人材济济，卓绝一时，乃无何而外戚进，又无何而内竖横，老成引退，戚宦肆行，满仓儿一案，颠倒是非，罪及能吏。明如孝宗，犹蹈此辙，人君进贤退不肖之间，其关系为何如哉？读此能无慨然！

第四十四回

受主知三老承顾命　逢君恶八竖逞谗言

　　却说弘治八年以后，孝宗求治渐怠，视朝日晏，太监杨鹏、李广，朋比为奸，蔽塞主聪，广且以修炼斋醮等术，怂恿左右，害得聪明仁恕的孝宗，也居然迷信仙佛，召用番僧方士，研究符箓祷祀诸事。大学士徐溥及阁臣刘健、谢迁、李东阳等，俱上书切谏，引唐宪宗、宋徽宗故事为戒，孝宗虽无不嘉许，心中总宠任李广，始终勿衰。广越加纵恣，权倾中外，徐溥忧愤得很，致成目疾。不能拔去眼中钉，安得不成目疾？三疏乞休，乃许令致仕。适鞑靼部小王子等，复来寇边，故兵部尚书王越，贬谪有年，复遣人贿托李广，暗中保荐，乃复特旨起用，令仍总制三边军务。越年已七十，奉诏即行，七十老翁，何尚看不破耶？驰至贺兰山，袭破小王子营，获驼马牛羊器仗，各以千计，论功晋少保衔。李广所举得人，亦邀重赏。广每日献议，无不见从。会劝建毓秀亭于万岁山，亭工甫成，幼公主忽然夭逝，接连是清宁宫被火。清宁宫为太皇太后所居，被灾后，由司天监奏称，谓建毓秀亭，犯了岁忌，所以有此祸变。太皇太后大恚道："今日李广，明日李广，日日闹李广，果然闹出祸事来了。李广不死，后患恐尚未了呢。"这句话传到李广耳中，广不觉战栗异常，暗语道："这遭坏了，得罪太皇太后，还有何幸？不如早死了罢！"也有此日。遂悄悄还家，置鸩酒中，一吸而尽，睡在床上死了。

　　孝宗闻李广暴卒，颇为惋惜；继思李广颇有道术，此次或尸解仙去，也未可知，他家中总有异书，何勿着人搜求。孝宗也有此呆想，可知李广盅惑之深。当下命内监等，至广家搜索秘籍，去不多时，即见内监挟着书簿，前来复命。孝宗大喜，立刻披览，并没有服食炼气的方法，只有那出入往来的账目，内列某日某文官馈黄米若干石，某日某武官馈白米若干石，约略核算，黄米白米，何啻千万，不禁诧异起来。黄米白米，便是服食炼气的方法，何用诧异？便诘问左右道："李广一家，有几多食口？能吃许多黄白米？且闻广家亦甚狭隘，许多黄白米，何处窖积？"真是笨伯。左右道："万岁有所未知，此乃李广的隐语，黄米就是黄金，白米就是白银。"孝宗听到此语，不觉大怒道："原来如此！李广欺朕纳贿，罪既难容；文武百官，无耻若此，更属可恶！"至此方悟，可惜已晚。即手谕刑部，并将簿据颁发，令法司按籍逮问。看官听说，李广当日，声势烜赫，大臣不与往还的，真是绝无仅有，一闻此信，自然一个个寒心，彼此想了一法，只好乞救寿宁侯张鹤龄，昏夜驰往，黑压压的跪在一地，求他至帝前缓颊。寿宁侯初不肯允，奈各官跪着不起，没奈何一力担承，待送出各官，即亲诣大内，托张后转圜，张后婉劝孝宗，才得寝事。

　　孝宗经此觉悟，乃复远佞臣，进贤良。三边总制王越，经言官交劾，忧恚而死，特召故两广总督秦纮，代王越职。纮至镇，练壮士，兴屯田，申明号令，军声大振。内用马文升为吏部尚书，刘大夏为兵部尚书。文升在班列中，最为耆硕，所言皆关治平。大夏曾为户部侍郎，治河张秋，督理宣大军饷，历著功绩。是时为两广总督，迭召始至，孝宗问何故迟滞？大夏顿首道："臣老且病，窃见天下民穷财尽，倘有不虞，责在兵部，恐力不胜任，所以迟行，意欲陛下另用良臣呢。"孝宗道："祖宗以来，征敛有常，前未闻民穷财尽，今日何故至此?"大夏道:"陛下以为有常,其实并无常制,臣任职两广,岁见广西取铎木,广东取香药,费以万计,其他可知。"孝宗复道:"今日兵士如何?"大夏道:"穷与民等。"孝宗道:"居有日粮,出有月粮,何至于穷?"大夏道:"将帅侵克过半,哪得不穷!"孝宗叹息道:"朕在位十五六年,乃不知兵民穷困,如何得为人主呢?"人君深居九重,安能事事尽知?故历代明主,必采纳嘉言。乃下诏禁止供献,及各将帅扣饷等情。

普安苗妇米鲁作乱,由南京户部尚书王轼,督师往讨,连破贼营,格杀米鲁。琼州黎人符南蛇,聚众为逆,经孝宗用户部主事冯颙计,以夷攻夷,悬赏购募土兵,归巡守官节制,令斩首恶。转战半年,遂得平定,南蛇伏诛。孝宗益究心政务,尝与李东阳、刘健、谢迁三人,详论利害,三人竭诚尽虑,知无不言。遇有要事入对,又由孝宗屏去左右,促膝密谈,左右不得闻,从屏间窃听,但闻孝宗时时称善。当时有歌谣云:"李公谋,刘公断,谢公尤侃侃。"还有左都御史戴珊,亦以材见知,与刘大夏宠遇相同。适小王子、火筛等入寇大同,中官苗逵贪武功,奏请出师。孝宗颇欲准奏,阁臣刘健等委曲劝阻,尚未能决,乃召大夏及珊,入问可否。大夏如刘健言。孝宗道:"太宗时频年出塞,何故不可?"大夏道:"陛下神武,不亚太宗,奈将领士马,远不及前,且当时淇国公邱福,稍违节制,即举十万雄师,悉委沙漠,兵事不可轻举,为今日计,守为上策,战乃下策呢。"珊亦从旁赞决。孝宗爽然道:"非二卿言,朕几误事。"由是师不果出。

一日,刘大夏、戴珊同时入侍,孝宗与语道:"时当述职,诸大臣皆杜门,廉洁如二卿,虽日日见客,亦属无妨。"言至此,即袖出白金赏给,且语道:"聊以佐廉,不必廷谢,恐遭他人嫉忌呢。"有功加赏,乃朝廷之大经,何必私自给与?孝宗此举,未免失当。珊尝以老疾乞归,孝宗不许,大夏代为申请,孝宗道："卿代为乞休，想是由彼委托。譬如主人留客，意诚语挚，客尚当为强留，戴卿独未念朕情，不肯少留吗?"也是意诚语挚。大夏顿首代谢，趋出告珊。珊感且泣道："上意如此，珊当死是官了。"到了弘治十八年，点明岁次，为孝宗寿终计数，与上文述成化二十三年事，同一笔法。户部主事李梦阳上书指斥弊政，反复数万言，内指外戚寿宁侯，尤为直言不讳。寿宁侯张鹤龄即日奏辩，并摘疏中陛下厚张氏语，诬梦阳讪皇后为张氏，罪应处斩。孝宗留中未发。后母金夫人，复入宫泣诉，不得已下梦阳狱。金夫人尚吁请严刑，孝宗动怒，推案入内。既而法司上陈谳案，请免加重罪，予杖示惩。孝宗竟批示梦阳复职，罚俸三月。越日，邀金夫人游南宫，张后及二弟随侍，入宫筵宴，酒半酣，金夫人与张皇后皆入内更衣，孝宗独召鹤龄入旁室，与他密语，左右不得与闻，但遥见鹤龄免冠顿首，大约是遭帝诘责，惶恐谢罪的缘故。孝宗善于调停。自是鹤龄兄弟，稍稍敛迹。孝宗复召刘大夏议事，议毕，即问大夏道："近日外议如何?"大夏道："近释主事李梦阳，中外欢呼，交颂圣德。"孝宗道："若辈欲杖毙梦阳，朕岂肯滥杀直臣，快他私愤么!"大夏顿首道："陛下此举，便是德同尧舜了。"未免近谀。

　　孝宗与张后，始终相爱，别无内宠，后生二子，长名厚照，次名厚炜，厚照以弘治五年，立为太子，厚炜封蔚王，生三岁而殇。孝宗宵旰忘劳，自释放梦阳后，仅历二月，忽然得病，竟至大渐。乃召阁臣刘健、李东阳、谢迁至乾清宫，面谕道："朕承祖宗大统，在位十八年，今已三十六岁，不意二竖为灾，病不能兴，恐与诸先生辈，要长别了。"健等叩首榻下道："陛下万寿无疆，怎得遽为此言?"孝宗叹息道："修短有命，不能强延，惟诸先生辅导朕躬，朕意深感，今日与诸先生诀别，却有一言相托。"言至此，略作休息，复亲握健手道：

"朕蒙皇考厚恩，选张氏为皇后，生子厚照，立为皇储，今已十五岁了，尚未选婚，社稷事重，可即令礼部举行。"健等唯唯应命。孝宗又顾内臣道："受遗旨。"太监陈宽扶案，李璋捧笔砚，戴义就前书草，无非是大统相传，应由太子嗣位等语。书毕，呈孝宗亲览。孝宗将遗诏付与阁臣，复语健等道："东宫质颇聪颖，但年尚幼稚，性好逸乐，烦诸先生辅以正道，使为令主，朕死亦瞑目了。"知子莫若父，后来武宗好游，已伏此言。健等又叩首道："臣等敢不尽力。"孝宗乃嘱令退出。翌日，召太子入，谕以法祖用贤，未几遂崩。

又越日，太子厚照即位，是为武宗，以明年为正德元年。是时太皇太后周氏已崩，崩于弘治十七年，此是补笔。太后王氏尚存，乃尊太后为太皇太后，皇后张氏为太后，加大学士刘健，及李东阳、谢迁等为左柱国，以神机营中军二司内官太监刘瑾，管五千营。叙武宗即位，便提出刘瑾，为揭出首恶张本。刘瑾本谈氏子，幼自阉，投入刘太监门下，冒姓刘氏，来意已是叵测。得侍东宫。武宗为太子时，已是宠爱。刘瑾复结了七个密友，便是马永成、谷大用、魏彬、张永、邱聚、高凤、罗祥七人，连刘瑾称为"八党"。后又号作"八虎"。这八人中，瑾尤狡狯，并且涉猎书籍，粗通掌故，七人才力不及，自然推他为首领了。武宗居苫块中，恰也不甚悲戚，只与八人相依，暗图快乐，所有应兴应革的事情，概置勿问。大学士刘健等屡次上疏言事，终不见报。健乃乞请罢职，才见有旨慰留。兵部尚书刘大夏，吏部尚书马文升，见八虎用事，料难挽回，各上章乞赐骸骨，竟邀俞允。两人联袂出都，会天大风雨，坏郊坛兽瓦，刘健、李东阳、谢迁复联名奏陈，历数政令过失，并指斥宵小逢君，甚是痛切。哪知复旨下来，只淡淡的答了"闻知"两字。转瞬间册后夏氏，大婚期内，无人谏诤。刘瑾与马永成等，日进鹰犬、歌舞、角觗等戏，导帝游行。给事中陶

谐，御史赵佑等看不过去，自然交章论劾。原奏发下阁议，尚
未禀复，户部尚书韩文与僚属谈及时弊，欷歔泣下，郎中李梦
阳进言道："公为国大臣，义同休戚。徒泣何益！"文答道：
"计将安出？"梦阳道："近闻谏官交劾内侍，已下阁议，阁中
元老尚多，势必坚持原奏，公诚率诸大臣固争，去刘瑾辈，还
是容易，此机不可轻失哩。"文毅然道："汝言甚是。我年已
老，一死报国便了。"随命梦阳草奏。稿成，更由文亲自删
改。次日早朝，先于朝房内宣示九卿诸大臣，浼他一同署名，
当由各官瞧着，略云：

> 伏睹近日朝政益非，号令失当，中外皆言太监马永
> 成、谷大用、张永、罗祥、魏彬、邱聚、刘瑾、高凤等，
> 造作巧伪，淫荡上心，击球走马，放鹰逐犬，俳优杂剧，
> 错陈于前，至导万乘与外人交易，狎昵媟亵，无复礼体，
> 日游不足，夜以继之，劳耗精神，亏损志德，此辈细人，
> 惟知蛊惑君上，以便己私，而不思皇天眷命，祖宗大业，
> 皆在陛下一身，万一游宴损神，起居失节，虽虀粉若辈，
> 何补于事？窃观前古阉宦误国，为祸尤烈。汉十常侍，唐
> 甘露之变，其明验也。今永成等罪恶既著，若纵而不治，
> 将来益无忌惮，必患在社稷。伏望陛下奋乾纲，割私爱，
> 上告两宫，下谕百僚，明正典刑，潜消祸乱之阶，永保灵
> 长之祚，则国家幸甚！臣民幸甚！

大众瞧毕，便道"甚好、甚好"，当有一大半署名签字。
俟武宗视朝，即当面呈递。武宗略阅一周，不由的愁闷起来，
退了朝，呜呜悲泣，过午不食。一派孩儿态。诸阉亦相对流涕。
武宗踌躇良久，乃遣司礼监王岳、李荣等，赴阁与议，一日往
返至三次，最后是传述帝意，拟将刘瑾等八人，徙置南京。刘

健推案大哭道："先帝临崩，执老臣手，嘱付大事，今陵土未干，遂使宦竖弄权，败坏国事，臣若死，何面目见先帝？"谢迁亦正色道："此辈不诛，何以副遗命？"王岳见二人声色俱厉，颇觉心折，慨然道："阁议甚是。"遂出阁复旨。越日，诸大臣奉诏入议，至左顺门，当由刘健提议道："事将成了，愿诸公同心协力，誓戮群邪。"尚书许进道："过激亦恐生变。"健背首不答。许进之言，非无见地，刘健等亦未免过甚耳。忽见太监李荣手持诸大臣奏牍，临门传旨道："有旨问诸先生。诸先生爱君忧国，所言良是，但奴辈入侍有年，皇上不忍立诛，幸诸先生少从宽恕，缓缓的处治便了。"大众相顾无言。韩文独抗声数八人罪，侍郎王鏊亦续言道："八人不去，乱本不除。"荣答道："上意原欲惩治八人。"王鏊又道："倘再不惩治，将奈何？"荣答道："不敢欺诸先生，荣颈中未尝裹铁，怎得欺人误国？"刘健乃语诸大臣道："皇上既许惩此八人，尚有何言？惟事在速断，迟转生变，明日如不果行，再当与诸公伏阙力争。"诸大臣齐声应诺，乃相率退归。

武宗意尚未决，由司礼监王岳，联络太监范亨、徐智等，再四密议，决议明旦发旨捕奸。时吏部尚书一职，已改任了焦芳，芳与瑾素来交好，闻得这般消息，忙着人走报。瑾正与七个好友密议此事，得报后，都吓得面如土色，伏案而哭。独瑾尚从容自若，冷笑道："你我的头颅，今日尚架住颈上，有口能言，有舌能掉，何必慌张如此？"不愧为八虎首领。七人闻言，当即问计，瑾整衣起身道："随我来！"七人乃随瑾而行。瑾当先引导，径诣大内，时已天暮，武宗秉烛独坐，心中忐忑不定。瑾率七人环跪座前，叩头有声。武宗正要启问，瑾先流涕奏陈道："今日非万岁施恩，奴辈要磔死喂狗了。"说得武宗忽然动容，便道："朕未降旨拿问，如何遽出此言？"瑾又呜咽道："外臣交劾奴辈，全由王岳一人主使，岳与奴辈同侍左右，如何起意加害？”武宗道：“怕不是么！”瑾又道：“王岳外结阁臣，内制皇上，恐奴辈从中作梗，所以先发制人，试思狗马鹰犬，何损万机，岳乃造事生风，倾排异己，其情可见。就是阁臣近日，亦多骄蹇，不循礼法，若使司礼监得人，遇事裁制，左班官亦怎敢如此？”轻轻数语，已将内外臣工，一网打尽。武宗道：“王岳如此奸刁，理应加罪。只阁员多先帝遗臣，一时不便处置。”瑾又率七人叩首泣奏道：“奴辈死不足惜，恐众大臣挟制万岁，监督自由，那时要太阿倒持呢。”对症发药，真是工谗。武宗素性好动，所虑惟此，不禁勃然怒道：“朕为一国主，岂受阁臣监制么？”中计了。瑾又道：“但求宸衷速断，免致掣肘。”再逼一句，凶险尤甚。武宗即提起硃笔，立书命刘瑾入掌司礼监，兼提督团营，邱聚提督东厂，谷大用提督西厂，张永等分司营务，饬锦衣卫速逮王岳下狱。数语写毕，交与刘瑾，照旨行事。瑾等皆大欢喜，叩谢退出，当夜拿住王岳，并将范亨、徐智等，一律拘至，拷掠一顿。

到了天明，诸大臣入朝候旨，不意内旨传出，情事大变，料知事不可为，于是刘健、谢迁、李东阳皆上疏求去。瑾矫旨准健、迁致仕，独留李东阳。东阳再上书道：“臣与健、迁，责任相同，独留臣在朝，何以谢天下？”有旨驳斥。看官道是何故？原来阁议时健尝推案，迁亦主张诛佞，惟东阳缄默无言，所以健、迁被黜，东阳独留。究竟是少说的好，无怪忠臣短气。一面令尚书焦芳，入为文渊阁大学士，侍郎王鏊，兼翰林学士，入阁预机务。鏊曾议除八人，乃尚得入阁，想是官运尚亨。充发太监王岳等至南京。岳与亨次途中，为刺客所杀。惟徐智被击折臂，幸亏逃避得快，还得保全性命。这个刺客，看官不必细猜，想总是瑾等所遣了。刘健、谢迁致仕出都，李东阳祖道饯行，饮甫数杯，即叹息道：“公等归乡，留我在此，也是无益，可惜不得与公同行。”言毕为之泣下。健正色道：“何必多哭！假使当日多出一言，也与我辈同去了。"东阳不禁惭沮，俟健、迁别后，怅怅而返。小子有诗咏道：

> 名利从来不两全，忠臣自好尽归田。
> 怪他伴食委蛇久，甘与权阉作并肩。

嗣是中外大权，悉归刘瑾，瑾遂横行无忌，种种不法情形，待至下回再叙。

自李广畏惧自杀，按籍始知其贪婪，于是孝宗又黜佞崇贤，刻意求治，此如日月之明，偶遭云翳，一经披现，则仍露清光，未有不令人瞻仰者也。惜乎天不假年，享年仅三十有六，即行崩逝。嗣主践阼，八竖弄权，刘健等矢志除奸，力争朝右，不得谓非忠臣，但瑾等甫恃主宠，为恶未稔，果其徙置南京，睽隔天颜，当亦不致祸国，必欲迫之死地，则困兽犹斗，况人乎？尚书许进之言，颇耐深味，惜乎刘健等之未及察也。要之嫉恶不可不严，尤不可过严，能如汉之郭林宗，唐之郭汾阳，则何人不可容？何事不可成？否则两不相容，势成冰炭，小人得志，而君子无噍类矣。明代多气节士，不能挽回气运，意在斯乎？

第四十五回

刘太监榜斥群贤　张吏部强夺彼美

却说刘瑾用事，肆行排击，焦芳又与他联络，表里为奸，所有一切政令，无非是变更成宪，桎梏臣工，杜塞言路，酷虐军民等情。给事中刘蒇、吕翀，上疏论刘瑾奸邪，弃逐顾命大臣，乞留刘健、谢迁，置瑾极典云云。武宗览疏大怒，立饬下狱。这疏草传至南京，兵部尚书林瀚，一读一击节道："这正是今世直臣，不可多得呢！"南京给事中戴铣，素有直声，闻林瀚称赏吕、刘，遂与御史薄彦徽，拜疏入京，大旨言元老不可去，宦竖不可任，说得淋漓感慨，当由刘瑾瞧着，忿恨的了不得。适值武宗击球为乐，他竟送上奏本，请为省决。恶极。武宗略阅数语，便掷交刘瑾道："朕不耐看这等胡言，交你去办罢！"昏愦之至。刘瑾巴不得有此一语，遂传旨尽逮谏臣，均予廷杖，连刘蒇、吕翀两人，亦牵出狱中，一并杖讫。

南京御史蒋钦，亦坐戴铣党得罪，杖后削籍为民。出狱甫三日，钦复具疏劾瑾，得旨重逮入狱，再杖三十，旧创未复，新杖更加，打得两股上血肉模糊，伏在地上，呻吟不绝。锦衣卫问道："你再敢胡言乱道么？"钦忽厉声道："一日不死，一日要尽言责。"愚不可及。锦衣卫复将他系狱，昏昏沉沉了三昼夜，才有点苏醒起来，心中越想越愤，又向狱中乞了纸笔，起草劾瑾，方握管写了数语，忽闻有声出自壁间，凄凄楚楚，好象鬼啸，不禁为之搁笔。听了一回，声已少息，复提笔再书，将要脱稿，鬼声又起，案上残灯，绿焰荧荧，似灭未灭，不由的毛发森竖，默忖道："此疏一入，谅有奇祸，想系先灵默示，不欲我草此疏呢。"当下整了衣冠，忍痛起立，向灯下祝道："果是先人，请厉声以告。"祝祷方罢，果然声凄且厉，顿令心神俱灰，揭起奏稿，拟付残焰，忽又转念道："既已委身事主，何忍缄默负国，贻先人羞？"遂奋笔草成，念了一遍，矍然道："除死无大难，此稿断不可易呢。"鬼声亦止。钦竟属狱吏代为递入，旨下又杖三十，这次加杖，比前次更加厉害，昏晕了好几次。杖止三十，连前亦不过九十，安能立刻毙人，这明是暗中受嘱，加杖过重，令其速毙耳。至拖入狱中，已是人事不省，挨了两夜，竟尔毙命。惟谏草流传不朽，其最末一奏，小子还是记得，因录述于后。其词道：

> 臣与贼瑾，势不两立，贼瑾蓄恶，已非一朝，乘间启衅，乃其本志。陛下日与嬉游，茫不知悟，内外臣庶，懔如冰渊，臣昨再疏受杖，血肉淋漓，伏枕狱中，终难自默，愿借上方剑斩之。朱云何人，臣肯稍让。臣骨肉都销，涕泗交作，七十二岁之老父，不复顾养，死何足惜？但陛下覆国亡家之祸，起于旦夕，是大可惜也。陛下诚杀瑾，枭之午门，使天下知臣钦有敢谏之直，陛下有诛贼之明。陛下不杀此贼，当先杀臣，使臣得与龙逢、比干同游地下，臣诚不愿与此贼并生也。临死哀鸣，伏冀裁择。

这时候的姚江王守仁，任兵部主事，王文成为一代大儒，所以特书籍贯。见戴铣等因谏受罪，也觉忍耐不住，竟诚诚恳恳的奏了一本。哪知这疏并未达帝前，由刘瑾私阅一遍，即矫诏予杖五十，已毙复苏，谪贵州龙场驿丞。守仁被谪出京，至钱塘，觉有人尾蹑而来，料系为瑾所遣，将置诸死，遂设下一计，乘着夜间，佯为投江，浮冠履于水上，遗诗有"百年臣子悲何极？夜夜江潮泣子胥"二语。自己隐姓埋名，遁入福建武夷山中。嗣因父华就职南京，恐致受累，乃仍赴龙场驿。那时父华已接到中旨，勒令归休去了。户部尚书韩文，为瑾所嗛，日伺彼短，适有伪银输入内库，遂责他失察，诏降一级致仕。给事中徐昂疏救，亦获谴除名。文乘一骡而去。瑾又恨及李梦阳，矫诏下梦阳狱中，因前时为文草疏，竟欲加以死罪。梦阳与修撰康海，素以诗文相倡和，至是浼康设法，代为转圜。康与瑾同乡，瑾颇慕康文名，屡招不往。此时顾着友谊，不得已往谒刘瑾。瑾倒屣出迎，相见甚欢。康乃替梦阳缓颊，才得释狱。为友说情，不得谓康海无耻。嗣是阉焰熏天，朝廷黜陟，尽由刘瑾主持，批答章奏，归焦芳主政。所有内外奏本，分为红本、白本二种。廷臣入奏，必向刘瑾处先上红本。一日，都察院奏事，封章内偶犯刘瑾名号，瑾即命人诘问，吓得掌院都御史屠滽魂飞天外，忙率十三道御史，至瑾宅谢罪，大家跪伏阶前，任瑾辱骂。瑾骂一声，大众磕一个响头，至瑾已骂毕，还是不敢仰视，直待他厉声叱退，方起身告归。屠滽等原是可鄙，一经演述，愈觉龌龊不堪。瑾以大权在手，索性将老成正士，一古脑儿目为奸党，尽行摈斥，免得他来反对。当下矫传诏旨，榜示朝堂，其文云：

朕以幼冲嗣位，惟赖廷臣辅弼其不逮，岂意去岁奸臣王岳、范亨、徐智窃弄威福，颠倒是非，私与大学士刘健、谢迁，尚书韩文、杨守随、林瀚，都御史张敷华、戴珊，郎中李梦阳，主事王守仁、王纶、孙磐、黄昭，检讨刘瑞，给事中汤礼敬、陈霆、徐昂、陶谐、刘菠、艾洪、吕翀、任惠、李光翰、戴铣、徐蕃、牧相、徐暹、张良弼、葛嵩、赵仕贤，御史陈琳、贡安甫、史良佐、曾兰、王弘、任诺、李熙、王蕃、葛浩、陆昆、张鸣凤、萧乾元、姚学礼、黄昭道、蒋钦、薄彦徽、潘镗、王良臣、赵祐、何天衢、徐珏、杨璋、熊倬、朱廷声、刘玉翰、倪宗正递相交通，彼此穿凿，各反侧不安，因自陈休致。其敕内有名者，吏部查令致仕，毋俟恶稔，追悔难及。切切特谕！

榜示后，且召群臣至金水桥南，一律跪伏，由鸿胪寺官朗读此谕，作为宣戒的意思。群臣听罢诏书，个个惊疑满面，悲愤填膺。自是与瑾等不合的人，见机的多半乞休，稍稍恋栈，不遭贬谪，即受枷杖，真所谓豺狼当道，善类一空呢。

到了正德三年，午朝方罢，车驾将要还宫，忽见有遗书一函，拾将起来，大略一瞧，乃是匿名揭帖，内中所说，无非是刘瑾不法情事，当即饬交刘瑾自阅。瑾心下大愤，仗着口材，辩了数语，武宗也无暇理论，径自返宫。想是游戏要紧。瑾即至奉天门，立传众官到来，一起一起的跪在门外，前列的是翰林官，俯首泣请道："内官优待我等，我等方感激不遑，何敢私讦刘公公？"哀求如此，斯文扫地。刘瑾闻言，把头略点，举起右肱一挥，着翰林官起去。后列的是御史等官，见翰林院脱了干系，也照着哀诉道："我等身为台官，悉知朝廷法度，哪敢平空诬人？"谏官如此，亦足齿冷。瑾闻言狞笑道："诸君都系好人，独我乃是佞贼，你不是佞贼，何人是佞贼？如果与我反对，尽可出头告发，何必匿名攻讦，设计中伤。"说至此，竟恨恨的退入内室去了。众官不得发放，只好仍作矮人，可怜时当盛暑，红日炎蒸，大众衣冠跪着，不由的臭汗直淋，点滴不止。太监李荣看他狼狈情状，颇觉不忍，恰令小太监持与冰瓜，掷给众官，俾他解渴；一面低声劝慰道："现时刘爷已经入内，众位暂且自由起立。"众官正疲倦得很，巴不得稍舒筋骨，彼此听了李荣言语，起立食瓜，瓜未食完，只见李荣急急走报道："刘爷来了！来了！"大众忙丢下瓜皮，还跪不迭。犬豕不如。刘瑾已远远窥见情形，一双怪眼，睁得如铜铃相似，至走近众官面前，恨不得吞将下去。还是太监黄伟，看了旁气不服，对众官道，"书中所言，都是为国为民的事，究竟哪一个所写？好男子，一身做事一身当，何必嫁祸他人？"刘瑾听了"为国为民"四字，怒目视黄伟道："什么为国为民，御道荡平，乃敢置诸匿名揭帖，好男子岂干此事？"说罢，复返身入内。未几有中旨传出，撤去李荣、黄伟差使。荣与伟太息而去。等到日暮，众官等尚是跪着，统是气息奄奄，当由小太监奉了瑾命，一齐驱入锦衣卫狱中，共计三百多名，一大半受了暑症。越日，李东阳上疏救解，尚未邀准。过了半日，由瑾察得匿名揭帖，乃是同类的阉人所为，乐得卖个人情，把众官放出狱中。三百人踉跄回家，刑部主事何钺、顺天推官周臣、礼部进士陆伸，已受暑过重，竟尔毙命。死得不值。

　　是时东厂以外，已重设西厂，应上文且补前未明之意。刘瑾意尚未足，更立内厂，自领厂务，益发喜怒任情，淫刑求逞。逮前兵部刘大夏下狱，坐戍极边，黜前大学士刘健、谢迁为民，外此如前户部尚书韩文，及前都御史杨一清等，统以旧事干连，先后逮系。经李东阳、王鏊等，连疏力救，虽得释出，仍令他罚米若干，充输塞下。众大臣两袖清风，素鲜蓄积，免不得鬻产以偿。还有一班中等人民，偶犯小过，动遭械系，一家坐罪，无不累及亲邻。又矫旨驱逐客籍佣民，勒令中年以下寡妇尽行再醮；停棺未葬的，一概焚弃。名为肃清莝毂，实是借端婪索。京中人情汹汹，未免街谈巷议。瑾且令人监谤，遇有所闻，立饬拿问，杖笞兼施，无不立毙。他还恐武宗干涉，乘间怂恿，请在西华门内，造一密室，勾连栉比，名曰"豹房"，广选谐童歌女，入豹房中，陪侍武宗，日夜纵乐。武宗性耽声色，还道是刘瑾好意，越加宠任。因此瑾屡屡矫旨，武宗全然未闻。李东阳委蛇避祸，与瑾尚没甚嫌隙。王鏊初留阁中，还想极力斡旋，嗣见瑾益骄悖，无可与言，乃屡疏求去。廷臣还防他因此致祸，迨经中旨传出，准他乘传归乡，人人称为异数。鏊亦自幸卸肩，即日去讫。乞休都要防祸，真是荆棘盈途。

此时各部尚书，统系刘瑾私人，都御史刘宇，本由焦芳介绍，得充是职，他一意奉承刘瑾，与同济恶。凡御史中小有过失，辄加笞责，所以深合瑾意。瑾初通贿赂，不过数百金，至多亦只千金，宇一出手，即以万金为贽仪。可谓慷慨。瑾喜出望外，尝谓刘先生厚我。宇闻言，益多馈献。未几即升任兵部尚书，又未几晋职吏部尚书。宇在兵部，得内外武官贿赂，中饱甚多，他自己享受了一半，还有一半送奉刘瑾。及做了吏部尚书，进账反觉有限，更兼铨选郎张彩，系刘瑾心腹，从中把持，所有好处，被他夺去不少。宇尝自叹道："兵部甚好，何必吏部。"这语传入瑾耳，瑾即邀刘宇至第，与饮甚欢，酒至数巡，瑾语刘宇道："闻阁下厌任吏部，现拟转调入阁，未知尊意何如？"宇大喜，千恩万谢，尽兴而去。次日早起，穿好公服，先往刘瑾处申谢，再拟入阁办事。瑾微晒道："阁下真欲入相么？这内阁岂可轻入？"想是万金，未曾到手。宇闻此言，好似失去了神魂一般，呆坐了好半天，方怏怏告别。次日即递上乞省祖墓的表章，致仕去了。腰缠已足，何必恋栈，刘宇此去，还算知机。

宇既去位，张彩即顶补遗缺，不如馈瑾若干。变乱选格，贿赂公行，金帛奇货，输纳不绝。苏州知府刘介，夤缘张彩，由彩一力提拔，入为太常少卿。介在京纳妾，虽系小家碧玉，却是著名尤物。彩素好色，闻着此事，便盛服往贺，介慌忙迎接，殷勤款待。饮了几觥美酒，彩便要尝识佳人，介不能却，只得令新人盛妆出见，屏门开处，但见两名侍女，拥着一个丽妹，慢步出来，环珮声清，脂粉气馥，已足令人心醉，加以体态轻盈，身材袅娜，仿佛似嫦娥出现，仙女下凡，走至席前，轻轻的道声万福，敛衽下拜。惊得张绹还礼不及，急忙离座，竟将酒杯儿撞翻。绹尚不及觉，至新人礼毕入内，方知袍袖间被酒淋湿，连自己也笑将起来。描摹尽致。早有值席的侍役，上前揩抹，另斟佳酿，接连又饮了数杯。酒意已有了七八分，绹忽问介道："足下今日富贵，从何处得来？"介答道："全出我公赏赐。"绹微笑道："既然如此，何物相报？"介不暇思索，信口答道："一身以外，统是公物。凭公吩咐，不敢有私。"绹即起座道："足下已有明命，兄弟何敢不遵？"一面说着，一面即令随人入内，密嘱数语，那随役竟抢入房中，拥出那位美人儿，上舆而去。绹亦一跃登舆，与介拱手道："生受了，生受了。"两语甫毕，已似风驰电掣一般，无从追挽。刘介只好眼睁睁的由他所为，宾众亦惊得目瞪口呆，好一歇，方大家告别，劝慰主人数语，分道散去。介只有自懊自恼罢了。到口的肥羊肉，被人夺去，安得不恼。

　　张绹夺了美人，任情取乐，自在意中。过了数月，又不觉厌弃起来，闻得平阳知府张恕家，有一爱妾，艳丽绝伦，便遣人至张恕家，讽他献纳。恕自然不肯，立即拒复。绹讨了没趣，怀恨在心，便与御史张裣密商。绹即运动同僚，诬劾恕贪墨不职，立逮入京。法司按问，应得谪官论戍，恕受此风浪，未免惊骇，正要钻营门路，打点疏通，忽见前番的说客，又复到来，嘻嘻大笑道："不听我言，致有此祸。"恕听着，方知被祸的根苗，为珍惜爱妾起见，愈想愈恼，对了来使，复痛骂张绹不绝。来使待他骂毕，方插口道："足下已将张尚书骂毂了，试问他身上，有一毫觉着么？足下罪已坐定了，官又丢掉了，将来还恐性命难保，世间有几个绿珠，甘心殉节，足下倘罹不测，几个妾媵，总是散归别人，何不先此回头？失了一个美人，保全无数好处哩。"说得有理。恕沉吟一回，叹了口气，垂首无言。来使知恕意已转，即刻趋出，竟着驿使至平阳，取了张恕爱妾，送入张绵府中，恕方得免罪。

小子有诗叹道：

> 毕竟倾城是祸胎，为奴受辱费迟徊。
> 红颜一献官如故，我道黄堂尚有才。

阉党窃权，朝政浊乱，忽报安化王寘鐇，戕杀总兵官，传檄远近，声言讨瑾，居然造反起来。欲知成败情形，且待下回续表。

本回纯为刘瑾立传，见得刘瑾无恶不为，比前时王振、曹吉祥、汪直一流人物，尤为狠戾，读之尤令人切齿。李东阳委蛇其间，尚得久居相位，无怪世人以靦颜讥之。然陈太邱之吊张让，亦自有枉尺直寻之见，不得全为东阳咎也。刘宇、张绵，皆系阉党，刘宇去而张绵得势，两夺他人爱妾，无人讦发，明廷尚有公理乎？吾谓明臣未必畏张绵，实畏刘瑾，金水桥之听诏，奉天门之跪伏，令人胆怵心惊，何苦为刘介、张恕一伸冤愤。且介亦自取其咎，恕复仍得好官，多得少失，无怪其尽为仗马寒蝉也。武宗不明，甘听阉党之播弄，国之不亡，犹幸事耳。

第四十六回

入槛车叛藩中计　缚菜厂逆阉伏辜

却说安化王寘鐇系庆靖王朱栴曾孙，栴为太祖第十六子，就封宁夏，其第四子秩炵，于永乐十九年间，封安化王，孙寘鐇袭爵。寘鐇素性狂诞，觊觎非分，尝信用一班术士，为推命造相体格，俱言后当大贵。还有女巫王九儿，教鹦鹉妄言祸福，鹦鹉见了寘鐇，辄呼他为老皇帝，寘鐇益自命不凡，暗结指挥周昂，千户何锦、丁广等，作为爪牙，招兵买马，伺机而动。会值正德五年，瑾遣大理寺少卿周东，至宁夏经理屯田，倍征租赋。原田五亩，勒缴十亩的租银，原田五十亩，勒缴百亩的租银，兵民不能照偿，敲扑胁迫，备极惨酷。更兼巡抚安惟学，系刘瑾私人，抵任后，一味行使威福，甚至将士犯过，杖及妻孥。必杖其妻何为？想是爱看白臀肉。部众恨至切骨。宁夏卫诸生孙景文与寘鐇素相往来，遂入见寘鐇道："殿下欲图大事，何勿乘此机会，倡众举义？"寘鐇大喜，即由景文家置酒，邀集被辱各武弁，畅饮言欢。席间说及寘鐇素有奇征，可辅为共主，趁此除灭贪官，入清阉党，不但宿愤可销，而且大功可就。各武弁都欣然道："愿如所教。就使不能成事，死亦无恨！"当下歃血为盟，订定始散。景文即转告寘鐇，寘鐇遂密约周昂、何锦、丁广等，即日起事。

可巧陕边有警，游击将军仇钺，及副总兵周英，率兵出防。总兵姜汉，别简锐卒六十人为牙将，令周昂带领，何锦为副。昂、锦两人，遂与寘镭定计，借设宴为名，诱杀巡抚总兵以下各官。总兵姜汉，及镇守太监李增、邓广汉等，惘惘到来，入座宴饮，惟周东及安惟学不至。大家正酣饮间，忽见周昂、何锦等，持刀直入，声势汹汹。姜汉慌忙起座，正要启问原因，谁知头上已着了一刀，顿时晕倒，再复一刀，结果性命。李增、邓广汉无从脱逃，也被杀死。当下纠众至巡抚署，把安惟学一刀两段，转至周少卿行辕，又将周东拖出，也是一刀了结。杀得爽快。寘镭遂令景文草檄，声讨刘瑾，及张綵诸人罪状，传布边镇；一面焚官府，劫库藏，放罪囚，夺河舟，制造印章旗牌，令何锦为讨贼大将军，昂、广为左右副将军，景文为军师，招平卤城守将张钦为先锋，定期出师，关中大震。

陕西守吏，忙遣使飞驿驰奏，瑾尚想隐瞒过去，暂不上闻，只矫旨饬各镇固守，命游击将军仇钺，及兴武营守备保勋，发兵讨逆。钺方驻玉泉营，闻寘镭谋叛，率众还镇，途次遇寘镭使人劝他归降，钺佯为应诺，及至镇，卧病不出。寘镭因他久历戎行，熟悉边疆形势，随时遣何锦、周昂等，往询战守事宜。仇钺道："朝内阉党，煞是可恨，今由王爷仗义举兵，较诸太宗当日，还要名正言顺，可惜孱躯遇疾，一时不能效命，俟得少愈，即当为王前驱，入清君侧呢。"何锦颇也狡黠，恐他言不由衷，随答道："仇将军情义可感，现有贵恙，总宜保养要紧，惟麾下兵精士练，还乞暂借一用，幸勿推却！"钺不待思索，便答道："彼此同心，何必言借？"说着，即将卧榻内所贮兵符，交与何锦。锦喜形于色，接受而去。何锦乖，不知仇钺尤乖。

钺乃暗遣心腹，密约保勋兵至，里应外合。适陕西总兵曹雄，亦遣人持书约钺，具言"杨英、韩斌、时源等，各率兵屯扎河上，专待进兵，请为接应"等语。钺拈须半晌，计上心来，婉覆来人去讫，当即报告寘镭，谓"官军已集河东，请速

派兵阻住，毋使渡河"。寘鐇自然相信，亟遣何锦等往截渡
口，仅留周昂守城。寘鐇复出城祭祀社稷旗纛等神，使人呼钺
陪祭，钺复以疾辞。寘鐇祭毕返城，遣周昂往视钺病，钺暗中
布置壮士，俟昂入寝室，由壮士握着铁锤，从后猛击，可怜他
脑浆迸流，死于非命。钺即一跃起床，披甲仗剑，跨马出门，
带着壮士百余人，直抵城下。城卒见是仇钺到来，只道他病恙
已瘥，前来效力，忙大开城门接入。钺等拥入安化王府，凑巧
孙景文等出来迎接，钺竟指挥壮士，出其不意，将他拿下，一
共捉住十余人，再大着步趋入内厅。寘鐇方闻外庭呼噪，抢步
出视，兜头遇着仇钺，刚欲上前握手，不防钺右臂一挥，竟将
寘鐇扑倒，壮士从后趋上，立刻把寘鐇揪住，绑缚起来，寘鐇
才晓得是中计，追悔也不及了。以百余人往执寘鐇如缚犬豕一般，
此等庸奴，还想做皇帝，可笑！寘鐇子台潢，及党羽谢廷槐、韩
廷璋、李蕃、张会通等忙来抢救，又被钺率着壮士，抖擞精
神，将他打倒，一并擒住。统是不中用的人物。随即搜出安化王
印信，钤纸书檄，命何锦速还。何锦部下，有都指挥郑卿，与
仇钺素来认识，钺遣部将古兴儿，密劝郑卿反正，使图何锦。
锦留丁广等守河，方率众退归，不防郑卿已运动军士，中途为
变，事起仓猝，如何抵挡？锦只好孤身西走。其时曹雄、保勋
等已渡河而西，杀败丁广、张钦诸人，丁、张等也向西窜去。
适与何锦相遇，同奔贺兰山。官军陆续往追，至贺兰山下，堵
住山口，分兵向山中搜索，把丁广、张钦等捉得一个不留。统
计寘鐇倡乱，只有一十八日，便即荡平。

　　京中尚未接捷音，只闻着仇钺助逆消息，刘瑾也遮瞒不
住，没奈何入报武宗。武宗忙集诸大臣会议，李东阳奏请宥充
军罚米官员，停征粮草等件，冀安人心。刘瑾尚有难色，武宗
此时，也不能顾及刘瑾，竟照东阳所奏，颁诏天下，复命泾阳
伯神英充总兵官，太监张永监军，率京营兵前往讨逆。廷臣请

起用前右都御史杨一清，提督军务，武宗亦惟言是从，立召一清入朝，托付兵权。急时抱佛脚，可见武宗全无成心。刘瑾与一清不合，独矫诏改户部侍郎陈震，为兵部侍郎，兼金都御史，一同出征。明是监制一清。各将帅方出都门，仇钺等捷书已到，乃召泾阳伯神英还都，命张永及杨一清等，仍往宁夏安抚。时道路相传，总督率京营兵至，将屠宁夏，一清恐谣言激变，亟遣百户韦成赍牌晓谕，略称："大憝已擒，地方无事，朝廷但遣重臣抚定军民，断不妄杀一人。"云云。既至宁夏，又出示："朝廷止诛首恶，不问胁从，各部官员，不许听人诬陷，敢有流造讹言，当以军法从事！"于是浮言顿息，兵民安堵。太监张永，檄镇守抚按，逮捕党犯千余人。一清分别轻重，重罪逮系，轻犯释放，先遣侍郎陈震，押解真镭等入京，自与张永留镇待命。真镭等到京伏诛，有旨令张永回朝，封仇钺为咸宁伯，留杨一清总制三边军务。一场逆案，总算了清。

先是杨一清与张永西行，途中谈论军事，很是投机，至讲及刘瑾情状，永亦恨恨不平，一清探他口气，才知刘瑾未柄政时，原与张永等莫逆，到了专权以后，张永等有所陈请，瑾俱不允。又尝欲以他事逐永，永巧为趋避，方得免祸。密谈了好几日。一清方扼腕叹道："藩宗有乱，还是易除。宫禁大患，不能遽去，如何是好？"永惊问何故？一清移座近永，手书一"瑾"字。连瑾字都不敢明言，阉焰可知，然他日仍假手阉党，除去此獠，益见有势不可行尽。永亦附耳语道："瑾日夕内侍，独得恩宠，皇上一日不见瑾，即郁郁寡欢，今羽翼既成，耳目甚广，欲要除他，恐非易事。"一清悄悄答道："公亦是皇上信臣，今讨逆不遣他人，独命公监军，上意可知。公若班师回朝，伺隙与皇上语宁夏事，上必就公，公但出真镭伪檄，并说他乱政矫旨，谋为不轨，海内愁怨，大乱将起，我料皇上英武，必听公诛瑾。瑾诛后，公必大用，那时力反瑾政，收拾人心，吕强、张承业后，要算公为后劲，千载间只有三人，怕不是流芳百世么？"说得娓娓动听，非满口阿谀者可比。永皱眉道："事倘不成，奈何？"一清道："他人奏请，成否未可知，若公肯极言，无不可成。万一皇上不信，公顿首哀泣，愿死上前，上必为公感动，惟得请当即施行，毋缓须臾，致遭反噬。"永听言至此，不觉攘臂起座道："老奴何惜余年，不肯报主？当从公所言便了。"一清大喜，又称扬了好几句，方搁过不提。至张永奉旨还朝，一清饯别，复用指蘸着杯中余滴，在席上画一"瑾"字。永点首会意，拱手告别。将至京，永请以八月望日献俘，瑾故意令缓。原来瑾有从孙二汉，由术士余明推算星命，据言福泽不浅，该有九五之尊。又是术士妄言致祸，可为迷信者戒。瑾颇信以为真，暗中增置衣甲，联络党羽，将于中秋起事。适值瑾兄都督刘景祥，因病身亡，不至杀身，好算运气。瑾失一帮手，未免窘迫。永又请是日献俘，与瑾有碍，所以令他延期。但天下事若要不知，除非莫为，京城里面，已哗传刘瑾逆谋，众口一词，只有这位荒诞淫乐的武宗，还一些儿没有知晓。昏愦至此，不亡仅耳。

张永到京，恰有人通风与他，他即先期入宫，谒见武宗。献俘已毕，武宗置酒犒劳，瑾亦列席，从日中饮到黄昏，方才撤席，瑾因另有心事，称谢而出。永故意逗留，待至大众散归，方叩首武宗前，呈上真镪伪檄，并陈瑾不法十七事。又将瑾逆谋日期，一一奏闻。武宗时已被酒，含糊答道："今日无事，且再饮数杯！"祸在眉睫，尚作此言，可发一笑。永答道："陛下畅饮的日子，多着呢。现在祸已临头，若迟疑不办，明日奴辈要尽成齑粉了。"武宗尚在沉吟，永又催促道："不但奴辈将成齑粉，就是万岁亦不能长享安乐呢！"武宗被他一激，不觉酒醒了一大半，便道："我好意待他，他敢如此负我么？"正说着，太监马永成亦入报道："万岁，不好了！刘瑾要造反哩。"武宗道:"果真吗?"永成道:"外面已多半知晓,怎么不真?"永复插口道:"请万岁速发禁兵,往拿逆贼。"武宗道:"甚好,便着你去干罢!我到豹房待你。"永立即趋出,传召禁卒,竟至刘瑾住宅,把他围住。时已三鼓,永麾兵坏门直入,径趋内寝。瑾方在黑甜乡中,做着好梦,是否梦做太上皇?蓦地里人声喧杂,惊逐梦魔,披衣起问,一辟寝门,即遇张永,永即朗声道:"皇上有旨,传你去呢!"瑾问道:"皇上在哪里?"永答道:"现在豹房。"瑾顾家人道:"半夜三更,何事宣召?这真奇怪呢!"永复道:"到了豹房,便知分晓。"瑾整了衣冠,昂然趋出。行未数步,即有禁兵上前,将他缚住,瑾尚是呵叱不休,禁兵不与计较,乱推乱扯的,牵了出去,连夜启东朱门,缚瑾菜厂内。

越日早朝,武宗即将张永所奏,晓示阁臣,阁臣面奏道:"非查抄刘瑾府中,不足证明谋反的真假,恐瑾尚不肯认罪呢。"武宗迟疑半晌道:"待朕自往查抄便了。"言下尚有疑衷。即带着文武百官,亲至瑾宅,由锦衣卫一一搜索,自外至内,无不检取,共得金二十四万锭,又五万七千八百两,元宝五百万锭,一百五十八万三千六百两,宝石二斗,奇异珍玩,不计其救。还有八爪金龙袍四件,蟒衣四百七十件,衣甲千余,弓弩五百,最可怪的是两柄貂毛扇,扇柄上暗藏机栝,用手扳机,竟露出寒光闪闪的一具匕首。武宗不禁瞪目道:"好胆大的狗奴!他果然谋逆了。"到此方深信吗?乃整驾回朝,立传旨下瑾诏狱,尽法审鞫;一面钩捕逆党,把吏部尚书张绶,锦衣卫指挥杨玉、石文义等,一并下狱。于是六科十三道,共劾瑾罪,一古脑儿有三四十条,就是刘瑾门下的李宪,也上书劾瑾,比别人更说得出透。大家打落水狗,如李宪辈,更是狗自相龁。刘瑾闻李宪讦奏,冷笑道:"他是我一手提拔,今也来劾我么?"谁叫你去提拔他?

　　越日廷讯逆案，牵瑾上阶。刑部尚书刘璟见了瑾面，不由的脸红耳热，连一句话都说不出来。平日党附巨奸，至此不便落脸，我还说他厚道。瑾睁着两眼，厉声道："满朝公卿，尽出我门，哪个敢来审我？"不肯自供。众官闻言，多面面相觑，退至后列，独有一人挺身出语道："我敢审你。我是国家懿戚，未尝出入你门，怎么不好审你？"瑾瞧将过去，乃是驸马都尉蔡震，也不觉吃了一惊。蔡震又道："公卿百官，统是朝廷命吏，你乃云出你门下，目无皇上，应得何罪？"随叱左右道："快与我批颊！"左右不敢违慢，把刘瑾的两颊上，狠狠的挞了数十下，瑾禁不住叫痛起来。笞杖别人，比你痛苦何如。震复叱道："你在家中，何故擅藏弓甲？"瑾支吾一会，方说道："这、这是保卫皇上呢！"震笑道："保卫皇上，须置在宫禁中，如何藏着你室？就是龙衮蟒袍，亦岂你等可服？若非谋为不轨，那得制此衣物？真迹已露，还有何辩？"这数语，说得刘瑾哑口无言，只好匍伏叩头。震即令牵还狱中，入内复旨。即日下诏，谓"逆瑾罪状确凿，毋庸复讯，着即磔死。所有逆瑾亲属，一律处斩"。于是威焰熏天的逆阉，竟遭剐割，都人士争啖瑾肉，以一钱易一脔，顷刻而尽。肉不足食，都人士独不怕腌臜吗？

　　瑾亲族十五人，一一伏法，从孙二汉，自然也赏他一刀。想做皇帝的结果。二汉临刑时，涕泪满颐道："我原是该死，但我家所为，统是焦芳、张綵两人，撺掇起来。张綵今亦下狱，谅他也不能幸免，独焦芳安然归里，未见追逮，我心实是未甘呢。"原来焦芳、张綵，先后附瑾，芳尝称瑾为千岁，自称门下，瑾妄作妄行，多半由芳唆使。及张綵得势，芳势少衰，綵于瑾前举芳阴事，瑾即当众辱芳，芳惭沮乞归，距瑾死不过两月余。张綵狱成拟斩，他竟在狱毙命，下诏磔尸，指挥刘玉、石文义等，皆处死，惟芳止除名。芳子黄中，已由侍读升任侍郎，性甚狂恣。芳有美妾，系土官岑濬家眷，濬得罪没入，为芳所据。黄中也觉垂涎，平时在父左右，已不免与那美人儿，有眉挑目逗等情，及芳失势将归，愁闷成疾，他竟以子代父，把美人儿诱入己室，居然解衣同寝，做些无耻的勾当。那美人儿厌老喜少，恰也两相情愿，但外人已纷纷传播，至焦芳除名，黄中尚未曾受谴，御史等交章论劾，并把那子烝父亲的罪状，一并列入，乃将黄中褫职。美人儿仍得团圆，较诸张绿之死，不容二妾陪去，所得多矣。外如户部尚书刘玑，兵部侍郎陈震等，统削籍为民。小子有诗咏道：

> 一阳稍复化冰山，天道难云不好还。
> 到底恶人多恶报，刑场相对泪空潜。

罪人伏法，有功的例当封赏，张永以下诸人，又弹冠相庆了。欲知详细，请阅下回。

　　有刘瑾之不法，而后有寘𫠜之叛。有寘𫠜之为逆，而后有刘瑾之诛。两两相因，同归于尽，不得谓非武宗之幸事。天意不欲亡明，因使寘𫠜作乱，以便张、杨二人之定谋，卒之处心积虑之二凶，一则未战而即成擒，一则甫出而遽就缚，外忧方弭，内患复除，谓非天佑得乎？不然，如昏迷沉湎之武宗，乃能仓猝定变耶？阅者乃于此觇恶报焉。

第四十七回

河北盗横行畿辅　山东贼毕命狼山

却说刘瑾等伏罪遭诛，张永以下，相率受赏，永兄富得封泰安伯，弟容得封安定伯，魏彬弟英，得封镇安伯，马永成弟山，得封平凉伯，谷大用弟大玘，得封永清伯，均给诰券世袭。张永等出了气力，可惜都给与兄弟。张永等身为太监，虽例难封爵，究竟权势烜赫，把持政权，不过较刘瑾时稍差一点。阁中换了两个大臣，一是刘忠，一是梁储，两人前日俱为瑾所排斥，至是同召入阁，俱授吏部尚书兼文渊阁大学士。李东阳居官如故。弊政微有变更，大致仍然照旧，百姓困苦，分毫未舒，免不得有盗贼出现。

其时有个大盗张茂，窟穴霸州，家中有重楼复壁，可藏数十百人。邻盗刘六、刘七、齐彦名、李隆、杨虎、朱千户等都与他往来，倚为逃薮。茂又与太监张忠，对宇同居，结为兄弟，时常托忠纳贿权阉。马永成、谷大用诸人，得了好处，也引他为友，他竟假扮阉奴的模样，混入豹房，恣行游览。武宗哪里管得许多，镇日与三五美人，蹴踘为乐，就是有十个张茂，也只道是中官家人，不为张茂所刺，想是百神呵护。茂遂出入自由，毫无忌惮；有时手头消乏，仍去做那劫夺的勾当。一日在河间府出手，突被参将袁彪率兵来捕，茂虽有同党数人，究因众寡不敌，败阵逃还，偏偏袁彪不肯干休，查得张茂住处，竟带领多兵，要与他来算账。茂闻风大惧，忙向好兄弟张忠处求救。忠言无妨，便留住张茂，一面预备盛筵，俟袁彪到来，即请他入宴。彪不便推却，应召赴饮。忠竟令张茂陪宾，东西分坐。饮了数巡，张忠酌酒一大觥，送与袁彪道："闻参戎来此捕盗，为公服务，足见忠心。但兄弟恰有一事相托！"说至此，即手指西座张茂，转语袁彪道："此人实吾族弟，幸毋相厄！"又举一卮与茂道："袁将军与你相好，今后勿再扰河间。"茂自然唯唯从命。彪亦没奈何应诺，饮尽作别，即率兵自归。茂幸得脱险，转瞬间故态复萌，仍是四出劫掠。可巧御史宁杲，奉命捕盗，到了霸州，察悉张茂是个盗魁，即召巡捕李主簿入见，饬他捕茂。李主簿知茂厉害，且素闻茂家深邃，一时无从搜捕，左思右想，情急智生，他竟扮了弹琵琶的优人，邀二三同伴，径诣张茂家弹唱。茂是绿林豪客，生性粗豪，不防他人暗算，遂召他入内侑酒。李主簿善弹，同伴善唱，引得张茂喜欢不迭，留他盘桓数日。他得自在游行，洞悉该家曲折，那时托故告别，即于夜间导着宁杲，并骁勇数十人，逾垣直入，熟门熟路的进去，竟将张茂擒住，用斧斫断茂股，扛缚而归。

余盗杨虎、齐彦名、刘六、刘七等闻张茂被擒，慌忙托张忠斡旋。忠入与马永成商议，永成索银二万两，方肯替他说情。强盗要掳人勒赎，不意明廷太监，反要掳盗索贿。看官！你想这强盗所劫金银，统是随手用尽，哪里来的余蓄？大家集议一番，不得主意，杨虎起言道："官库中金银很多，何不借些使用？"劫官偿官，确是好计。言尚未终，竟大踏步去了。是夕即邀集羽翼，往毁官署。署中颇有准备，一闻盗警，救火的救火，接仗的接仗，丝毫不乱，杨虎料难得手，一溜烟的走了。刘六、刘七闻杨虎失败，恐遭祸累，忙向官署自首。当由官署收留，令他捕盗自效，一住数月，也捉到好几个毛贼。但是盗贼性情，不喜约束，经不起官厅监督，又复私自遁去。嗣是抗官府，劫行旅，不到数旬，竟聚众至好几千人，骚扰畿南。

　　霸州文安县诸生赵镽，颇有膂力，豪健自诩，人呼他为赵疯子。六等乱起，镽挈妻女避难，暂匿河边芦苇中，不料被众贼所见，前来掳掠。镽慌忙登岸，妻子亦随着同逃，无如三寸莲钩，不能速行，走不数步，被贼追及，把他妻女拉住，看她有几分姿色，竟欲借河岸为裀褥，与她做个并头花。那妻女等惊骇异常，大呼救命，镽转身瞧着，怒气填胸，竟三脚两步，抢将过去，提起碗大的拳头，左挥右击，无人可当，众贼一哄而散，有两人逃得稍慢，被他格毙。凑巧刘六、刘七等，大队到来，见赵镽如此威风，不由的愤怒起来，当即麾众上前，将赵镽困在垓心。镽孤掌难鸣，敌不住许多盗党，不一时即被擒住。刘六顾镽道："你是何人？胆敢撒野。"镽张目叱道："好一个呆强盗，连赵疯子都不认识么？"颇有胆气。刘六闻言，亲与解缚，一面劝慰道："原来是赵先生，久仰侠名，惜前此未曾面熟，竟致冒犯，还乞先生原谅！"复道："你走你的路，我走我的路，何必与我客气？"刘六道："贪官污吏，满布中外，我等为他所逼，没奈何做此买卖。今得先生到此，若肯入股相助，指示一切，我情愿奉令承教呢！"刘六颇善笼络。赵镽一想，刘六颇有义气，不如将就答应，一来可保全性命，二来可保全妻孥，且到后来再说，随语刘六道："欲我入股，却也不难，但不要奸淫掳掠，须严申纪律，方可听命。"想为妻女受惊之故，因有此语。刘六道："全仗先生调度。"镽又道，"家内尚有兄弟数人，不若一并招来，免致受累。"六亦允诺。镽即率妻女还家，收拾细软，并与弟镴、镐等，募众五百人，径诣河间，遣人通报刘六等，一同来会。于是畿南一带，统是盗踪。

　　是时承平日久，民不知兵，郡县望风奔溃，甚至开门揖盗，以故群盗无忌，越发横行。赵镽与杨虎、刘三、邢老虎等往掠河南，刘六、刘七与齐彦名等往掠山东，分道扬镳，所至蹂躏。明廷亟命惠安伯张伟充总兵官，都御史马中锡提督军务，统京营兵出剿流贼。伟系仁宗后侄曾孙，出自绮裤，素不知兵，中锡又是个白面书生，腐气腾腾，竟欲效汉龚遂治渤海故事，招抚贼众，沿途尽出榜示，大略谓："潢池小丑，莫非民生，所在官司，不得无故捕获，好好的供给劝导。如若悔过听抚，一律宥死。"确是迂腐。刘六等见了此示，倒也禁止杀掠，将信将疑。中锡至德州桑儿园，居然单车简从，直投贼垒。刘六出寨迎谒，由中锡开诚晓谕，六随口答应，惟命是从。待中锡已返，便拟遣散党羽，往降官军。刘七奋臂道："俗语说得好，'骑虎难下'，目今内官主政，国事日非，马都堂能自践前言么？"六乃不敢决议。潜令党人到京，探听中贵，并无招降消息。又将山东所劫金银，运送权倖，求下赦令，计复不行。刘六、刘七等遂大肆劫掠。惟至故城县中，相戒勿入马都堂家。马籍隶故城，举室独完。遂谤腾中外。廷臣统劾他玩寇殃民，连张伟一并就逮。伟革职闲住，中锡竟瘐毙狱中。

兵部尚书何鉴，以京军不能讨贼，请发宣府、延绥二镇兵助讨。有旨允准，且命兵部侍郎陆完，总制边军，所有边将许泰、邻永、冯祯等悉听调遣。师出涿州，忽报寇众已至固安，将犯京师。武宗闻着，也惶急得很。此时尚清醒么？亟亲御左顺门，召大学士李东阳、梁储、杨廷和及尚书何鉴商议，且谕道："贼向东来，师乃西出，彼此相左，奈何？"何鉴道："陆侍郎去京不远，可飞驿召还，贼闻大军入卫，自然远遁了。"武宗鼓掌称善。鼓掌二字用得妙。鉴即饬使追还陆完，令他东趋固安，堵截贼众。许泰、邻永亦自霸州进攻，前后夹击，连破贼寨。完请再发大同、辽东兵协助，以便早日荡平，乃调大同总兵张俊，游击江彬等入征。江彬进来，又是一个大祸来。谷大用以贼势渐衰，自请督师，冀邀封赏。武宗遂以大用提督军务，伏羌伯毛锐为总兵官，太监张忠监神枪营，皆出会完。张忠为大盗张茂好友。如何令他监军？刘六等闻王师大出，避锐南下，连破日照、海丰、寿张、阳谷、曲阜等县城，进攻济宁，焚去粮船千二百艘。大用等到了临清，遥闻贼势浩大，观望不前。想是要追悔了。六料他没用，竟舍了济宁，从间道卷甲北趋，意欲乘武宗祀天，潜行劫驾，哪知被尚书何鉴侦觉，立刻奏闻，即夕严设守备，防得水泄不通。待至黎明，武宗召问何鉴，应否郊祀？鉴奏称："兵防严密，尽可无虑，不如早出主祭，藉安人心。"武宗准奏，即乘辇出城，直抵南郊，从容礼成而还。六知有备，不敢入犯，西掠保定去了。

这时候的赵疯子等方转掠河南，横行而东，直至徐州，分众攻宿迁。淮安知府刘祥率兵逆贼，未战先溃。贼众追逼至河，官军溺毙无算，祥马蹶被执。赵镣审讯刘祥，尚无虐民情事，纵使归去，随即渡河南行，杀高邮等卫官军三百余人，劫住指挥陈鹏。转攻灵璧，突入城中，又把知县陈伯安缚住。赵镣劝他入党，伯安不屈，反斥责贼众。刘三在旁，听不下去，竟拔出宝刀，奔向伯安，欲借他的头颅。镣急忙拦阻，语刘三道："陈大令忠直可嘉，不如放他归去为是。"刘三乃停住了手，当由镣放还伯安，并将指挥陈鹏也释缚纵归。嗣是所过州县，先约官吏师儒，无庸走避，但教望风迎顺，一体秋毫无犯。疯子不疯，颇有儒者气象。后至钧州，以前部尚书马文升，家居城中，戒毋妄入，绕城径去，转入泌阳，至焦芳家搜掠一番。芳已远匿，镣令束草为人，充作芳像，自持刀乱剁道："我为天下诛此贼。"言已，即令手下放火，把焦氏一座大厦，烧得干干净净。如此方真成焦氏。并将焦氏先冢，尽行铲平。官吏听者。复渡河北行，陷归德府。守备万都司，及武平卫指挥石坚，率兵千余，来击赵镣。镣收众南遁，将渡小黄河，还顾官军追至，返身接战，杀得官军七零八落，大败而逃。镣令众休息一日，然后渡河。杨虎自恃勇悍，独率死党杨宁等九人，临河夺舟，踊跃欲渡。不意武平卫百户夏时，率兵伏着，俟虎已下船，鼓噪而出，用了强弩巨石，一齐掷去，竟将杨虎的坐船，击沉河中，虎等溺毙。镳闻虎被溺，急忙驰救，但见流水潺潺，烟波渺渺，不但杨虎等无影无踪，就是官军亦不见一个，只得凭吊一番，整众南渡。刘三因杨虎已死，同党中没有鸷类，遂思拥众自尊，当下与赵镳商议，只说是无主必乱。镳已瞧透私意，索性顺风使帆，推他为主。他遂自称为奉天征讨大元帅，令镳为副，分众十三万为二十八营，说是上应二十八宿，各树大旗为号，又置金旗二面，大书："虎贲三千，直抵幽燕之地，龙飞九五，重开混沌之天。"尝见太平天国中亦有此联，惟混沌二字，改作尧舜，想是从此处抄来。这四语是赵疯子手笔，刘三为之大喜。复约刘六、刘七等分掠山东、河南，刘六复攻霸州。明廷召回谷大用、毛锐等，抵御刘六，途次与六相遇，大用骇急先奔，只配做太监，不配做监军。毛锐也随后趋避，官兵都走了他娘，管甚么刘六、刘七。六与七反追杀一阵，夺了官兵许多甲仗。大用等狼狈回京，武宗也不去罪他，但别遣都御史彭泽，咸宁伯仇钺，接统军务。

泽与钺颇有威望，既奉命出师，遂倡议按地圈剿。山东一方面，归兵部侍郎陆完征讨，自率军径趋河南。适赵镳等攻唐县，二十八日不能下，邢老虎得病身亡，得保首领，算是幸事。镳并有邢众，转掠襄阳、樊城、枣阳、随州等处，可巧彭泽、仇钺统军到来，与赵疯子遇着西河，两下交锋，混杀一阵。此次官军都是精锐，更兼泽、钺两人持刀督阵，退后立斩，所以人人效命，个个先驱，任你赵疯子如何权略，也吃了一大败仗，伤亡了二千余人，丧失马骡器械无数，剩了残兵败卒，向南急奔，至河南府地方，会同刘三，直攻府城。总兵冯祯领军追至，鏖战了一昼夜，祯竟阵亡，贼亦被杀多人，夜奔汝、颖。朱皋镇官兵截击，斩馘甚众，贼仓皇渡河，先后淹毙，又不计其数。仇钺复率大军趋至，连战皆捷，逼至土地坡，由指挥王瑾，射中刘三左目。三痛不可忍，纵火自焚。只赵镳窜走德安，行至应山，料知事不能成，适遇行脚僧真安，因愿受剃度，怀牒亡命。其党邢本道等散奔随州，被湖广巡抚刘丙拿住，细细拷问，方知赵疯子做了和尚。前时不做和尚，至此已是迟了。乃檄各镇饬兵迹捕。赵疯子行至武昌，走入饭店中，要酒要肉，大饮大嚼，和尚吃荤，安得不令人瞧破？想是命中该死，所以有此糊涂。武昌卫军人赵成、赵宗等见他形迹可疑，跟入店中，等到赵疯子酒意醺醺，方相约动手，前牵后扯，把他推倒店楼，抬至府署报功。当由府解入省中，搜出度牒，的系赵镳无疑，遂槛送京师，依大逆不道例，凌迟处死。群盗中还算是他，乃亦不免极刑，毕竟盗不可为。河南肃清。

　　彭泽、仇钺等移师山东，往助陆完。陆完正与刘六、刘七等往来争斗，互有杀伤。刘六、刘七复得了一个女帮手，很是厉害。这女盗为谁？便是杨虎妻崔氏。崔氏本系盗女，练习一身拳棒，兼带三分妩媚，平时尝骑着一匹黄骠马，往返盗窟，盗众见她勇过乃夫，送给一个混号，叫作"杨跨虎"。本是杨虎之妻，乃绰号叫作跨虎，可见雌虎更凶于雄虎。及杨虎死后，又称她为杨寡妇。清有齐寡妇，明有杨寡妇，诚不约而同。杨寡妇谋复夫仇，潜至山东招集旧好，投入刘六、刘七垒中。刘六等自然欢迎，是否存着歹心？相偕四掠，转入利津，偏偏遇着佥事许逵。这许逵很通兵法，前为乐陵知县，捍守孤城，屡次却敌，积功擢为佥事，此次引兵到来，个个如生龙活虎一般，恁你百战的刘六、刘七，跨虎的杨寡妇，也觉招架不住，败退枣林。途次复为督满御史张缙及千户张瀛截杀一阵，弄得七零八落，逃入河南，转至湖广，为官军所迫，刘六死水中，刘七与杨寡妇挟众东走，出没长江。侍郎陆完，自临清驰至江上，分扼要害，与贼相持。贼尚行踪飘忽，倏东倏西。仇钺又自山东驰至，还有副总兵刘晖率辽东兵，千总任玺率大同兵，游击郤永率宣府兵，一古脑儿齐集大江，与贼死战，且用火焚毁贼舟。刘七等走保狼山，各军陆续进攻。刘晖在山北，郤永在山南，皆拥盾跪行而上，手施枪炮，且上且攻，盾上矢集如蝟，仍然不退，遂攻入贼寨。刘七自山后逃下，身中流矢，赴水毙命。齐彦名中枪死，只有杨寡妇一人，不知下落，大约是死于乱军中了。小子有诗叹道：

> 为扫萑苻动六军，三年零雨始垂勋。
> 昆岗焚尽遗灰在，玉石谁为子细分。

盗魁尽死，余众皆殄，自正德五年至七年，用兵三载，方得平定，陆完、彭泽等奏凯还朝，以后情事，下回再表。

河北群盗之起，势似乌合，若得良将出剿，一鼓可以荡平，乃所用非人，议抚不成，议剿无力，遂至盗贼横行，蔓延五省。幸得彭泽、仇钺等倡议分剿，各专责成，于是盗之在河南者，平定于先，盗之在山东者，亦逼入长江，歼除于后。盗虽削平，而五省生灵，鱼糜肉烂，又复竭诸道兵力，费若干帑项，经三载而约定，乃叹星星之火，易至燎原，非杜渐防微不可也。惟赵疯子假仁仗义，卒至身名两败，竟受极刑，最不值得。刘六、刘七、杨虎、齐彦名等不足诛焉。

第四十八回

经略西番镇臣得罪　承恩北阙义儿导淫

却说河北群盗一体荡平，免不得又要酬庸。陆完、彭泽俱得加封太子少保，仇钺竟封咸宁侯，内阁李东阳、杨廷和、梁储、费宏俱得加荫一子，连谷大用弟大宽也得封高平伯。还有太监陆訚内掌神枪营，说他督械有功，贻封弟永得为镇平伯。<u>又是太监弟运气。</u>方在君臣交庆的时候，忽由四川递到警报，乃是"保宁贼蓝廷瑞余党连陷州县，势日猖獗，总制尚书洪钟无力剿平，乞即济师"等语。

先是湖广、江西、四川等省，连年饥馑，盗贼并起。湖广有沔阳贼杨清、邱仁等，江西有东乡贼王钰五、徐仰三等，桃源贼汪澄二、王浩八等，华林贼罗先权、陈福一等，赣州贼何积钦等，所至蔓延。明廷遣尚书洪钟总制湖广、四川军务，左都御史陈金，总制江西军务。陈金到了江西，剿抚兼施，依次平靖。洪钟出湖广，檄布政使陈镐及都指挥潘勋，击破贼党，肃清湖湘，再移师入蜀。蜀寇蓝廷瑞自称顺天王，鄢本恕自称"刮地王"，廖惠自称扫地王，结众十万，纵掠川中。洪钟与巡抚林俊，总兵杨宏，相机剿捕，尚称得手。廖惠就擒，嗣复诱降蓝廷瑞、鄢本恕等，设伏邀宴，把他一并擒斩。余党廖麻子、喻思俸等在逃未获，不到数月，又复结成巨党，分劫州县。巡抚林俊素得民心，至是与洪钟有嫌，且因中官弟侄，寄名兵籍，往往冒功求赏，拒不胜拒，遂疏乞致仕。朝旨准奏，蜀民乞留不允，因此民情愈怨，相率从盗。廖麻子、喻思俸等，结众至二十万。洪钟派兵分剿，日不暇给，乃奏请增兵。此段系补叙，并及湖广、江西乱事，是补笔中销纳法。武宗召群臣廷议，或请派兵助剿，或请简员督师，议论不一。独御史王绘，劾奏洪钟纵寇殃民，请即另易大员。于是将钟罢职，命太子少保都御史彭泽率总兵时源西征。

泽至四川，征集苗兵，圈剿贼众，但开东北一面，纵贼出走。廖麻子、喻思俸等遂窜入汉中。泽又逼他入山，四面围攻，竟将廖、喻诸贼，次第擒诛。复回军扫平内江、营昌等处，四川大定。蜀寇虽多，不及河北群盗之狡悍，所以用笔从略。有诏封彭泽为太子太保，授时源为左都督。泽请班师回朝，廷议未许，令他暂留保宁镇抚。未几即调任甘肃，令他提督军务，经理哈密。

哈密一事，说来又是话长，不得不追溯源流，表明大略。边塞重事，特别表明。原来哈密在甘肃西北，即唐时伊吾庐地。今属新疆省。元末以威武王纳忽里镇守。明太祖定陕西、甘肃诸镇，嘉峪关以西，暂置不问，至永乐二年，方传檄招降。其时纳忽里已死，子安克帖木儿嗣，奉诏贡马，受封为忠顺王，即置哈密卫。忠顺王，再传为孛罗帖木儿，被弑无子，由王母代理国事。寻因鞑靼部加兵，避居赤斤苦峪，且遣使奏请明廷，愿以外孙把塔木儿，袭封王爵，镇守哈密。时已成化二年，宪宗览奏，颁发兵部议闻。兵部复请以把塔木儿为右都督，代守哈密，摄行王事。当下依议传旨，把塔木儿自然奉命。既而把塔木儿病死，子罕慎嗣职，哈密邻部土鲁番，适当强盛，头目阿力，自称速檀，一作苏勒坦，意即可汗之类。率众袭哈密，逐走罕慎，掳了王母，劫去金印。甘肃巡抚娄良以闻，廷臣主张恢复，因举高阳伯李文、右通政刘文驰往征讨，将至哈密，闻众已溃散，不敢深入，止调集番兵数千，驻守苦峪。会速檀阿力，遣使入贡，且致书李文，只称王母已死，金印缓日归还。李文等不待朝命，即还兵复旨。过了半年，并不闻还印消息，乃更铸哈密卫印，颁赐罕慎，即就苦峪立卫，给他土田，俾得居住。越数年，速檀阿力死。罕慎得乘间进兵，复入哈密。嗣又为阿力子阿黑麻所诱，杀死城下。阿黑麻恐明廷诘责，遣人入贡，并请代领西域。有旨令归还城印，且饬哈密卫目写亦虎仙往谕。阿黑麻总算听命，缴上金印，及归还城池。于是兵部尚书马文升，议别立元裔为王，藉摄诸番，乃诏求忠顺王近裔。元安定王，从子陕巴，纳入哈密，阿黑麻复屡与构衅，陕巴复被擒去。经甘肃巡抚许进等，潜入哈密，逐去阿黑麻，留守牙兰，又绝土鲁番互市。阿黑麻始惧，乃将陕巴释归。至正德元年，陕巴去世，子拜牙郎袭爵，淫虐无道，不亲政事。土鲁番酋阿黑麻亦死，子满速儿据位，用了甘言厚币，诱引拜牙郎。拜牙郎弃了哈密，投往土鲁番。甘心弃国，令人不解。满速儿夺他金印，即遣部目火者他只丁，往据哈密，又投书甘肃巡抚，辞多倨悖。都御史邓璋，方总制甘肃军务，当即奏闻。大学士杨廷和等，乃交荐彭泽可用，出略甘凉。

　　泽得调任消息，再辞不许，乃自川中启节，径抵甘州。适火者他只丁入掠赤斤、苦峪诸处，声言与我万金，当即卷甲退兵，返还哈密城印。泽正筹议剿抚事宜，忽报哈密卫目写亦虎仙到来，忙急召入，询及土鲁番与哈密近状。写亦虎仙道："满速儿势焰方强，一时恐难平定，不若啖以金帛，俾就羁縻，那时哈城可还，金印可归，比劳师动众，好得多了。"泽听了此言，暗思番人嗜利，失了些须金帛，免动多少兵戈，也未始非权宜计策，遂依了写亦虎仙所言，并遣他赍币二千疋匹，白金器一具，往给满速儿，说令和好，速还哈密城印。略番使和，泽太失计。哪知写亦虎仙已与满速儿通同一气，此次见泽，实是为满速儿作一说客，泽不知是诈，反将金帛厚遗，他便往报满夷儿，教他再请增币，即还城印。泽以增币小事，遽从所请，一面上言番酋悔过效顺，不必用师，哈密城印，即可归还。武宗大喜，便召泽还京。巡按御史冯时雍，奏称彭泽讲和辱国，应加惩处，疏入不报。

满速儿探知彭泽还朝，兵事已寝，哪里肯归还城印？反且四出侵掠。甘肃巡抚李昆，遣使诘问满速儿，满速儿又遣写亦虎仙等，来索所许金币。俗语所谓你讨上船钱，我讨落船钱。昆欲遵原约，有兵备副使陈九畴，出阻道："彭总督处事模棱，今抚帅又欲赏寇么？不可不可！"昆答道："并非赏寇，不过原约在先，不便失信。"九畴道："欲要增币，必须归还城印，且令送拜牙郎归国，方可行得。但番人多诈，应留写亦虎仙为质，等到城印缴清，拜牙郎送归，才把写亦虎仙，放他回去。"昆乃留住写亦虎仙只令随使回去，给他杂币二百匹，令将拜牙郎及哈密城印，来换写亦虎仙。随使去后，好几日不得回报。李昆正在疑虑，忽有探卒入禀道："满速儿引兵万骑，来犯肃州了。"昆即召九畴商议，九畴道："火来水掩，将来兵挡，怕他什么？"遂调兵守城，遣游击芮宁出御。芮宁战死，番兵迫城下，九畴昼夜梭巡，渐闻哈密降回居肃州，有内应消息，即发兵掩捕，获得降回头目失拜烟答等，捶死杖下。潜于夜间缒兵出城，袭破番营。满速儿败走瓜州，又被副总兵郑廉邀击，狼狈不堪，驰还土鲁番，复遣人求和。九畴谓："满速儿狡黠不臣，应拒绝来使，勿令与通。"李昆不从，竟驰驿奏闻。

兵部尚书王琼，曾与彭泽有隙，方偕锦衣卫钱宁，设谋构陷，请穷诘增币主名，严加部议。适失拜烟答子米儿马黑麻，诣阙讼冤，说是陈九畴屈死乃父。王琼遂劾泽欺罔辱国，九畴轻率激变，一并逮鞫。连哈密卫目写亦虎仙亦解至京师。户部尚书石玠谓："将在外，君命有所不受，彭泽、陈九畴出镇边疆，为国定谋，功足掩罪，请免重遣！"王琼闻言大忿道：
"纳币寇廷，致贻后患，尚得谓功足掩罪么？"玠不能答。彭、
陈二人，几不免死刑。幸杨廷和代为转圜，乃将彭、陈减死，
削职为民。写亦虎仙竟得脱罪，留居京师。他本狡黠多诈，与
米儿马黑麻，结为一党，趋奉锦衣卫钱宁，入侍宫廷。武宗爱
他敏慧，逐渐宠幸，赐他国姓，列为义儿。

当时义儿甚多，无论外吏中官，亡虏走卒，总教得武宗欢
心，都得赐姓为朱，拜武宗做干儿子，统共计算，约有二百余
人。可谓博爱。这二百余人中，第一个得宠，要算钱宁，第二
个便是江彬。钱宁幼时，贫苦得很，寄鬻太监钱能家。能死
后，宁年已长，转事刘瑾，因得入侍武宗。平居善承意旨，渐
邀宠幸。甚至武宗昏醉，尝倚宁为枕，彻夜长眠。仿佛弥子瑕，
想他面庞儿定亦俊白。有时百官候朝，待至晌午，尚未得武宗起
居消息，从此君王不早朝。必须俟钱宁通报，方可入殿排班。宁
以此得掌锦衣卫，招权纳贿，势倾百僚。江彬为大同游击，自
调入剿盗后，班师获赏。应前回。他闻钱宁大名，靠着战争所
得财物，私下投赠。财物自乾没而来，原不足惜。宁遂引彬入豹
房，觐见武宗。彬本有口才，又经钱宁先容，奏对自然称旨。
武宗大喜，升为左都督，嗣复与钱宁一同赐姓，充做义儿，留
侍左右，与同卧起。又多一个陪夜。

钱宁见彬夺己宠，替他作枕，还不好么。深悔从前引进，未
免多事，谁教你爱财物。渐渐的有意排挤。彬从旁察觉，想了
一计，入与武宗谈及兵事。武宗问长道短，正中彬意，遂乘机
奏道："目今中原劲旅，要算边兵最强，京营士卒，远不及
他。试看河北群盗，全仗边兵荡平，若单靠京营疲卒，恐至今
尚未肃清哩！"徐徐引入。武宗动色道："京营如此腐败，哪足
防患？若欲变弱为强，须用何法？"彬又奏道："莫妙于互调
操练，京兵赴边，边兵赴京，彼此易一位置，内外俱成劲旅

了。"武宗点首，极称妙计，遂饬调四镇兵入京师。大学士李东阳等极力谏阻，俱不见纳。四镇兵奉旨到京，四镇兵即宣府、大同、辽东、延绥。由武宗戎装披挂，亲临校阅，果然军容壮盛、手段高强，心中大悦，立召总兵许泰、刘晖等，温言嘉奖，各赐国姓。嗣是称四镇兵为"外四家军"，又命江彬为统帅，兼辖四家。于是江彬权势越张，就使有十个钱宁，也不能把他扳倒了。江彬计划，至此说明。

武宗且挑进宫监，教他习练弓箭，编成一军，亲自统率，与彬等日夕驰逐，呼噪声，弓马声，遍达九门，嘈杂不绝。宫廷内外，统是不安，独武宗欢慰异常，李东阳屡谏无效，乞休而去。也亏他熬练到此。杨廷和因丁忧告归，吏部尚书杨一清，入预阁务，不过办事几个月，已与江彬、钱宁等做了对头，情愿谢职归田。各大员多半归休，江彬益肆行无忌，导上纵淫。会延绥总兵官马昂，以奸贪骄横，革职闲居，闻江彬新得上宠，入京谒彬，希图开复原官。江彬沉思一会儿，带笑说道："足下能办到一事，保你富贵如故。"昂亟问何事，江彬笑道："不必说了。就是说明，恐你亦办不到。"故意不说，尤为奸险。昂情急道："除是杀头，没有办不到的事情。"彬乃密授昂计，昂欣然应声而去。

看官道是何策？原来马昂有一妹子，容颜绝世，歌舞、骑射般般皆能，年甫及笄，嫁与指挥毕春。彬与昂同籍宣府，从前曾见过数次，暗中垂涎，偏偏弄不到手，此次因武宗渔色，嘱他采访佳人，彬遂借端设计，欲令昂送妹入宫，一则可销前日闷气，二则可固后来荣宠。昂也为得官要紧，竟依计照行，托词母病，诱妹归宁。及到家内，方说出一段隐情。那妹子闻入宫为妃，恰也情愿，只一时不好承认，反说阿哥胡闹。经昂央告多时，方淡扫蛾眉，由他送入京中。江彬接着，见她丰姿秀媚，比初见时尤为鲜艳，不禁色胆如天，搂住求欢。那美人儿本认识江彬，素羡彬威武出众，就也半推半就，任他玩弄，足足享受了三天，先尝后进，江彬毕竟效忠。方令她盛饰起来，献入豹房。武宗见了如花如玉的美人，管甚么嫁过不嫁过，赐了三杯美酒，即令侍寝。妇女家心存势利，格外柔媚，惹得武宗视为珍奇，朝夕不离。当下将马昂开复原官，昂弟炅、昶等，都蒙宠赐蟒衣，又赐昂甲第于太平仓东，真所谓君恩汪濊，光耀门楣了。只是毕春晦气。御史给事中等，闻这消息，联表奏谏，甚且举以吕易嬴以牛易马的故事，引为炯戒。武宗均搁置不报，美人情重国家轻。且时常与彬夜游，幸昂私第。君臣欢饮，适有一盘鱼脍，味甚佳美，武宗赞不绝口，并问由何人烹调？彬奏称为篦室杜氏承办。武宗道："卿妾至马家司肴，确见友谊。但君臣一伦，比友较重，朕亦欲暂借数天，可好么？"彬不防武宗有此一语，心中懊恼不及，但言既出口，驷马难追，只好唯唯从命。你也有这错着么？次日硬着头皮，嘱杜氏装饰停当，辇送豹房。武宗见这位杜美人，比马美人差不多，日间命她烹鱼，夜间竟唤她侍寝，日调鱼脍，夜奉蛤汤，杜氏确是能手。从此久假不归，彬亦无可奈何，只徒呼负负罢了。

　　惟武宗得陇望蜀，有了马、杜两美人，尚嫌未足。一日，召问江彬道："卿籍隶宣府，可知宣府多美人吗？"想是从马、杜两美人推类之之。彬答道："宣府本多乐户，美妇恰也不少。圣意如欲选择，何妨亲自游观。"武宗眉头一皱道："朕亦甚欲出游，但恐无故游幸，大臣要来谏阻，奈何？"彬又答道："秋狩是古时盛典，目今时当仲秋，何妨借出猎为名，暂作消遣。况乘此游历边疆，也可校阅兵备，何必郁郁居大内呢？"武宗沉吟半晌，又道："朕未曾举行秋狩事宜，今欲创行此典，必须整备扈跸，检选吉日，就使大臣们不来谏阻，也要筹备数天。况扈从人多，仍是不得自由，朕不如与卿微服出行，省却无数牵制呢。"彬应声遵旨，遂于正德十二年八月甲辰日，乘着月夜，与江彬急装微服，潜出德胜门去了。正是：

> 风流天子微行惯，篾片官儿护驾来。

欲知游幸后如何情形，容待下回再表。

彭泽一出平河北盗，再出平四川贼，不可谓非良将材。至后经略哈密，纳币土鲁番，致为所欺，岂长于平盗贼，短于驭番夷欤？毋亦由朝气已衰，暮气乘之，乃有此措置失当欤？然王琼以私嫌构衅，罪彭泽并及陈九畴，假公济私，情殊可恶。故吾谓彭泽非不当劾，劾彭泽由于王琼，乃正不应劾而劾者也。若夫钱宁、江彬本无大功，骤膺殊宠，彬尤导上不法，罪出宁上，武宗喜弄兵，彬即导以调练，武宗好渔色，彬即导以纵淫，甚至夺毕春之妻，进献豹房，一意逢君，无恶不为。然天道好还，夺人妻者，妻亦为人所夺，吾读至此，殊不禁为之一快也。然武宗之淫荒，自此益甚矣。

第四十九回

幸边塞走马看花　入酒肆游龙戏凤

却说武宗带着江彬，微服出德胜门，但见天高气爽，夜静人稀，皓月当空，凉风拂袖，飘飘乎遗世独立，精神为之一爽，两人徐步联行，毫不觉倦。转瞬间鸡声报晓，见路上已有行车，遂雇着舆夫，乘了车径赴昌平。是日众大臣入朝，待了半日，方侦得武宗微行消息，大家都惊诧起来。大学士梁储、蒋冕、毛纪等急出朝驾了轻车，马不停蹄的追赶，行至沙河，才得追及武宗，忙下车攀辕，苦苦谏阻。偏是武宗不从，定欲出居庸关。梁储等没法，只得随着同行。可巧巡关御史张钦，已得武宗到关音信，即驰使呈奏，其词道：

比者人言纷纷，谓车驾欲度居庸，远游边塞，臣谓陛下非漫游，欲亲征北寇也。不知北寇猖獗，但可遣将徂征，岂宜亲劳万乘？英宗不听大臣言，六师远驾，遂成土木之变，匹夫犹不自轻，奈何以宗社之身，蹈不测之险？今内无亲王监国，又无太子临朝，国家多事，而陛下不虞祸变，欲整辔长驱，观兵绝塞，臣窃危之！比闻廷臣切谏皆不纳，臣愚以为乘舆不可出者有三：人心摇动，供亿浩繁，一也；远涉险阻，两宫悬念，二也；北寇方张，难与之角，三也。臣职居言路，奉诏巡阅，分当效死，不敢爱死以负陛下。惟陛下鉴臣愚诚，即日返跸，以戢人言而杜祸变，不胜幸甚！

原来武宗出游时，鞑靼部小王子，颇有寇边的警耗。张钦不欲直指武宗的过失，因借边警为言，谏阻乘舆。可奈武宗此时游兴正浓，任你如何奏阻，总是掉头不顾。行行复行行，距关不过数里，先遣人传报车驾出关。张钦令指挥孙玺紧闭关门，将门钥入藏，不准妄启。分守中官刘嵩，拟往迎谒，钦出言阻住道："此关门钥，是你我两人掌管，如果关门不开，车驾断不能出，违命当死！若遵旨开关，万一戎敌生心，变同土木，我与君职守所在，追究祸源，亦坐死罪。同是一死，宁不开关，死后还是万古留名呢。"正说着，前驱走报，车驾已到，饬指挥孙玺开关。玺答道："臣奉御史命，紧守关门，不敢私启。"前驱返报武宗，武宗又令召中官刘嵩问话。嵩乃往语张钦道："我是主上家奴，该当前去，御史秉忠报国便了。"刘嵩尚算明白。钦见嵩去后，负了敕印，仗剑坐关门下，号令关中道："有言开关者斩！"相持至黄昏，复亲自草疏，大略言"车驾亲征，必先期下诏，且有六军护卫，百官扈从，今者寂然无闻，乃云车驾即日过关，此必有假托圣旨，出边勾贼的匪徒。臣只知守关捕匪，不敢无端奉诏"云云。疏已草就，尚未拜发，使者又至关下，催促开关。钦拔剑怒叱道："你是什么人，敢来骗我？我肯饶你，我这宝剑，却不肯饶你呢。"来使慌忙走还。武宗益愤，方拟传旨捕钦，忽见京中各官的奏疏，如雪片般飞来，就是张钦拜发的奏牍，亦着人递到，一时阅不胜阅，越觉躁急得很。江彬在旁进言道："内外各官，纷纷奏阻，反闹得不成样子，请圣上暂时涵容，且返京师，再作计较。"武宗不得已，乃传旨还朝。一语便能挽回，若彬为正人，岂非所益甚多？隔了数日，饬张钦出巡白羊口，别遣谷大用代去守关，随即与江彬易了服装，混出德胜门，加一混字，全不象皇帝行径。星夜赶至居庸关，只与谷大用打个照面，遂扬鞭出关去了。

一出了关，即日至宣府，是时江彬早通信家属，嘱造一座大厦，名为镇国府第，内中房宇幽深，陈设华丽，说不尽的美色崇轮。武宗到了宅中，已是百色俱备，心中大喜，一面饬侍役驰至豹房，辇运珍宝女御，移置行辕；一面与江彬寻花问柳，作长夜游。但见宣府地方，所有妇女，果与京中不同，到处都逢美眷，触目无非丽容，至若大家闺秀，更是体态苗条，纤秾得中。袁子才诗云："美人毕竟大家多，"于此益信。江彬导着武宗，驾轻就熟，每至夜分，闯入高门大户，迫令妇女出陪。有几家未识情由，几乎出言唐突，经江彬与他密语，方知皇帝到来，各表欢迎，就使心中不愿，也只好忍气吞声，强为欢笑。武宗也不管什么，但教有了美人儿，便好尽情调戏，欢谑一场。有合意的，就载归行辕，央她奉陪枕席，江彬也不免分尝禁脔，真是恩周雨露，德溥乾坤。讽刺俱妙。

过了月余，复走马阳和，适值鞑靼小王子率众五万入寇大同，单兵官王勋登陴固守，相持五日，寇不能下，复移众改掠应州。应州与阳和密迩，警报纷至，武宗自恃知兵，便拟调兵亲征。江彬奏道："此系'总兵官'责任，陛下何必亲犯戎锋。"武宗笑道："难道朕不配做总兵官么？"彬又道："皇帝自皇帝，总兵官自总兵官，名位不同，不便含混。"武宗道："皇帝二字，有甚么好处？朕却偏要自称总兵官。"言至此，又踌躇半晌，才接着道："'总兵官'三字上，再加'总督军务威武大将军'，便与寻常总兵官不同了。"彬不便再言，反极口赞成。这叫作逢君之恶。武宗遂把"总督军务威武大将军总兵官"十二字，铸一金印，钤入钧帖，调发宣大戍兵，亲至应州御寇。小王子闻御驾亲征，倒也吓退三分，引军径去。武宗运气，比英宗为佳，所以遇着小王子，不似也先厉害。武宗率兵穷追，与寇众后队相接，打了一仗，只斩敌首十六级，兵士却死伤了数百。幸喜寇众已有归志，只管远飏，不愿进取，所以武宗得饬奏凯歌，班师而回。全是侈汰。乘着便路，临幸大同。京中自大学士以下，屡驰奏塞外，力请回銮，武宗全然不睬，一味儿在外游幸。南京吏科给事中孙懋，闻武宗出塞未归，也赍疏至大同，略云：

> 都督江彬，以枭雄之资，怀恺邪之志，自缘进用以来，专事从谀导非，或游猎驰驱，或声色货利，凡可以蛊惑圣心者，无所不至。曩导陛下临幸昌平等处，流闻四方，惊骇人听，今又导陛下出居庸关，既临宣府，又过大同，以致寇骑深入应州。使当日各镇之兵未集，强寇之众杳来，几不蹈土木之辙哉？是彬在一日，国之安危，未可知也。伏乞陛下毋惑恺言，将彬置罪，即日回銮以安天下，然后斥臣越俎妄言，枭臣首以谢彬，臣虽死不朽矣！谨请圣鉴！

看官！你想京师中数一数二的大员，接连奏请，还不能上冀主听，指日还銮，何况一个小小给事中并且路途遥远，去睬他什么？录述奏疏，恰是为他卑远。会杨廷和服阕还京，得知此事，也拜疏一本，说得情理俱到，武宗虽不见从，恰称他忠诚得很，仍令入阁。廷和即约了蒋冕，驰至居庸关，拟出塞促上还跸。偏是中官谷大用，预承帝嘱，硬行拦阻，廷和等无法可施，只好快快还京。武宗留驻大同，游幸数日，没有甚么中意，想是没有美人。便语江彬道："我等不若到家里走罢！"原来武宗在宣府行辕，乐而忘返，尝信口称为"家里"，江彬已是惯闻，便饬侍从整备銮驾，驰还宣府。

一住数日，武宗因路途已熟，独自微行，连江彬都未带得，信步徐行，左顾右盼，俄至一家酒肆门首，见一年轻女郎，淡妆浅抹，艳丽无双，不禁目眩神迷，走入肆中，借沽饮为名，与她调遣。那女子只道他是沽客，进内办好酒肴，搬了出来，武宗欲亲自接受，女子道："男女授受不亲，请客官尊重些儿！"随将酒肴陈设桌上。武宗见她措词典雅，容止大方，益觉生了爱慕，便问道："酒肆中只你一人么？"女子答道："只有兄长一人，现往乡间去了。"武宗又问她姓氏，女子腼腆不言。武宗又复穷诘，并及乃兄名字，女子方含羞答道："奴家名凤，兄长名龙。"武宗随口赞道："好一个凤姐儿。凤兮凤兮，应配真龙。"_{绝妙凑趣。}李凤听着，料知语带双敲，避入内室。武宗独酌独饮，不觉愁闷起来，当下举起箸来，向桌上乱敲，惊动李凤出问。武宗道："我独饮无伴，甚觉没味，特请你出来，共同一醉。"李凤轻詈道："客官此言，甚是无礼。奴家非比青楼妓女，客官休要错视！"武宗道："同饮数杯，亦属无妨。"李凤不与斗嘴，又欲转身进内。武宗却起身离座，抢上数步，去牵李凤衣袖。_{竟要动粗。}吓得李凤又惊又恼，死命抵拒，只是一个弱女子，哪及武宗力大，不由分说，似老鹰拖鸡一般，扯入内室。李凤正要叫喊，武宗掩她樱口道："你不要惊慌，从了我，保你富贵。"李凤尚是未肯，用力抗拒，好容易扳去武宗的手，喘吁吁的道："你是甚么人，敢如此放肆？"武宗道："当今世上，何人最尊？"李凤道："哪个不晓得是皇帝最尊。"武宗道："我就是最尊的皇帝。"李凤道："哄我作甚么？"武宗也不及与辩，自解衣襟，露出那平金绣蟒的衣服，叫她瞧着。李凤尚将信未信，武宗又取出白玉一方，指示李凤道："这是御宝，请你认明！"

李凤虽是市店娇娃，颇识得几个文字，便从武宗手中，细瞧一番，辨出那"受命于天既寿永昌"八字，料得是真皇帝，不是假皇帝，且因平时曾梦身变明珠，为苍龙攫取，骇化烟云而散，至此始觉应验。况武宗游幸宣府，市镇上早已传扬，此番侥幸相逢，怕不是做日后妃嫔，遂跪伏御前道："臣妾有眼无珠，望万岁恕罪！"武宗亲自扶起，趁势抱入怀中，脸对脸，嘴对嘴，亲了一会儿美满甘快的娇吻。上方面舌度丁香，下方面手宽罗带，霎时间罗襦襟解，玉体横陈，武宗自己亦脱下征袍，阖了内户，便将李凤轻轻的按住榻上，纵体交欢。正是庐家少女，亲承雨露之恩，楚国襄王，又作行云之梦。落殷红于寝褥，狼藉胭脂，沾粉汗于征衫，娇啼宛转。刚在彼此情浓的时候，李龙已从外进来，但见店堂内虚无一人，内室恰关得很紧，侧耳一听，恰有男女媟亵声，不由的愤怒起来，亟出门飞报弁兵，引他捉奸。不意弁目进来，武宗已高坐堂上，呼令跪谒。自作皇帝自喝道，煞是好看。弁目尚在迟疑，李凤从旁娇呼道："万岁在此，臣下如何不跪？"弁目听得"万岁"两字，急忙俯伏称臣，自称万死。李龙亦吓得魂不附体，急跪在弁目后面，叩头不迭。武宗温谕李龙，着至镇国府候旨。一面命弁目起身，出备舆马，偕李凤同入镇国府中。李龙亦到府申谒，得授官职，蒙赐黄金千两。

转瞬间已是残冬，京内百官，又连篇累牍的奏请回銮。武宗亦恋着凤姐儿，无心启程，且欲封凤姐为妃嫔，令她自择。李凤固辞道："臣妾福薄命微，不应贵显。今乃以贱躯事至尊，已属喜出望外，何敢再沐荣封？但望陛下早回宫阙，以万民为念，那时臣妾安心，比爵赏还荣十倍呢。"好凤姐比江彬胜过十倍。武宗为之颔首。且见李凤玄衣玄裳，益显娇媚，所以暂仍旧服，不易宫妆。李凤又尝于枕畔筵前，委婉屡劝，武宗乃择于次年正月，车驾还京。

光阴似箭，岁运更新，武宗乃启跸回都，带着李凤及所有美人，一同就道，到了居庸关，忽天大雷雨，惊动娇躯，关口所凿四大天王，又是怒气勃勃，目若有光。毕竟李凤是小家碧玉，少见多怪，偶然睹此，不觉惊骇异常，晕倒车上。武宗忙把她救醒，就关外借着驿馆，作为行宫，令李凤养疾。李凤伏枕泣请道："臣妾自知福薄，不能入侍宫禁，只请圣驾速回，臣妾死亦瞑目了。"我不忍闻。武宗亦对她垂泪道："朕情愿抛弃天下，不愿抛弃爱卿。"李凤又呜咽道："陛下一身，关系重大，若贱妾生死，何足介怀？所望陛下保持龙体，惠爱民生。"说至此，已是气喘交作，不能再言，过了片刻，两目一翻，悠然长逝了。化作烟云，应了梦兆，但观她将死之言，恰是一位贤女子。武宗大为震悼，命葬关山上面，待以殊礼，用黄土封茔，一夜即变成白色。武宗道："好一个贤德女子，至死尚不肯受封，可惜朕无福德，不能使她永年，作为内助。但一女子尚知以社稷为重，朕何忍背她遗言？"当下命驾入关。

　　不数日即至德胜门，门外已预搭十里长的彩棚，悬灯结彩，华丽非常。还有彩联千数，尽绣成金字序文，以及四六对句，无非是宣扬圣德，夸美武功。最可笑的，是对联颂词上，所具上款，只称"威武大将军"，下款百官具名，也将"臣"字抹去；但列着职衔名姓，闻系武宗预先传示，教他这般办法，所以众官不敢违旨，一切奉令而行。真同儿戏。杨廷和、梁储等率领众官，备着羊羔美酒，到彩棚旁恭候，但见全副銮驾，整队行来，一对对龙旌凤翟，一排排黄钺白旄，所有爪牙侍卫，心腹中官，以及宫娥彩女，不计其数。随后是宝盖迎风，金炉喷雾，当中拥着一匹红鬃骏马，马上坐着一位威武大将军，全身甲胄，仪表堂皇，就是明朝的武宗正德皇帝。襃中寓贬。众官一见驾到，伏地叩头，照例三呼。武宗约略点首，随下坐骑，徐步入彩幄中，升登临时宝座。众官复随入朝谒，杨廷和恭捧瑶觞，梁储执斝斟酒，蒋冕进奉果榼，毛纪擎献金花，次第上呈，庆贺凯旋。想是战胜无数美人，所以具贺凯旋哩。武宗饮了觞酒，尝了鲜果，受了金花，欣然语众官道："朕在榆河，亲斩一敌人首级，卿等曾知道吗？"好算是虚前空后的武功。廷和等闻旨，不得不极力颂扬。正是无可奈何。武宗大喜，复下座出帐，驰马入东华门，径诣豹房去了。众官陆续归第。小子有诗咏道：

> 仗剑归来意气殊，百官蒲伏效嵩呼。
>
> 贾皋射雉夫人笑，我怪明廷尽女奴。

武宗还京以后，曾否再游幸，且俟下回说明。

武宗性好游嬉，而幸臣江彬，即凯其所好，导以佚游。彬之意，不但将顺逢迎，且欲避众攘权，狡而且鸷，已不胜诛；甚且多方蛊惑，使之流连忘返，怙过遂非，索妇女于夜间，称寓府为家里，失德无所不至；而又自称总兵，不君不臣，走马阳和，猝遇强敌，其不遭寇盗之明击暗刺，尚为幸事。然其行事，一何可笑也。游龙戏凤一节，正史不载，而稗乘记及轶闻，至今且演为戏剧，当不至事属子虚。且闻武宗还宫，实由李凤之死谏，以一酒家女子，能知大体，善格君心，殊不愧为巾帼功臣，杨廷和辈，且自惭弗如矣。巫录之以示后世，亦阐扬潜德之一则也。

第五十回

觅佳丽幸逢歌妇　罪直谏杖毙言官

　　却说武宗还京，适南郊届期，不及致斋，即行郊祀礼。礼毕，纵猎南海子，且令于奉天门外，陈设应州所获刀槭衣器，令臣民纵观，表示威武。忙碌了三五天，才得闲暇。又居住豹房数日，猛忆起凤姐儿，觉得她性情模样，非豹房诸女御所及，私下嗟叹，闷闷不乐。江彬入见，武宗便与谈及心事，江彬道："有一个凤姐儿，安知不有第二个凤姐儿？陛下何妨再出巡幸，重见佳人。"武宗称善，复依着老法儿，与江彬同易轻装，一溜烟似的走出京城，径趋宣府。关门仍有谷大用守着，出入无阻。杨廷和等追谏不从，典膳李恭拟疏请回銮，指斥江彬。疏尚未上，已被彬闻知，阴嗾法司，逮狱害死。给事中石天柱刺血上疏，御史叶忠痛哭陈书，皆不见报。闲游了两三旬，忽接到太皇太后崩逝讣音，太皇太后见四十四回。不得已奔丧还京，勉勉强强的守制数月。到了夏季，因太皇太后祔丧有期，遂托言亲视隧道，出幸昌平。到昌平后，仅住一日，竟转往密云，驻跸喜峰口。

　　民间讹言大起，谓武宗此番游幸，无非采觅妇女，取去侍奉，大家骇惧得很，相率避匿。永平知府毛思义，揭示城中，略言："大丧未毕，车驾必无暇出幸，或由奸徒矫诈，于中取利，尔民切勿轻信！自今以后，非有抚按府部文书，若妄称驾至，藉端扰民，一律捕治勿贷！"民间经他晓谕，方渐渐安居，不意为武宗所闻，竟饬令逮系诏狱；羁禁数月，才得释出，降为云南安宁知州。武宗住密云数日，乃返至河西务，指挥黄勋，借词供应，科扰吏民。巡按御史刘士元，遣人按问，勋竟逃至行在，密赂江彬等人，诬陷士元。武宗命将士元拿至，裸系军门，杖他数十。可怜士元为国为民，存心坦白，偏被他贪官污吏，狼狈为奸，平白地遭了杖辱，无从呼吁。武宗管甚么曲直，总要顺从他才算忠臣，例得封赏，否则视为悖逆，滥用威刑，这正所谓喜怒任情，刑赏倒置呢。实是专制余毒。

　　到了太皇太后梓宫，出发京师，武宗方驰还京中，仍著戎服送葬，策马至陵，就饮寝殿中。一杯未了又一杯，直饮得酒气薰蒸，高枕安卧，百官以梓宫告窆后，例须升主祔庙，不得不请上主祭。入殿数次，只听得鼾声大作，不便惊动，只好大家坐待；直至黄昏，武宗方梦回黑甜，起身祭主，猛听得疾风暴雨，继以响雷，殿上灯烛，一时尽灭，侍从多半股栗，武宗恰谈笑自如。此君也全无心肝。礼毕还宫，御史等因天变迭至，吁请修省。疏入后，眼睁睁的望着批答，不料如石沉大海一般，毫无影响。过了数日，恰下了一道手谕，令内阁依谕草敕，谕中言宁夏有警，令总督军务威武大将军朱寿，统六师往征，江彬为威武副将军扈行。可发一噱。大学士杨廷和、梁储、蒋冕、毛纪等见了这谕，大都惊愕起来，当下不敢起草，公议上疏力谏。武宗不听，令草诏如初。杨廷和称疾不出，武宗亲御左顺门，召梁储入，促令草制。储跪奏道："他事可遵谕旨，此制断不敢草。"武宗大怒，拔剑起座道："若不草制，请试此剑！"储免冠伏地，涕泣上陈道："臣逆命有罪，情愿就死。若命草此制，是以臣令君，情同大逆，臣死不敢奉诏。"武宗听了此语，意中颇也知误，但不肯简直认错，只把剑遥掷道："你不肯替朕草诏，朕何妨自称，难道必需你动草么?"言已径去。

越宿，并未通知阁臣，竟与江彬及中官数人，出东安门，再越居庸关，驻跸宣府。念念不忘家里，可谓思家心切。阁臣复驰疏申谏，武宗非但不从，反令兵户工三部，各遣侍郎一人，率司属至行第办事。一面日寻佳丽，偏偏找不出第二个凤姐儿。江彬恐武宗愁烦，又导他别地寻娇，乃自宣府趋大同。复由大同渡黄河，次榆林，直抵绥德州。访得总兵官戴钦，有女公子，色艺俱工，遂不及预先传旨，竟与江彬驰入戴宅。戴钦闻御驾到来，连衣冠都不及穿戴，忙就便服迎谒，匍匐奏称："臣不知圣驾辱临，未及恭迎，应得死罪。"武宗笑容可掬道："朕闲游到此，不必行君臣礼，快起来叙谈!"特别隆恩。戴钦谢过了恩，方敢起身。当即饬内厨整备筵席，请武宗升座宴饮，彬坐左侧，自立右旁。武宗命他坐着，乃谢赐就坐。才饮数杯，武宗以目视彬，彬已会意，即开口语钦道："戴总兵知圣驾来意否?"戴钦道："敢请传旨。"江彬道："御驾前幸宣府，得李氏女一人，德容兼备，正拟册为宫妃，不期得病逝世。今闻贵总兵生有淑女，特此临幸，亲加选择，幸勿妨命!"戴钦不敢推辞，只好说道："小女陋质，不足仰觑天颜。"彬笑道："总兵差了，美与不美，自有藻鉴，不必过谦。"戴钦无奈，只得饬侍役传入，饰女出见。不多时，戴女已妆罢出来，环珮珊珊，冠裳楚楚，行近席前，便拜将下去，三呼万岁。武宗亟宣旨免礼，戴女才拜罢起来。盛鬋，国色天香，端凝之中，另具一种柔媚态度。是大家女子身分。当由武宗瞧将过去，不禁失声称妙。江彬笑语戴钦道："佳人已中选了，今夕即烦送嫁哩!"戴女闻着，芳心一转，顿觉两颊绯红。武宗越瞧越爱，还有何心恋饮，匆匆喝了数杯，便即停筋。江彬离座，与戴钦附耳数言，即偕武宗匆匆别去。过了半日，即有彩舆驰至，来迎戴女。钦闻了彬言，正在踌躇，蓦见彩舆已到，那时又不敢忤旨，没奈何硬着头皮，遣女登舆。生离甚于死别，戴女临行时，与乃父悲泣相诀，自不消说。去做妃嫔，还要哭泣吗？武宗得了戴女，又消受了几日，复命启跸，由西安历偏头关，径诣太原。

太原最多乐户，有名的歌妓，往往聚集。武宗一入行辕，除抚按入觐，略问数语外，即广索歌妓侑酒。不多时，歌妓陆续趋至，大家献着色艺，都是娇滴滴的面目，脆生生的喉咙，内有一妇列在后队，独生得天然俏丽，脂粉不施，自饶美态，那副可人的姿色，映入武宗眼波，好似鹤立鸡群，不同凡艳。当下将该妇召至座前，赐她御酒三杯，令她独歌一曲。该妇叩头受饮，不慌不忙的立将起来，但听她娇喉婉转，雅韵悠扬，一字一节，一节一音，好似那么凤度簧，流莺缩曲，惹得武宗出了神，越听越好，越看又越俏，不由的击节称赏。到了歌阕已终，尚觉余音绕梁，袅袅盈耳，江彬凑趣道："这歌妇的唱工，可好么？"武宗道："此曲只应天上有，人间难得几回闻。"溺情如许。说毕，复令该妇侍饮。前只赐饮，此则侍饮。那歌妇幸邀天眷，喜不自禁，更兼那几杯香醪，灌溉春心，顿时脸泛桃花，涡生梨颊，武宗瞧着，忍不住意马心猿，便命一班女乐队，尽行退去，自己牵着该妇香袂，径入内室，那妇也身不由主，随着武宗进去。看官！你想此时的武宗，哪里还肯少缓？当即将该妇松了钮扣，解了罗带，挽入罗帏，饱尝滋味。比侍饮又进一层。最奇的是欢会时候，仍与处子无二，转令武宗惊异起来，细问她家世履历，才知是乐户刘良女，乐工杨腾妻。武宗复问道："卿既嫁过杨腾，难道杨腾是患天阉么？"刘氏带喘带笑道："并非天阉，实由妾学内视功夫，虽经破瓜，仍如完璧。"武宗道："妙极了，妙极了。"于是颠鸾倒凤，极尽绸缪。写刘女处处与戴女不同，各存身分。自此连宵幸御，佳味醰醰，所有前此宠爱的美人，与她相比，不啻嚼蜡。

武宗心满意足，遂载舆俱归，初居豹房，后入西内，宠极专房，平时饮食起居，必令与俱，有所乞请，无不允从。左右或触上怒，总教求她缓颊，自然消释。宫中号为"刘娘娘"，就是武宗与近侍谈及，亦尝以刘娘娘相呼。因此江彬以下，见了这位刘娘娘，也只好拜倒裙下，礼事如母，尊荣极矣，想为杨腾妻时，再不图有此遇。这且慢表。

且说武宗在偏头关时，曾自加封镇国公，亲笔降敕，有云："总督军务威武大将军总兵官朱寿，统领六师，扫除边患，累建奇功，特加封镇国公，岁支录五千石，著吏部如敕奉行！"愈出愈奇。杨廷和、梁储等联衔极谏，都说是名不正，言不顺，请速收回成命。武宗毫不见纳。又追录应州战功，封江彬为平虏伯，许泰为安边伯，此外按级升赏，共得内外官九千五百五十余人。及载刘娘娘还京，群臣奉迎如前仪，未几又思南巡，特手敕吏部道："镇国公朱寿，宜加太师。"又谕礼部道："威武大将军太师镇国公朱寿，令往两畿山东，祀神祈福。"复谕工部，速修快船备用。敕下后，人情汹汹，阁臣面阻不从。翰林院修撰舒芬，愤然道："此时不直谏报国，尚待何时？"遂邀同僚崔桐等七人，联名上疏道：

> 陛下之出，以镇国公为名号，苟所至亲王地，据勋臣之礼以待陛下，将朝之乎？抑受其朝乎？万一循名责实，求此悖谬之端，则左右宠幸之人，无死所矣。陛下大婚十有五年，而圣嗣未育，故凡一切危亡之迹，大臣知之而不言，小臣言之而不尽，其志非恭顺，盖听陛下之自坏也。尚有痛哭泣血，不忍为陛下言者：江右有亲王之变，指宁王宸濠事，见后。大臣怀冯道之心，以禄位为故物，以朝宇为市廛，以陛下为弈棋，以委蛇退食为故事，特左右宠幸者，智术短浅，不能以此言告陛下耳。使陛下得闻此言，

虽禁门之前，亦警跸而出，安肯轻亵而漫游哉？况陛下两巡西北，四民告病，今复闻南幸，尽皆逃窜，非古巡狩之举，而几于秦皇、汉武之游。万一不测，博浪柏人之祸不远矣。臣心知所危，不敢缄默，谨冒死直陈！

兵部郎中黄巩，闻舒芬等已经入奏，乞阅奏稿，尚以为未尽痛切，独具疏抗奏道：

陛下临御以来，祖宗纪纲法度，一坏于逆瑾，再坏于佞幸，又再坏于边帅之手，至是将荡然无余矣。天下知有权臣，而不知有陛下，宁忤陛下而不敢忤权臣，陛下勿知也。乱本已生，祸变将起，窃恐陛下知之晚矣。为陛下计，亟请崇正学，通言路，正名号，戒游幸，去小人，建储贰，六者并行，可以杜祸，可以弭变，否则时事之急，未有甚于今日者也。臣自知斯言一出，必为奸佞所不容，必有蒙蔽主聪，斥臣狂妄者，然臣宁死不负陛下，不愿陛下之终为奸佞所误也。谨奏！

员外郎陆震，见他奏稿，叹为至论，遂愿为联名，同署以进。吏部员外郎夏良胜及礼部主事万潮、太常博士陈九川，复连疏上陈。吏部郎中张衍瑞等十四人，刑部郎中陈俸等五十三人，礼部郎中姜龙等十六人，兵部郎中孙凤等十六人，又接连奏阻。连御医徐鏊亦援引医术，独上一本。武宗迭览诸奏，已觉烦躁得很，加以江彬、钱宁等人从旁媒蘗，遂下黄巩、陆震、夏良胜、万潮、陈九川、徐鏊等于狱，并罚舒芬等百有七人，跪午门外五日。既而大理寺正周叙等十人，行人司副余廷瓒等二十人，工部主事林大辂等三人，连名疏又相继呈入。武宗益怒，不问他甚么奏议，总叫按名拿办，一律逮系。可怜诸位赤胆忠心的官员，统是铁链郎当，待罪阙下，昼罚长跪，夜系囹圄。除有二三阁臣，及尚书石玠疏救外，无人敢言。京师连日阴霾，日中如黄昏相似。南海子水溢数尺，海中有桥，桥下有七个铁柱，都被水势摧折。金吾卫指挥张英，慨然道："变象已见，奈何不言？"遂袒着两臂，挟了两个土囊，入廷泣谏。武宗把他叱退，他即拔刀刺胸，血流满地。卫士夺去英刃，缚送诏狱，并问他囊土何用。英答道："英来此哭谏，已不愿生，恐自到时污及帝廷，拟洒土掩血呢。"也是傻话。嗣复下诏杖英八十。英胸已受创，复经杖责，不堪痛苦，竟毙狱中。复由中旨传出，令将舒芬等百有七人，各杖三十，列名疏首的，迁谪外任，其余夺俸半年。黄巩等六人，各杖五十，徐鳌戍边，巩、震、良胜、潮俱削籍，林大辂、周叙、余廷瓒各杖五十，降三级外补，余杖四十，降二级外补。江彬等密嘱刑吏，廷杖加重，员外陆震，主事刘校、何遵，评事林公黼，行人司副余廷瓒，行人詹轼、刘槩、孟阳、李绍贤、李惠、王翰、刘平甫、李翰臣，刑部照磨刘珏等十余人，竟受刑不起，惨毙杖下。明之尽罪谏官，以此为始。武宗又申禁言事，一面预备南征，忽有一警报传来，乃由宁王宸濠，戕官造反等情，说将起来，又是一件大逆案出现。小子有诗叹道：

宁死还将健笔扛，千秋忠节效龙逢。
内廷臣子无拳勇，可奈藩王未肯降。

毕竟宸濠如何谋反，待小子稍憩片刻，再续下回。

观武宗之所为，全是一个游戏派、滑稽派。微服出游，耽情花酒，不论良家女子，及乐户妇人，但教色艺较优，俱可占为妃妾，是一游戏派之所为也。身为天子，下齿臣工，自为总兵官，并加镇国公及太师，宁有揽政多日，尚若未识尊卑，是一滑稽派之所为也。阁臣以下，相率泣谏，宁死不避，其气节有足多者，而武宗任情侮辱，或罚廷跪，或加廷杖，盖亦由奴视已久，处之如儿戏然。充类至尽，一桀而已矣，一纣而已矣，岂徒若汉武帝之称张公子，唐庄宗之称李天下已哉？书中陆续叙来，情状毕现，可叹亦可笑也。

第五十一回

纂群盗宁藩谋叛　谢盛宴抚使被戕

却说宁王宸濠，系太祖子宁王权五世孙，宁王权为成祖所给，徙封江西，见第二十二回及二十七回。历四世乃至宸濠，宸濠父名觐钧，尝纳娼女为妾，乃生此儿。及年长，轻佻无威仪，术士李自然、李日芳等，反说他龙姿凤表，可为天子。又是术士作祟。又谓南昌城东南，有天子气，因此宸濠沾沾自喜。当刘瑾得志时，曾遣中官梁安，赍金银二万到京，贿通刘瑾，朦胧奏请，准改南昌左卫为宁藩护卫，且准与南昌河泊所一处，宸濠遂得养兵蓄财，阴图潜窃。及刘瑾伏诛，兵部议奏，又将他护卫革去，他越觉心中怏怏，谋变益亟。

先是兵部尚书陆完，为江西按察使，与宸濠颇为投契，及完掌兵部，宸濠复馈遗不绝，求完代为设法，给还护卫。完复书宸濠，请他"援引祖训，上书自请，方可代为申奏"等语。适值伶人臧贤，得宠武宗，有婿在御前司钺，犯了国法，充南昌卫军，宸濠力为照拂，并托他转达乃翁，在京说项，臧贤自然应允。宸濠一面上疏，一面暗遣心腹，载宝入京，寓居臧贤家中，将所携的珍品分馈权要，乞为疏通，大家亦无不心许。只有大学士费宏，籍隶江西，素知宸濠蓄有异谋，尝在朝中宣言道："闻宁王赍金入京，谋复护卫，若听他所为，我江西人必无噍类，我在阁一日，必不允行。"陆完、臧贤，闻费宏言，不敢卤莽行事，只好商诸钱宁。钱宁已得了厚赂，遂与陆完定计道："三月十五日，系廷试进士的日子，内阁与部院大臣，皆须至东阁读卷，公可于十四日，投复宁王乞复护卫疏，我与杨公廷和说知，请他即日批准，那时还怕费宏反抗么？"陆完大喜，依计行事，果然手到成功，竟复宁藩护卫。嗣复恐费宏反对，大家进谗诬宏，勒令致仕。宏南归时，宸濠又遣人行劫，纵火焚宏舟，行李皆为灰烬，只宏挈眷走脱，还算幸事。

宸濠又讨好武宗，知武宗性爱玩具，特于元宵节前，献入奇巧灯彩，所有鱼龙人物，活动如生；且遣人入宫悬挂，代为装置，依檐附壁，张着数十百盏异灯。武宗见了，大加赞赏。及武宗回入豹房，猛听得人声鼎沸，警铎乱鸣，不知是何变故？忙驰向院中仰望，但见一片红光，冲达云霄，把全院照得通红，心中大为惊异。又走上平台观看，那火势越烧越猛，远近通明。内侍凭着臆测，即启奏武宗道："这失火的地方，怕不是乾清宫么？"武宗反笑说道："好一棚大烟火，想是祝融氏趁着元宵，也来点缀景色哩。"<small>正是笑话。</small>次日并不查勘，还是杨廷和等上疏，请武宗避殿修省，武宗才下了一道诏旨，略将遇灾交儆的套话，抄袭几句，便算了结。<small>张灯失火，原不得谓天灾，修省何用？</small>

宸濠已潜结内援，复私招外寇。剧盗杨清、李甫、王儒等百余人，统是江湖有名的响马，都受了宁藩招抚，入居府中，号为"把势"。宸濠以无人统率，未免散漫，又礼聘鄱阳湖盗首杨子乔，做了群盗的统领，并闻举人刘养正，读书知兵，延入府中，密访机务。刘举宋太祖陈桥兵变故事，作为谈资，听得宸濠孜孜忘倦，叹为奇材，就把那历年隐图，和盘说出，请他臂助。刘养正本是个簸片朋友，一味儿献谀贡媚，称他为拨乱真人，宸濠益喜，竟呼养正为"刘先生"，留居幕府，待若军师。江西按察司副使胡世宁，侦知宁府举动，不便隐忍，乃发愤上疏道：

> 宁王自复护卫以来，骚扰闾阎，钤束官吏，礼乐政令，渐不出自朝廷，臣恐江西之患，不止群盗也。伏乞圣明广集群议，简命才节威望大臣，兼任提督巡抚之职，假以陈金、彭泽之权，陈金、彭泽事见四十八回。销隙寝邪于无形；并饬王自主其国，仰遵祖训，勿挠有司以防未然，庶内有以安宗社，外有以保懿亲，一举两善，无逾于此。谨祈准奏施行！

这疏一上，武宗颇也疑惧，遂命河南左布政孙燧，为右副都御史，巡抚江西。宸濠闻着，未免反侧不安，只得申奏朝廷，透过近属，先将自己的罪状，洗刷一番；又奏胡世宁离间亲亲，妖言诽谤，请立刻逮问等说。这奏章方才拜发，朝旨已升世宁为福建按察使。宸濠佯为饯别，请他入宴，饮食中置着毒物，一时未曾发泄。至世宁就道后，腹痛异常，泻了几次恶血，几乎丧命。道经浙江，因家住浙境，就便省墓，哪知捕逮世宁的中旨，已至浙江，著巡浙御史潘鹏，就近拘拿。幸浙江按察使李承勋，与世宁交好，急留世宁入署，令他改姓埋名，从间道归命京师，免致暗算。世宁依计前行。果然潘鹏受了宸濠密托，遣人在要途守候，拟拿到世宁，即置死地。亏得世宁先事预防，不遭毒手。到京后又奏辩宁王必反，有旨驳斥，拘系狱中。世宁虽入囹圄，依旧孤忠未泯，接连上了三书，俱不见报。锦衣校尉，反受了中官密嘱，连番拷掠，害得世宁气息奄奄，仅存残喘。中官钱宁等，尚说他诬告亲王，定欲加他死罪。大理寺少卿胡瓒抗言道："宁王谋为不轨，幸得世宁举发，这般功臣，反欲加他死罪，奈何服天下？"未几，江西抚按孙燧、李润等，复奏称世宁无罪，乃得减死，仍谪戍辽东、沈阳卫。胡瓒夺俸受惩。

宸濠因武宗无嗣，糟蹋许多妇女，尚未得产一儿，可见寡欲生男之说，实有至理。复阴托钱宁，令取中旨，召己子入京，司香太庙。宁又替他面奏，但说宁王如何勤孝，怂恿武宗，用异色龙笺报赐。这异色龙笺，寻常罕用，只有御赐监国书牍，方用此笺。武宗也不分皂白，就依了钱宁言，裁答下去。宸濠得书大喜，遂欲拓建府居，制拟大内。左布政张嵋，以土地属自己管辖，不许侵占，宸濠乃送他食品四项，一系干枣，一系鲜梨，一系生姜，一系芥菜。嵋启视毕，呼来使刘吉道："我知宁王的用意了。他欲我早离此地，免得与他反对。但臣子受命朝廷，行止一切，不得擅专，宁王也是人臣，难道得干预我么？"说得刘吉哑口无言。嵋即将原物退还，交给刘吉携归。宸濠没法，只好取出金帛，再去求钱宁设法。宁嘱吏部调嵋还都，升为光禄寺卿，嵋乃离任去讫。还是运气。

宸濠又令党羽王春、余钦等，招募剧盗凌十一、闵廿四、吴十三等五百余人，与杨清等同匿丁家山寺，劫掠民财商货，储入府库。复厚结广西土官狼兵，以及南赣、汀漳等处各峒蛮，使为外援。一面遣人往广东，收买皮帐，制成皮甲。且在邸第内私立冶厂，督造枪刀盔甲，并佛郎机铳等，砧锤丁当的声音，彻夜不绝。会吴十三等，往劫新建库银七千两，藏置窝主何顺家中，事为巡抚孙燧闻悉，立饬南昌知府郑瓛，率役破窠，取归库银，拘戮何顺。孙燧复派兵捕盗，拿住吴十三等，械系南康府狱中。凌十一、闵廿四竟往报宸濠，召集群盗，劫还吴十三。不愿做藩王，甘去做盗魁，想是做藩王的趣味，不如盗贼为佳。孙燧大愤，迭行奏闻，书凡七上，都被宸濠遣党邀截，无一得达。惟自劾乞休一疏，总算到京，也不见有甚么批答。

时佥事许逵，见四十七回。就任江西按察司副使，密谒孙燧，请他先发制人。燧恐兵力未足，迟迟不发，适宸濠父死，居苫块间，矫情饰礼，阴嗾南昌生徒揄扬孝行，一面胁迫孙燧，据事奏闻。燧欲缓他逆谋，依言具奏。武宗览奏道："百官贤应该升职，宁王贤何必申奏，孙燧也太糊涂了。"糊涂皇帝，应有此糊涂臣子。太监张忠在旁，即启奏道："称宁王孝，便讥陛下不孝；称宁王勤，便讥陛下不勤。"武宗惊异道："孙燧敢如此么？"张忠道："这恐由钱宁、臧贤所主使。他两人交通宁王，早谋为逆，难道陛下尚未闻知么？"原来江彬与钱宁有隙，张忠素附江彬，所以乘间倾宁。都是好人。武宗被忠一说，为之动容。东厂太监张锐，大学士杨廷和，初亦党濠，无非有钱到手。至是知濠谋逆，且闻武宗已入忠言，乃议再削宁藩护卫，以免后患。御史萧淮，又尽情举发，并言宁藩侦卒，多寄匿臧贤家。于是诏饬校尉，至贤家搜查。贤家多复壁，外蔽木橱，内通长巷，宁藩侦卒林华，竟从复壁中逸去。校尉以"形迹可疑"四字，入复上命。杨廷和请仿宣宗处赵府故事，见三十二回。遣勋戚大臣往谕，叛迹已著，岂宣谕所得了耶？武宗准奏，因令太监赖义、驸马都尉崔元、都御史颜颐寿等持谕戒饬，乘便收撤护卫。

这边方奉命登程，那边正开筵祝寿，原来宸濠生辰，系六月十三日，届期悬灯演戏，设宴征歌，宁府中非常热闹。所有镇守官、巡抚官、按察司、都御史等都趋府祝贺，齐集一堂，大家欢呼畅饮，兴高采烈。忽报林华到来，当由宸濠传入，林华跟跄登堂，尚带三分气喘，意欲禀报京事；无奈众官满座，不便直陈，只得张皇四顾。宸濠心知有异，便召他入内，屏人与语。约历片时，方再出陪宾。大众正在酣醉时候，也无暇问及，等到酒阑席散，客去天昏，宸濠便召刘养正、刘吉密议，将林华所报情形，复述一遍。养正道："事急了，俗语有云，先下手为强，若再迟疑，要为人所制了。"宸濠即请他设计，由养正沉思一会儿，方道："有了，有了。"随即与宸濠附耳道："如此，如此。"两个有了，两个如此，好一对仗。说了数语，把一个宁王宸濠，引得欢天喜地。当下召入盗首吴十三、凌十一、闵廿四等，授他密计，令各率党羽，带领兵器，分头埋伏去讫。

转瞬天明，即召致仕都御史李士实入府，将乘机起事的意思，与他说了。士实本与宸濠交游，听知此话，唯唯从命。辰牌将近，巡镇三司各官，陆续前来谢宴，依次拜毕，但见府中护卫，带甲露刃，尽入庭中。宸濠出立露台，大声道，"孝宗在日，为李广所误，抱民家养子，紊乱宗祧，我列祖列宗，不得血食，已是一十四年。昨奉太后密旨，令我起兵讨贼，尔等曾知道么？"众官闻言，面面相觑。独巡抚孙燧，毅然道："密旨何在？取来我瞧！"宸濠叱道："不必多言，我今拟往南京，你愿保驾么？"居然自称御驾。孙燧怒目视濠道："你说什么？可知道天无二日，臣无二主，太祖法制具在，哪个敢行违悖？"言未已，但听宸濠大呼道："把势快来！"四字说出，吴十二、凌十一、闵廿四等俱应声入内。当由宸濠发令，将孙燧绑缚起来，众官相顾失色。按察司副使许逵，上前指濠道："孙都御史，是朝廷大臣，你乃反贼，擅敢杀他么？"复顾孙燧道："我曾云先发制人，未邀允许，今已为人所制，尚有何言？"孙燧尚是忠臣，但不从逵言，亦嫌寡断。宸濠复指令群盗，缚住许逵，并问逵有何说？逵叱道："逵只有一片赤心，哪肯从你反贼？"且缚且骂。燧亦痛詈不绝。宸濠大怒，令校尉火信等，把两人痛殴，击断孙燧左臂，逵亦血肉模糊，两人气息仅属，由宸濠喝令牵出城门，一同斩首。逵临死，尚痛骂道："今日贼杀我，明日朝廷必杀贼。"至两人殉义时，天空中炎炎的烈日，忽被黑云遮住，惨淡无光，宸濠反借此示威，并将御史王金，主事马思聪、金山，右布政胡濂，参政陈杲、刘斐，参议许效廉、黄宏，佥事顾凤，都指挥许清、白昂，及太

监王宏等，统行拘住，械锁下狱。马思聪、黄宏绝粒死了。宸
濠遂令刘养正草檄，传达远近，革去正德年号，指斥武宗，授
刘养正为右丞相，李士实为左丞相，参政王纶为兵部尚书，总
督军务大元帅。分遣逆党娄伯、王春等四出收兵，胁降左布政
使梁宸、按察使杨璋、副使唐锦诸人。一面令吴十三、闵廿四
等，夺船顺流，往攻南康，知府陈霖遁去，转攻九江，兵备副
使曹雷，及知府汪颖等亦遁。数城俱陷，大江南北皆震。

　　为了这番乱事，遂引出一位允文允武的儒将，削平叛藩，
建立奇功，这位儒将是谁？就是前时反对刘瑾、谪戍龙场驿的
王守仁。大书特书。守仁自谪居龙场，因俗化导，苗黎悦服。
当刘瑾伏诛，调任庐陵知县，未几召入京师，累迁鸿胪寺卿。
寻因江西多盗，擢他为佥都御史，巡抚南赣、汀、漳。既莅
任，即檄闽、广两省会兵，先讨大帽山贼，连破四十余寨，擒
贼首詹师富。复进讨大庾、横水、左溪诸贼，逐去贼首谢志山
等，所在荡平。赣州知府邢珣，吉安知府伍文定，亦奉檄平定
桶冈，招降贼首蓝廷凤，破巢八十有四，俘斩六千有奇。守仁
又诱斩浰头贼首池仲容，及弟仲安，追余贼至九连山，扫清巢
穴，芟雉无遗。数十年巨寇，一并肃清，远近惊服如神明。守
仁因境内大定，往谒宸濠。濠留他宴饮，适李士实亦同在座，
彼此谈论时政得失。士实道："世乱如此，可惜没有汤武。"已
有煽动宸濠之意。守仁道："即有汤武，亦须伊吕。"宸濠道：
"有汤武便有伊吕。"守仁道："有了伊吕，必有夷齐。"彼此标
示暗号，煞是机锋暗对。宴毕散去。宸濠知守仁不肯相从，屡欲
加害，守仁也暗中防备。巧值福州三卫军人进贵等作乱，警报
传至京师，兵部尚书王琼，语主事应典道："进贵事小，宁藩
事大，我意欲调王守仁一行，借着进贵乱事，给他敕书，俾他
得调动兵马，相机行事，他日有变，不患呼应不灵了。"王琼
此言，恰是有识，然亦由守仁命不该死。应典很是赞成。遂奏请赐

救王守仁，令查处福州乱军。守仁奉命即行，所以宸濠起事，江西守臣多遇害被执，独守仁得免。守仁行至丰城，丰城知县顾佖，已得宸濠反信，告知守仁，并说宸濠有悬购守仁的消息。守仁临机应变，立刻易服改装，潜至临江。知府戴德孺，闻守仁远来，倒屣出迎，请他入城调度，这一番有分教：

奇士运筹期破贼，叛藩中计倏成擒。

毕竟守仁如何定计，且看下回表明。

本回叙宸濠谋变始末，简而不漏，详而不烦。宸濠包藏祸心，已非一日，宫廷岂无所闻？误在当道得贿，暗中袒护，俾得从容布置，蓄盗贼，制兵甲，直至戕害抚臣，名城迭陷，设无王琼之先行设法，王守仁之驰归决策，则大江上下，偏布贼党，明廷尚有孑乎？大学士杨廷和，身居重要，初亦与叛藩往来，至萧淮等举发奸谋，尚欲援宣德故事，遣使往谕，促使为变。孙燧、许逵之被害，未始非廷和致之。廷和之误国且如此，彼钱宁、臧贤辈，何足责乎？